Está tudo bem

Cecilia Rabess

Está tudo bem

Tradução
STEFFANY DIAS

pa_ra_e_la

Copyright © 2024 by Cecilia Rabess

A Editora Paralela é uma divisão da Editora Schwarcz S.A.

Grafia atualizada segundo o Acordo Ortográfico da Língua Portuguesa de 1990, que entrou em vigor no Brasil em 2009.

título original Everything's Fine
capa e imagem de capa Kalany Ballardin/ Foresti Design
preparação Ísis Pinto
revisão Ingrid Romão e Gabriele Fernandes

Dados Internacionais de Catalogação na Publicação (cip)
(Câmara Brasileira do Livro, sp, Brasil)

Rabess, Cecilia
  Está tudo bem / Cecilia Rabess ; tradução Steffany Dias. — 1ª ed. — São Paulo : Paralela, 2024.

  Título original: Everything's Fine.
  isbn 978-85-8439-351-0

  1. Ficção norte-americana i. Título.

23-177267	CDD-813

Índice para catálogo sistemático:
1. Ficção : Literatura norte-americana   813

Cibele Maria Dias – Bibliotecária – crb-8/9427

Todos os direitos desta edição reservados à
editora schwarcz s.a.
Rua Bandeira Paulista, 702, cj. 32
04532-002 — São Paulo — sp
Telefone: (11) 3707-3500
editoraparalela.com.br
atendimentoaoleitor@editoraparalela.com.br
facebook.com/editoraparalela
instagram.com/editoraparalela
twitter.com/editoraparalela

Para a minha mãe e para a mãe dela

Ai, meu Deus! Eu amo o Josh!
As patricinhas de Beverly Hills

O amor nunca é melhor do que o amante.
Toni Morrison, *O olho mais azul*

ða
Parte um

Um

É o primeiro dia de Jess no trabalho, o primeiro dia do resto de sua vida. Ela entra no elevador e sobe até o vigésimo andar, onde as portas se abrem com um breve silvo.

O prédio inteiro cheira a dinheiro.

Ela recebe uma pequena placa com seu nome impresso em letras maiúsculas: JESSICA JONES, ANALISTA DE INVESTMENT BANKING. Em seguida, é apresentada aos outros analistas da equipe: Brad, John, Rich e Tom, ou talvez seja Rich, Tom, Brad e John — e tem o Josh, de quem Jess se lembra da época da faculdade.

— Oi — ela diz. — É você!

Ele ergue o olhar de sua mesa — já está instalado, parecendo ocupado e importante —, mas o rosto não demonstra expressão.

Eles fizeram uma matéria juntos no ano anterior, e Jess se lembra de Josh porque ele era um idiota.

— Jess? — ela faz um esforço — Da faculdade?

Ele pisca.

— Fizemos uma matéria juntos... — tenta mais uma vez. — Tópicos da Suprema Corte...

Ele só fica lá olhando para ela, sem dizer nada. Será que tem alguma coisa na cara dela?

— Com Smithson? Primeiro semes...

— Eu me lembro de você — ele diz, e rapidamente gira a cadeira.

Que legal, pensa Jess. *Papo bacana.*

— Sabe — ele diz, sem se virar para ela. — Eu sabia que você ocuparia essa vaga.

Jess se detém.

— É mesmo?

Ele assente, com a parte de trás da cabeça.

— Trabalhei aqui no verão passado. Eu me formei antes e voltei em janeiro. — Ele para de falar. — Me perguntaram sobre você.

— O que disse?

— Nada.

— O quê? Por que não disse a eles que eu era incrível?

— Porque — ele diz, finalmente olhando para ela. — Não estou convencido de que você seja incrível.

Jess conheceu Josh no outono do primeiro ano da faculdade. Era novembro. A noite das eleições de 2008. Todo mundo no campus havia passado o dia inteiro em êxtase. A história estava acontecendo. O resultado saiu por volta das onze horas, e Jess, atônita e alucinada, surgiu no pátio, que irrompeu no que parecia agora um festival de música. Os estudantes se espalhavam pela noite comemorando e se abraçando. Buzinas soavam. Alguém estava gritando *u-hu* e, em algum lugar, um trombone tocava uma melodia lenta com muito ardor.

Para Jess, era como se ela tivesse sido atirada de um canhão; estava pestanejando sob o luar quando alguns repórteres do jornal da universidade se aproximaram. Eles estavam compilando citações dos alunos na noite daquele momento histórico. *Será que ela tinha uns minutinhos para compartilhar com eles como estava se sentindo? Eles poderiam tirar uma foto dela?* Jess concordou, mesmo que não conseguisse respirar direito, mesmo que quisesse chorar.

O lápis do repórter estava a postos.

— Quando você estiver pronta.

— Eu estou... simplesmente... eufórica pra caralho. Isso está acontecendo mesmo? E agora acho que vou tomar, tipo, uns trinta shots... não, cinquenta! É mais patriótico.

O repórter universitário levantou os olhos do bloco de notas.

— Quer finalizar como?

— Espera. Não escreve isso.

— O que vai querer dizer?

Jess pensou por um instante, parou para refletir. Imaginou o pai lendo aquelas palavras. O pai dela, com quem tinha falado apenas algumas horas antes, cuja reação aos resultados preliminares — Ohio e Flórida apontavam para a vitória de Obama — foi encher mais um copo de coca-cola e dizer:

— Bem, Jessie, alguém me belisca.

Ela recomeçou.

— Esta noite, eu sinto o peso da história. Votar pela primeira vez no primeiro presidente negro da nossa nação é um privilégio incrível. Privilégio que meus ancestrais, escravizados, não tiveram. Nunca na vida me senti tão grata e esperançosa.

— Foi ótimo — o repórter disse. — Agora pode ir até ali para tirarmos a sua foto.

Jess deu um passo para a esquerda e viu o repórter abordar outro aluno. Era um calouro de cabelos claros que vestia uma calça de sarja e uma camisa com colarinho.

O fotógrafo disse para Jess:

— Olha para cá. Vamos contar até três.

E o repórter perguntou para o rapaz de estilo social casual:

— Como você se sente em relação às eleições?

Jess se virou para a câmera e abriu um sorriso.

O cara da calça de sarja se voltou para o repórter e disse o seguinte:

— Parece que todo mundo esqueceu que estamos no meio de uma crise financeira. O mercado de ações está despencando. O galão de gasolina está custando quatro dólares. Então não tenho certeza de que seja a hora certa para deixar a economia nas mãos de outro liberal cuja política é arrecadar e gastar. — Ele deu de ombros — Mas acho que entendo a empolgação.

Boquiaberta, Jess se virou para olhar feio para ele, seu sorriso se desfazendo ao brilho do flash.

No dia seguinte, ela estava na primeira página do jornal universitário, abaixo da manchete que dizia: ESTUDANTES REAGEM À VITÓRIA HISTÓRICA DE OBAMA.

A foto estava boa — o ângulo, o luar, o rosto dela irradiando tranquilidade e encanto — e aquilo, e o peso daquele momento, fez Jess sentir que ela, um dia, mostraria aquela matéria aos filhos e aos filhos de seus filhos.

Só havia um problema.

O jornal entrevistou dez alunos: fizeram uma colagem de fotos dois por dois com as citações de cada um, os nomes e seus respectivos anos abaixo. Mas duas fotos se destacavam na parte de cima. A de Jess e a do cara da camisa de colarinho, com aquela opinião ridícula. As amigas de Jess concordaram que o que ele tinha dito era mesmo uma idiotice. Miky, que morava em frente ao apartamento dela, disse:

— Quem pisou no calo dele?

E a colega de quarto de Jess, Lydia, deu uma olhada na foto dele e disse:

— Tem cara de chato.

Mesmo assim, Lydia colou o jornal do lado de fora da porta. Com um marca-texto, desenhou uma moldura de corações e estrelas ao redor do rosto de Jess. Mas não tinha como dobrar o jornal para que aparecesse apenas a foto dela. O texto não apareceria por completo, e seu sorriso ficaria distorcido. Era impossível ver Jess sem ver Josh. Por fim, Miky pegou uma canetinha colorida e desenhou chifres de diabo e um bigode bizarro no rosto dele, e ficou melhor assim.

Depois de um tempo, a cola cedeu e o jornal caiu no chão. Já era o segundo semestre, e o corredor havia se transformado em um interminável caos de tralha: caixas de pizza amassadas, cabos de extensão embolados, uma cueca misteriosa. E quando a equipe de limpeza passou pelo dormitório no recesso entre a primavera e o verão, eles despejaram tudo, incluindo aquela recordação memorável, no lixo.

Mas até que isso acontecesse, Jess voltava todos os dias para o quarto e via o jornal, como um talismã, colado em sua porta, emanando força e inspiração, e, ao olhar para ele, pensava: *Estamos diante de um novo e brilhante mundo, esperançoso e resoluto, batendo à porta do progresso, convictos do que está do outro lado.*

E então ela olhava para a direita, via a foto de JOSH HILLYER 2012 e aquela opinião ridícula, e pensava: *Babaca!*

As mesas de Brad, John, Rich, Tom e Josh estão todas arrumadas em um semicírculo apertado em torno de um carpete sujo no centro da sala. Na baia dos analistas, eles estão amontoados como sardinhas, cheios de *pitchbooks*, bolsas de academia e canecas, então não tem espaço para Jess.

— Você pode ficar aqui — diz Charles.

Ele é a pessoa mais sênior da equipe, e Jess sabe que ele está no comando porque usa a gravata mais frouxa e chama todo mundo pelo sobrenome. Acima de Charles ainda há Blaine, o diretor administrativo da equipe, mas ele não se dá ao trabalho de ir cumprimentá-la.

Charles a leva a uma fileira de mesas encostadas na parede. A essa altura, depois da orientação que durou o dia inteiro, já passa das cinco, mas o escritório ainda está movimentado. Mesmo assim, o assento para o qual Charles aponta e todos os outros que o cercam estão vazios. As mesas, porém, estão cobertas de equipamentos, telefones analógicos e digitais e terminais da Bloomberg.

Traders, Jess supõe.

Os *traders* são os primeiros a chegar e os primeiros a ir embora. Quando o mercado fecha, o dia deles termina. Jess sente uma pontada de empolgação. Os *traders* são rudes, falam alto e usam monstruosos ternos risca de giz. Os *investment bankers*, por outro lado, são desagradáveis e sem senso de humor. Jess até gostaria de ser *trader*, mas tinha perdido o prazo para se candidatar.

Talvez seja um sinal, uma oportunidade.

Jess se imagina gritando ordens em um telefone, mandando alguém ir se foder quando ela não gostar de algum preço.

— É aqui que os *traders* se sentam?

Charles pisca.

— Não, não exatamente.

— Então, por que todos esses telefones?

— É a central de comunicação — Charles diz. — Secretárias e essas coisas. Sabe, "Goldman Sachs, como posso direcionar sua ligação?". Central de comunicação — ele repete. — Secretárias.

— Ah.

Ele para de falar.

— Pois é.

* * *

Ao fim do primeiro mês, Jess aprendeu a dizer "Como posso direcionar sua ligação?" em quatro idiomas e ainda não recebeu nenhum trabalho de verdade. Ela está de costas para os outros analistas, mas, sempre que olha para lá, eles parecem estar acorrentados à cadeira, com a cabeça inclinada sobre a mesa, ocupados com algum trabalho importante.

Jess não está fazendo nada.

Não ajuda o fato de que, quando alguém do setor de investimentos grita pedindo café ou para alguém ir até a copiadora, eles se dirigem para a área onde ela está sentada: uma secretária é uma secretária, mesmo quando na verdade ela é analista.

No dia anterior mesmo, um associado sênior, meio apressado, pediu a ela para pegar um terno na lavanderia do andar de baixo.

— Ah, na verdade sou analista.

Ele a encarou.

— Então, talvez seja melhor você pedir a um dos assistentes.

— Não tenho tempo para isso — disse ele, oferecendo a ela a nota fiscal cor-de-rosa. — Olha, você pode me ajudar?

Jess disse que não podia, mas então se escondeu no banheiro por quinze minutos para que ele não visse que ela não tinha mais nada para fazer.

Jess implora a Charles que lhe dê algo para fazer.

Ela lê um artigo sobre mulheres no mercado de trabalho, que diz: "Em ambientes de trabalho dominados por homens, as mulheres têm a incumbência de criar as próprias oportunidades de desenvolvimento".

Ela diz a Charles:

— Em ambientes de trabalho dominados por homens, as mulheres têm a incumbência de criar as próprias oportunidades de desenvolvimento.

Ele franze o cenho.

— Então achei que você pudesse me ajudar. Criar uma oportunidade? Tipo, me dar algo em que trabalhar?

* * *

Miky envia para Jess o link de um vídeo de Nicolas Cage sobreposto ao corpo de uma adolescente vestindo calcinha branca e regata, balançando em uma gigantesca bola de demolição.

Jess clica no link.

Bem nessa hora, Charles passa pela mesa dela e diz:

— Entendi.

Mais tarde, ele deixa uma pilha de documentos de informações públicas na mesa dela.

— Jones — diz ele. — Preciso de alguns números.

— Ótimo.

— É bem simples — continua ele, folheando um dos documentos. — Se você fizer login no servidor, verá que já temos um padrão. Eu só preciso que você ajuste o modelo e elabore alguns documentos diferentes. Entendeu?

— Entendi. — Jess olha para a pilha de documentos. — Para quando você precisa disso?

Charles diz:

— Para ontem.

Jess só se dá conta de que não tem a menor ideia do que está fazendo quando já é tarde demais para pedir ajuda. A única pessoa que se oferece é Josh, não porque ele realmente queira ajudar, mas porque é o parceiro dela.

No segundo dia, ele apareceu na mesa dela.

— Oi, Jess.

Ela se virou e se viu cara a cara com a cintura dele.

— Josh, oi.

— Eu sou seu parceiro — disse ele.

— Como é que é? — ela disse, para o cinto dele.

— Seu parceiro — repetiu ele.

Jess pressionou a alavanca ao lado da cadeira e baixou sete centímetros no assento. Seu rosto ainda estava estranhamente perto da virilha dele, então ela se levantou.

— O que isso significa? Você é meu parceiro?

— Fui designado para ajudar você. Para responder a perguntas, se você tiver alguma — ele deu de ombros. — Eles tentam unir os analistas de primeiro ano com um analista de segundo ano, como se fosse um mentor. E me escolheram para você. Provavelmente porque somos da mesma faculdade.

— Mas você não é um analista de segundo ano.

— Quase — disse ele. — De qualquer forma, estou aqui. — E então ele foi embora.

Agora, todas as noites antes de ir embora, se for antes dela, ele pergunta se ela precisa de alguma ajuda. Mas Josh está sempre segurando o celular e a bolsa, já vestiu o casaco e colocou o crachá no bolso, então Jess sabe que a oferta não é genuína. Ele diz por dizer e, de qualquer forma, a mesa dela fica mesmo ao lado do elevador.

É claro que ela precisa de ajuda, é claro que tem dúvidas. O que difere um modelo de capacidade de endividamento de uma análise de risco de crédito? Como a taxa de fundos federais afeta a taxa Libor? Por que o cartão de acesso dela não funciona na academia do primeiro andar?

Mas Josh é a última pessoa para quem ela quer perguntar. Ela sabe que ele pensa que ela é uma idiota, que não pertence àquele lugar. Jess o vê às vezes olhando para ela de esguelha. Interessado, mas nem um pouco impressionado. Como se estivesse esperando ela pisar na bola.

Além disso, ele já deixou claro o que pensa.

A matéria que fizeram juntos no último ano: Tópicos da Suprema Corte.

A cada semana, eles debatiam uma decisão histórica diferente, e sempre tinha alguém gritando, compartilhando uma história pessoal sem sentido ou invocando os "pais fundadores" para provar um argumento ridículo. Jess odiava essa aula, mas preenchia o requisito de direito e sociedade da faculdade.

Todos se sentavam ao redor de uma grande mesa de madeira, com o objetivo de promover o "diálogo ativo", e a discussão era conduzida pelos alunos, em um formato propositalmente discursivo, de modo que, mesmo que um dia o programa indicasse, por exemplo, "Grutter v. Bollinger:

ação afirmativa", eles poderiam passar metade da aula discutindo sobre basquete e testes padronizados até que alguém resmungasse:

— Mais alguém está completamente entediado com esse debate?

Era o cara da porta de Jess, JOSH HILLYER 2012, que se importava com o preço da gasolina e odiava Barack Obama. A pessoa que Jess havia conseguido evitar desde o primeiro ano, mas que reapareceu três anos depois. Ainda com o cabelo de apresentador de telejornal e as opiniões tenebrosas.

Jess se virou e olhou para ele. Não porque ela também não estivesse entediada com o debate, mas porque sabia que ele estava entediado pelos motivos errados. Ele tinha dito o que tinha dito na primeira página do jornal da escola, mas não era só isso: era tudo sobre ele. Seu moletom do colégio Choate, por exemplo, que fazia Jess pensar em gramados, competições de barco, drinques de gim e louras altivas. E havia algo em seu rosto. Algo perceptível naquela página de jornal, mas que tinha um efeito mais pronunciado na vida real.

Ele se parecia com um desenho que um aluno da quinta série faria se lhe pedissem para desenhar um homem; com linhas uniformes e simetria descomplicada. Tinha o queixo quadrado e os olhos azuis. Parecia alguém que a vida havia tratado com muita gentileza. Um personagem de uma sitcom antiga que tratava a esposa com condescendência.

— Estamos em 2011 — argumentou Josh. — Por que ainda estamos tendo esse debate? Como abrir as portas das universidades de elite corrige a discriminação? O problema são lares desfeitos e comunidades arruinadas. É aí que as intervenções políticas devem começar. Nas casas, nos bairros, nas escolas.

— Isto é uma escola — Jess salientou.

— Tanto faz — disse outro aluno. — É racismo reverso.

E Jess disse:

— Como se isso existisse!

Outro colega:

— As pessoas não deveriam entrar na faculdade só porque são negras.

— Claro — respondeu Jess —, porque na minha inscrição na faculdade eu escrevi apenas "sou negra" mil vezes.

Outra pessoa explicou:

— Acho que o que ele quer dizer é que não devemos levar a raça em consideração.

— Exato. Ação afirmativa não é uma coisa justa.

— Não é meritocrático.

— Não é *constitucional*.

— É meio absurdo que haja basicamente dois pesos e duas medidas baseados, você sabe, na melanina.

— E quanto aos atletas e filhos de ex-alunos? — O coração de Jess estava acelerado; ela se sentiu arregalando os olhos. — *Isso* não é absurdo? — Ela vasculhou a sala, procurando o quê? Alguém que pudesse concordar com ela? Isso não iria acontecer. Eles apresentariam seus argumentos imparciais e, quando a aula terminasse, guardariam calmamente os livros, e Jess seria a única sentindo como se tivesse levado chutes nos dentes várias vezes. Ela respirou fundo. — O que estou dizendo é que qualquer pessoa com uma raquete de squash ou um fundo fiduciário está automaticamente isenta de escrutínio. Ninguém está perguntando se elas são qualificadas. Por quê?

— Não é a mesma coisa, e você sabe disso.

— É, sim.

— Não, não é.

— Sim, é...!

O professor pigarreou.

— Vamos voltar para o caso em questão. A alegação de Grutter era válida? Ou a decisão do tribunal foi, no geral, inconstitucional?

Jess suspirou e recostou na cadeira.

À sua direita, Josh se aproximou.

Ele sussurrou:

— Esse é mesmo o seu argumento? Que legado familiar e ação afirmativa são a mesma coisa? Isso é... sério?

Jess o ignorou e fingiu prestar atenção enquanto alguém tagarelava sobre por que não fazia sentido que as universidades "baixassem o nível".

Josh deslizou os cotovelos sobre a mesa e pousou as mãos entrelaçadas no caderno de Jess. Ela sentiu o cheiro de amaciante das mangas da blusa dele.

— Sério — ele disse, com a voz baixa. — Não acredito que você acredita nisso. — Jess pegou a caneta, desenhou uma série de rabiscos e espirais no canto superior direito do caderno. Evitou contato visual.

— Pelo menos você percebe como é uma falsa equivalência, certo? Você sabe disso, não sabe?

Tudo o que Jess via eram os pulsos pálidos dele, o relógio de titânio tiquetaqueando silenciosamente. O pai provavelmente tinha dado para ele no aniversário de dezoito anos, com uma garrafa de uísque de cinquenta anos e as senhas de todas as contas da corretora.

Jess não respondeu.

Ele se aproximou.

— Então você acha mesmo que relaxar os padrões de admissão para "minorias sub-representadas" — aqui ele fez aspas no ar, e isso confirmou para Jess que, sim, ele era um idiota — é um mecanismo aceitável para alcançar — mais aspas com os dedos — "igualdade"?

Era por isso que Jess odiava direito e sociedade. Era sempre a mesma história: povos oprimidos, lembranças e esquecimentos convenientes da história, uma baforada de supremacia branca. Ao contrário das disciplinas de cálculo ou de economia, em que o professor escrevia silenciosamente as respostas na frente da sala de aula e em que raramente havia controvérsia — a menos que alguém começasse a falar do infinito! —, nessas aulas de humanas as pessoas insistiam em gritar suas opiniões, por mais inadequadas que fossem. Era demais suportar aquilo por alguns créditos. No entanto, lá estava ela.

E lá estava ele. Respirando. Olhando fixamente. Forçando-a a interagir. Emanando privilégio presunçoso. Esperando.

— Você acredita mesmo que ter uma cor específica de pele é tão bom quanto ter alguma habilidade ou talento comprovado? — Ele balançou a cabeça. — Sério?

Por que ele não podia simplesmente ir polir aquele relógio e deixá-la em paz?

Mas ele não queria deixá-la em paz. Continuou sacudindo a cabeça, dizendo:

— Não acredito que você acredite nisso.

Até que Jess disse:

— Josh?

Ele se inclinou na direção dela, cheio de expectativa, e Jess puxou o caderno de debaixo dos pulsos dele.

— Você está em cima das minhas anotações.

Ele pareceu momentaneamente sobressaltado, mas não se intimidou.

— Você percebe que está essencialmente argumentando que a "diversidade" é mais importante do que o mérito.

Ela estava perdendo a paciência.

— Bem, você está argumentando que balançar uma raquete de squash é equivalente a quatrocentos anos de escravidão e desigualdade sistêmica!

Ao redor da mesa, a conversa parou.

Todos estavam olhando. Jess percebeu que não estava exatamente sussurrando nem falando em um tom moderado.

O professor franziu a testa.

— Jess? Você tem algo a acrescentar?

Isso sempre acontecia: ela era sugada para a discussão, quando preferia não dizer nada. Queria apenas ficar sentada em silêncio, jogando quebra-cabeças numéricos no celular embaixo da mesa.

Ao mesmo tempo, ela aceitou, de má vontade pelo menos, que era sua responsabilidade Dizer Alguma Coisa. Isso foi algo que Jess aprendeu com o pai, que, ao longo de sua infância em Nebraska, parecia estar sempre dizendo alguma coisa. Como na vez em que ele exigiu que o gerente do Walmart tivesse um estoque multicultural de bonecas, enquanto Jess ficava atrás dele, morrendo de vergonha. Quando ele dirigiu até outro estado no Natal para encontrar o único Papai Noel negro nas Grandes Planícies. Ou quando importunou o diretor sobre a falta de livros sobre a história negra na biblioteca da escola.

Ele estava dando o melhor de si, Jess sabia disso. Provavelmente tentava compensar o fato de Jess ter perdido a mãe quando era bebê. Mas às vezes ela se perguntava por que ele se dava ao trabalho. Não teria sido mais fácil se mudar em vez de gritar com os professores dela pelas péssimas aulas sobre a Guerra Civil Americana? Ou comprar réplicas da Barbie? Tudo o que ela queria era se encaixar, não ter que ler outra biografia infantil do dr. Martin Luther King.

Não queria ter que discutir aos sussurros com Josh, naquele moletom de escola preparatória e cabelo de âncora de telejornal; não queria ter que defender a si mesma, sua raça, seu direito de estar ali.

Mais tarde naquela noite, no bar que todos frequentavam, ele foi atrás dela e a arrastou mais uma vez para aquela conversa. Eram nove da noite, e todos estavam bêbados. A Avenue Tavern tinha o chão pegajoso, e uma placa acima da porta que dizia CERVEJA GRÁTIS AMANHÃ. Com quinze dólares e uma identidade falsa, dava para comprar bebidas de vinte e cinco centavos a noite toda.

Jess tinha bebido drinques de vodca com cranberry até ficar sem moedas e, quando o mundo começou a girar, ela encontrou um sofá vazio perto do banheiro. Estava ali havia apenas um minuto quando sentiu um peso no tecido. Um corpo ao lado dela. Abriu um olho e inclinou a cabeça ligeiramente.

— Jess, não é? — Era ele. — Josh — ele se apresentou, formalmente, estendendo a mão.

Ela ignorou e fechou os olhos novamente, esperando que ele fosse embora.

Mas ele não foi. Ela podia ouvi-lo balançar o gelo no copo.

— Então — ele disse —, seu argumento na aula hoje foi muito fraco.

Jess não disse nada, só deslizou um pouco mais para baixo no assento. Josh ignorou que estava sendo ignorado e continuou.

— Como beneficiária direta da ação afirmativa, vejo por que a defende. Eu entendo, de verdade. Mas você não pode acreditar, quero dizer do ponto de vista intelectual, não emocional, que afrouxar os padrões de admissão seja um mecanismo apropriado para lidar com a desigualdade sistêmica. Mandar alunos a universidades para as quais não estão qualificados a frequentar? Isso é benéfico? Além disso, é completamente inexequível. Quero dizer, o verdadeiro problema da desigualdade no país não tem nada a ver com raça, certo? Tem a ver com classe. Como é justo que um aluno afro-americano rico com um boletim e notas de teste medíocres tenha preferência sobre um aluno pobre de Appalachia que teve ainda menos na vida?

— Então, você está perguntando para mim, a especialista — Jess finalmente abriu os olhos —, por que não temos ações afirmativas para os brancos pobres?

Ele assentiu.

— Bom, isso é bem resumido e sinto algum sarcasmo, mas sim, gostaria de ouvir sua opinião.

— Minha opinião é: — ela tomou um gole da bebida, o gelo derretido tinha gosto de metal — vai se foder.

Ele balançou a cabeça.

— É basicamente impossível tentar ter uma conversa intelectual séria com qualquer pessoa nesta faculdade.

— Talvez você se encaixasse melhor na Universidade de Appalachia.

— Que engraçado — disse ele, e se levantou.

Mas então voltou.

— Aqui. — Ele empurrou um copo d'água na direção dela, e Jess fez um esforço para não agradecer.

— Então — ele disse, com o braço apoiado na banqueta —, o que você vai fazer no ano que vem?

— O quê?

— Depois da formatura. Vou trabalhar na Goldman Sachs. E você?

— Ah. — Jess deu de ombros. — Não sei.

— Sério? Você não tem nada planejado?

Jess encolheu os ombros outra vez.

— Talvez uma organização sem fins lucrativos que faça algum trabalho com crianças. Ou uma galeria de arte. — Esse era o plano de sua colega de quarto, Lydia. Alugar um apartamento no West Village ou em Brownstone Brooklyn e ir de táxi para o estágio em tempo integral na Christie's, no Rockefeller Center.

— Algum trabalho com crianças? Uma galeria de arte? — Josh balançou a cabeça. — Não são empregos de verdade.

— Tá, bom, nem todo mundo quer ser Gordon Gekko, gritando com a secretária e roubando fundos de pensão só para comprar mais caviar e cães de raça. Alguns de nós realmente gostariam de retribuir.

— Retribuir? Com um salário de quarenta mil dólares anuais?

— Engraçado — disse ela. — Não sabia que tudo girava em torno de dinheiro.

Jess queria acreditar nisso mais do que de fato acreditava. Queria ter um relacionamento casual com dinheiro. Queria fazer parecer que não se importava. Ela não queria parecer ávida demais. Ou desesperada. Ou em apuros. Nenhuma de suas amigas queria um emprego na área de finanças. Elas queriam ser voluntárias, buscar realização pessoal, fazer arte. E por que não?

Elas tinham razão. Dinheiro não tinha importância.

A menos que você não tivesse dinheiro algum.

Ou que quisesse ser levada a sério.

Ele ergueu a sobrancelha.

— E você vai pagar aluguel com... agradecimentos da comunidade?

— Josh. — Ela olhou para ele, exasperada. — Por que você se importa?

— Estou curioso, só isso. É porque é isso que suas amigas estão fazendo? Pensei que você fosse diferente.

— Diferente do quê?

— Das suas amigas.

Na verdade, em muitos aspectos, Jess era mesmo diferente das amigas; de Lydia, que havia frequentado um internato nos Alpes, onde, ao meio-dia, comiam queijo e bebiam chocolate e cujo pai era presidente de um banco suíço. Ou de Miky, que não era integrante da família real coreana, mas parecia que podia ser — ela insistia que não era de um jeito que parecia confirmar o que tanto negava. Mas elas eram amigas desde o primeiro ano, e Jess ficou irritada ao pensar que seus esforços para esconder essas diferenças haviam falhado e que um cara no bar, de camiseta rosa, a desmascarasse.

— Como assim, *diferente*?

— Não parece o tipo que trabalha numa galeria de arte.

— Desculpe. — Jess foi pega de surpresa. — Você me conhece?

— Não fica na defensiva — disse Josh. — Alguns de nós tiveram que dar duro para chegar aqui. E teremos que dar duro quando sairmos. Acho que você também.

— Você não sabe nada sobre mim. Acha que só porque sou negra sou pobre? Que esclarecido.

— Bem, quero dizer estatisticamente, essa é a realidade. É o que os números dizem. Mas não é isso que eu estava dizendo. É outra coisa. Você parece... — Ele parou, procurando a palavra certa.

Involuntariamente, Jess se inclinou para ele.

— Pareço...?

Ele passou o dedo pela borda do copo, fazendo um assobio baixo e melódico, como uma baleia.

— Perspicaz — disse ele finalmente.

Perspicaz? *Perspicaz?* Jess teria ficado menos ofendida se ele tivesse dito que ela cheirava como uma montanha de lixo.

— Josh? — ela apontou para o colo dele.

— Sim? — ele disse, mas não se moveu.

— Estou indo embora. — Ela o empurrou para sair dali, derramando as bebidas dos dois.

No bar, Lydia pedia outra rodada.

— Quem era aquele? — ela perguntou, dando a Jess uma dose. — É gatinho! Vai pegar?

Jess inclinou a cabeça para trás, e o líquido gelado queimou sua garganta. Ela esperou a onda de náusea passar e então torceu o nariz.

— Não reconheceu?

— Deveria?

— É o cara do jornal. Do primeiro ano. Chifrinhos de diabo?

— Ah, é.

— Então não, definitivamente não é gatinho.

— Hum. — Lydia fez uma careta.

— O que foi?

— É que... — Lydia deu de ombros — sei lá.

— Bem, eu sei — Jess disse, balançando a cabeça —, e nós o odiamos. Ele é um mala.

— Estou indo — diz Josh. — Tudo bem aí?

E por estar desesperada, Jess faz algo fora do comum:

— Na verdade, acho que tenho uma pergunta.

Ele olha para o relógio.

— O que é?

— É só este modelo que Charles me pediu para fazer. Estou meio que tendo dificuldade.

— Você não terminou?

— Não exatamente.

Ela aperta algumas teclas, e o computador ganha vida. Jess espera impressioná-lo ou intimidá-lo com os números complicados que aparecem na tela, mas ele imediatamente reconhece o que ela está fazendo.

— Uma análise de transação precedente? — Ele se inclina sobre Jess, digita no teclado dela e folheia vários documentos na mesa. Ele narra cada documento à medida que avança: — Fluxo de caixa descontado, balanço patrimonial, custo de capital.

Ele olha para Jess.

— Qual é o problema?

— Não sei.

Ele olha para a tela dela. Alterna entre as várias planilhas. Seu rosto está a apenas alguns centímetros do dela. Ele cheira a sabonete caro e bala Altoids.

— Você ao menos sabe o que está fazendo?

— Isso depende de como você define "saber" e "fazer".

— Caramba — diz ele, girando para si a cadeira da mesa ao lado de Jess. Ele se senta. — Onde você está calculando a taxa de desconto? — Ele digita nas células da planilha de Jess; seus dedos dançam sobre o teclado como os de um pianista.

— Aqui. — Jess aponta para a tela.

— Está errado.

Jess não discorda.

— Você precisa calcular o custo médio ponderado do capital — ele pega um documento de informações públicas da mesa dela, folheia, pega outro e abre o apêndice — daqui — ele aponta para um número em uma página, pega um marcador amarelo e o destaca —, e então usar isso para direcionar as premissas do modelo — ele aponta para a tela — aqui. Viu?

Ela assente.

— Aqui, chega pra lá. — Ele vira a cadeira na direção dela e coloca o teclado no colo. — Você sabe como configurar intervalos nomeados dinâmicos?

Ela balança a cabeça.

— Caramba.

Mas ele a ajuda.

Ele é um pouco hostil, mas é também paciente, como um professor alemão. E, por fim, ela consegue terminar.

Ela envia o modelo para Charles de manhã cedo e imediatamente recebe uma resposta:

— Venha falar comigo.

Jess corre até a mesa dele. Charles está recostado na cadeira, com uma perna cruzada sobre a outra, formando um triângulo, quicando uma bola de elástico contra a parede de cortiça. O modelo está aberto em seu computador.

— Chamou?

Ele gira em direção a ela.

— O que é isso?

— É o modelo que você pediu. — Jess se impede de dizer mais.

— Fonte Calibri?

— Hum.

— Isto não é uma revista de entretenimento. Da próxima vez, use Arial. Ou Times New Roman, se estiver se sentindo revigorada. — Ele atira um único elástico por cima do ombro dela. — Entendeu?

Jess encontra Josh em uma sala de reuniões vazia.

— Obrigada de novo pela ajuda de ontem — ela diz.

Ele a ignora, apenas continua no celular.

Jess diz:

— Nada de "De nada, Jess"? Ou "Prazer em ajudar, Jess"? Sem "Quando quiser, Jess, para que servem os amigos"?

— Eu tinha planos — diz ele, ainda olhando para o celular.

Ela está tentando ser amigável. Tentando agradecer. Mas tudo bem.

— O quê? Você perdeu o happy hour dos Jovens Republicanos ou algo assim?

Ele finalmente sai do celular, olha para ela e ergue a sobrancelha.

Jess se pergunta se o ofendeu, se ela se importa. Insinuar que alguém é republicano não é um insulto, não tecnicamente. Principalmente em um banco. Mas ele certamente está ofendido, Jess tem certeza. Na aula de Suprema Corte, ele sempre tinha uns argumentos de economia predatória, como impostos na folha de pagamento e dívida pública. Uma vez, ela o avistou na livraria da universidade e o viu pagar um pacote de chiclete com uma nota de cem dólares.

— Que engraçado. — Ele volta a olhar o celular.

— Bem — Jess diz, dirigindo-se para a porta —, se vale de alguma coisa, estou mesmo agradecida pela ajuda.

Lá fora, a cidade fervilha de recém-formados, todos querendo se divertir. É final de agosto, e o apogeu quente e pegajoso do verão já passou, então parece primavera.

Isso faz Jess se lembrar da faculdade, quando todo o corpo estudantil emergia do inverno cinzento em shorts curtos e óculos de sol de plástico e arrastava sofás para os gramados da frente. Às vezes elas, Jess, Miky e Lydia, matavam aula e se sentavam no pátio bebendo cerveja aquecida pelo sol e margaritas picantes até sentirem a cabeça girando.

Mas isso acabou.

Miky e Lydia têm novas amigas, enquanto Jess fica presa no trabalho.

As novas amigas, as Garotas do Vinho, são californianas otimistas e descontraídas, herdeiras de cabelos emaranhados, cujos pais cultivam uvas em Napa Valley. Elas acreditam no amor livre, na acupuntura, em viagens espaciais privadas e em carros elétricos.

Jess as conhece uma noite, quando consegue escapar do trabalho em um horário razoável. O bar-barra-restaurante é escuro e barulhento, e, no calor da multidão, Jess se sente nostálgica.

Elas estão sentadas em uma pequena mesa abarrotada de drinques e garrafas grandes de água com gás.

Todas berram cumprimentos, e então as Garotas do Vinho gritam mais alto que a música:

— Por que você está de terno?

Jess se senta e explica gritando que trabalha na Goldman Sachs.

Elas franzem a testa bebendo os drinques e respondem berrando:
— Que péssimo! Por que você trabalha lá?
Silenciosamente, Miky coloca uma bebida na frente de Jess.
As Garotas do Vinho não desistem.
— Como você pode trabalhar lá?
— Não é tão ruim assim. — Jess dá de ombros.
— Não é tão ruim assim? A Goldman Sachs é uma lula vampira gigante! — as Garotas do Vinho insistem. — Agarrada na cara da economia, sugando até secar!
Um garçom se materializa.
— Aah... — Lydia se anima. — Vamos pedir a lula?
As Garotas do Vinho informam a Jess que, considerando sua semana de trabalho de cem horas, ela está ganhando um salário-mínimo, provavelmente menos do que ganharia vendendo hambúrgueres em uma lanchonete.

Isso não é verdade, obviamente. E mais importante: trabalhar no McDonald's não traz o prestígio do banco mais poderoso e importante do mundo. Ou o respeito ressentido de pessoas que, em outro contexto, poderiam rejeitá-la. Ou o carro de luxo que a leva para casa toda noite. Mas as Garotas do Vinho não estão completamente erradas; Jess meio que odeia o emprego. É entediante e ninguém é legal com ela, e a lã de espessura média faz sua pele coçar. Ela quase não vê as amigas, dorme mal, quase não come nada que não venha em um pacote para viagem. Quando Lydia perguntou, Jess reclamou da vida na linha de frente.
— É horrível, Lyd. Só um monte de caras de terno, falando, fazendo coisas. O dia todo. Todo dia.
— Bem — disse Lydia —, o patriarcado não foi desmantelado em um dia. Pelo menos não tem fila para o banheiro feminino.
Não era o caso do trabalho de Lydia, uma casa de leilão e boutique, onde dois terços dos funcionários eram mulheres e no banheiro sempre tinha absorventes internos e purpurina.

Com muita frequência, Jess idealiza um trabalho diferente.

Como o trabalho de Lydia na casa de leilão, que pode ser degradante, mas tem um ar definitivamente glamoroso. Ou como os empregos das Garotas do Vinho: Callie, que trabalha em uma startup de massa de biscoito, e Noree, que trabalha em uma empresa sustentável que fabrica sapatos de bambu reciclado. Até Miky, que é coordenadora de contas da maior agência de publicidade criativa do mundo, ainda chega em casa às seis todos os dias.

Seria bom: um emprego de fachada, um apartamento bacana e pais que pagassem as contas.

Em vez de: empréstimos estudantis, um studio que consome metade do salário, pessoas que sempre olham enviesado para ela.

O pai de Jess liga.

— Então — ele pergunta —, está tirando eles do sério?

Ela sabe o que ele quer ouvir. Que ela chega cedo e sai tarde; que os está vencendo em seu próprio jogo. Durante toda sua vida, era o que ele tinha dito infinitas vezes. Ela precisava ser duas vezes melhor para conseguir a metade. Ele estava certo, ela sabia, mas Jess se ressentia disso. Por que seu sucesso tinha que ser baseado na perfeição em vez de, digamos, uma vaga sensação de que ela era alguém com quem as pessoas gostariam de tomar uma cerveja?

Ainda assim, ela tenta. Acompanhar o passo, manter a cabeça baixa, ser útil. Mesmo que não tenha certeza se alguém percebe. E, embora ela seja, com toda certeza, melhor do que Rich, que se formou em Harvard, mas não tem certeza se *quarta-feira* tem hífen, ainda não sabe se é melhor que Josh, que pode fazer um fluxo de caixa descontado só de olhar. Ela pensa em contar a verdade ao pai: que às vezes se sente como um bebê, carente e indefesa. Que é a única perdida, a única que não tem opinião formada sobre Coisas Importantes: o preço da soja, as nuances da lei Glass-Steagall, o novo cardápio do University Club.

Mas ela pode ouvi-lo sorrindo, esperando, do outro lado da linha.

Então, em vez disso, ela diz:

— Pode apostar. Estou ótima. Estou incrível. Está tudo bem.

Dois

Eles viajam para Cincinnati para uma série de reuniões de ajustes com uma seguradora que está se preparando para uma oferta pública de ações.

— Timão e Pumba — Charles diz a Josh e Jess —, arrumem as malas, vamos para a Califórnia.

— O quê? — Jess pergunta. — Sério?

— Não, é brincadeira — diz ele. — Vamos para Ohio, na verdade. Mas ouvi dizer que o tempo está mesmo uma merda, então, é isso.

Na primeira classe, no primeiro voo do dia, do LaGuardia até Ohio, antes mesmo de a comissária de bordo oferecer suco de laranja, Jess adormece no assento. Do aeroporto, eles pegam um táxi direto para o escritório do cliente, arrastando as malas como se fossem corpos.

São conduzidos a uma sala de reuniões cavernosa, com uma mesa de conferência tão longa quanto uma pista de boliche.

Charles faz perguntas técnicas complicadas sobre seus modelos atuariais, enquanto Josh os questiona sobre a estratégia de crescimento. Jess faz anotações.

O cliente tem um jeito ardiloso, e Jess pode imaginá-lo em tons de sépia, um barão gatuno que saqueia os cofres do país para seus próprios ganhos ilícitos, ou talvez apenas um bandido comum roubando cobre dos trilhos da ferrovia na calada da noite. Ele fala sem parar sobre discriminação de preços e maximização de lucros e só falta chamar os próprios clientes de bocós.

Em um dado momento, ele apresenta um argumento particularmente complicado, e Charles se vira para Jess e pergunta:

— Anotou?

Jess faz que sim e, em suas anotações, resume: "roubar dos pobres para dar aos ricos".

Mais tarde, Jess lê na internet sobre uma cadeia de restaurantes de chili local.

— "Prove o sabor que deu origem ao sucesso" — diz Jess, lendo o slogan do site.

— Não, obrigado — diz Josh.

— Vamos, a gente tem que comer.

Charles está almoçando com o cliente, e eles não foram convidados. Assim, cruzam seis faixas de tráfego para chegar ao centro comercial do outro lado da rodovia, onde, no restaurante, as pessoas fazem fila para comer cachorro-quente e espaguete.

Josh diz:

— Manhattan isso não é.

Jess diz:

— Sabe, eu meio que sou daqui.

— De onde?

— Daqui — ela diz, enquanto se sentam e o garçom serve água para eles. — Do meio-oeste. Você sabe, esses estados entre uma costa e outra?

— Chicago?

Jess sacode a cabeça.

— Nebraska.

Josh se inclina para a frente tão de repente que quase derruba a bebida.

— Sério?

— Nascida e criada.

— Eu nunca teria imaginado. Você parece tão — ele procura a palavra certa — nova-iorquina.

— Obrigada?

— Nebraska, hein. — Ele se recosta. — Eu definitivamente preciso revisar a imagem mental que fiz de você.

— Por que você tem uma imagem mental de mim?

Josh a ignora e pede uma salada verde com frango grelhado. Jess pede o sanduíche de chili com queijo.

— Vou adivinhar — diz ela. — Você está treinando para uma maratona.

— Como é?

— O restaurante é famoso pelo *chili*, não pelo especial de legumes cozidos no vapor. Por que você não vive um pouco?

— Tenho certeza de que doenças cardíacas e colesterol alto são o oposto de viver.

— E daí? Você só come comida saudável?

— Na maioria das vezes, sim. Por que eu iria querer algo que faz mal?

— Porque — Jess diz — é bom ser mau. Abraçar o lado sombrio. Ceder aos seus apetites mais depravados.

Ele ergue a sobrancelha.

— Sério, você nunca fica com vontade de comer, sei lá, batata frita, Oreos fritos ou pizza de pepperoni?

— Gosto de folhas verdes.

O garçom reaparece e deixa dois pratos na mesa: uma montanha de chili e queijo cheddar ralado para Jess, uma triste tigela de vegetais para Josh.

Jess dá risada.

Josh também.

— Está bem — diz ele, espetando uma florzinha de couve-flor com o garfo. — Você venceu.

Depois, Jess diz a Charles:

— Que absurdo esses caras! Toda a estratégia deles é tipo... invertida.

— É extremamente lucrativa, isso sim.

— Mas você não acha que em algum nível é completamente... antagônico? É quase predatório. Você não acha isso escroto?

— Acho que o mercado de seguros é assim.

— Mas é tão errado! — Jess entende que parece ingênua, mas mesmo assim.

Charles dá de ombros.

— Acho que você está certa. Mas... é aquela história do telhado de vidro, não acha?

Ele batiza isso de Robin Hood Reverso. E a partir de então, sempre que alguém faz algo especialmente inteligente ou dissimulado, Charles o coroa como o novo rei da floresta de Sherwood.

Mas o mais perto que Jess chega de fazer parte disso é o dia em que veste uma blusa de seda com gola boneca de babado, e Charles diz:

— Gostei da blusa, donzela Marian.

No aeroporto, o voo para Nova York está atrasado três horas. Há exatamente um assento extra disponível em um voo que parte em vinte minutos e, no balcão de check-in, Charles o reivindica. Ele diz:

— Desculpem, jovens, mas preciso dar o fora daqui.

Jess e Josh esperam no portão observando por uma janela os aviões taxiarem. Jess pensa no teste do aeroporto, a parte em que o entrevistador avalia a "adequação" do candidato em todas as entrevistas para vagas de analista de *investment banking*, ao se perguntar: eu gostaria de ficar preso em um aeroporto com essa pessoa? Jess olha para Josh, refletindo. Ele olha para ela, e eles fazem um breve contato visual. Jess espera que Josh não possa ler seus pensamentos.

— Então, me fala sobre Nebraska — ele diz, por fim. — Como foi crescer lá?

Jess revira os olhos.

— Vocês, da Costa Leste, são sempre assim. Chega mais. Vou contar tudo sobre minha infância no interior. Eu ia para a escola todos os dias em um trator e, em vez de um cachorro, eu tinha um *cão-da-pradaria*.

— Não foi o que eu quis dizer.

Por algum motivo, ela decide contar a verdade.

— Bem, já que você está perguntando, eu diria... que foi tipo... solitário.

— Havia muitas outras famílias afro-americanas?

— Não. Não muitas — Jess diz. Embora "não muitas" pareça um eufemismo. Às vezes, parecia que ela e o pai eram os únicos dois negros em toda a área metropolitana de Lincoln. Os únicos dois negros no oeste de Nebraska, nas Grandes Planícies, no universo.

Não apenas ela mal conhecia outras famílias negras, mas, além do pai, ela não tinha ninguém da própria família. Todos estavam mortos — sua mãe, seus avós — ou longe dali — um tio que seu pai nunca mencionava, vários primos que Jess nunca conheceu, que enviavam cartões de Natal de lugares distantes como Los Angeles e Toronto.

Todo mundo que ela conhecia parecia ter a casa cheia de pessoas e animais de estimação — irmãos, irmãs, gatos, cachorros — e, quando Jess os visitava, eles sempre pareciam barulhentos e desgrenhados, o que fazia sua pequena família parecer digna, do tamanho certo. Mas então chegava o Natal, o Dia de Ação de Graças ou o Dia das Mães, e havia poucas maneiras de duas pessoas celebrarem juntas, e aí ela sentia uma solidão penetrante e lembrava que sua família estava incompleta.

Josh diz:

— Deve ter sido difícil.

— Achei que você tinha dito que a classe, e não a raça, era o verdadeiro problema atual do país.

— Você não se esquece mesmo de nada, não é? Tem um dossiê de merdas que eu disse quando estava na faculdade e que você vai usar contra mim toda vez que conversarmos?

— Então você acha que falou merda?

Ele suspira.

— Acho que posso ter dito muitas coisas naquela época que careciam de nuances.

— Naquela época? Você quer dizer ano passado?

Ele solta um gemido.

— Jess, dá um tempo. Não é como se você fosse um modelo de virtude e compreensão.

— Do que você está falando?

— Você e suas amigas. Estavam sempre bebendo, usando drogas e torcendo o nariz para tudo e todos. Você estava sempre de ressaca na aula. Comendo aqueles sanduíches de ovo e tomando gigantescas xícaras de café. Sério. Não tente fingir que tem autoridade moral.

Jess diz:

— Prefiro estar bêbada a ser uma constitucionalista conservadora.

Ele dá uma risada breve.

— Eu fui ridicularizada — Jess diz a ele. — Nada extremo. Ninguém, tipo, disse para eu me matar no Facebook, mas... sei lá. Crianças podem ser cruéis, sabe?

Ele faz que sim.

Jess diz:

— Então, como foi para você? Crescer em...?

— Connecticut.

— Ah. Certo. Connecticut. Choate. — Jess de repente lembra com quem está falando. Ela gostaria de não ter falado tanto. — Não me diga. Quando você era criança, teve problemas porque acertou uma bola de beisebol por cima da cerca da propriedade de David Letterman. Durante a semana, usava gravata para ir à escola e no fim de semana jogava polo no clube.

— Você acha mesmo que me sacou, não é? — Ele a olha de esguelha. — Eu entendo, sabe.

— Entende o quê?

— O que é sentir que você não se encaixa. Cresci sem muito dinheiro. Meus pais se divorciaram quando eu estava no ensino fundamental, e meu pai se mudou para a Califórnia. Minha mãe teve que trabalhar. Não foi fácil.

— Mas você estudou na Choate.

— Eu tive ajuda.

— Então os alunos eram idiotas? Os ricos?

— Não. — Josh balança a cabeça. — Não eram. Mas eu ainda me sentia diferente, sabe?

Sim, Jess sabe, mas fica surpresa ao ouvi-lo expressar um pensamento que não parece ter saído de um livro de economia.

Ela assente.

— É, mesmo que as pessoas com quem eu estudei *fossem* cruéis... Eu ainda queria ser como elas. Queria ser amiga delas.

O anúncio de embarque estala no alto-falante, e eles caminham em direção ao portão.

— É compreensível — diz Josh, arrastando a mala atrás de si. — O desejo de pertencer é um dos instintos humanos mais irredutíveis. Somos programados cognitivamente para querer nos encaixar.

Aí está: a irritante interpretação do mundo baseada na Wikipédia.

— Certo — diz Jess secamente, ajustando as alças da bolsa. — Ciência.

Três

Duas semanas depois.

— Jess. — Josh está ali de pé, perto da mesa dela.

— Já sei, já sei — diz ela. — Estou quase acabando a estrutura de capital, prometo. Vou mandar... daqui a pouco.

— Não — ele diz. — Não é isso.

Ela olha para ele.

— Na verdade, eu queria saber se você quer almoçar comigo.

Eles comem bagels sentados em um banco no Rockefeller Park. Josh diz:

— E aí, o que você acha do memorando de investimento da Lyfe-Co.? Estou curioso para saber sua opinião sobre como estruturamos o documento.

Jess deixa o sanduíche no colo.

— O memorando de investimento? Você me convidou para almoçar para falar sobre seguros?

— Sim, claro.

— Tá, bem, eu não sabia que era um almoço de trabalho, senão teria me preparado. Talvez trouxesse alguns papéis.

— Só estou perguntando a sua opinião.

— Está bem, então. Acho que a LyfeCo. é basicamente uma associação criminosa que existe apenas para obter lucro dos mais vulneráveis. — Jess sabe que parece uma hipócrita, mas acha que a única coisa pior do que ser cúmplice é ser completamente indiferente.

— Na verdade, eu estava perguntando o que você achou do memorando. Não pedi uma arenga marxista, mas... tudo bem. — Ele faz uma

39

pausa. — Você acha que faz sentido deixar a análise SWOT tão à frente da avaliação de risco quando estão dizendo basicamente as mesmas coisas?

Jess dá de ombros e separa as duas metades do bagel, reorganizando a alface e o tomate.

Ele suspira.

— Tá, sobre o que você quer falar então, Jess?

Ela diz:

— Ouvi dizer que um dos diretores está traindo a esposa com uma estagiária de relações públicas. Alguém viu os dois se pegando na escada.

— Isso é verdade? — Josh parece surpreso. — Quem?

— Esqueci.

Ele meio que ri.

— Meu Deus, você é tão irritante!

Josh dá a última mordida no sanduíche e limpa as mãos. Ele estica as pernas e cruza um tornozelo sobre o outro, e Jess se pergunta se ele paga para polir os sapatos.

Ele diz:

— Tá, tenho uma pergunta: por que você odeia tanto Rich Golden?

Jess considera enrolar ou mentir, dizer algo do tipo "quem, eu?", mas, em vez disso, diz:

— É tão óbvio assim?

— Não.

— Ele é tão... medíocre.

— Você sabe que o pai dele é da diretoria.

Jess assente.

— Eu sei. Todo mundo conhece Dick Golden. *Saquei*. Mas é incrivelmente penoso interagir com ele. É como tentar conversar com um saco de farinha.

— Definitivamente, ele não é a pessoa mais motivada que já conheci — admite Josh.

— É que eu acho frustrante saber que, em cinco anos, ele provavelmente será vice-presidente e eu ainda estarei recebendo pedidos de café e imprimindo *pitchbooks*.

— Ele não será vice-presidente.

— Por que tem tanta certeza disso?

— Se servir de consolo, não acho que o que o fez ser contratado o faça chegar muito longe. Acho que a Goldman faz um bom trabalho em identificar e recompensar talentos. O ideal meritocrático vai falar mais alto.

— Você acha que a Goldman é uma meritocracia?

— Mais ou menos, é sim.

— É claro que acha.

— Como é que é?

— Eu disse que *é claro que você acha* — diz Jess, talvez um pouco alto demais.

— Eu ouvi — diz Josh. — Estou perguntando o que você quis dizer com isso.

— Quero dizer que você e todos os Richs do mundo podem pensar que é uma meritocracia perfeita e feliz, onde todas as pessoas inteligentes e esforçadas são vencedoras e todos os outros são uns fracassados.

— Eu e todos os Richs?

— Pessoas brancas com pênis.

— Tá, uau, eu pensei que você fosse evitar esse assunto um pouco mais — diz ele. — De qualquer forma, Jess, não tenho nada a ver com Rich. Ele é um idiota. Concordo com você. Mas só porque nós dois somos brancos, qual é o problema? É uma questão para você?

— Só acho injusto que, quando os capitalistas de compadrio terminarem de distribuir favores aos nossos bons e velhos rapazes, não reste mais nada para o resto de nós.

— E como, exatamente, isso afeta você?

— Como assim? — Jess pergunta.

— Você tem tudo.

— Não tenho, não. Como assim? Você trabalha em mais negociações que eu. Tem mais reconhecimento que eu. Recebe mais propostas de trabalho que eu. Preciso continuar?

— Isso não é capitalismo de compadrio, Jess. Isso acontece porque sou melhor do que você.

— Melhor que eu?

— No *trabalho*.

— Não estou dizendo que sou a melhor analista do mercado, mas às vezes seria bom receber o mesmo tratamento especial que todo mundo recebe.

— O que você quer que eu diga? Lamento que você não sinta que o mundo corresponde a todas as suas expectativas. Mas estamos exatamente no mesmo lugar, Jess. Tivemos a mesma educação. Temos exatamente o mesmo emprego. O que mais você quer?

— Eu quero o benefício da dúvida, porra! Quero que as pessoas reconheçam algo grande dentro de mim, quer esteja lá ou não, e que o estimulem e celebrem. Que digam que sou brilhante e incrível e que valorizem minhas habilidades para o mundo. Quero que as pessoas digam "Jess está aqui também, e ela é incrível".

— É, bem — diz ele depois de um minuto —, não acho que isso vá acontecer.

Jess joga o resto do bagel para dois pombos que voam ali perto.
— De qualquer forma, sendo bem sincera... — ela diz.
— O quê? — Josh pergunta.
— Um cara rico chamado Rich? Sério?
— Bem — Josh diz —, talvez Little Dick estivesse muito na cara.

Para ser promovido, Charles começou a apresentar os próprios planos de negócios, e passou a receber negociações exclusivas.

Um dos clientes mais importantes — o "mais requintado fornecedor de biscoitos e bolos" do mundo — estava procurando uma oportunidade, e Charles identificou um alvo. Uma empresa de biscoitos familiar, com fundamentos sólidos e uma posição dominante no mercado do meio-oeste.

Charles ligou para avaliar o interesse deles.

Depois de ser transferido por vários minutos, finalmente conseguiu falar com o próprio CEO, o patriarca de 85 anos que dirigia a empresa havia cinco décadas.

Charles se apresentou.
— Charles Macmanus aqui, da Goldman Sachs.
Uma tosse reumática e depois uma pausa.
— O que foi, filho? Fala pra fora!
— Estou ligando da Goldman Sachs — Charles gritou no telefone.

— Quem é? — o velho resmungou.
— Goldman Sachs — Charles repetiu.
— Goldman Sapos?

Jess conta essa história para o pai e espera que ele ria.
— Mas, Jessie — diz ele. — Talvez ele tenha pensado que seu amigo estivesse oferecendo investimentos *veterinários*.
E, em vez de rir da piada dela, ele ri da que ele contou.

A sexta-feira está tranquila; todos os diretores administrativos foram para casa no fim de semana e, portanto, os analistas lotam o escritório se revezando em um jogo de tiro FPS pirata que alguém baixou. Jatos de sangue digital são derramados nas ruas, e prostitutas gritam de pavor, enquanto carros roubados despencam de forma imprudente nas calçadas. Jess se aproxima e finge se importar com o fato de o armazém abandonado estar pegando fogo.
Josh desliza a cadeira até ela.
— Quer tentar?
— Uh, não — Jess diz. — Tudo bem. Matei alguns transeuntes inocentes no café da manhã. Estou satisfeita.

Outra coisa que eles jogam: um complicado jogo de cartas chamado Set. Começa com os *traders*. Por ser um jogo de lógica, de raciocínio rápido e reconhecimento de desenhos, torna-se para eles uma espécie de indicativo, uma forma de identificar vencedores e perdedores, no jogo e na vida. O Set tem uma hierarquia simples: quanto melhor o *trader*, com mais frequência ele ganha.
Existe uma tensão palpável, mas silenciosa, entre os *bankers* e os *traders*. O chefe do setor dos *traders* é um cara que, nascido e criado no Bronx, vendeu enciclopédias para se matricular no City College e, depois de trabalhar no setor de correspondências da empresa, conseguiu subir na vida. O chefe do departamento de *investment banking* é um herdeiro formado em Harvard.

Uma tarde, eufórico após um relatório de lucros extrapolados, o andar inteiro se junta em um torneio improvisado.

Eles jogam no estilo mata-mata, de modo que, a cada partida, o vencedor tem mais chances de ganhar e o perdedor, mais chances de perder. O vice-presidente, os associados, os *bankers*, e assim por diante, até que estão assistindo apenas aos analistas de primeiro ano apavorados, um a um, serem pulverizados pelo campeão. Assim, os mais fortes devoram os mais fracos. Os *traders* estão vencendo — suas mentes são ágeis, e eles são rápidos em calcular as probabilidades.

Os *bankers* resmungam.

Mas então o gerente-administrativo de Jess, Blaine, um *banker* inveterado que tem sotaque britânico e usa lenço, interrompe a sucessão de vitórias dos *traders*. Em lances rápidos, ele sufoca a mão-quente de um *trader* de longa data, agressivo e brilhante, que adora correr riscos e que, segundo rumores, perdeu 1 bilhão de dólares do dinheiro do banco e o recuperou antes que alguém percebesse.

Os *bankers* dão tapinhas nas costas uns dos outros.

Ele vence e depois vence um pouco mais. Os analistas são convocados de outros andares e despachados sumariamente. É um banho de sangue.

Então chega a vez de Jess. Ela hesita, porque Blaine a odeia. Ela esperava que fosse coisa da sua imaginação, mas, quando mencionou tais suspeitas a Charles uma vez, em vez de tranquilizá-la, ele fez uma careta:

— Parece que você tem razão, Jones. Acho que ele não gosta nem um pouco de você. — Então, percebendo a consternação de Jess, ele acrescentou rapidamente: — Mas todo mundo sabe que ele é um babaca insuportável.

Quando não tem mais como Jess protestar, ela se senta na frente dele.

Eles fazem uma partida rápida, mais do que qualquer outra, e então mais uma e depois outra, até que, após cinco jogos em rápida sucessão, um silêncio perplexo cai sobre o escritório.

Existe a derrota e existe a aniquilação completa, e o que eles testemunham é a última situação.

Quando Jess ergue o olhar, ligeiramente ofegante, vê nos olhos de Blaine apenas uma coisa: assassinato.

Josh diz:
— Jesus do céu! O que foi isso?

Claro que Blaine é um mau perdedor. Claro que pensou que ela seria um alvo fácil. Claro que ninguém pensou que ela fosse ganhar. Mas o que eles esperavam? Que ela o deixasse ganhar? Só para acariciar o frágil ego dele?

— Você acha que eu deveria ter perdido de propósito?

— Não, claro que não. Cadê a integridade nisso? — Josh faz uma pausa. — Só acho que você poderia ter ganhado com mais... dificuldade.

Charles discorda.

— Você fez merda, Jones.

Blaine nunca gostou de Jess e agora gosta menos ainda. Ele diz a ela que seu trabalho é desleixado, ilegível ou incorreto, lhe dá tarefas inúteis e pergunta repetidas vezes onde ela fez faculdade.

Algo que surpreendeu Jess sobre trabalhar em um banco é que todo mundo trabalha. Blaine joga golfe, almoça e tem várias assistentes — secretárias bonitas de meia-idade que nunca são tão burras quanto parecem —, mas também trabalha muito. Ele revisa cada documento que chega à sua mesa, com uma caneta vermelha, como um professor zangado. E ele presta atenção.

— Por que essa taxa de desconto aqui é de 7,6 por cento em vez de 7,56 por cento? — ele pergunta a Jess, vasculhando o modelo que ela fez como se ele guardasse os segredos do universo.

— Ah — ela diz. — Eu arredondei.

— Não — diz ele, passando a caneta vermelha pela página.

— São 7,56 por cento — diz Jess. — Só aparece como 7,6 por cento. Quero dizer, todos os números subjacentes são calculados usando 7,56 por cento. Eu só pensei que seria mais fácil de ler, eu acho.

— O que precisa *aparecer* é a *realidade* — diz ele, de maneira sucinta.
— Você também arredondou seu CR para cima?

Ele inunda o trabalho dela com os comentários mais pedantes. O pior são as "obs.", os pequenos ajustes que ele a faz corrigir o tempo todo, fazendo e desfazendo o trabalho, como se ele não se lembrasse das exigências que fez anteriormente.

Obs.: arredondar para uma casa decimal.
Obs.: *sempre* arredondar para duas casas decimais.
Obs.: justifique à direita este cabeçalho.
Obs.: *sempre* centralize o cabeçalho na página.
Obs.: tem muito espaço em branco na margem.
Obs.: as margens estão muito estreitas.
Obs.: p*e*rcentagem, não porcentagem.
Obs.
Obs.
Obs.
Obs.

Até que ele se cansa e traça uma linha vermelha nas últimas sete páginas dos papéis dela e apenas escreve "Não".

Às vezes, Jess sente que vai morrer no escritório.
Lydia liga.
— Terra para Jess — diz ela.
— Já sei, já sei.
— Bom, vale a pena? — Lydia pergunta, depois que Jess não vai ao aniversário dela.
Vale?
Jess não sabe.

Ela tem suas dúvidas se vale a pena mesmo no sentido filosófico. Há mais de um milhão de maneiras como Jess poderia estar vivendo a juventude que não fosse presa a uma cadeira giratória em um cubículo sem janelas. Mas tem também a questão de seu valor literal, a diferença entre seus passivos e ativos financeiros, um número que ela rastreia em um aplicativo. Foi algo que ela começou a fazer recentemente, inspirada por outros analistas da equipe. Embora nenhum deles tenha mais de 25 anos, estão obcecados com a aposentadoria, com a ideia de que poderiam ter dinheiro suficiente no banco aos trinta anos — quarenta no máximo — para fazer todas as coisas que deveriam estar fazendo agora, mas não podem porque estão trabalhando: viajar, comer bem, buscar satisfação pessoal.

E todos parecem ter um número em mente. E quando chegarem a esse ponto, planejam abandonar o trabalho das nove às cinco para competir em catamarãs no Mediterrâneo. Ou escalar montanhas. Mergulhar no capital de risco. Para eles, dinheiro é liberdade. Mas, para Jess, é mais como um sentimento. Ela não queria um iate ou motorista particular, não necessariamente.

Não que ela não goste de gastar dinheiro. Ela pode ser totalmente insensata — morando sozinha na cidade mais cara do planeta quando todo mundo tem colegas de quarto, gastando onze dólares em taxas de entrega para um sanduíche de oito dólares porque ela não quer colocar uma calça. E ela gosta de coisas boas — macarons franceses que custam cinquenta dólares a caixa, um par de saltos de trezentos dólares que fez Lydia assobiar.

Isso acontecia apesar do fato, ou talvez por causa disso mesmo, de ela não ter crescido com muito dinheiro. Todos os anos, em seu aniversário, seu pai lhe dava um envelope com uma nota de vinte dólares, que ela acreditava que ele acreditava que ela fosse guardar para alguma dificuldade. Ele tinha essas noções antiquadas sobre dinheiro que às vezes faziam Jess se perguntar se eram tão pobres assim, embora ele tivesse um bom emprego e um bom salário. Benefícios. Estabilidade. Jess queria isso e muito mais, é claro, mas não se tratava disso.

Mais do que macarons de luxo ou sapatos de grife, ela queria uma coisa: que as pessoas a levassem a sério. Se ela tivesse um milhão de dólares — esse era o número dela —, talvez as pessoas parassem de presumir que ela não tinha nada a oferecer, que não era alguém a ser considerado ou que era a porra de uma secretária.

No começo, ela estava relutante em trabalhar para um banco. Seu pai trabalhava na universidade local, como reitor assistente de assuntos multiculturais, o que significava que defendia a diversidade e melhorava a vida das pessoas. Isso significava que ninguém ficava do lado de fora de seu escritório com placas dizendo você é o problema, como os manifestantes do Ocupe Wall Street fizeram, em frente aos bancos onde Jess fez entrevistas de emprego e leu placas e registrou a ira delas e cruzou os dedos e pensou *Eu não sou o problema... ainda.* Mas o pai dela, ele ajudava as pessoas; ele estava do lado certo da história; ele não devastou a economia do país com sua ganância.

E, na faculdade, os alunos que queriam ganhar dinheiro, que se matriculavam em cursos sobre o mercado de ações e aspiravam a empregos bem pagos que sugariam sua alma, eram ridicularizados e chamados de pré-profissionais ávidos demais. Eram caras tipo Josh. Então Jess tentou algo diferente. No verão antes do último ano, conseguiu um emprego como assistente de pesquisa em uma revista feminista (que não tinha nada a ver com seu curso) porque parecia interessante. E era — ela pesquisou de tudo, desde um escândalo de admissões em faculdades até as preocupantes tendências da pornografia —, mas o salário era uma piada. Mal dava para pagar um lugar decente na cidade.

Então ela havia alugado um apartamento que nem era um apartamento de verdade. Não do mesmo jeito que o de Lydia — um lugar grande e luminoso de um quarto em uma torre de vidro em Midtown com uma piscina no topo — não era um apartamento, porque era um *pied-à-terre*. Não era um apartamento porque era um dormitório na Universidade Columbia com uma cama de solteiro extralonga e um banheiro misto que ela compartilhava com estranhos.

Mas era barato e perto do metrô e literalmente tudo o que Jess podia pagar. Ela estava sempre sem dinheiro. Prendia a respiração toda vez que verificava o saldo bancário. Seus débitos e créditos nunca estavam em acordo. Por que ninguém avisou quanto tudo aquilo custaria? O que ela estava fazendo de errado?

De volta ao campus, no outono, ela descobriu. E então se sentiu ingênua. Ela estava procurando uma caneta na mesa de Lydia, vasculhando entre uns trocados, um emaranhado de elásticos de cabelo, um tubo de batom vermelho-vivo sem tampa — Lydia havia esvaziado os bolsos —, quando notou a nota fiscal amassada. Um saque de conta: cem dólares mais uma taxa de três dólares e um saldo restante de $ 97.432,66. Nesse ponto, Jess desmaiou um pouco. Talvez sua vida tenha passado diante de seus olhos.

Ela se lembrou do dia anterior, de verificar o preço de uma caixa de absorventes. Mas sua colega de quarto tinha *cem mil dólares*? Na *conta corrente*? Ela sabia que Lydia era rica, que morava em uma casa grande, passava as férias em lugares caros e que teve uma babá para descascar suas uvas e afofar seus travesseiros até os dezoito anos, mas não tinha percebido a extensão de sua riqueza, não tinha percebido quão ingênua tinha sido. Jess não podia trabalhar para uma revista. Quem ela estava enganando? Ela não era o tipo de pessoa que trabalha em uma galeria de arte. Josh estava certo. Ele estava certo, e ela odiava isso. Além disso, Jess tinha empréstimos estudantis.

Àquela altura, Jess havia recebido uma oferta de emprego em tempo integral — se é que se podia chamar assim — da revista feminista. Mas, em vez de um salário de seis dígitos e um bônus de contratação gigantesco, Jess seria paga por hora. Não havia sequer um departamento de RH. No último dia de Jess naquele verão, eles deram a ela um cheque e perguntaram, com certo constrangimento, se ela não se importaria de descontá-lo na semana seguinte.

Voltar para lá depois da formatura não era uma opção. Então, quando o segundo semestre do último ano chegou, ela se resignou a um emprego na área de finanças. De qualquer forma, os sinais estavam lá. Ela era formada em matemática, o que tinha um ar de praticidade, mas quantos anúncios de emprego havia para matemáticos? Parecia que todos os outros alunos de matemática estavam fazendo uma de duas coisas: finanças ou carreira acadêmica. Um contracheque robusto em uma cidade grande ou giz no rosto e dívidas até os trinta anos. Nem precisava pensar.

Então ela decorou o *Wall Street Journal*, vestiu um terno e disse coisas inteligentes nas entrevistas. Ela foi avisada — sobre as horas, o abuso, ela tinha certeza de que valia a pena? Claro que não tinha, mas eram seis dígitos, benefícios, um grande bônus. Ela não titubeou.

E o pai dela tinha ficado tão orgulhoso. Ele foi para a formatura dela, radiante. Não parava de enxugar as lágrimas, balançando a cabeça e dizendo coisas como "O tempo voa. Ainda ontem você estava no meu colo chorando por causa de um joelho esfolado".

— Com certeza, não foi ontem, pai.

Ele sorriu.

— E agora olha para você. — Ele segurou as mãos dela, puxou seus braços para os lados e a olhou, como se estivesse admirando um vestido novo que ela acabara de experimentar. — E agora *olha* para você. Minha formanda. Uma moça da cidade grande.

— Pa-ai. — Duas sílabas. — Estou só me formando, não *morrendo*. Não é grande coisa. Eu nem tenho nenhum cordão de honra, viu? — Ela puxou as lapelas, a vestimenta preta drapeada de forma deselegante sobre o vestido de verão. — Não sou nem um pouco especial.

Na cerimônia de formatura, o reitor apresentou o distinto orador do corpo docente, que ganhou o prêmio de ensino da universidade por doze anos consecutivos.

Os alunos bateram palmas e aplaudiram ferozmente.

O pai dela se inclinou e sussurrou:

— Como ele é, Jessie? É tão bom quanto dizem?

E Jess teve que explicar que nunca tinha visto o homem antes na vida, que não fazia ideia de que ele existia até aquele momento, embora aparentemente ele estivesse mudando a vida de jovens desde 1993.

E então, no gramado da formatura, antes de entregarem os diplomas, o pai dela apontou para um grande grupo de alunos rindo e se abraçando sob uma magnólia — a União dos Estudantes Negros — e perguntou a Jess se ela iria apresentá-lo a seus amigos. Ela teve que explicar, mais uma vez, que não os conhecia.

No primeiro ano, ela havia recebido vários panfletos, coloridos e enfáticos, que foram deslizados por baixo de sua porta, convidando-a para brunches com frango frito e waffles e voluntariado no Dia de Martin Luther King e, uma vez, para uma palestra da Oprah, mas ignorou todos eles, então sua lixeira estava sempre cheia de folhetos de papel neon.

Todos os membros da União dos Estudantes Negros marcharam pelo palco em estolas Kente coloridas, e, depois que o reitor apertou as mãos de cada um, alguém na plateia bateu em um tambor de aço.

Jess percebeu então que havia perdido coisas e se sentiu brevemente melancólica.

Mas aí eles chamaram seu nome, e seu pai gritou e aplaudiu. E, mesmo contra a vontade, ela sorriu.

* * *

Todos começam a acumular miniaturas de negócios, troféus de acrílico que parecem elaborados pesos de papel, concedidos a todos os membros de uma equipe de negócios de M&A quando uma transação é fechada. As peças estão alinhadas nas mesas como soldados, como espólios de guerra. Em dado momento, Josh fica sem espaço para eles na mesa e começa a enfiá-los na gaveta.

Jess ainda não tem nenhum.

Mas então a maior varejista on-line do mundo decide comprar a varejista on-line de crescimento mais rápido do mundo, uma empresa com a palavra *puta* no nome que vende roupas vintage e lingerie para adolescentes. A CEO não é muito mais velha que Jess, e aparece no escritório usando salto alto e uma jaqueta de couro pendurada nos ombros e diz "e aí?" em vez de "olá". Ela exige um bilhão de dólares pela empresa que construiu em seu porão e se recusa a fazer negócio sem uma mulher presente.

Então Jess finalmente consegue um acordo sério.

Por seus esforços, Charles entrega a ela uma estátua de vidro com um par de botas de cano alto montadas na base, sua primeira miniatura de negócios, e diz:

— Negócio meio incerto com todo aquele estrogênio, não acha?

Jess chega ao escritório no dia seguinte e encontra todos os cabos do computador arrancados da parede como tentáculos. Seu monitor está piscando debilmente, mas nada mais está aceso. É como uma cena de crime.

— Que merda é essa?

O teclado, o filtro de linha e o fone de ouvido estão empilhados um sobre o outro e foram empurrados para o lado. O mouse pad está exatamente onde sempre esteve, mas o mouse não está lá, e em seu lugar há um rato de verdade — com olhos, orelhas e um rabo longo e fino. Ela prende a respiração por um momento antes de perceber que ele não está vivo, que é uma reprodução incrivelmente realista.

Ela caminha até a baia dos analistas.

— Alguém tem um, hã, mouse para me emprestar?

Todos estão quietos, curvados sobre o computador, mas Jess sente uma agitação, uma risada mal contida, e percebe imediatamente que é a piada do dia.

— Charles? — Ela se vira, com as mãos nos quadris. — Como vou trabalhar sem *computador*?

Ele dá de ombros.

— Você tem um computador.

— Você entendeu o que eu quis dizer. Não tenho os acessórios apropriados para usar o computador.

— Você tem tudo de que precisa.

— Alguém pegou meu mouse.

— Acho que você não me ouviu — diz Charles, e junta as palmas como um sábio. — Você, jovem Jones, tem tudo de que precisa. Ontem você era apenas uma moça, e hoje você é um homem.

— Eu ouvi, mas você não está falando nada com nada.

Charles suspira.

— Você não precisa de uma porcaria de mouse, Jones. Está vendo mais alguém aqui usando mouse?

Ela não vê.

Parece que arrancaram peças dos computadores. Ninguém usa mouse, e teclas de teclado que são consideradas inúteis — *num locks*, tils, ponto e vírgulas — são jogadas no lixo. Em sua primeira semana de trabalho, Jess encontrou uma tecla F4 na cesta de lixo e sentiu uma pontada de aflição por seu destino.

Ela sabe que devolver o mouse ao estoque é um ato de honra, como abaixar a espada após uma batalha, mas também descobriu que nada disso se aplica a ela.

Era o que pensava.

Ela passou em algum teste tácito, cruzou um limiar invisível. Mesmo que isso a deixe mais lenta — ela mal consegue abrir um e-mail sem o mouse — e, mesmo que o ratinho ainda esteja em sua mesa — ela tem que ignorar sua visão periférica e mover a cadeira para o mais longe possível dele —, pela primeira vez desde que começou a trabalhar, sente que pode estar chegando a algum lugar.

* * *

Ainda há o problema do rato na mesa. É tão realista, tem uma energia tão pulsante e febril que Jess sabe que não pode se livrar dele.

E então fica lá, deixando-a agitada e desconfortável.

Josh vai até a mesa de Jess no final da tarde para perguntar sobre um modelo de aquisição alavancada em que estão trabalhando. Ela vê que ele nota o rato, embora não diga nada.

Mas então, antes de voltar para sua baia, sem dizer uma palavra, ele tira o rato da mesa, atravessa o salão e joga-o no lixo, do lado de fora do escritório.

Quatro

Josh está sozinho na baia usando enormes fones de ouvido, como se fosse um DJ de uma boate europeia e, por causa disso, não percebe Jess atrás dele. Está com ambas as mãos no teclado, navegando entre guias, diversas planilhas abertas, documentos, arquivos em PDF e apresentações em andamento.

Jess observa enquanto ele pressiona a tecla enter e um arco-íris se alastra na planilha, como um Lite-Brite: cores, números, gráficos e tabelas. Jess não tem ideia de onde eles vêm — simplesmente aparecem. E então, mais mágica acontece: bordas e formatação e, de alguma forma, ele conjurou todo um modelo de três demonstrações financeiras do nada.

Jess pergunta:

— O que foi que você fez?

Ele se vira e tira os fones de ouvido.

— O que está fazendo aqui?

— O que foi aquilo?

— Há quanto tempo está aí?

Ela estreita os olhos.

— Tempo o suficiente. O que você estava fazendo?

Ele pressiona algumas teclas e todas as janelas abertas desaparecem, de modo que Jess agora só consegue ver a área de trabalho. A maioria das pessoas tem imagens de montanhas, paisagens marítimas, filhotes de cachorros ou fotos pessoais como papel de parede, mas a tela dele é toda azul.

— Deixa pra lá — diz ele. — Posso ajudar?

— O que você fez? Porque parecia magia. Você literalmente fez duas horas de trabalho em oito segundos. Era uma macro?

— Não é uma macro — diz ele. — É um script de Python. Eu escrevi.

— Manda para mim?
— Não — diz ele.
— Por que não?
— Não faz parte dos arquivos compartilhados. Eu escrevi.
— Então... você não pode mandar para mim?

Ele olha para o teto, depois para o chão, pega uma caneta, bate na mesa e finalmente diz:

— Não.
— Por que não?
— Você enviaria uma ogiva nuclear para um aluno da quinta série?
— Ah, cala a boca. Não vai mesmo mandar para mim? Por que não?
— De qualquer maneira, você não saberia usá-lo.
— Então esse é o seu segredo?
— Não é um segredo.
— Então por que está fazendo mistério?

Ele suspira.

— Porque eu não quero pessoas como você me enchendo o saco para perguntar sobre os atalhos. Não quero ser o cara de TI da equipe. Não quero que ninguém saiba que baixei este IDE ilegalmente.

— Só manda pra mim.
— Não.
— Por favor?
— Não.
— Manda para mim ou vou contar para todo mundo. Vou estragar o seu disfarce.
— Está me chantageando?

Jess pondera.

— Estou.

Em sua mesa, Jess manda uma mensagem para ele.
o arquivo que você mandou é só um monte de palavras em um documento de texto
isso
cadê o programa ou sei lá o quê?

é só isso
funciona como?

Ele não responde, e Jess esquece o assunto, até muito mais tarde, depois de passar quase uma hora procurando formulários na internet para um documento de contrato de empréstimo. Ela manda outra mensagem para Josh.

o que mais você pode automatizar?
qualquer coisa
comparativos de trading?
sim
documentos de infos públicas?
sim
documentos do comitê de crédito?
provavelmente não
por que não? é o que eu quero fazer
seria complicado
mas não impossível?
eu poderia fazer isso
mas eu não?
você ao menos sabe programar?
você pode me ensinar?
não
minha amiga Miky, ela vê um monte de coisa bizarra na internet, e tem um cara que ela gosta de assistir, ele faz carros malucos, modelos artísticos, e as pessoas compram, tipo por um milhão de dólares, e tem um que é dele mesmo que tem dois motores e acho que funciona com eletricidade? algo assim, e ele basicamente montou do zero, parte por parte
e isso quer dizer...
bom, ele começou aprendendo sozinho a fazer um carborador assistindo a vídeos do YouTube, então acho que vou fazer isso
Jess, se escreve carburador

Jess leva quarenta, talvez cinquenta horas — ela para de contar depois de algumas semanas —, e falha, falha, falha, falha, até que acerta.

* * *

Ela conta para Josh.
— Não me diga — diz ele. — Você conseguiu? Sério?
— É — responde Jess. — Eu disse que preferia enfiar alfinetes quentes nos olhos a ter que passar outra noite inteira naquele documento do comitê de crédito, lembra?
— Lembro — diz ele. — Acho que não era tão complicado assim então.
— É. — Ela revira os olhos. — Qualquer idiota conseguiria.
— Não foi isso o que eu quis dizer.
— Sei.
— Você aprendeu Python?
— O suficiente para causar estrago.
— Então, como você resolveu o problema da cardinalidade?
— Ah, é, isso foi chatinho. Acabei usando o MapReduce para converter todos os *tickers* em valores numéricos binários e poder limitar o número de dimensões. — Ela olha para ele. — O quê? O que foi?
— Nada. — Ele balança a cabeça. — Na verdade, é uma solução muito... elegante. Pode compartilhar comigo?
E Jess diz:
— Não.

— Vamos jogar — diz Josh no dia seguinte.
Ele está na mesa de Jess com um baralho de Set, batendo as cartas na palma da mão.
— Você quer jogar cartas?
— Quero ver como você faz.
— Como eu faço o quê?
— Como você faz as combinações tão rápido. Quero entender como sua mente funciona. Vamos jogar.
— Foi só aquela vez. — Jess nunca mais jogou Set no trabalho. Charles garantiu a ela que não seria bom para sua carreira.
— Então foi sorte?
— Eu não disse isso.

— Que bom — diz ele, pegando uma cadeira. — Então vamos jogar.

Jess revira os olhos, mas deixa que ele distribua doze cartas na mesa. Antes que Josh coloque a sétima, ela diz:

— Set.

— Não acredito — diz ele. Mas ela pega três cartas, um conjunto, e ele é forçado a distribuir mais três.

— Set — diz ela mais uma vez, de imediato.

— Então é assim que você faz? Você diz "set" para depois achar a combinação? Para garantir a sua vez?

Jess balança a cabeça.

— Não. Primeiro, eu vejo o conjunto. Caso contrário, e se não houvesse combinações? — Ela pega três cartas.

Eles jogam outra rodada, e ela faz três combinações, e ele não faz nenhuma.

— Você escolhe uma cor? Ou uma forma? Depois espera que o dealer complete o set?

— Não. — Ela pega mais três cartas da mesa.

— Você memorizou todas as combinações?

— Não.

— Não são combinações reais, e você só pega cartas antes que alguém perceba?

— Não.

— Então como você faz?

Ela olha para ele.

— Sinceramente? Não sei.

— Inútil.

— Desculpa eu ser mais inteligente que você, mas não sei explicar por quê. — Ela mostra a língua. — Desculpa, não vou me desculpar.

— Você não é mais inteligente que eu — diz ele, olhando para as cartas dela, empilhadas em incriminadoras pilhas de três —, mas estou impressionado.

Eles estão jogando uma bola de elástico um para o outro enquanto esperam pelos comentários de Charles sobre um modelo de fusão, quando Josh pergunta a Jess:

— Você fez álgebra linear?
— Na faculdade?

Ele faz que sim e arremessa a bola para ela de baixo para cima.

— Uhum. — Jess deixa a bola quicar uma vez e depois a pega e a joga de volta. Ela não consegue deixar de sorrir quando acrescenta: — Tirei dez.

— O que mais você cursou?

— Equações diferenciais. Teoria dos números. Combinatória.

Ele parece impressionado.

— Você poderia ter se formado em matemática.

— Eu me formei em matemática.

Josh está prestes a jogar a bola de volta, mas para com a mão no ar.

— Sério?

Jess fica irritada.

— *Sério*. — Ela abre as mãos, pedindo a bola de volta. — Pensou que eu tivesse feito o quê? Sociologia? Artesanato?

— "Matemática é a música da razão" — diz Josh, e joga a bola de volta. — Então, é o quê? Você ama matemática?

Jess assente.

— Além disso, sendo sincera, acho que era o único curso em que eu não me importava com o que o professor pensava de mim. Só fazia os testes, acertava tudo e não tinha que discutir com algum professor idiota sobre a nota no final do semestre.

Ela joga a bola para o alto com força, que quica na parede de cortiça e depois na mesa atrás de Josh.

— Sabia que nosso professor de direito e sociedade me acusou de plagiar meu trabalho final? Disse que estava bom demais. Ele tentou me reprovar.

— Sabia. — Josh pega a bola e fica com ela, jogando de uma mão para a outra. — Por que acha que ele fez isso?

— Porque ele era um babaca? Porque ele pensou que, sei lá, eu tinha vindo de uma escola pública de merda de alguma periferia e por isso seria impossível, para mim, escrever um trabalho decente? Porque ele podia? Foi uma merda.

Josh se mostra compassivo.

— Foi mesmo uma merda, Jess.

* * *

O professor tinha chamado Jess em sua sala com "preocupações" em relação ao trabalho final. Ela tinha feito uma pesquisa sobre uma decisão obscura da Suprema Corte acerca das prescrições federais. Não foi seu melhor trabalho, mas ela destacou alguns pontos positivos sobre os limites do poder do Congresso. Jess havia verificado a ortografia duas vezes. Mas o professor a acusou de plágio e ameaçou reprová-la.

Depois, esperando o elevador, Jess ouviu seu nome. Ela se virou, e lá estava Josh. Ele estava segurando o trabalho final — devia ter ido buscá-lo no escaninho dos alunos —, e Jess podia ver a nota: um 10 vermelho-vivo e, ao lado, na caligrafia do professor, as palavras "Bom trabalho!".

Isso a deixou furiosa.

Ela pensou: *Porra, que novidade!*

Ela disse:

— Porra, que novidade!

Josh disse:

— Como é que é?

As portas do elevador se abriram e eles entraram.

Jess apontou com a cabeça para o trabalho de Josh.

— "Bom *trabalho*" — ela leu, sarcástica. — Smithson acabou de me chamar na sala dele para me acusar de plágio.

O elevador apitou até a parada final. Jess continuou:

— Com zero evidência! Quero dizer, por que ele me perguntaria se eu cometi plágio?

Josh saiu do elevador, mas então se virou e perguntou:

— Mas você plagiou?

Saiu um artigo em uma revista conceituada dizendo que a Goldman é hostil às minorias. O jornalista entrevistou vários funcionários em *off*, traçando a imagem de uma empresa que, na melhor das hipóteses, é tendenciosa e, na pior, é descaradamente sexista e racista. Passa pela cabeça de Jess que, se ela tivesse ido trabalhar para a revista feminista, poderia estar do outro lado dessa história — elas já haviam publicado um post no blog sobre isso: *Novidade, os funcionários da Goldman Sachs também odeiam a Goldman Sachs*. Ela pensa em como as coisas poderiam ter sido diferentes, às vezes, mas também pensa que estaria dura, morando em Nova Jersey, provavelmente com cinco colegas de quarto.

Embora o alto escalão negue veementemente as alegações do artigo, um treinamento de conscientização obrigatório é agendado. Ninguém quer comparecer, inclusive Jess. Todo mundo resmunga que vai ser perda de tempo e se pergunta desde quando dão ouvidos à imprensa.

O pior é que todos naquele andar olham para Jess como se fosse culpa dela.

Não por achar que ela seja uma das fontes anônimas — pelo menos, ela espera que não —, mas porque, se ela não estivesse lá, nenhum deles teria que abandonar o trabalho por uma hora, no meio do dia, para ouvir um discurso condescendente.

No mesmo auditório onde o secretário do tesouro deu uma palestra recentemente, dois facilitadores muito determinados tentam convencer os funcionários de que o preconceito inconsciente é uma realidade, enquanto todos ficam mexendo no celular. Até que eles abrem para discussão, e a conversa se desenrola de forma tão previsível que Jess se pergunta quantas vezes mais ela será forçada a estar em um espaço onde sua inteligência é insultada.

Ela se imagina tendo essa conversa repetidas vezes, para todo o sempre, até morrer. Sentada em uma cadeira de rodas, na casa de repouso, cercada por pessoas que não param de perguntar por que temos que "baixar o padrão".

Como se tivessem combinado, alguém se levanta e diz:

— Isto é uma empresa, não uma instituição de caridade. Nossa responsabilidade é com nossos acionistas. Não temos que tentar criar uma utopia em que todos possam ser CEOs. Precisamos contratar os melhores e mais competentes, não baixar o padrão. É assim que nos mantemos no mercado.

Murmúrios de concordância se espalham pelo auditório.

Jess quer dizer alguma coisa, ou pelo menos subir na cadeira e gritar, mas não está na faculdade — há riscos reais, esse é o seu ganha-pão —, e tanto quanto ela gostaria de ser a voz dos marginalizados, também gostaria particularmente de não cuspir no prato que come.

Várias fileiras à frente dela, Josh se levanta para falar, e Jess deseja que ele se sente ou que pule de uma ponte, porque não quer mesmo voltar a ouvir suas opiniões sobre o assunto.

Ele começa a falar:

— Empiricamente, sabemos que a inteligência segue uma distribuição normal... — É como um déjà-vu. Jess gostaria de ter um dardo tranquilizante ou um tomate para atirar nele.

Ele continua:

— Mas o problema é que o sucesso, isto é, dinheiro, poder, oportunidade, segue uma distribuição de lei de poder. Então, existe uma assimetria. Distorções sistemáticas, sexismo institucional, racismo, discriminação, que aumentam essa assimetria. Há dados para provar isso. Pesquisadores fizeram simulações que mostram que a relação entre QI e sucesso é desproporcional e altamente não linear. Então, se você acha que estamos baixando os padrões... sua matemática está errada. — Ele para de falar, olha devagar pelo auditório. — É complicado, eu sei, mas você não pode me dizer que não vale a pena fazer algumas apostas.

E então ele se senta.

Jess mal consegue acreditar nas palavras que saem de sua boca, palavras com as quais ela concorda. Não faz sentido, ela não sabe o que pensar, exceto *Que porra é essa?*

Mais tarde, ela o confronta. Com a mão no quadril, diz:

— Por favor, explica.

Ele está na baia dele e fecha um arquivo antes de girar na cadeira para encará-la.

— A que está se referindo exatamente?

— O treinamento de preconceito inconsciente. Todo aquele argumento que você fez sobre a distribuição da lei de potência do sucesso ser matematicamente consistente com o racismo institucional?

Ele se recosta na cadeira, cruza uma perna sobre a outra.

— O que tem?

— Por que você disse todas aquelas coisas?

— Eu não deveria?

— Você não acredita em nada daquilo.

— Acredito, sim.

— Mas não foi isso que você disse na faculdade, na aula. Você não se lembra...

— Jess — ele a interrompe —, a característica de um intelecto ágil é a capacidade de acomodar e integrar continuamente novas informações. Atualizar regular e sistematicamente o modelo mental do mundo. É o método científico.

— Então... você mudou de ideia?

— Mudei.

— Por quê?

— Não tem um motivo, mas tem havido uma série de estudos ultimamente que dividem explicitamente raça e gênero como sendo altamente preditivos de resultados econômicos, mesmo quando controlam coisas como renda e educação dos pais. É... convincente.

— Então você leu uma pesquisa e deixou de ser racista?

Ele olha para ela.

— Ah, bem, essa é uma maneira de interpretar isso. — Ele gira a cadeira de volta para o computador. — Mas, só para deixar claro, eu nunca fui racista.

Na semana seguinte, Jess está debruçada sobre a mesa brigando com um modelo, quando Charles se aproxima furtivamente. Ele bate os nós dos dedos na mesa dela, então estala um elástico no monitor, pega uma lapiseira e aperta a mola perto da orelha dela, sendo chato demais. Ela o ignora, até que ele pega a cadeira dela pelo braço e a gira para que Jess fique de frente para ele.

— Posso ajudar? — ela pergunta, com um olhar desaforado.

— Que insolência — diz Charles, fingindo-se ofendido.

— E aí?

Ele diz:

— Você está famosa. — Ele se inclina sobre ela e digita "goldman sachs trabalhe conosco" na barra de pesquisa do Google e, alguns cliques depois, mostra na tela de Jess o site de recrutamento da empresa para universidades.

Em letras garrafais, na parte superior da tela está escrito NOSSO POVO É NOSSA FORÇA e, abaixo, está uma foto em alta resolução de Jess, com uma aparência séria, vestindo um terno, com o cabelo puxado para trás e pequenas argolas de ouro nas orelhas. Ela está com a cabeça inclinada para o lado, pensativa, e segura uma caneta na mão direita logo acima de um bloco de notas amarelo vibrante. Ao fundo, aparece a imagem desfocada de homens em ternos.

Ela olha para Charles.

— O que é isso?

— Bem, Jones — ele diz, de maneira ardilosa —, é você.

Ela examina a tela do computador e diz:

— Eles não podem fazer isso! — Ela olha para Charles outra vez. — Como eles podem fazer isso?

Ele diz:

— O que foi? Está com medo de parecer gorda na foto?

Jess o encara.

Charles dá de ombros e diz:

— Bem, veja o lado positivo, Jones. Contanto que seu rosto esteja estampado no site, não vão poder demitir você, não acha?

— Isso é sacanagem — diz Jess, para quem quiser ouvir.

— Qual é o problema? — Josh pergunta.

— Eles estão usando minha *imagem* para obter ganhos financeiros. Como podem fazer isso?

— Mais uma vez eu pergunto: qual é o problema?

— Está falando sério? Você não entendeu mesmo? Eles acham que podem só jogar a minha cara no site e, de repente, tudo vai desaparecer? Inclusive os duzentos anos de racismo institucional: por um lado, a negação sistemática de crédito a pessoas negras e, por outro, empréstimos predatórios. Primeiro foi aquele treinamento de sensibilização e agora isso. Mas é claro que ninguém vai tomar uma atitude *real*.

— Então você acha que isso tem a ver com aquele artigo?

Jess o fuzila com os olhos.

— Hum, acho — diz ela, com todo o sarcasmo que pode. — Acho, sim.

— Mas o departamento de recrutamento e seleção é completamente isolado do setor de relações públicas. Duvido que tenha sido algum esforço coordenado para explorar você. Você está vendo coisas de mais.

— E você está vendo coisas de menos — diz Jess. — Foi cem por cento coordenado.

— Então você acha que é algum tipo de conspiração?

— Não, claro que não. Estou usando um chapéu de papel-alumínio por acaso? Não estou dizendo que isso seja obra dos Illuminati. Só não aprecio que o meu bom nome seja usado para, tipo, absolver a Goldman de seus pecados.

Ele diz:

— Conhece o princípio da navalha de Occam?

Jess diz:

— Sim, e daí?

— Bem — ele explica mesmo assim —, para cada explicação aceita de um fenômeno, pode haver potencialmente um número infinito de alternativas possíveis e mais complexas. Então, a ideia é que as teorias mais simples são preferíveis às mais complexas porque são mais testáveis.

— Aonde você quer chegar?

— Meu ponto é que isso se aplica a esta situação também. Provavelmente há uma explicação simples.

— É simples — Jess argumenta. — Estão me usando para causar uma boa impressão em vez de mudar de verdade a realidade.

Quando Josh não responde, ela olha para ele.

— Ok, tudo bem, Isaac Newton. Qual é a explicação mais simples, então?

— Eu não sei. — Ele dá de ombros. — Talvez eles só tenham usado sua foto porque você é bonita.

Jess não sabe como responder. Ele é tão presunçoso e irritante.

Mas falou aquela palavra: bonita.

Uma vez, no banheiro da Avenue Tavern, duas garotas bêbadas deram um tapinha no ombro de Jess enquanto ela lavava as mãos na frente do espelho. Pelo reflexo, ela as observou debater se deveriam se aproximar dela, com risadinhas nervosas, como se ela fosse uma celebridade com quem tinham medo de falar. Finalmente, uma delas disse:

— Desculpa.

E Jess disse:

— Sim?

E uma das garotas bêbadas disse:

— Minha amiga e eu só queríamos dizer que você é a garota negra mais bonita que já vimos.

E a princípio Jess ficou lisonjeada — o mundo era enorme, ela era linda!

Mas, um minuto depois, ela pensou: *Espera aí.*

Na faculdade, Jess namorou um cara chamado Ivan, e a catástrofe desse relacionamento foi o fato de que ele a achava bonita, e ela achava que isso era o suficiente.

Ele ficou atrás de Jess por meses.

À noite, em festas, em bares, ele a encontrava quando ela estava esperando na fila do banheiro ou jogando com Lydia, movendo copos vermelhos descartáveis com moedas dentro, e lhe pedia para ir para casa com ele. Ela tinha receio — de ser tratada como lixo, de ISTs que causavam bolhas, de dar essa satisfação para ele — mas também estava lisonjeada.

Embora Jess soubesse que não devia dizer isso, Ivan era muita areia para o caminhão dela. Ele era rico, bonito e popular, podia sair com quem quisesse. E Jess sabia que havia uma hierarquia: loiras, depois morenas e ruivas, depois todo o resto.

No ensino médio, em uma festa do pijama, Jess relutantemente admitiu ter uma queda por um colega de classe chamado Tom. Como Ivan, ele era rico, bonito e popular; andava de skate com adesivos na parte inferior e tinha o cabelo louro perfeito de um integrante de boy band. A confissão de Jess não foi tão interessante assim; todas as outras garotas da classe também gostavam de Tom.

Mas as meninas balançaram a cabeça.

— Não consigo imaginar você com Tom.

— Por que não? — Jess perguntou, embora ela já soubesse por quê.

— Porque — elas explicaram — Tom tem outras opções. E, quando os caras podem escolher qualquer garota, sempre ficam com a mais gostosa. Eles escolhem louras, depois as morenas e as ruivas.

Jess havia salientado que ela não era loura, morena ou ruiva, então elas reviraram os olhos e esclareceram:

— Primeiro as louras, depois as morenas e as ruivas. Depois o resto.

Jess olhou em volta para as outras garotas em seus sacos de dormir, de rosto pálido, cabelos claros, de linhagem do norte da Europa, e percebeu que, se elas estivessem alinhadas em ordem de conveniência — louras, depois morenas e ruivas —, ela nem mesmo estaria na fila.

Mas lá estava Ivan. As moças (louras, morenas, ruivas, todo mundo) estavam constantemente se oferecendo para ele, mas ela — Jess — estava no topo da lista. Era bom para o ego. Ela gostava daquilo. Então se fez de difícil.

— Eu sempre te vejo na academia — ele disse a ela uma noite no Lantern, um bar de quinta enfumaçado. — Você fica tão gostosa de short curto. — Ele se inclinou para ela, encostando a palma da mão na parede atrás de seu ombro.

Ela podia sentir a respiração dele em seu rosto quando ele disse:

— Como a irmã da Beyoncé ou algo assim.

— Como Solange?

— O quê? — Ivan se recostou ligeiramente.

— Como Solange Knowles? — Jess perguntou: — A irmã da Beyoncé?

— Quem? Não. Eu quis dizer que você parece ser irmã da Beyoncé. Só que mais bonita.

— Então você me acha mais bonita do que alguém que teoricamente poderia ser irmã da Beyoncé?

— Muito mais.

— Então, na verdade, não me pareço em nada com a irmã imaginária da Beyoncé? — provocou Jess.

Ivan não entrou no jogo. E perguntou:

— Por que está me enrolando?

* * *

De acordo com as amigas dela, ele não era um cara para namorar. Era mulherengo, inconstante. Mas era isso que a atraía: ele era um cara gostoso, rico e arrogante. E isso criava um campo de força ao seu redor. De pé ao lado dele no bar, Jess se sentia parte daquilo. Quando um cara aleatório esbarrou nela por trás, derramando sua bebida, Jess se virou esperando um pedido de desculpas, mas ele a tratou como se ela fosse parte da mobília. Até que ele notou Ivan. Então, de repente, ele estava super arrependido. Eu sou um babaca. Vou te pagar outra bebida. Era como se Ivan provasse que ela tinha importância. Jess sentiu como se estivesse roubando um pouco de seu poder. Era uma sensação na qual ela podia se deleitar.

Ela tentou explicar isso para as amigas, mas elas ainda estavam céticas.

— Pode ser — disse Miky —, mas você quer mesmo passar as noites de sexta vendo ele usar o rolo abdominal para cheirar cocaína?

A fraternidade de Ivan havia dado uma festa de Mardi Gras: drinques em taças de coquetel e longos colares de contas de plástico espalhados por toda a mobília. Jess o encontrou na escada, tirando espuma da cerveja.

— Oi. — Ela bateu os cílios.
— Está pronta para me dar uma resposta?
— Para qual pergunta?
Ele sorriu.
— O que eu preciso fazer para tirar a sua roupa?
E Jess disse:
— Um encontro.

No primeiro encontro, Ivan a levou para jantar em um bistrô italiano popular entre mafiosos e políticos. Ele pegou Jess em um carro esporte com janelas fumê, como uma espécie de vilão de um filme do James Bond. Jess sabia que deveria ficar impressionada, e estava, com quase tudo, mas tinha acabado de pagar o aluguel e restaram apenas vinte e três dólares em sua conta corrente, então também estava, de certa forma, deliberadamente não impressionada.

Ele apareceu com mais de trinta minutos de atraso e, em vez de abrir a porta, colocou o carro em ponto morto e ligou o motor. Jess deslizou para o banco do passageiro e, sem dizer uma palavra, ele pisou no acelerador, e o carro voou a cerca de mil quilômetros por hora.

No final do quarteirão, tinha uma placa de pare.

— É seguro você dirigir este carro? — Jess perguntou.

— Meu bem, se quer segurança, eu não sou o cara para você.

Jess fez um grande show ao afivelar o cinto de segurança.

A próxima coisa que Ivan disse, assim que entraram na rodovia, foi:

— Você está linda.

— Você também.

De repente, ele desviou para o acostamento, parou o carro e ligou o pisca-alerta.

— O que foi? O que aconteceu?

Ele rosnou, um rosnado de verdade, como um animal ferido.

— Você me deixa de pau duro.

— Está falando sério?

— Eu não posso dirigir assim.

— Assim como?

— Com essa ereção gigantesca.

— Quer que eu dirija?

— Rá! Boa tentativa, meu bem — disse ele, como se fosse Jess a dona da genitália que tinha acabado de fazê-los pular três faixas de trânsito —, mas você sabe quantos cilindros esse carro tem? — Ele balançou a cabeça. — Você viraria pó.

Ele se inclinou para Jess e abriu as pernas para expor a protuberância entre elas.

— O que eu quero é que você me dê uma ajudinha. — Ele arqueou uma sobrancelha e depois a outra, depois ergueu a pélvis na direção de Jess, para o caso de ela não ter entendido.

Ela disse:

— Hum.

Ivan esperou que ela mudasse de ideia e, como isso não aconteceu, deu de ombros e colocou o carro de volta na estrada, como se não fosse nada; *quem perde é você, sem ressentimentos, foi só uma pergunta.*

Jess ficou impressionada com sua tranquilidade, surpresa por ele ser compreensivo. Era, de alguma forma, cativante.

E, para falar a verdade, embora ela não quisesse exatamente chupar aquele cara na beira da estrada — naquele carro ridículo, com o pisca-alerta ligado —, também não queria não fazer aquilo.

Cinco

Todo mundo diz que Josh é uma estrela em ascensão. Com essas palavras. Depois de um ano no cargo, os analistas já ganharam certo nome e reputação. Podem estar bombando ou avacalhando. E tem a categoria de Josh. As pessoas dizem que ele é "comercial", que é o maior elogio que um analista pode receber, e isso significa que ele consegue o melhor fluxo de acordos, maior visibilidade e infindáveis telefonemas de caça-talentos de fundos multimercados e de *private equity*. Significa também que é convidado para jogar golfe com os diretores da empresa.

— Você joga golfe com o Blaine? — Jess pergunta.
— Eu não *jogo* golfe com ele, eu *joguei* golfe com ele — esclarece Josh.
— Essa frase me faz querer vomitar.
— Qual parte?
— A parte em que você está tentando esconder sua conivência com o bom e velho clube capitalista dos rapazes usando o pretérito perfeito.
— Você poderia aprender a jogar golfe. — Josh para de falar, sorri. — Você poderia ter aprendido a jogar golfe.

Para compensar por tantos séculos de opressão, Josh paga o almoço de Jess.

E então, um dia, porque o cara da barraca de cachorro-quente kosher não aceita o Amex dele, Jess paga o almoço de Josh.

E então Josh paga de novo porque aposta dez pratas que Jess não sabe soletrar *idiossincrasia*, mas ela sabe.

Até que um dia eles param de contar.

Na hora do almoço, geralmente ficam pelos arredores do prédio e comem em um perímetro entre a West Street e a North End Avenue. Eles descobrem carrinhos de falafel e barraquinhas de sopa, lanchonetes e um lugar que vende apenas grandes tigelas de arroz, polvilhado com açúcar, canela e mel.

— É bom sair um pouco — diz Jess, na fila para comprar burritos. — Às vezes, eu posso, tipo, sentir meus ossos craquelando, ou como se estivesse me transformando no Quasímodo.

Josh diz:

— A corcunda de Notre Jess.

Às vezes, quando estão muito ocupados, em vez de sair, eles pedem comida e almoçam em uma sala de reuniões vazia.

— Vai fazer algo de bom no fim de semana? — Jess pergunta um dia, mergulhando um triângulo de pão sírio no homus.

— Vou passar o feriado com a família.

— A Páscoa?

Josh assente.

— Achei que você não fosse religioso — diz Jess, mastigando. Ela se lembra de uma crítica dele em sala, especialmente divertida, em que chamou a religião de inimiga da racionalidade, citando Nietzsche.

— Só por isso nunca mais vou jantar com minha família?

— Talvez você não deva. Talvez você deva dizer: "Mãe, pai, fodam-se vocês e o papamóvel em que vocês andaram, porque eu não acredito em Deus, porra". Não é isso que qualquer empirista racional de respeito faria?

Ele ri.

— Você é doida, sabia? E meus pais nem são católicos.

— O que eles são?

— Nada. São normais — diz. — De qualquer forma, eles são divorciados. Então é só minha mãe dessa vez.

— Então você vai ter que esperar até o Natal para mostrar o dedo do meio para o seu pai — responde Jess, sorrindo.

Ele pega um espetinho de frango.

— O feriado na sua casa é assim? Você dizendo à sua mãe onde ela deve enfiar as coisas, jogando comida, colocando fogo no estofado?

— Eu não tenho mãe.

Ele ergue o olhar.

— Ela morreu.

Josh não diz nada.

— Quando eu era bebê, ou, quero dizer, muito pequena. Eu não me lembro dela, então, é isso aí.

Ele enfia a mão no saco de papel e tira um pequeno quadrado de massa folhada com mel e pedaços de nozes, embalado em papel-manteiga. Então o entrega para Jess.

— Aqui — diz ele — para você.

No final do expediente da sexta-feira seguinte, Josh passa na mesa dela.

Ele não se senta totalmente nem fica de pé, com as palmas das mãos pressionadas na mesa dela.

— Vai trabalhar no fim de semana? — ele pergunta.

— Provavelmente não.

Ele assente.

Mas não diz nada.

E ela não diz nada.

Mas ele também não se levanta para sair.

E então, ao mesmo tempo que Jess diz:

— E aí...

Josh diz:

— Meu amigo...

— O que tem o seu amigo? — ela pergunta.

— Meu amigo vai fazer uma social amanhã à tarde. Os pais dele estão viajando.

Jess dá risada.

— Então alguém vai levar um litrão e um pouco de maconha e torcer para os vizinhos não chamarem a polícia?

Josh ri também.

— Quero dizer, ele tem uma casa bacana. Os pais dele têm.

— É?
— A gente passava o tempo todo lá na época do colégio.
— É?
— Já faz um tempo desde a última social.
— É?

Josh pega uma caneta e fica balançando entre o indicador e o dedo médio.

Por fim, pergunta:
— Você quer ir?

Dentro de um enorme prédio de tijolinhos com um portão de ferro, um cara de short rosa abre a porta para Jess.

— Eu sou o David. — Ele é simpático. — Vem, pode entrar — diz ele, e faz sinal para que Jess o siga. Ele olha ao redor da grande sala parecendo perdido por um momento, mas então diz: — Quer saber? Josh deve estar lá fora.

Ele aponta com a lata de cerveja, tira um chapéu imaginário e desaparece na sala cheia de pessoas de cabelos claros em camisa polo, bebendo cerveja e tomando shots. Todos fazem Jess pensar em uma antiga propaganda da Abercrombie & Fitch. Ou em uma festa de torcedores no estacionamento dos jogos entre Harvard e Yale. Ou no tipo de festa da faculdade que ela costumava achar um mico.

A festa universitária mais vergonha alheia de todas: uma festa com a temática "sul antes da Guerra Civil" da fraternidade de Ivan, com limonada batizada servida em canecas de vidro com tampa e canudo e moças com vestidos bufantes segurando guarda-sóis decorativos. Durante várias semanas antes da festa, uma bandeira confederada permaneceu na janela do quarto de um dos membros da fraternidade, bem acima do pátio principal, onde tremulava ameaçadoramente ao vento do inverno toda vez que Jess passava, chocada sempre que a via por perceber que ainda estava lá.

Para Jess, aquilo era racista, mas ninguém mais parecia se importar ou concordar; a combinação de orgulho sulista — embora Jess tivesse certeza de que a bandeira pertencia a um cara de DC — e liberdade de expressão salvaguardava toda a situação de um exame mais minucioso.

Por isso, Jess tentou ignorar a bandeira, mas era difícil ignorar a festa, para a qual ela foi convidada não apenas a comparecer, mas a "aparecer vestida para impressionar". Foi como um tapa na cara.

— Você não acha um pouco zoado? — Jess perguntou à amiga que insistiu que ela fosse também, dizendo que seria divertido, que teria bebida. Era uma amiga com quem Jess não falava desde a formatura. O nome dela era Gretchen.

— O que é zoado? — Gretchen perguntou.

— Uma festa com a temática *pré-guerra*? A Guerra *Civil*? A Confederação? Isso é sério? Devo ir vestida com minha melhor roupa de colher algodão? E, ainda por cima, agora tem aquela bandeira pendurada do lado de fora da casa deles? Isso está acontecendo mesmo? Eu estou vendo coisas?

Jess estava possessa.

— Relaxa! A temática é o *sul do país*. Vai ter chá gelado e balanços de varanda. Nada a ver com escravidão ou seja lá o que for. Onde tem no convite algo sobre a Confederação? Para de ser chata. Ah... espera aí. — De repente, ela ficou presunçosa. — Já sei por que você está assim — ela bufou. — Fala sério, Jess. Você vai deixar ele ganhar assim? Isso tudo — ela acenou com a mão no ar como se tudo que Jess tivesse acabado de dizer fosse uma bobagem — é por causa do Ivan, não é?

Não era por causa de Ivan. Sim, eles haviam terminado na semana anterior. E sim, tinha sido feio. Cruel, mesmo. Humilhante, com toda certeza. Mas não tinha nada a ver com Ivan. Ou talvez só um pouco. Se eles ainda estivessem juntos, talvez Jess não tivesse se importado com a festa. Talvez não se incomodasse com aquilo. Talvez ela nem tivesse se tocado.

Gretchen mostrou o convite no celular, e, nele, Jess viu a silhueta de uma mulher, de saia bufante e guarda-sol, tendo como pano de fundo uma mansão em estilo georgiano, que obviamente era uma fazenda colonial.

Ela teria se tocado, sim.

Mesmo assim, Jess foi. Porque, tecnicamente, não era uma festa confederada e também porque ela não ia deixar Ivan vencer. Então ela foi e ficou muito, muito bêbada.

— Você vai acabar vomitando se não parar — Lydia a alertou, tentando tirar o copo da mão de Jess.

— Não vem querer mandar em mim, Lydia — Jess falou meio embolado, fazendo com que *Lydia* soasse como *lítio*.

— Você tá bem louca.

Jess deu de ombros.

— O Ivan não tá aqui — disse Lydia.

— Ivan, o *cacete*. — Jess agitou os braços numa dança exagerada como quem diz "quem se importa?", e derramou a bebida em si mesma e no chão. — Você acha que eu ligo?

— Jess, você tá muito bêbada. Vamos para casa. — Lydia a segurou pelo braço. — Vem.

Passou uma mocinha usando luvas de renda e um chapéu rosa ridículo. Ela riu e vibrou com sotaque sulista:

— Decerto que sim.

Aí já era demais.

Jess se soltou de Lydia e subiu na mesa de bilhar.

— Ei, pessoal! — ela gritou. — Ei! Escutem aqui.

— Jess, por favor. Desce daí.

Ela começou a chutar bolas de bilhar para fora da mesa.

— Jess, por favor. Para com isso.

— Tenho algo a dizer — ela anunciou, e, quando as pessoas se viraram, gritou: — Esta festa é bizarra! Sacaram? Bizarra!

— Vai se foder — alguém gritou para ela.

— Vão se foder vocês. — E então começou a apontar descontroladamente. — Foda-se você. E você. E você também. *Foda-se* todo mundo. Foda-se essa festa. Fodam-se todos vocês, babacas!

Jess só foi perceber bem depois que não havia de fato usado a palavra *racista*. Parecia impossível que eles não soubessem, mas, por outro lado, parecia igualmente impossível que tal festa acontecesse, ou que estivesse tão lotada a ponto de barrarem as pessoas na porta. Era 2011! Eles estavam em uma universidade liberal da Costa Leste! Um homem negro comandava a Casa Branca! Que merda era aquela? Então, embora fosse tarde demais, embora ela estivesse uma pilha, e embora não fosse *tecnicamente* uma festa confederada e a própria Jess estivesse ali, no fim das contas, ela se sentiu compelida a Dizer Alguma Coisa. Embora tivesse certeza de que aquele parco ativismo performático não era o que seu pai tinha em mente quando a encorajou a se preparar para lutar contra injustiças.

Ela ouviu alguém dizer:

— Ivan, você precisa controlar sua namorada.

Pela primeira vez naquela noite, Jess o viu. Estava do outro lado da sala, com uma loura elegante. A namorada nova. Mais bonita que Jess. Louras, morenas, depois ruivas. E depois todo o resto.

— Você! — Jess apontou o dedo, trêmulo, para ele.

Ele balançou a cabeça e começou a sair, com a mão da loura apertada dentro da dele.

— Não vá embora! Não se atreva!

Jess se irritou — quase caiu para trás — e chutou a bola branca na direção dele.

— Seu canalha! Eu te odeio!

Mas ela estava longe dele e, em vez de acertá-lo, a bola voou direto para a frente, direto para um vitral, que se estilhaçou num surpreendente e enfático tilintar.

Jess sentiu mãos sobre ela; alguém a arrastava para fora da mesa de bilhar.

— Não toca nela! — disse Lydia.

— Ela tem que ir embora.

— Dá um tempo. É uma festa. Ela está bêbada. Que novidade!

— Leva a sua amiga para casa.

— Sai de perto dela — disse Lydia, puxando Jess em sua direção. — Vamos sair da sua preciosa casa agora, tá, *princesa*?

Lá fora, Jess cambaleava com as árvores.

— Você tá muito louca! — disse Lydia.

Jess começou a chorar.

— Ah, amiga. O Ivan não vale a pena. Não mesmo — consolou Lydia.

Jess se estatelou no chão.

— Tadinha. — Lydia se agachou e tocou o cotovelo de Jess com ternura. — Vamos para casa, tá? Consegue se levantar?

Lydia a ajudou a se levantar.

— Está tudo bem. Você está bem — disse ela, segurando o braço de Jess.

Jess deitou a cabeça no ombro de Lydia enquanto voltavam para o apartamento, até que Jess parou de repente e gritou:

— Espera aí!

— O que foi? — Lydia perguntou, preocupada, assustada.

— Babacas — Jess disse, balançando o dedo no ar como se o pensamento tivesse acabado de surgir. — Todos eles. Um bando. De babacas.

— Eu sei, eu sei — disse Lydia. — Mas, Jess. Da próxima vez que você chegar a uma festa e pensar "Nossa, que bando de gente escrota", que tal... não entrar?

Jess segue a música na festa e sai pela porta dos fundos que David havia apontado.

Ela encontra Josh no pátio e ele a cumprimenta com um sorriso.

— Você chegou.

— Foi muito difícil de encontrar — diz Jess. — É a menor casa do quarteirão.

Josh ri. Seu cabelo está bagunçado e seu rosto, corado; ele não está usando sapatos, mas a camisa ainda está abotoada até em cima.

Está quente lá fora e quase parece verão. Josh se encosta na parede de pedra que cerca o pátio. Ele pega uma pequena lata de papel de seda do bolso de trás e diz:

— Quer fumar?

— Claro.

Ele quebra o lacre de um engradado de cervejas que está pela metade e vira uma lata na direção dela. — Quer beber?

— Claro. — Jess pega a cerveja e olha para ele de esguelha.

Ela observa enquanto ele enrola um baseado com muita habilidade — lambendo a seda com precisão anfíbia —, e depois outro. Ele coloca a ponta de ambos os baseados entre os lábios, acende um isqueiro, sopra a fumaça pelo canto da boca e então entrega um a ela.

A erva reduz a intensidade dos olhos dele e, quando ele levanta o olhar, ativa algo dentro dela; ela sente — só por um momento — como se estivesse caindo de uma altura imensa.

— Achei que você fosse um bobão no ensino médio — ela deixa escapar.

Com fumaça na boca, ele diz:

— Só porque você acha que eu sou um bobão agora?

— Não! — Jess diz rapidamente. — Eu só quis dizer... não?

Ele dá risada.

— Por que não acha mais que eu era um bobão no colégio?

Lá dentro, alguém aumenta o volume da música e, pela janela, Jess vê uma garota de cabelo comprido gritar quando alguém espirra água da torneira nela.

Jess diz:

— O que quero dizer é que eu pensei que você fosse do tipo certinho e agora você está me oferecendo drogas numa festa e estou um pouco surpresa, só isso.

— Drogas?

Ela mostra o baseado para ele.

— Tipo, eu não achei que você gostasse de festas. Você gosta tanto... — ela usa as palmas das mãos para fazer uma caixa imaginária no ar — sabe, de seguir as regras.

Ele abre um sorrisinho.

— Então você está dizendo que me acha um quadrado?

Jess não tinha certeza antes — mesmo quando ele está descabelado, relaxado e descalço, tem um comportamento tão sério —, mas agora sabe. Ele está flertando com ela.

Ela flerta também.

— Não totalmente... tá mais para um quadrado arredondado.

— Você é engraçada — diz ele.

— Obrigada.

— De nada — responde Josh, e lá está ele de novo, aquele sorriso.

Eles jogam fumaça um no outro em silêncio.

Por fim, Jess diz:

— Onde estão os pais de David? Em, sei lá, St. Barts?

— Ah, não. Em Londres. A irmã dele mora lá. Ela tem um filho.

— Então todas as suas festas de pegação no colégio foram aqui?

— Basicamente, sim. A gente saía no fim de semana e pegava o trem — diz ele. — Na primeira vez que estive aqui, sabe, quando nós saímos do táxi, eu pensei que estávamos em um museu.

Jess sorri.

— Eu também. Ou uma daquelas fundações familiares privadas, onde toda a arte é saqueada, sabe, de países menos desenvolvidos.

— Você tem uma veia marxista — diz Josh. — É encantador.

— Sabe o que é encantador? Meios de produção de propriedade coletiva.

Josh dá risada.

Ele abre outra cerveja, a última, e passa para Jess.

— Você não quer? — ela pergunta.

— Podemos dividir — diz ele.

— Estou usando gloss.

— Percebi.

— Quero dizer... você não se importa? Com o gloss na lata?

— Eu não me importo.

Então Jess toma um gole e deixa uma boca rosa pegajosa na borda da lata. Ela a devolve para ele.

Ele olha para ela, coloca a boca na boca da lata, na impressão de gloss labial, e inclina a cabeça para trás.

Nesse momento, apesar de tudo, Jess decide que ela meio que quer dormir com ele.

Eles terminam a última lata e ficam sem cerveja. Fumam a maconha, e a maconha acaba. O sol se põe no horizonte e começa a esfriar. A música para, e Jess diz:

— Vamos ver o que está acontecendo lá dentro?

Mas, quando abrem as portas do pátio, todos se foram.

— Cadê todo mundo? — Jess pergunta.

— Foram nadar, eu acho.

E Jess imagina que todos foram para um daqueles hotéis de boutique, com piscina na cobertura.

Mas então Josh diz:

— Vem comigo.

Ele a conduz por uma longa escada e, ao fundo, abre uma porta para uma piscina coberta. E é tão exagerada, tão incrivelmente linda e pouco prática, que Jess ri.

Ele ri também. E diz:

— Eu sei, eu sei.

Mas Jess tem certeza de que ele não sabe. Ela pensa, mas não está bêbada o suficiente para dizer: "O que você disse mesmo sobre ter crescido na classe média?".

As paredes do salão são de madeira teca, como uma sauna, e a iluminação embutida é baixa e ambiente. Uma fileira de espreguiçadeiras está alinhada ao longo da piscina, e parece que foram encomendadas de uma floresta em extinção.

Jess passa o dia todo pensando em dinheiro, falando de dinheiro e se preocupando com dinheiro, a ponto de se tornar algo sinistro e abstrato. Mas, ali, na beirada do deck da piscina, ela se lembra de como o dinheiro pode ser sexy.

Na piscina, as pessoas estão bebendo cerveja em lata e brincando com uma bola de praia flácida.

Jess se vira para Josh.

— Eu não trouxe biquíni.

— Vem comigo.

Em um vestiário, ele aponta para uma gaveta: três fileiras de partes de cima e de baixo de biquínis, dobradas em pilhas organizadas por ordem de tamanhos, ainda com as etiquetas.

Depois que ele sai, ela escolhe um biquíni de cortininha com pequenos cavalos-marinhos bordados em rosa e azul; a parte de cima são dois pequenos triângulos.

Então ela tira a roupa.

Na beira da piscina, Jess se recosta em uma espreguiçadeira, e Josh se aproxima e se senta ao lado dela na beirada. Ele diz:

— Você sabe nadar?

— Está perguntando isso porque eu sou negra? — Jess fala brincando, mas também está falando sério.

Josh arqueia uma sobrancelha.

— Perguntei porque você não está nadando.

— Estou brincando — diz Jess, depois se interrompe. — Mais ou menos. Uma vez. Tipo, na oitava ou nona série teve uma festa, sabe? Tipo esta, na verdade. Alguém na minha turma tinha uma tia ou algo assim que estava viajando. Ou talvez ela tenha se mudado, mas não vendeu a casa. Algo assim. Enfim, a questão é que a casa estava vazia.

— Tá...

— Então foi todo mundo escondido pra essa casa, e a gente estava, sei lá, fazendo coisas de adolescentes, bebendo cerveja light e comendo doces, e uns caras, atletas e populares, começaram a pular na piscina. Mas estava nojenta, sabe? Talvez a bomba estivesse quebrada ou desligada, e a água estava parada havia sabe-se lá quanto tempo, e talvez alguns esquilos tivessem morrido ali dentro e tinha folhas e umas paradas na superfície. Estava um nojo.

"Enfim, eles começaram a tentar fazer com que todas as garotas entrassem. Acho que eles só queriam que a gente tirasse a parte de cima. Então, é claro, ninguém entrou. Mas aí uma garota, Cath, que se achava, sei lá, a rainha da cocada preta no ensino médio..."

— Ela provavelmente está grávida e trabalha no Walmart agora — Josh encoraja Jess.

Ela sorri.

— Espero que sim! Enfim, ela virou para mim e perguntou, de um jeito bem sacana: "Você *sabe* nadar, *não sabe*?". É claro que ela perguntou só para mim. E, óbvio, a piscina não tinha nem um metro de profundidade e estava toda imunda e podre, então a pergunta dela era irrelevante.

"Mas aí uma das amiguinhas sacanas dela chegou pra ela e fingiu sussurrar, sabe, alto o suficiente para eu ouvir? 'Deve ser por causa do cabelo dela.' E Cath falou 'Ah é, elas têm uma coisa com o cabelo. Ouvi dizer que elas nem lavam'. Ela disse *elas*."

Jess se interrompe, faz uma careta.

— Então eu pulei na piscina.

— Jess, não.

— Pulei. Estava tão nojenta. Foi como nadar em uma mancha de óleo. E aí Cath disse: "Você tem razão, viu? Ela não vai molhar a cabeça". E então, é claro que eu molhei.

Josh solta um gemido.

— E acabei pegando uma infecção no olho.

— Meu Deus — diz Josh. — Bem, pelo menos você não deu esse gostinho a ela. Vai se foder, Kat.

— Cath.

— Essa mesma.

Jess balança a cabeça.

— Na verdade, eu dei, sim.

— Como assim?

— Dei a ela o gostinho. Ela estava certa! Meu cabelo ficou todo zoado.

— Como assim, "zoado"?

— Bem, quero dizer, estava liso e ficou cacheado. Assim. — Ela aponta para a própria cabeça.

Jess costumava alisar o cabelo, mas parou depois de ler um artigo intitulado "Para todas as pretas que ainda alisam o cabelo: Está na hora de se livrar dos padrões de beleza eurocêntricos". Além disso, alisar de manhã dava muito trabalho. Então agora ela apenas usa o cabelo natural, cacheado.

Jess diz:

— Tipo, eu sabia dessa história de que as mulheres negras têm medo de molhar o cabelo, mas achei que era um estereótipo aleatório, como... que pessoas negras odeiam maionese.

— Pessoas negras odeiam maionese?

— Bem, não. Quero dizer, é por isso que é um estereótipo aleatório. — Ela se detém. — Na verdade, talvez o estereótipo seja que pessoas negras adoram maionese? Eu nunca sei direito.

— Você gosta de maionese?

Jess olha feio para ele.

— Você odeia maionese?

Jess continua olhando.

— Você... não tem nenhuma opinião especial sobre maionese?

Jess sorri.

— Bingo. Enfim, tinha várias coisas assim. Tipo, meu pai não fazia a menor ideia. Ele comprava umas revistas pra mim, tipo *Ebony* e *Essence*, para mulheres negras, sabe? E deixava no meu quarto, mas nunca falou nada. Acho que ele esperava que, de alguma forma, elas pudessem, sei lá, me ensinar a usar um absorvente ou algo do tipo. Eu meio que me sentia mal por ele. Mas, enfim, meu cabelo... Quando eu tomava banho, ficava molhado, é claro, mas tinha xampu envolvido e um secador de cabelo e eu acho... Eu não fiz a conexão entre os cachos... — Ela vira o rosto para o outro lado. — Sei lá, foi uma idiotice. Eu literalmente tive que tomar antibióticos por causa do olho. E o médico foi meio babaca. Ele ficou falando "Por que você entraria naquela água? O que você estava pensando? Não foi uma escolha muito responsável, mocinha". E eu disse: "Quer saber por que entrei? Você quer mesmo saber? É porque minha mãe está morta, seu panacão".

Jess para de falar, sentindo-se um pouco sem fôlego e exposta.

Mas então Josh diz:

— Meu Deus, Jess. Essa é a coisa mais triste e engraçada que eu já ouvi. — E então: — Eu acho seu cabelo bonito.

Ele estende a mão como se fosse tocá-lo, mas a deixa cair no colo.

Josh está fazendo um contato visual legal, olhando para ela com atenção e só ocasionalmente baixa os olhos para seu peito. Jess teme que ele possa ouvir o som de seu coração batendo ou pelo menos ver o sangue bombeando em seu pescoço. Ela continua passando a língua nos lábios; não consegue parar. O rosto dele está próximo, com a barba por fazer de um dia, corado após uma tarde bebendo sob o sol do início da primavera.

Os triângulos de tecido que cobrem seus seios de repente parecem muito finos.

Josh pergunta:

— Você está com frio?

— Não — Jess admite.

Ela quer que ele a toque, que sinta de alguma forma a eletricidade que a percorre. Ela se sente como um daqueles pacientes cujo anestesiologista alcoólatra erra a dosagem, de modo que, embora devam não sentir nada, acabam sentindo tudo e só podem ficar num silêncio excruciante enquanto suas terminações nervosas entram em erupção.

Ela olha para a porta que leva ao corredor. A casa de David é cheia de corredores intermináveis com portas que se abrem para vários quartos. Jess quer entrar com Josh em um deles e apagar as luzes.

Mas então:

— E aí, cara. — David está de pé perto deles. — Abby acha que está na hora da tequila.

Da piscina, uma garota com cabelo louro escuro em uma longa trança como a da Pocahontas — Abby, Jess supõe — grita:

— É hora da tequila!

— Você pode me ajudar a pegar as coisas lá em cima? — David pergunta.

Josh olha para David e depois para Jess, e parece momentaneamente em dúvida.

Mas então se levanta.

— Eu volto já.

No vestiário, Jess se examina. Ela faz uma careta para o espelho, puxa o cabelo para cima e depois o solta. Ela faz um bochecho com um pouco de enxaguante bucal do armário de remédios. Toca o pescoço, que está quente, então passa um dedo na parte de baixo do cós do biquíni, mas para. Ela ouve vozes.

Ela se vira, mas não há ninguém lá.

As vozes estão saindo pelo respiradouro no teto, e, depois de um minuto, Jess percebe que, por algum truque acústico da arquitetura do prédio, está ouvindo David, Josh e mais alguém, cuja voz não reconhece, na cozinha. As palavras saem espaçadas.

Ela ouve apenas trechos.

Josh... passa o... Abby diz... aqueles... prateleira de baixo

Ela ouve seu nome e fica completamente imóvel.

Jess... ela... diz David.

É, ela mal consegue ouvir Josh, *me lembra... ela é...*

Ela é o quê? Jess se pergunta.

David diz mais alguma coisa, e todos riem e então Jess ouve copos tilintando e parece que eles pararam de falar, mas então ouve seu nome mais uma vez, e um deles diz, em alto e bom som, as palavras *febre da selva*.

Jess prende a respiração.

Quem disse isso?

Ela espera alguém responder. Por fim, Josh diz alguma coisa, mas Jess não consegue ouvir o quê. O que quer que tenha dito faz David rir. Ou talvez todos eles tenham rido. Ela não sabe bem.

Um deles diz, *Tenley... a viu... Jess?*

E Josh deve ter se mexido, porque a próxima coisa que ele diz, Jess pode ouvir como se ele estivesse parado ao lado de seu ouvido. O que ele diz é *Tenley, ela não é...*

O espaço entre suas pernas esfria.

Ela não tem ideia do que isso significa ou de quem é Tenley, mas também tem certeza de que não é um elogio.

É claro que ela não seria o tipo dele, assim como ela não era — não de verdade, no fim das contas — o tipo de Ivan.

Não é como se ela não soubesse. Embora ele tivesse oferecido a ela compromissos velados — quando ela reclamou sobre a disciplina Tópicos da Suprema Corte: "da próxima vez que esse professor merdinha tentar te foder, me avisa, e vou destruir a porra da cara dele" —, o que parecia enfatizar sua devoção à parceria contínua, ele a manteve distante. Ficou claro desde o início que ela não era o tipo de garota com quem ele via um futuro.

Quando começaram a namorar, mesmo que ela quisesse, Jess evitou fazer sexo com ele o máximo que pôde, como se domasse uma fera amarrando-a a uma cerca. Isso a tranquilizou, a paciência com que ele esperou, mas em algum momento, é claro, a paciência dele acabou. Nesse ponto Ivan fez beicinho, gritou, depois a chamou de provocadora, até que finalmente ela cedeu.

Na manhã seguinte, Jess voltou para seu apartamento com a maquiagem dos olhos borrada e a calcinha na bolsa.

— E aí? — Lydia a cumprimentou. — Como foi?

— Bom. — Jess havia se jogado no sofá. — Legal? Bom. É só que... ele meio que fez e disse umas coisas que me fizeram pensar.

— Que coisas? — Miky perguntou.

— Fizeram você pensar o quê? — Lydia perguntou.

— Que talvez ele tivesse algum tipo de fetiche. Como se talvez eu fosse apenas mais um entalhe na cabeceira de uma "cama da diversidade". Só mais uma boceta "exótica" para ele se gabar para os amigos no vestiário. Que eu não fosse, sabe, alguém pra ter um relacionamento sério.

— Esse é um risco que você corre, não é? Quando pega caras brancos?

— Mas Albie não é assim — Jess protestou. — Ele é? Ele não te objetifica como asiática. Não é?

Miky estava saindo com um estudante de pós-graduação chamado Albie Shumway, um Capitão América de Salt Lake City. Jess o vira abrir a porta de um táxi para deixar Miky entrar e depois dar a volta para o outro lado da rua para que ela não tivesse que se arrastar no banco. Pelo que Jess sabia, ele era bem legal.

— Ah, às vezes ele lê mangá pornô japonês.

— Sério?

— Mas — acrescentou Miky — é tudo de muito bom gosto.

No vestiário da casa de David, o coração de Jess ainda bate acelerado. Jess encontra a prateleira com suas roupas e as veste o mais rápido que pode. Ela quer sair dali, imediatamente. Se fizer uma curva rápida no topo da escada, poderá evitá-los na cozinha.

Mas não é rápida o suficiente e se depara com eles na escada. Estão com garrafas debaixo do braço e pilhas de pequenos copos nas mãos.

Josh para.

— Ei!

Ele se vira para os amigos e diz:

— Vejo vocês lá embaixo?

Para Josh, Jess diz:

— Tenho que ir embora.

— O quê? Agora?

— É. — Jess não olha para ele. — Eu esqueci. Eu tenho... uma coisa.

— Ah — diz ele, franzindo a testa. — Bem, eu levo você até a porta.

— Não! — Jess está quase no topo do patamar. — Quero dizer, está tudo bem. Obrigada por me receber.

Ele faz uma careta.

— Está tudo bem?
— Tá. Está tudo... bem. Só esqueci que tenho... uma coisa.
Ele a observa, intrigado.
— Você está...?
Josh não termina a frase, e ela espera que ele diga mais.
Mas ele não diz nada, e ela também não, e então vai embora.

No trabalho, na segunda-feira, ela o ignora.
Ele pergunta:
— Almoço?
Mas ela é fria com ele e responde:
— Não posso.
No final da semana, ele pergunta mais uma vez, e ela diz:
— Desculpe, estou ocupada. — Mesmo que esteja sentada em sua mesa olhando para o site de uma loja de sapatos, obviamente nem um pouco ocupada.
Quando ele pergunta de novo e depois de novo, Jess insiste que está ocupada.
Por fim, ele diz:
— Jess, o que está acontecendo?
— Só não estou com vontade de almoçar.
— Por que não? — ele pergunta. — Eu não entendo.
— Só não estou a fim. Não estou com fome.
Ele olha para ela por um minuto, então balança a cabeça.
— Tudo bem — diz ele. E vai embora.

Alguém tem que trabalhar no "turno da noite", para ficar até tarde e efetuar mudanças e verificar as impressões de uma apresentação muito importante para um negócio muito importante, e Blaine oferece Jess.
É sexta-feira à noite, as Garotas do Vinho conseguiram ingressos VIP para ver um show da Rihanna, então Jess reclama.
— Hoje não, Blaine. Por favor?
Blaine diz:

— Diga o que poderia ser tão importante que valha a pena desperdiçar seu fôlego?

Jess hesita.

— Eu tenho ingressos para um show.

— Um *show*?

— Rihanna — diz Jess, e imediatamente deseja não ter feito isso.

— Ri*hanna*? — Blaine diz, e imediatamente Jess se sente ingênua. Ela nem se importa com o show, para falar a verdade, mas está pisando em ovos com Lydia e Miky. Não consegue sair com as amigas há semanas.

Blaine levanta a voz, como se estivesse fazendo um anúncio:

— Desculpe, só quero ter certeza de que ouvi direito. Alguém mais ouviu isso? Jess aqui prefere passar a noite se requebrando ou rebolando ou o que quer que aconteça num show da Ri*hanna* do que gerar receita para a empresa.

Todos ao alcance da voz olham para eles, e Jess deseja *mesmo* não ter dito nada.

Ela suspira:

— Se fosse qualquer outra noite, eu não pediria.

A voz de Blaine fica afiada.

— Não é uma negociação. A resposta é não. Isto é um banco, não um jardim de infância montessoriano. Da próxima vez, por favor, nem se incomode em perguntar.

Jess está resmungando na mesa quando Josh aparece.

— Você pode ir.

— O quê?

— Pode ir. Eu disse a Blaine que eu ficaria.

— Espera aí... sério?

Josh assente.

— Tem certeza?

— Tudo bem. Você pode ficar me devendo.

Ela quer abraçá-lo.

Mas não abraça. Em vez disso, pega as coisas antes que ele mude de ideia. Na porta, ela diz:

— Obrigada, obrigada, obrigada. Isso é muito, muito legal da sua parte.

Ele diz, como se não fosse grande coisa:

— Deixa pra lá.

E ela diz:

— Retiro todas as coisas terríveis que disse sobre você.

E ele ri, mas só um pouco, porque é sexta à noite, e ele vai ficar no escritório até as duas da manhã.

Na semana seguinte, eles almoçam juntos de novo.

Por cima de samosas vegetarianas, Jess diz:

— Desculpe por parar de almoçar com você.

— Vai me dizer por quê?

— Não importa.

Josh olha para ela.

— Bem, de qualquer maneira — ele diz —, fico feliz... que você tenha resolvido voltar a almoçar comigo.

Seis

Outro almoço.

No bufê de saladas, Josh questiona:

— Você sempre pega um morango e meio, exatamente assim. Por que não pega só um, ou dois?

Jess se pergunta se ele se lembra dos morangos na faculdade. Provavelmente não. Ela não pergunta. Em vez disso, diz, meio misteriosa:

— Você está tentando me decifrar?

— Talvez.

— Bem, isso é impossível porque eu sou indecifrável.

— O que tem em um conjunto de conjuntos que não se contêm?

— O quê?

— Considere um conjunto de conjuntos que não se contêm. Vamos chamá-lo de S. S contém a si mesmo? Se contiver, não deveria estar no conjunto, mas, caso contrário, deveria estar. Então S está continuamente entrando e saindo de si mesmo. Isso é uma coisa indecifrável de fato. O que há nesses conjuntos. Você, como todo mundo, é mais previsível do que pensa.

Jess dá risada.

— Enfiavam muito a sua cabeça no vaso da escola?

Ele diz:

— A mente, Jess, é uma coisa terrível de se desperdiçar — e então pega um morango e meio da tigela com a colher e coloca no prato dela.

Só por isso, acha que ele se lembra, sim.

Ela e Ivan tinham acabado de terminar o namoro. Jess estava encostada em uma parede de tijolos atrás do bicicletário, chorando.

Estava ali parada choramingando, esfregando os olhos, tentando se recompor quando alguém esbarrou uma mochila nela com força.

Uma voz:

— Merda. Desculpa. — E então: — Jess?

Ela ergueu o olhar.

Josh.

Ele a observou:

— Você está chorando?

Ela deu de ombros.

— Está tudo bem? — ele se apressou em perguntar. — Está machucada?

Jess sacudiu a cabeça.

— Não — ela disse, mas sua voz estava alterada. Ela ainda estava chorando. Bastante. Não conseguia parar.

Josh a observou por um longo tempo, então disse:

— Espere aqui, está bem? Não se mexa. — Ele começou a se afastar, então se virou e confirmou: — Está bem?

Jess fez que sim.

Mas, quando ele desapareceu na esquina, ela queria ter ido embora. Enxugou os olhos e o rosto com a jaqueta e ficou ali, como uma idiota, tentando não chorar, mas chorando, atrás daquela porcaria de bicicletário.

Estava procurando um lenço de papel no bolso quando ele voltou. Estava frio e, conforme ele respirava, soltava baforadas esfumaçadas.

Em uma mão, ele segurava uma banana e um pote de plástico com frutas e, na outra, uma pilha de guardanapos, que entregou a ela.

Ela pegou os guardanapos, assoou o nariz e depois devolveu a ele o maço cheio de meleca. Ele hesitou, mas pegou.

Jess disse:

— Você pegou um... lanche?

— Ah. — Ele baixou o olhar. — Não.

Do outro lado da rua, tinha um carrinho de frutas bem popular. Quando Jess ia comprar, pegava a bandeja de frutas mistas, que era só de melão e frutas cítricas, porque, apesar de anunciarem frutas exóticas

— kiwi, manga e mamão o ano todo — essas custavam mais. Mas Jess percebeu que Josh havia comprado frutos do verão, que com toda certeza estavam fora da estação.

Ele estendeu o potinho para ela.

— É para você.

— Morangos?

— É a minha fruta favorita. — Ele sorriu. E, quando Jess olhou para ele, confusa, Josh acrescentou: — Mas eu comprei pra você.

— Como você sabe que não sou alérgica? — Jess perguntou.

Agora ele parecia confuso.

— Você é?

Jess deu de ombros. Ela era, para falar a verdade, um pouco alérgica. Morangos às vezes a deixavam com urticária, faziam sua garganta coçar. Mas ela comia mesmo assim — tinha lido algo uma vez sobre terapia de exposição —, porque também era a fruta favorita dela.

— São gostosos, eu juro. — Ele balançou o pote para ela. — Aqui.

Jess aceitou.

Eles se entreolharam. Ele estava muito perto dela, e isso a fez pensar em Ivan, mas não de um jeito ruim, embora cada vez menos conseguisse não pensar coisas ruins sobre Ivan.

Josh exalava cheiro de lã e geada.

— Quer que eu coma agora? — ela perguntou.

Ele riu.

— Não. Quando você quiser.

Josh sorriu para ela, mas ela não sorriu de volta, embora sentisse que deveria. Era esquisito. Outro dia, na aula, ele havia apresentado a teoria da alta hereditariedade do QI; Jess havia questionado:

— Engraçado, porque até mesmo seus preciosos "Pais Fundadores" argumentaram que todos os homens são criados iguais.

E ele respondeu:

— Bem, na verdade, existem diferenças biológicas inatas entre todas as populações humanas.

Então ela o chamou de eugenista, e ele a chamou de irracional, anticiência. E o professor mandou os dois pararem com aquilo.

Ela evitou o olhar dele.

— Ei — ele disse, por fim. — Vai ficar tudo bem.

E lá estava ele.

Ele era tão irritante, com aqueles morangos e aquele otimismo.

Ela retrucou:

— Como você sabe?

— Ah, Jess. Sério...

Ela o interrompeu:

— Vou adivinhar. Você vai me dizer que, não importa quais sejam os meus problemas, eles não são nada comparados a, tipo, a morte térmica do universo ou, sabe, que minhas preocupações são apenas um alfinete no calendário cósmico — aqui ela resolveu adotar um tom de deboche —, *então por que se preocupar com tudo isso, meu chapa.*

Josh apertou os lábios e não disse nada.

Depois de um minuto, ele disse:

— Você é engraçada — e então Jess se sentiu tratada com condescendência.

— Quer saber? — Ela limpou o nariz na jaqueta. — Eu tenho que ir embora. — Ela se afastou da parede.

Ele assentiu e recuou para deixá-la passar.

— Olha, espero que você melhore, tá?

Ainda piscando para afastar as lágrimas, ela começou a se distanciar.

— Ei — ele disse, e ela se virou para encará-lo novamente. — Você perdeu a aula.

De fato, Jess estava faltando. Era o fim do semestre, eles já haviam entregado os trabalhos finais. Ela não tinha mais nada a dizer.

Ele tocou a manga da jaqueta dela.

— Você deveria voltar para a aula, tá?

A cidade de Nova York está fervilhando mais uma vez. Um novo grupo de analistas chega para salvá-los, para sugar todo o trabalho pesado — atualizações de status, *pitchbooks* e alguém para buscar o café — e fazê-los causarem uma boa impressão para os diretores administrativos.

As coisas ficam tranquilas. Os vice-presidentes voam para os Hamptons nas tardes de sexta-feira; o Congresso para no recesso de verão e os investigadores da Comissão de Valores Mobiliários param de ligar e, finalmente, Jess tem um fim de semana de folga.

Para comemorar, elas viajam no final de semana prolongado para o norte do estado — Jess, Miky, Lydia e As Garotas do Vinho —, onde a família de Callie tem um cantinho. São doze hectares, em um lago, mas o encanamento é chato de mexer e a mobília é úmida, por isso eles chamam de *cabana*.

— É tão pitoresco! — Lydia diz.

— Vibes de cenário de crime! — Miky anuncia, enquanto dirigem pela floresta.

— Vai ser tipo a faculdade! — Jess bate palmas, tirando do carro uma sacola cheia de doces e bebidas alcoólicas.

O lago é verde e cheio de lodo, mas elas ignoram as placas de proibido nadar ao redor.

Elas flutuam no lago em boias redondas, bebendo cervejas e tirando algas da superfície. Quando as boias batem umas nas outras, Noree conta a Jess sobre uma viagem que fez recentemente ao Camboja, onde se hospedou em um quarto de hotel de palafitas sobre o mar e observou peixes nadando sob o chão do banheiro.

— Parece incrível — Jess diz.

— Foi, sim, mas tinha tanta pobreza. Foi muito triste.

Jess concorda, então elas deslizam pela superfície em silêncio por um tempo, até que Noree acrescenta:

— Sabe o que você deveria fazer, Jess? Os bônus de investimentos bancários são absurdos. Você deveria doar o seu para uma boa causa.

Jess planeja doar para caridade no futuro. Isso quando ela abrir o aplicativo de patrimônio líquido e não vir um escandaloso número vermelho, que a faz lembrar que ainda está dura. Quando o aplicativo parar de enviar notificações para ela sempre que comprar alguma coisa que não for no mercado. TEM CERTEZA? FALTAM 4381 DIAS PARA COMPLETAR SUA META DE ECONOMIA. Jess havia pesquisado o valor da propriedade onde está localizada a cabana, obviamente, e, mesmo naquelas condições — "pode ser sua, à beira do lago vintage!" —, era o suficiente para pagar a dívida de Jess dez vezes. Mais do que seu bônus no ano anterior, no ano atual ou nos próximos cinco anos juntos.

— É — repete Noree. — Você tinha que doar mesmo.

Jess diz:

— É mesmo — Jess concorda, mas depois finge ser arrastada por uma corrente do lago, se vira e se afasta.

No trabalho, surge uma repentina onda de emergências odontológicas, pessoas desaparecendo da mesa de trabalho por uma ou duas horas seguidas, como se uma epidemia de gengivite estivesse se espalhando pelo chão. Estão saindo para entrevistas, buscando cobiçados fundos multimercado e extras de *private equity*. Saem do escritório com desculpas esfarrapadas e portfólios de couro cheios de ideias de investimento.

Todo mundo está sendo promovido ou saindo da empresa, mas Jess fica feliz em permanecer no mesmo lugar. Após o primeiro ano, tudo ficou mais fácil; agora ela pode sobreviver razoavelmente com quatro horas de sono e almoçar em 45 segundos. Está quase confortável em fazer contato visual com o dragão do diretor administrativo e, mais importante, finalmente está sentando na baia dos analistas. Quando um analista antigo foi promovido a associado, ela herdou sua mesa e seu desdém pelos analistas novos.

Por que ela sairia agora?

A temporada de bônus chega. Foi um bom ano, e o banco pode pagar, mas a economia lenta é notoriamente inconstante, e os analistas estão notoriamente negligenciados, sobrecarregados e mal pagos.

Eles são chamados a uma sala de reunião, com as paredes de vidro cobertas de papel para privacidade e recebem os pagamentos um por um.

Quando chega a vez de Jess, ela recebe um envelope com seu nome impresso. O chefe do chefe dela abre um sorriso tenso, mas, fora isso, fica em silêncio. Ela abre o envelope, com cara de paisagem.

O número é menor do que ela esperava, mas ainda é muito, muito alto. Quando o pagamento for depositado em sua conta bancária, será o máximo que já teve em seu nome. É o suficiente para comprar um carro de luxo de preço médio ou um relógio de ouro muito caro.

Mas ela não compra nenhuma dessas coisas. Em vez disso, vai às compras, a uma daquelas boutiques exclusivas com botas de 17 mil dólares na vitrine, onde as vendedoras a ignoram ou a direcionam para a arara de liquidação. Jess entra com os ombros para trás. E, embora não sejam rudes de cara — afinal, estão na cidade de Nova York, e ela pode muito bem ser alguém importante —, é óbvio que não acham que ela é importante. Elas a tratam com um desdém polido e preferem se concentrar na loura que entrou com a amiga depois de Jess.

Determinada, Jess começa a puxar várias coisas das araras até que seus braços ficam tão cheios que uma das vendedoras se vê forçada a atendê-la. Pela porta do provador, perguntam como está indo, se ela precisa de algum tamanho, e, quando Jess diz que não, consegue imaginá-las do outro lado, trocando olhares do tipo "Eu não disse?". E, de fato, quando Jess sai do provador — com roupas, sapatos, bolsas e acessórios em uma bagunça embolada — e diz "Vou levar tudo", elas parecem impressionadas.

E aquela sensação de "Te peguei! Você acha que sabe quem eu sou, mas não sabe", é algo que Jess pagaria muito caro para ter, e de fato pagou. Então agora o bônus acabou, mas ela se sente como se valesse um milhão de dólares, mas o bônus acabou, e ela ainda não tem um milhão de dólares.

No escritório, Jess pergunta a Josh:
— E aí, o que você comprou? Um carro ou um barco?
Mas ele sacode a cabeça
— Não vou dizer.
— O quê? Por que não? Sou inofensiva — diz Jess.
— Sem chance.
— Vai! Você me mostra o seu, e eu te mostro o meu — brinca Jess.
Ele ri, ergue uma sobrancelha.
— Ah, é?
— Ei — diz Jess, apontando por cima do ombro. — O que é isso?
Ele se vira, pega uma miniatura de vidro com o formato da letra L.
— Isto aqui?

Jess franze a testa.

— Onde você conseguiu isso?

— É do acordo da LyfeCo. — Ele encolhe os ombros. — Charles me deu na semana passada.

— Eu não ganhei.

— Não?

— E eu fiz metade do modelo — diz Jess. — Mais da metade.

Josh não discorda.

— E eu fiz todas as ligações de diligência prévia.

— É verdade.

— E toda a análise de sensibilidade. E todas as questões de risco. E peguei todas as porcarias de bebidas! Então, por que você ganhou uma miniatura e eu, não?

— Eu não sei — diz ele, na defensiva. — Talvez eles só não tenham feito a sua. Talvez você ganhe na festa de encerramento.

— Na festa de encerramento? — A voz de Jess sobe uma oitava. — Quando é a festa de encerramento?

— Na próxima sexta.

— Está falando sério?

— Sério, Jess. Eles só devem ter esquecido. Por que não...

— Eu não acredito nisso! Você ganha uma miniatura, um convite para a festa de encerramento. Você provavelmente ganhou um bônus maior do que o meu também! — Ela sacode a cabeça. — Incrível.

Que teoria conveniente, que eles só devem ter se esquecido dela. Como se esquecer implicasse uma falta de má-fé. Esqueceram seu trabalho duro, suas contribuições, o simples fato de que ela existe. Ela quase deseja que seja intencional e que eles guardem algum ressentimento, ou de alguma forma a vejam como uma ameaça; é melhor do que ser invisível, insignificante. Mas não vale a pena explicar nada disso a Josh. Ninguém nunca se esquece dele.

Ela começa a se afastar.

— Jess, espera.

Ela se vira.

— Você deveria ir.

— O quê?

— Para a festa de encerramento. Você tem razão. Você merece — ele diz. — Venha como minha acompanhante.

Jess para pra pensar nisso, e sua expressão varia de levemente perplexa a ligeiramente irritada para então furiosa mesmo, pra caralho.

— Então você acha — Jess diz devagar — que eu deveria ir... como sua convidada?

— Como minha acompanhante — ele esclarece, sem melhorar a situação. E seu rosto é tão sincero, tão esperançoso, que Jess quase se engana acreditando que é uma boa ideia. Ela quase cai nessa. Mas aquela miniatura na mão dele a tira desse transe.

— Como sua *acompanhante*? — ela sibila.

Ele se encolhe

— Eu só pensei...

— O quê? Que eu ficaria feliz em apenas acompanhá-lo? Em vez de ser reconhecida como todos os outros que colocaram um dedo naquela porcaria de negociação? Para ficar só ao seu lado como uma espécie de namorada-troféu trouxa?

— Não foi isso o que eu quis dizer. Você merece estar lá. Concordo com você. Então eu estou te convidando para ir comigo. Estou concordando com você! E estou tentando consertar isso.

Ela cruza os braços

— E isso é o melhor que você pode fazer?

— O que você quer que eu faça?

— Fala alguma coisa. Diz a todos que é uma merda e é injusto que eu não receba crédito por um acordo em que nós dois trabalhamos. Boicota a festa! Joga a miniatura na cara do Charles.

— Sério, Jess. — Ele suspira. — Você sabe que eu não vou fazer isso.

— É, eu sei. — Ela olha feio para ele, então acrescenta: — Não falo mais com você.

E ela não fala com ele, mesmo que não goste nem um pouco disso.

Depois de algumas semanas, um dos outros analistas diz:

— Está sabendo do Josh?

Aparentemente, ele pediu as contas. Foi surrupiado por um fundo de ações de patrimônio líquido *long & short* administrado por um bilionário brilhante que está sempre respondendo a acusações envolvendo informações privilegiadas. De acordo com o que todo mundo diz, Josh vai longe.

Jess o encontra em sua mesa arrumando as coisas em uma caixa.
Ela diz:
— Pediu as contas?
Ele ergue o olhar.
— Pedi — diz Josh. — Acabei de pedir demissão.
— Você não ia dizer nada?
— Você não está falando comigo.
— Então você vai... embora?
Ele faz que sim.
— Agora?
Faz que sim de novo.
— Sem um aviso prévio de duas semanas ou algo do tipo? Ouvi dizer que você vai ser um comprador agora.
— É, bem, eles também têm um braço consultivo, o que significa que é tecnicamente um concorrente, então... — Ele dá de ombros na direção de um segurança, parado na entrada.
— É seu último dia?
— Minha última hora.
Jess engole em seco. Sente algo parecido com pânico no peito.
— Mas...
Josh está olhando para ela, esperando.
Ela diz:
— Eu... — Mas não conclui o pensamento.
Ele estende a mão para ela, e ela pisca. O crachá dela está pendurado em um cordão em volta do pescoço, e ele o segura entre os dedos.
Ele diz:
— Ei. — E Jess sente uma leve pressão no pescoço quando ele o puxa.
Ela sente o coração batendo no fundo da garganta. Está calor ali.
Ele segura o cordão sem fazer nada, os dedos quase tocam a blusa dela.
O segurança ainda está ali.

Jess olha para a mão dele. E então olha para baixo e percebe o que tem na caixa, percebe a miniatura da LyfeCo. com a ponta para fora da caixa. Josh segue os olhos dela, vê que ela vê a miniatura.

Ele deixa escapar um suspiro e solta o cordão.

Ele diz:

— Ah. É.

E Jess diz:

— É.

Sete

O outono passa devagar.

Jess está entediada e inquieta, então vai importunar o pai. Ela o ajuda a fazer uma conta em um aplicativo de chamada de vídeo, e, quando ele vê o rosto dela, balança a cabeça, encantado.

— Vocês, jovens, e a tecnologia!

— O futuro é agora — Jess diz a ele.

E então, ele baixa a voz, em um tom zombeteiro e conspiratório:

— Mas e se eu estivesse sentado no vaso quando você ligou, Jessie?

E Jess lembra a ele:

— Foi você quem me ligou!

No trabalho, Jess é escolhida para atuar em diferentes negociações, mas nada parece mudar, como se ela estivesse em uma esteira, correndo sem sair do lugar.

Ela lê uma lista na internet — trinta e cinco macetes para facilitar sua vida agora mesmo — e aprende a separar gemas com uma garrafa plástica e a acender uma vela com um espaguete cru, e então enrola todos os cabos elétricos e os guarda dentro de tubos de papel higiênico, mas ainda sente que não está chegando a lugar algum.

Um dia, no trabalho, ela pesquisa no Google "crise dos vinte" e depois "psicose induzida por privação de sono".

Então Charles diz, por cima do ombro dela:

— Procurando inspiração para escrever seu bilhete de suicídio?

— Isso é pessoal — Jess diz, fechando o laptop.

— Isso é propriedade da Goldman Sachs — diz ele. — Vai trabalhar.

* * *

Até que, um dia, na caixa de entrada, tem um e-mail de Josh. O assunto é JANTAR MENSAL JESS JOSH e quando ela clica, não há mensagem, apenas um convite no calendário.

Faz mais de um mês que eles não se falam.

Jess abre um sorrisinho eufórico e clica em aceitar.

Eles se encontram em um restaurante tailandês onde os assentos são feitos de antigos bancos de carro, os garçons usam camisas havaianas e, aos domingos, servem grilos.

— Eu estava querendo mesmo vir aqui! — Jess diz, assim que eles se sentam.

— Fica no caminho do trabalho — explica ele. — E, sempre que passo e olho para cá, me lembro de você.

Ela se inclina sobre a mesa e fica só um pouco surpresa com o tom paquerador que usa quando diz:

— O que mais faz você pensar em mim?

Ele ergue uma sobrancelha.

— Palhaços — diz ele. — Teatro de fantoches, um show de improviso bem ruim.

Jess sorri.

— Que bom ver você!

Josh sorri.

— Que bom ver você também!

O garçom traz as entradas, e então Jess pergunta:

— Como está o novo emprego? Você está trabalhando com o quê?

— Basicamente com operações *long & short* de eventos corporativos. É ótimo. Tenho muito mais autonomia. Foi ótimo trabalhar na Goldman... mas não para sempre.

— Goldman Sachs, Goldman Um Saco — responde Jess.

Ele a olha pensativo.

— Provavelmente seria bem difícil. Não estamos contratando no momento, mas posso perguntar se você quiser. Se quiser uma entrevista. Ou falar com alguém. Sobre um emprego.

— Eu já tenho um emprego.

— Vai trabalhar com vendas para sempre?

— Desde que encham os meus bolsos.

— Eu ganho mais do que você.

— Um dólar para cada sessenta e três centavos que eu faço, né?

— Não foi isso o que eu quis dizer.

— Eu sei o que você quis dizer. Eu só... olha, a gente pode não falar de trabalho? É deprimente.

— Não precisa ser. Você não tem que odiar seu trabalho, sabe, Jess? Você deveria trabalhar com o que ama.

— Ninguém ama o trabalho.

— Não é bem assim. Enfim, não estou sugerindo que você vire designer de bolsas ou crie uma marca de vodca diet ou algo assim. Só estou dizendo que não acho que o ramo de finanças de fusões e aquisições seja o que você está destinada a fazer. Acho que você gostaria bem mais de fazer outras coisas e seria bem melhor nelas também.

— Tipo compra e venda de investimentos de eventos corporativos?

— Talvez.

— Mas não é, tipo, impossível conseguir uma vaga no fundo de Gil Alperstein?

— Existem muitos outros fundos.

— Então você está dizendo que eu não conseguiria trabalhar no fundo de Gil Alperstein?

— Como eu disse, nem estamos contratando agora. Então, é, eu diria que é bem improvável.

— Ah, *você* não está contratando no momento? *Você* está no comitê de contratação? Você e Gil Alperstein se reúnem todas as tardes e, tipo, bebem um conhaque caro e brincam de arremessar na lata de lixo todos os currículos deprimentes que recebem de analistas de vendas mal pagos?

— Eu não teria mencionado se não achasse que eles considerariam você para o trabalho. Mas como nós... Como *eles* não estão contratando agora, provavelmente não vai rolar. É isso que estou dizendo.

— Está bem.
— Está bem.
— Podemos falar sobre outra coisa?
— Desarmamento nuclear no Oriente Médio?

Eles comem arroz grudento e sopa de curry com coco, e Josh conta a Jess que alguns físicos de Yale criaram um sistema híbrido para coerência ultra-alta entre magnons fortemente acoplados e fótons de micro-ondas.

— É um avanço incrível, enorme, para a computação quântica — diz ele, com o entusiasmo de quem fala sobre sexo ou chocolate.

E, quando Jess olha para ele sem expressão, ele desenha vários círculos e linhas em um guardanapo e repete, palavra por palavra, tudo o que acabou de dizer.

— Faz sentido?
— Não.
— Sério, Jess. — Ele empurra o guardanapo para ela. — Você entendeu, sim.

— Tem dois tipos de pessoas no mundo: as que entendem o sistema binário e as que não entendem — diz Jess.

Ele se recosta na cadeira e cruza os braços de maneira petulante sobre o peito. Então amassa o guardanapo e o joga na mesa.

— Você era uma daquelas garotas que fingiam ser burras na escola para que os caras gostassem de você?

O garçom volta.
— Querem pedir sobremesa?
— Não — diz Jess.
— Não, valeu — diz Josh.
— Não, *obrigada* — diz Jess.
Josh revira os olhos
— Só a conta, por favor.
Lá fora, a cortina de escuridão do inverno caiu repentinamente sobre a cidade, e está escuro e silencioso. Toda a luz e o calor do restaurante evaporaram na noite.

— Quase esqueci como a gente se dá tão bem — diz Jess, de maneira ríspida.

Mas Josh faz um afago no cotovelo dela.

— A gente se vê no mês que vem, tá, Jess?

Josh manda mensagem no dia seguinte.

É um link para o PDF de um livro chamado *Computação quântica para leigos*, e mais abaixo ele digita: "Se sua cabeça começar a doer, é só olhar as fotos".

No trabalho, Charles está uma fera. Um negócio muito importante foi para o espaço porque o cliente decidiu que a equipe é incompetente, e, Jess entende, a culpa é toda dela.

O material compartilhado com o cliente incluía duas páginas extras, que Blaine nunca aprovou e que estavam uma porcaria. Pior ainda, em cada uma dessas páginas havia um erro de conversão de moeda que distorcia o valor da empresa em uma ordem de grandeza: nove zeros onde deveria haver oito.

Só perceberam tarde demais, e o cliente estava fazendo perguntas difíceis. Nesse ponto, Blaine percebeu o erro e perguntou ao vice-presidente como ele poderia ser um idiota de merda tão grande, e ele então perguntou a Charles como ele poderia ser um idiota de merda tão grande, e agora a merda finalmente rolou ladeira abaixo e Charles está de pé perto da mesa de Jess, apoplético, com uma cópia do documento bem acima da cabeça, aberta na lombada, como se fosse uma crucificação.

Ele arranca uma única página e amassa uma bola de papel, que joga no chão em frente à mesa de Jess.

— Você acha essa porra aceitável? — ele grita.

Ele arranca outra página e grita:

— Quer ficar fazendo planilhas de comparação e documentos de contas pelo resto da carreira?

Outra página arrancada. Outro grito:

— Você sabe quanto dinheiro seus erros custam à empresa?

Ele arranca outra página e depois outra, até que todas as páginas do documento estejam ali, amassadas aos pés de Jess.

— Sabe? — ele diz. — Você sabe?

Mas algo nesse ataque de fúria é tão performático que Jess quase espera que ele pisque para ela, que dê a entender que está apenas fazendo um show para Blaine. E é isso mesmo que ele está fazendo. Porque, embora tecnicamente Jess tenha sido a última a mexer no documento, que tenha sido ela a responsável pela impressão final e encadernação, não foi ela quem fez a merda. Já era tarde, e tudo estava finalizado. Jess ficou trocando pontos e vírgulas pela página por mais de uma hora, até que, por fim, tudo foi aprovado. Então Charles mandou mais duas páginas para ela.

— Envio isso para Blaine? — Jess tinha perguntado.

E ele foi presunçoso, arrogante inclusive, quando disse:

— Não precisa.

E então Jess não mandou porque, de qualquer maneira, Charles era mais inteligente que Blaine, e também porque eram quatro da manhã.

Mas agora Charles está ali batendo os pés como um lunático, como se isso nunca tivesse acontecido.

Os outros analistas observam com um misto de pena e satisfação, e Jess fica ali sentada, piscando para Charles, engolindo sapo.

Mais tarde, Charles diz:

— As coisas saíram um pouco do controle, não acha?

Isso não é um pedido de desculpas, pensa Jess.

Ela pergunta:

— Eu fiz merda?

Ela quer que ele diga que não, mas ele franze o cenho, como se estivesse com dor, e se recusa a admitir qualquer coisa.

— Jones — ele diz, por fim. — É melhor sempre presumir que você fez merda.

Josh deixa Jess esperando no jantar.

Ela está sentada sozinha em uma mesa para dois mergulhando pão no azeite, calmamente bebendo água gelada enquanto o maître a encara da entrada.

— Talvez você se sinta mais confortável no bar — diz o garçom, com um sorriso tenso.

Quando Jess liga para Josh, ele diz:
— Merda, esqueci completamente.
— Você *esqueceu*?
— Desculpe.
— Onde você está? Você saiu?
— Estou em casa.
— Em *casa*?
— Desculpe, Jess. Eu só... esqueci.

Nenhum deles diz nada por um longo tempo.
Até que, por fim, Jess pergunta:
— Posso ir até aí?

Josh mora no quinto andar de um prédio sem elevador, em um pequeno quarteirão bacana no centro da cidade, aquele que as Garotas do Vinho descrevem como o último bairro bom de Manhattan. Diferentemente do bairro de Jess, que fica a uma curta caminhada do escritório e, segundo elas, é um lugar improdutivo, um descampado de concreto superfaturado invadido por autômatos corporativos. Elas sempre perguntavam por que Jess não podia morar, assim como elas, no Brooklyn. Tinha uma energia melhor, e os imóveis eram mais acessíveis, a não ser que você morasse em um grande e antigo prédio de arenito marrom, com vista para a água, e esse era o caso das Garotas do Vinho.

Jess fica surpresa com o apartamento de Josh. Ela tinha certeza de que ele morava em um alto edifício espelhado ou em um prédio com panfletos no saguão.

Ele a deixa entrar e fica no topo da escada observando-a subir cada lance em círculos, cada vez mais perto, até que eles fiquem cara a cara no último andar.

Ele passa o braço pela soleira e diz:
— Pode entrar.

Jess observa tudo. Ela rodopia lentamente na sala. Olha para o teto, fixa o olhar nele, como se estivesse pintado, como se estivesse em um museu, então Josh diz:

— Tá, já chega.

— É diferente do que eu pensei que seria — diz Jess.

— O que você esperava?

— Eu não sei... uma estante com vários livros de Ayn Rand? Talvez uma cópia emoldurada da Constituição. Maços de dinheiro em pilhas bem organizadas, que você contaria todas as noites antes de dormir. Um gato sem pelos. Tacos de golfe? Um pôster da união entre Reagan e Bush em 1984. *Pôsteres*. Que cobrissem cada centímetro quadrado da parede. Cabeças humanas no freezer.

Ele parece magoado.

— Desculpa — diz Jess. — Era uma piada.

— Você ainda acha que eu sou um babaca.

— Não acho, não.

— Isso — ele faz um gesto vago com as mãos — está ficando um pouco cansativo, você não acha?

Jess se pergunta se ele vai pedir para ela ir embora, mas ele apenas pergunta:

— Quer beber alguma coisa?

Jess assente, então ele aponta para o sofá e diz:

— Pode sentar. Tira o casaco.

Na cozinha, Jess o observa acender o fogão e encher uma panela com água. Ele está abrindo armários, tirando canecas, uísque e chá.

Josh mede dois dedos de Jack Daniel's, coloca um sachê de chá em cada caneca e derrama a água quente da panela dentro delas. Depois, corta um pau de canela em dois, o que Jess considera tanto um toque adorável quanto completamente ridículo. Quando termina, ele limpa a bancada com um pano e se junta a ela no sofá.

Entrega uma caneca a Jess.

Ela toma um gole, que queima a boca.

— Cacete, está quente!

— Você acabou de me ver derramar água fervente nessa caneca.

Ela embala a caneca na palma da mão, soprando impetuosamente.

— É, mas não pensei que estaria tão...
— Quente? — ele diz, sorrindo.

Quando ele sorri, Jess vê uma covinha, um buraquinho perfeito no canto da boca. Ela tem um desejo súbito e avassalador de pressionar o dedo ali, como se fosse mergulhar um dedo em um sundae com calda de chocolate quente. Mas olha para ele mais uma vez, e a covinha sumiu.

Eles se sentam no chão, um de frente para o outro na mesa de centro, e bebem uísque quente até ficarem bêbados. Josh ensina Jess a jogar Texas Hold'em, e eles jogam várias rodadas até que Jess perde tantas vezes seguidas que levanta num pulo e joga um monte de cartas no triturador de pia.

Josh diz:
— Droga, Jess.

Mas ele está rindo e, em vez de jogar pôquer, eles assistem a uma série de vídeos no YouTube sobre a formação do universo, até que Jess grita:
— Que chatice!

E Josh diz:
— O que pode ser mais fascinante do que isso?

E Jess diz "isso aqui", e coloca um vídeo de um gato mergulhando no vaso sanitário.

Eles colocam música para tocar. Jess dança, e Josh, não. Ele diz:
— Não suba nos móveis, por favor.

Mas ainda está rindo e então faz macarrão, mas se esquece do escorredor e, em vez de escorrer, joga macarrão quente e água na pia, com as cartas de baralho, e Jess derrama azeite no chão de madeira, e Josh diz:
— Passar a noite com a Jess é assim, não é?

E Jess diz:
— Se você quer dizer incrível pra cacete, então, é isso, sim.

E Josh responde:
— Não foi exatamente isso que eu quis dizer.

Eles se encaram com olhos arregalados, em lados opostos do sofá. Talvez por minutos, talvez por horas — de repente a cabeça de Jess está girando, e o tempo é um círculo plano — mas o espaço entre eles começa a diminuir. Eles estão cada vez mais perto um do outro. Mas, como um tabuleiro ouija, Jess não consegue identificar de onde vem. É ele? É ela?

É alguma força misteriosa? Ela só sabe que havia duas almofadas entre eles, e agora há menos de trinta centímetros. Ela pode sentir a estática do suéter dele, a eletricidade no braço dela.

— Você está pensando em quê? — Josh pergunta.

Ela está pensando em sexo.

Está tentando lembrar se o fecho do sutiã dela é na frente ou atrás. Quer saber se o cheiro de limão e uísque é dela ou dele.

— No que *você* está pensando? — Jess desvia.

Ele faz cara de quem está pensando, com a mão no queixo, e diz:

— Humm...

— Na verdade, eu sei no que você está pensando — Jess interrompe.

Ele sorri.

— É mesmo? No quê?

— Você provavelmente está calculando uma terceira derivada — ela brinca. — Ou tentando resolver algum teorema matemático há muito perdido que pode ser o segredo para prever o preço da soja.

Ele dá risada.

— Sabe, você não deixa de ter razão. Eu estava pensando sobre um paradoxo de movimento. Você conhece o paradoxo de Zenão?

Jess assente, mas ele explica mesmo assim.

— Se eu me aproximar um centímetro de você — ele se aproxima — e depois meio centímetro, um quarto, um oitavo — ele se aproxima de novo, de novo, de novo, e Jess prende a respiração —, eu poderia me mover infinitamente para mais perto de você por metades, e a distância entre nós seria sempre maior que zero. Em outras palavras, nunca nos tocaríamos — diz ele, depois para. — Ele afirma que nenhuma distância finita pode ser percorrida, o que significa que todo movimento é impossível. Mas isso é comprovadamente falso, certo? Então, como você concilia o paradoxo com a realidade?

Jess bate os cílios.

Ele sustenta o olhar dela.

— Você sabe como?

Jess engole em seco.

— Não.

Ela está com as mãos nos joelhos dela, e ele está com as mãos nos joelhos dele. Quase se tocando. Os joelhos, as mãos, o mais próximo possível sem se tocar.

— Assim.

Ele enfia o mindinho esquerdo no direito dela, como um juramento do dedinho.

— Se o paradoxo de Zenão fosse insolúvel, eu poderia fazer isso?

Jess dá risada, porque: é uma cantada pronta. Mas também porque: enfim, a confirmação de que o sentimento é recíproco. E porque: ela está bêbada, eufórica e encantada! A menor parte dele tocando a menor parte dela, desafiando o espaço e o tempo. Porra, parece tão certo.

Ela sorri para ele.

— Você fala isso para todas.

— Eu, não.

— Fala, sim.

Jess não consegue parar de sorrir.

— Não falo, não — ele responde, sacudindo a cabeça. Ele leva as mãos, entrelaçadas, à boca. — Só para certas mulheres — ele diz, com a respiração alcançando os dedos dela. — Só para você. Para mulheres como você.

Essas palavras. Jess fica irritada. Quase involuntariamente, ela puxa a mão.

— O que foi? — Josh se recosta. — O que aconteceu?

A mão de Jess fica suspensa no ar, como um balão meio murcho. Em seguida, ela toca a têmpora.

— Você está bem?

Ela sacode a cabeça. Não está bem. Ele disse mesmo o que disse? *Mulheres como você*. Para ele, provavelmente era um elogio, mas não era. Só deixava claro que, na opinião dele, existiam dois tipos de mulheres: mulheres e mulheres como ela. Ela não quer viver isso de novo. Jess se levanta.

— Não estou me sentindo bem — ela arrisca. — Quero dizer, estou com dor de cabeça. Tenho que acordar cedo. Acho que talvez eu perca o último trem expresso?

— Sério? — Ele parece preocupado, no entanto não protesta.

— Sim, desculpa. Eu tenho que... preciso ir embora.

Ela não espera pela reação dele, apenas pega as coisas e escapa dali.

— Desculpa, desculpa, desculpa — ela diz, batendo a porta na cara dele, que está surpreso. E é verdade. Ela lamenta que não tenha previsto essa coisa tão previsível.

No corredor, ela respira fundo, com as palavras dele ecoando na cabeça. Mulheres como você, ele disse. *Uma mulher como ela*. Afinal de contas, que tipo de mulher era ela?

Jess descobriu que Ivan a estava traindo da maneira mais banal e dolorosa possível. Ela preferia flagrá-lo em um canto escuro, com a calça nos tornozelos, fazendo algo repugnante, para que pudesse contar a todo mundo o que aconteceu e eles não tivessem escolha a não ser concordar que ele era perverso e depravado. Mas aconteceu em plena luz do dia, em frente à biblioteca, e os pais dele estavam lá. Ivan tinha comentado que eles estariam na cidade no fim de semana e por isso ele estaria ocupado, então, quando Jess os encontrou no pátio, pareceu obra do acaso. Os pais dele eram sofisticados, ela sabia, então Jess fez um tipinho: "É um prazer tão grande... tão incrível... Ouvi falar tanto... Ivan é sempre... hahaha".

Ela demorou um pouco para perceber que estava deixando todo mundo desconfortável. Então parou de falar. O pai dele, vestido em um blazer esporte fino, apertou os olhos para ela, confuso. A mãe, talvez intuindo a situação, ofereceu um sorriso tenso. E Ivan, embora Jess não pudesse imaginar por que, parecia olhar para ela com nada menos que desprezo. Só então Jess notou a moça. Uma loura magricela ao lado de Ivan. Jess a reconheceu. Era uma colega de classe. E de repente ela se deu conta. Um dos dedos da garota estava preso no cinto de Ivan. Estava na cara dela aquele tempo todo? Jess pensou que ela os estava encantando, mas estava apenas envergonhando a si mesma. De repente, sentiu como se fosse algo sujo e sem importância: uma carcaça na estrada, lodo de esgoto em uma rua limpa. Como Ivan podia ser tão frio? Antes que pudesse dizer qualquer outra coisa, a mãe dele disse: "Bom", e todos eles se afastaram, como se Jess fosse um monte de entulho que eles precisavam contornar.

Mais tarde, ela ligou para Ivan, mas ele não atendeu. Ela ligou para ele mais uma vez. E mais uma vez.

Ela mandou uma mensagem:

atende atendeatendeatende ATENDE

E depois outra:

responde

Outra:

seu merdinha

Na cama, com os punhos cerrados, Jess estava tomada pela raiva e pela humilhação. Quando não aguentou mais, deu um pulo da cama, embora fossem quatro da manhã.

A porta da casa da fraternidade de Ivan estava destrancada, e Jess entrou. Subiu as escadas na ponta dos pés e entrou no quarto dele. Ficou aliviada por encontrá-lo sozinho na cama.

Enquanto ele dormia, suas pálpebras tremiam, e ele parecia inofensivo. Vulnerável até. Uma parte de Jess ainda queria deitar na cama com ele, e isso a fazia odiá-lo ainda mais.

Ela disse o nome dele.

Nada.

Mais alto desta vez.

Ele se levantou num pulo.

— Jess?

— Eu preciso falar com você. A porta estava aberta.

Ele gemeu e jogou um travesseiro no rosto. Sua voz estava abafada.

— Jess, cai fora daqui, porra.

— Não! Você me deve uma explicação. Você não me atendeu, não ligou de volta.

— Jess, sério? Você pensou que eu ia ficar te comendo para sempre?

— Então, o que foi? Você está com outra pessoa agora? E nem pensou em comentar comigo? Nem mesmo, só por educação, uma porra de mensagem? Ei, Jess, só pra você saber, estou traindo você com uma puta qualquer.

— Ela é a puta?

— Então, eu sou só alguém com quem você transa? Mas não sou boa para conhecer seus pais?

— Meus pais não querem te conhecer.

— O quê? Por quê? Só eu especificamente? Eles nem me conhecem!

Ele se levantou e se inclinou sobre ela, soltando um hálito azedo em seu rosto.

— Tudo bem — disse ele. — Tá. Estou com outra pessoa agora. Está feliz? Supera. E ela não conheceu meus pais agora. Ela já os conhecia. Nossas famílias são próximas. — Ele estava de cueca e atravessou o quarto, abrindo a porta com o punho. Então, disse, entre os dentes: — Vai embora agora?

Mas Jess não se mexeu.

— Ah, legal. Seus pais são amigos de golfe. Vocês são membros do mesmo clube. Ela é a virgenzinha perfeita de cabelos louros que você nunca violaria com seu pênis. O tipo de mulher que você leva pra casa para zelar.

— Para de falar dos meus pais. E para de fingir que eu iria apresentá-los a uma mulher como você.

— Uma mulher como eu? O que quer dizer com isso?

Os olhos dele se estreitaram.

— Você sabe.

Mas ela não sabia.

Ou talvez, no fundo, ela soubesse, sim.

— Ivan — ela disse —, olha...

— Não, olha aqui você. — Ele andou em direção a ela, e Jess se encolheu, recuando.

Ele deu uma risada de escárnio.

— Você pensou que eu ia bater em você? — E então, em tom zombeteiro: — Se toca.

Ele tinha se voltado contra ela tão rápido. Na semana anterior, tinha dito a Jess que ela era linda e que a bunda dela poderia lançar mil navios e que trepar com ela era uma religião.

Não era exatamente um poema lírico, mas era alguma coisa.

Ela disse:

— Quer saber, Ivan? Engraçado ouvir isso de você. Sabe o que as pessoas falam sobre você? Sobre a sua família? Que seu pai é um criminoso. — Jess cuspiu. — Um ladrão e um bandido. E a sua mãe é uma espécie de noiva por encomenda. Mas você não *me* apresentaria a *eles*?

— Sai daqui. — Com o peito nu e arfando, ele parecia prestes a explodir.

— Não! Todo mundo acha você uma piada — Jess gritou. — É tão patético. Você acha que seu carro é muito especial, mas não é! As únicas pessoas que gastam tanto dinheiro em um carro são fracassados de meia-idade de pau mole!

— Sai daqui!

— Me obriga!

E então ele realmente avançou nela. Ele envolveu as mãos gigantes ao redor do pescoço dela, com força. Ela tentou tirar os dedos, mas ele apertava demais. Tentou gritar, mas sua voz saiu distorcida. Jess ficou surpresa com o quanto doeu. Parecia que cada um de seus vasos sanguíneos iria estourar, e ela estava ofegante, dizendo:

— Ivan, para, para, para.

Ela tentou se livrar dele, cerrou ambos os punhos e bateu, no rosto dele, no peito e nos braços. Sentiu uma estranha sensação de formigamento. Seus pensamentos tornaram-se distantes e confusos. E então, de repente, ele parou. Ele a jogou para trás, e ela tropeçou e caiu no chão, tossindo e cuspindo.

Ela gritou:

— Qual é o seu problema, caralho?

Mas sua voz saiu rouca. Não saiu nenhum som. A garganta de Jess doeria por vários dias depois. Machucada e dolorida. E, nas semanas seguintes, sempre que comia ou bebia, parecia engolir pedras.

A questão é que ela deveria ter imaginado. Ele era — Ivan era — exatamente o tipo de cara sobre o qual o pai a advertira.

Ela estava no sexto ano. As revistas para adolescentes passavam de mão em mão, e todas as garotas se apaixonavam pelos garotos nas capas, os astros de séries pré-adolescentes. Em um acesso de consumo feminino, Jess passou uma tarde debruçada sobre edições passadas da *Teen Vogue* e da *Seventeen*, arrancando as páginas com todos os garotos mais gatos. Ela cobriu uma parede inteira do quarto com eles: belos rostos adolescentes olhando diretamente para a câmera, sem camisa na floresta, vestindo smokings na pista.

No jantar, o pai tocou no assunto.

— Você andou redecorando — ele disse, mas era óbvio que queria dizer mais.

— É, acho que sim — disse Jess. Ela não queria falar sobre aquilo — o que quer que "aquilo" fosse — com o pai.

— Você acha que essas fotos são adequadas? — ele perguntou.

— São! Eles nem estão pelados! — ela protestou. — Só alguns estão sem camisa, e isso não é nada de mais. — Ela não tinha certeza de que *não era* nada de mais. O pai não a deixava assistir a filmes com sexo, violência ou de "temática adulta", mas certamente ele não era tão puritano.

Mas ele sacudiu a cabeça.

— Não é isso que eu quero dizer.

Jess esperou.

— Todos aqueles jovens são brancos.

Jess não sabia o que dizer. Ela não achou que salientar que um deles tinha também ascendência japonesa seria um esclarecimento útil, então não disse nada.

— Não é bom para você ficar atrás de garotos brancos. Eles nunca vão te amar como se você fosse uma deles. — Ele fez uma pausa. — E, além disso, como você acha que um jovem negro se sentiria entrando no seu quarto?

Jess olhou para o prato de espaguete.

— Querida, responda.

Ela sentiu uma vergonha quente arder na garganta. Nunca havia pensado naquilo, e por isso se sentiu ainda pior.

— Jessie, me responda agora.

— Nada bem — ela murmurou.

— Não, nem um pouco. Jessie, olhe para mim.

Jess fez o que ele pediu.

— Só quero que você pense na mensagem que está passando com aquelas fotos, tá?

Foi o que ela fez. Ela se esgueirou de volta para o quarto e refletiu sobre a parede — os rostos sardentos, a pele pálida e os olhos claros. A vergonha rapidamente se transformou em aversão.

Qual era o problema dela?

Jess rasgou as fotos com fúria e sem cuidado, até que não restasse nada além de uma pilha de papel rasgado e amassado a seus pés. Ela se jogou na cama e sentiu uma pequena bolha de raiva começar a se formar em seu peito.

Qual era o problema do *pai* dela?

Ela não estava tentando ferir os sentimentos de ninguém. E mais importante: nenhum garoto, negro ou qualquer outro, veria o quarto dela. Nenhum garoto da escola gostava dela. E, de qualquer maneira, havia apenas um garoto negro na sua turma, no ensino fundamental inteiro, aliás, e o pai queria que ela caísse de amores pelo gordo do Stevie Jenkins?

Ela sabia o que ele não queria que ela fizesse: fracassar com maestria em aceitar o pequeno conselho que ele tinha dado, se apaixonar pelo arquétipo menos inspirador de um macho alfa, bonito, rico, sem noção, *branco*.

No trabalho, Charles diz:
— Está atrasada. Blaine estava procurando por você.
— Ah, não.
— Eu disse a ele que você tinha ido buscar café.
— Ótimo. Obrigada. — Jess se volta para o computador.

Charles agarra as costas da cadeira dela e gira para que ela fique de frente para ele. Ele cola um post-it na testa dela. Jess tira o post-it e lê: *um mocha tall e um venti, um flat white com leite desnatado, um espresso duplo, um cappuccino.*

Ele diz:
— Eu *disse* a ele que você tinha ido buscar *café*.
— Está falando sério? — Jess tem trabalho de verdade a fazer.
Charles diz:
— Eu gosto do meu cappuccino com bastante espuma, ouviu?

Josh manda mensagem:
Ontem foi legal.
Obrigado por aparecer.
Jess começa a responder:

...
...
...

Ela não sabe se deve reconhecer que acabou com o clima e por quê. Ou se deve deixar para lá.

Ele manda outra mensagem:

Se sentindo melhor?

Está tudo certo, pensa Jess. *Mais que certo. Ele não é Ivan.*

Ela responde:

Tô

E então, no domingo, na Quarta Avenida, Jess encontra Josh.

Ela está voltando para casa depois de comprar detergente, papel-toalha e café.

— Oi! — eles dizem um ao outro, surpresos, contentes.

Eles ficam sorrindo estupidamente um para o outro enquanto turistas e estudantes da NYU passam por eles, até que Josh diz:

— Vamos a algum lugar? Comer alguma coisa ou beber?

Eles caminham, passando pela Big Kmart, pela livraria Strand e pelo cinema AMC.

Jess aponta para um letreiro.

— Eu quero ver aquilo ali. Você quer ir?

— Talvez. Quando?

— Quinta-feira?

— É o Dia de Ação de Graças.

Jess dá de ombros.

— Você não vai ver sua família no Dia de Ação de Graças?

— Normalmente eu iria, mas... é meio esquisito. Meu pai me ligou, tipo, faz umas três semanas e me disse que vai fazer uma excursão de vinhos com uma amiga — explica Jess. — Tipo, em vez de jantar no Dia de Ação de Graças. Quem faz uma excursão de vinhos no Dia de Ação de Graças? Na África do Sul? Ele não é o príncipe da Inglaterra.

Jess foi pega de surpresa, não apenas porque o pai nunca viajava, mas porque a única coisa que ela o vira beber era cidra espumante em ocasiões especiais. Mas ele parecia animado e, de qualquer maneira, o Dia de Ação de Graças para dois nunca fora o programa favorito dela.

Eles entram em um pub irlandês que cheira a Guinness e batatas fritas e se sentam em uma mesa no fundo.

— Que tipo de amigos fazem uma excursão de vinhos de uma semana no Dia de Ação de Graças?

Josh olha para a cerveja dele.

— O tipo de amigos que estão se pegando.

— Credo! Não! Meu pai não está *pegando* ninguém. Eca. Meu pai não transa — diz Jess. — Ele é um homem gentil e nobre.

Josh ri.

— Então, o que você vai fazer sozinha na cidade?

— Não sei. Minhas amigas vão para o Cabo, mas não posso, obviamente, por causa do trabalho. Então provavelmente vou comer comida tailandesa na cama de pijama. Vou pedir para embrulharem em um daqueles cisnes de papel alumínio, sabe? Para ficar mais festivo.

Josh diz:

— Exatamente o que os peregrinos imaginaram.

Eles bebem a cerveja.

Por fim, Josh diz:

— Olha, por que você não vem passar o Dia de Ação de Graças com a minha família?

Jess esquece que tem compromisso. Josh vai ao bar para pegar mais bebidas, e ela liga para Lydia, diz a ela para ir encontrá-los em uma cervejaria na Terceira Avenida.

— Minha amiga está vindo — Jess diz a Josh.

Ele olha para o relógio.

— Eu tenho que ir mesmo.

— Você pode ficar.

— Não — diz ele.

Eles terminam de beber a cerveja, e ele vai embora.

Lydia aparece. Ela desliza para o banco em frente a Jess e pergunta:

— Quem era aquele cara? Que saiu agora? Eu conheço?

Jess assente.

— Se lembra do Josh? Da faculdade.

— Do que vocês estavam falando?

— De nada. Por quê?

— Porque — diz Lydia, e inclina a cabeça para trás, abrindo a boca como se estivesse rindo loucamente, mas sem emitir nenhum som — vocês dois estavam assim.

— Não, estávamos, não.

— Estavam, sim.

— Não estávamos.

— Estavam se comendo com os olhos.

— Ah, cala a boca.

Oito

Josh pega emprestado o carro de David, e eles viajam na quarta-feira à noite para evitar o engarrafamento.

— Que bom que você está dirigindo — diz Jess. — Faz tempo que eu não me sento no banco do passageiro. Estou tão acostumada a pegar táxis, sabe?

— Então quer dizer que você preferiria que alguém fumasse cinco maços de cigarros e vomitasse no banco de trás?

— Engraçadinho. Só quis dizer que é legal. Viajar na estrada. Parece, sei lá, uma autêntica experiência americana.

Eles passam por um outdoor que anuncia garotas nuas ao vivo e dão risada.

— É uma viagem de quanto tempo? — Jess pergunta.

— Não muito — diz ele. — Greenwich fica a menos de sessenta quilômetros da cidade de Nova York.

— *Greenwich*? — Jess exclama. — Você é de *Greenwich*? Con*nec*ticut?

— O que foi isso? — Josh esfrega a orelha. — Acho que não ouviram você em Nova Jersey.

— É só que... — Jess se inclina sobre o console. — Como você é de Greenwich? Você não disse que era pobre?

— Eu nunca disse que era pobre.

— Mas, tipo, se você é de Greenwich, então você é rico.

Ele sacode a cabeça.

— Tem muita gente rica em Greenwich, é verdade, mas minha família não é rica. Longe disso.

— Sei. — Jess se recosta e apoia os pés no painel. — Você só tinha um pônei quando as outras crianças tinham dois. Você queria uma Ferrari no seu aniversário de dezoito anos, mas, em vez disso, seus pais pagaram a sua faculdade.

Ele diz:

— Espera e você vai ver.

Eles passam pelo centro de Greenwich, onde as lojas locais, Hermes, Tiffany's e Brooks Brothers, estão iluminadas no escuro como caixinhas de joias caras — e Jess espera. Passam por uma alameda e depois outra e outra, por casas com portões e sebes altas e Lamborghinis na entrada — e Jess espera. Passam por um clube náutico, um clube de golfe e um clube particular não especificado — e Jess espera.

Ela ainda está esperando quando Josh diz:

— Quase lá.

E a essa altura o bairro parece diferente; tudo é menor e menos espalhado, mas ainda é Greenwich e, por isso, Jess não consegue não pensar: *Fala sério*.

Ele estaciona no final de uma rua de pequenas e elegantes casas de estilo colonial, com sedãs de preço moderado estacionados do lado de fora de garagens isoladas.

— Muito bem — diz Josh, desligando o motor. — Chegamos.

Jess sai do carro e olha em volta. É o tipo de casa que se vê em um desenho animado, um pequeno retângulo bem feito com um triângulo no topo. Persianas azuis tortas e uma cerca branca.

— Não é o que você esperava, não é? — Josh pega as malas no banco de trás. — Agora você entende o que quero dizer?

E Jess encolhe os ombros, porque, embora admita que não é uma mansão, fora isso, é uma casa bem bacana.

Lá dentro, a mãe dele, vestida com um roupão, sussurra "olá".

Josh diz:

— Mãe, esta é a Jess. Jess, esta é minha mãe. — Ele se agacha e pega uma bola de pelo preto-acinzentado. — E este carinha teimoso aqui é o Kachka.

O gato boceja preguiçosamente e lambe a pata. Tem os olhos amarelos brilhantes e, quando os aponta para Jess, parece estar perguntando *quem é você e o que está fazendo aqui?*

A mãe de Josh pede a ele para mostrar a Jess o quarto dela, que na verdade é o quarto dele — que vai dormir no sofá-cama da sala —, e então serve chá para os três. Eles se sentam à mesa da cozinha, incluindo Kachka, que está empoleirado em sua própria cadeira. Ele começa a fazer um complicado tipo de ioga para gatos, ergue uma perna para cima e lambe a virilha agressivamente enquanto olha para Jess.

— Olha, Jess — Josh diz, apontando na direção do gato. —Ele gosta de você.

À meia-noite, as luzes estão apagadas. Jess escova os dentes e veste o pijama no escuro, depois se enfia sob as cobertas na cama de Josh, que é estreita e tem uma colcha azul. É estranhamente íntimo deitar ali cercada por todas as coisas dele. Na cômoda, há um abajur, uma caixa de lenços, uma caneca cheia de canetas e lápis e vários porta-retratos. Também há fotos de Josh quando era pequeno: ele em um aquário, ele soprando velas, ele com os pés balançando em uma piscina. Jess se dá conta de que Josh já foi criança, que não caiu do céu defensor do liberalismo social e do conservadorismo fiscal. O pai não está em nenhuma das fotos. No escuro, Jess avista uma foto de Josh em um uniforme de escoteiro e sente uma pontada de identificação. Ela também foi escoteira, mas odiava — por causa de todas aquelas atividades de mãe e filha, as noites de cinema, os acampamentos e os dias de artesanato.

Jess conclui que não consegue dormir — sente vontade de sair da cama — e desce as escadas na ponta dos pés, onde a luz da sala ainda está acesa.

Ela bate.

— E aí? — Josh diz. — Pode entrar.

Ele está meio deitado, meio sentado, em um grande sofá cinza que foi transformado em cama.

O gato está encolhido na dobra do braço, e Josh está coçando as orelhas e a cabeça dele, distraído, com afeição.

Ele parece tanto — e é, tecnicamente — um garoto na cama com o gato, que Jess sente uma onda repentina de afeto.

Ela diz:

— Quer dormir lá em cima?

Ele ergue uma sobrancelha.

— Quero dizer, você quer trocar? Eu me sinto mal, forçando você a ficar aqui. Não quer dormir no seu quarto?

— Nah — diz ele. — Não tem problema.

Kachka de repente se levanta. Ele sacode o rabo e então caminha cautelosamente para o colo de Josh. O gato ronrona alucinado quando Josh faz cócegas atrás de suas orelhas e murmura bobagens para ele.

Para Jess, este momento é impossível de associar à imagem que tem de Josh.

Ela diz, meio séria:

— Estou interrompendo alguma coisa?

Josh diz:

— Senta.

Jess continua de pé e, quando Josh olha para ela, diz:

— Eu? Achei que estava falando com o gato.

Ela se senta na beirada da cama.

Kachka se aconchega na palma da mão de Josh, que diz:

— Quem é um gatinho bom? Você é um gatinho bom.

E Jess diz:

— Você acha mesmo que pessoas negras têm QI mais baixo?

Ele ergue o olhar.

— Jess, acho que você é uma das pessoas mais inteligentes que já conheci.

— Obrigada, mas não foi isso que perguntei.

— Não, Jess, eu não acho.

— Às vezes, penso nas aulas de direito e sociedade — diz ela.

Ele suspira.

— Não deveria.

— Quero dizer, acho que estava só supondo que você fosse, tipo, sei lá, um republicano sem coração que usa calça rosa. Mas agora...

— Você acha que eu não tenho coração?

— Não, eu...

— E quando foi que eu usei uma calça rosa?

— Eu quis dizer que você usava. Ou eu achava que...

— O que você acha agora?

— Eu... às vezes... para falar a verdade, não sei o que pensar.

Josh se senta, e o gato solta uma reclamação, baixa o rabo e rosna um pouco. Josh o afasta e diz:

— Desculpa, Jess. — Ele toca a mão dela. — Desculpa se alguma vez disse algo que fez você se sentir uma merda. Você é o oposto disso. Você é... incrível.

Ele pega a mão dela e esfrega o polegar de leve sobre os nós dos dedos. É uma sensação muito, muito boa. Jess pensa no paradoxo de Zenão. Ela se lembra da expressão "mulheres como você".

Ela puxa a mão.

— Você sente muito por ter dito isso e por eu ter me sentido mal, mas não porque você não acredita no que disse.

— Sobre o que exatamente estamos falando aqui?

— Coisas sobre classe e raça e como acha que ações afirmativas, ou várias formas de reparação racial são, tipo, "racismo contra pessoas brancas".

— Eu nunca disse as palavras "racismo contra pessoas brancas".

— Você entendeu o que eu quero dizer.

— Acho que sim, eu acreditava naquela época e ainda acredito, embora talvez agora eu me expresse melhor ou de outra forma, que a questão socioeconômica é a mais premente. Acho que a ênfase na raça, na etnia, do discurso político atual é equivocada, até mesmo patológica, e perde muitas oportunidades de melhorar a situação econômica para todos, não apenas para grupos que julgamos arbitrariamente sub-representados ou mal atendidos, que, a propósito, sempre serão um alvo em movimento e sempre serão um fracasso em termos de angariar qualquer apoio bipartidário significativo.

— Então você admite que os republicanos são racistas?

— Estamos tendo uma conversa entre adultos?

— Então você acha mesmo que ser negro e pobre no nosso país é tão difícil quanto ser branco e pobre?

— Não, Jess, eu já li livros de história. Só acho que há uma certa ironia em usar a preferência racial para abordar a preferência racial. Principalmente quando há uma maneira mais óbvia e elegante de pensar sobre o problema.

— É, sei — Jess bufa —, porque resolver a desigualdade sistêmica é simples assim.

— Só me escuta. Por que o racismo é ruim? Porque queremos que o mundo seja um festival de amor hippie e místico, onde todos se tratam com respeito? Boa sorte, considerando o curso da história humana. Mas a esquerda quer que você acredite que esse é o objetivo final. Uma grande ciranda masturbatória em que todos celebramos as diferenças uns dos outros.

— Você não está falando sério. Você acha mesmo...

— Escuta. Igualdade e justiça são problemas fundamentalmente econômicos e, quanto mais nos distraímos com a política identitária e a sinalização de virtude, menos realizamos de fato em termos de abordar a desigualdade estrutural. Sinceramente, acredito que na maioria das vezes os esquerdistas preferem estar certos a vencer. Toda a visão de mundo deles é completamente questionável, e não acho que eu seja má pessoa por querer defender uma abordagem que tem chance real de funcionar.

Ele olha para Jess.

— Faz sentido?

— Faz.

— Você discorda de mim?

— Não sei.

Por um longo tempo, nenhum dos dois diz coisa alguma.

Até que Josh pergunta:

— Quer ver um filme?

Ele aponta para a televisão com o controle remoto.

— Não. — Jess sacode a cabeça e se levanta. — Eu vou para a cama.

— Dor de cabeça? — ele pergunta com um sorriso forçado.

— Acho que sim.

Ele assente. Pega a pata do gato e acena com ela.

— Diga "boa noite", Kachka. Dê boa noite para Jess.

O gato se espreguiça indiferentemente e se deita de lado.
— Boa noite, gato — diz Jess. — Boa noite, Josh.

No jantar de Ação de Graças, a mãe de Josh pergunta:
— Agora, Jess, refresque a minha memória. Sua família comemora o Dia de Ação de Graças?
— Mãe, ela é de Nebraska.
— A batata-doce está muito boa — diz Jess.
— Sua mãe faz algo especial para o Dia de Ação de Graças?
— Ah, hum, não. Não, acho que não.
Ela espera por mais, e Jess é forçada a dizer:
— Minha mãe morreu.
Jess gostaria de poder dizer isso de uma forma que não fizesse as pessoas olharem para ela como se tivessem acabado de pisar em seus dedos.
Mas isso nunca acontece, e então a mãe de Josh faz a cena toda.
— Ah, querida, desculpa, me desculpa, desculpa mesmo — diz ela.
— Está tudo bem. — Jess balança a cabeça e tenta mudar de assunto. — A batata-doce está muito boa.
Ninguém fala nada por um tempo. E então:
— Você foi adotada?
— Meu Deus, mãe. Ela não é órfã. O pai dela está na África do Sul. — E esclarece: — *De férias*. Ela não foi adotada quando era bebê lá da África, mãe. Acontece que o pai dela está viajando esta semana.
— Josh, meu filho, não precisa ficar assim. Só estou conversando. — Ela se vira para Jess. — Desculpe se você acha que estou sendo intrometida.
— Você não está. Não tem problema, é sério. Obrigada por me receber. — Ela se detém e olha para Josh. — A batata-doce está muito boa mesmo.

— Você fez uma cena e tanto — Jess comenta mais tarde, na mesma noite.
— Como assim?

— No jantar. Você deixou a sua mãe sem graça. Basicamente a acusou de ser racista.

— Jess, ela perguntou se você foi adotada. Por quê? Porque você tem uma ótima dicção? Se eu a deixasse continuar, ela teria perguntado se você nasceu viciada em crack ou se seus pais tinham aids.

— Não teria, não.

— Teria, sim.

Jess diz:

— Você estava tentando me impressionar.

— Não estava, não.

— Estava. Eu te critiquei por causa da sua crença política questionável, e você tentou provar que eu estava errada deixando a sua mãe sem graça, coitada.

— Não foi isso que aconteceu.

— Ah, sério — Jess brinca. — Pode admitir.

— Não vou admitir coisa nenhuma.

— Admite.

— Jess — diz ele. — Dá um tempo.

Mas ele está ficando vermelho.

Jess liga para o pai para desejar Feliz Dia de Ação de Graças, embora suponha que ele esteja sem sinal, que não vá atender. Mas, depois de alguns segundos, ela ouve o som opaco de uma conexão. Jess ouve um farfalhar e depois uma voz de mulher.

Jess diz:

— Olá?

— Sim? — a mulher diz.

Sem pensar, Jess pergunta:

— Pai?

Mesmo que seu pai não seja uma mulher.

Ela ouve a mulher chamar o nome do pai, e então ele está na linha.

— Filha querida!

— Quem era aquela?

— Jessie? — ele pergunta. — O que... o que você disse?

Ele não está fingindo. O barulho está alto mesmo. Jess ouve gritos, risadas, um megafone?

— Pai, onde você está? Consegue me ouvir?

— Ah, com certeza — ele responde. — É adorável. O mais bonito.

— O que é bonito, pai? Onde você está?

Ela ouve um som como pedras rolando em uma lata, depois o som da estática, depois mais nada.

Jess pressiona o botão para encerrar a ligação.

E pensa: *Esquisito*.

— Então... — Jess diz, na manhã seguinte, quando estão indo embora — sua casa é bem bacana.

Josh tira o carro da garagem, dirige sobre lombadas e placas que dizem DEVAGAR! CRIANÇAS BRINCANDO.

— Sei. — Ele olha para ela, porque sabe exatamente o que ela está sugerindo. — Olhe pela janela.

Jess observa.

— Eu tinha que passar por isso todos os dias a caminho da escola.

— No caminho para Choate?

— Não — ele diz. Quando eu ia para a escola normal. Antes de Choate. — Ele espia por cima do volante pelo para-brisa. — Todo dia.

Do lado de fora, tudo o que veem são mansões, ou pelo menos paredes atrás das quais estão escondidas mansões do tipo que custam dezenas de milhões, o que Jess sabe porque, enquanto fingia ler os e-mails, na verdade estava procurando os preços das casas.

Ela diz:

— Em terra de milionário cego, o bilionário que tem um olho só é rei.

— Você não é tão engraçada quanto pensa, sabia? — ele diz, rindo. — Aqui — diz ele, parando em frente a um portão alto ao lado de uma torre de segurança. — Vou te mostrar.

— Mostrar o quê?

Ele aponta a cabeça em direção ao portão.

— Vamos olhar lá dentro.

Jess dá risada.

— Como assim? Vamos tocar a campainha e pedir um tour?

— É a casa do Gil.

— Gil, seu chefe? Gil, o CEO do seu fundo?

Josh assente.

— Como você sabe onde fica a casa dele? E, como assim, vamos sair aparecendo na casa do seu chefe no dia seguinte ao Ação de Graças e, tipo, pedir a ele para nos receber para um chá?

Mas Josh já está estacionando o carro. Ele sacode a cabeça.

— Gil não está em casa. Está em Barbados.

Ele baixa o vidro da janela e estica o braço para alcançar o teclado.

— Você vai falar com o segurança? — Jess pergunta, surpresa.

Ela se inclina perto do para-brisa, tentando ver dentro da torre.

Josh não diz nada, apenas aperta alguns botões no teclado, e Jess observa, um pouco atordoada, enquanto o portão se abre.

— Mas que... Como você sabe o código?

— Já vim aqui antes — diz ele, sem de fato responder à pergunta.

A entrada é longa, cômica, e ladeada por altos ciprestes, como se estivessem na porra da Versalhes. A estradinha se bifurca, e Josh os leva para a direita.

— O que tem pra lá? — Jess pergunta, apontando.

— Estábulos.

— Claro — diz Jess. — Estábulos a leste, pista de pouso a oeste.

— É um heliponto — explica Josh. — E na verdade fica atrás da casa principal.

— Acho estranho — Jess diz — que você tenha dito isso com uma cara séria.

Jess vê a casa — as casas — e não consegue evitar. Ela diz:

— Uau.

São três edifícios de pedra, o maior deles parece a Mansão Wayne.

Jess pergunta:

— Gil luta contra o crime à noite?

Eles circulam a propriedade devagar. Veem cavalos, helicópteros e piscinas, a vista para o mar, e depois de vinte minutos — leva mesmo vinte minutos para dirigir pela propriedade de Gil —, Jess pergunta:

— Então... é isso que você quer?

Josh olha para ela.

— Você não?

Jess pensa um pouco. Por um lado, é praticamente patológico correr atrás de tanto dinheiro. Provavelmente inútil. Um sonho impossível. Mas talvez não para Josh.

Quando Jess era mais nova, sempre que fazia pirraça — exigindo algum doce, uma roupa ou um novo celular —, seu pai dizia "Ganância não é necessidade", e isso parecia uma coisa chata que os pais dizem, ou algum programa educativo com uma moral clichê. Jess se pergunta o que ele pensaria dela agora. Indo atrás de um número que é apenas uma parcela de uma parcela do que ela vê ali, mas ainda é, com certeza, mais do que ela precisa. Mais do que qualquer um precisa.

É ganância? Desejar todas essas coisas terríveis? Coisas adquiridas por meio de pilhagem, roubo e crimes de colarinho branco, à custa de resgates financeiros de empresas e da classe trabalhadora. Mas, por outro lado, olhando para a propriedade com o amplo gramado e a entrada sinuosa, é fácil ignorar tudo isso. É tudo tão privado e imaculado. Mas, mais do que isso, Gil é de fato importante. Ele dá palestras em Davos e tem uma porção de títulos honorários. Quando entra em algum lugar, as pessoas ficam em posição de sentido. As pessoas o levam a sério. Ele só precisa estalar os dedos e preencher um cheque. É isso que Jess quer.

Então, por fim, ela apenas diz:

— É, acho que também quero.

Eles se sentam em um banco de pedra à beira da piscina, e Jess inclina o rosto para o sol.

— Então, esse é o plano, né? — ela pergunta, olhando para o céu. — Você terá um complexo de casas gigantescas em Greenwich, com fontes, helicópteros e árvores italianas e vai mandar seus filhos para um internato?

Ao lado dela, Josh diz:

— Talvez.

— E você vai ter, tipo, uma esposa linda que faz a melhor carne assada e ganha o torneio de tênis do clube todos os anos?

Ele dá risada.

— Bem, não será 1950, então provavelmente não isso, mas alto nível? Claro. Talvez.

Jess assente. E então:

— Quem é Tenley?

— Tenley? Cavendish? — Ele olha para ela, assustado, o rosto ficando pálido. — Por quê? Espere, como você a conhece?

— Não conheço — diz Jess. — Eu a vi em seu anuário. Ela escreveu uma carta para você.

Jess não menciona o que ouviu na festa de David.

— Você *leu*?

— Na verdade, não.

E ela não tinha lido mesmo.

No quarto de Josh, ela encontrou o anuário do ensino médio dele, em uma prateleira baixa, embaixo de uma pilha de livros antigos. Ela havia folheado as fotos da equipe de vela, do conselho estudantil, algo chamado Garden Party, em que as meninas usavam vestidos brancos e coroas de flores. Bem no final, em uma das páginas em branco, havia uma carta, escrita em letra cursiva perfeitamente inclinada. Ocupava uma página inteira e começava com "Oi, Josh!", mas rapidamente se tornava mais íntimo, a ponto de Jess parar de ler. Mas, antes de fechar o livro, Jess viu assinado no final da página: "Te amo para sempre bjo Tenley".

Josh não diz nada, seus olhos estão no horizonte.

Jess pressiona:

— Então, quem era ela?

— Uma amiga. — Ele se levanta de repente. — Não nos falamos há séculos.

Jess se levanta também.

— Era sua namorada?

Te amo para sempre bjo Tenley.

— Na verdade, não. — Ele tira o celular do bolso. — Vamos voltar?

Jess inclina a cabeça para o lado, curiosa com a discrição dele, com a definição dele de *para sempre*, mas apenas diz:

— Claro, vamos lá.

Nove

Josh escolhe o restaurante de janeiro. Ele espera por Jess do lado de fora e segura a porta para ela quando eles entram.

— Parece que estou em um tiki bar de ficção científica — diz Jess.

— Isso é uma coisa boa?

— Se nós dois fôssemos restaurantes e tivéssemos um bebê, seria desse jeito.

— Isso é uma coisa estranha de se dizer — ele diz, olhando em volta —, mas concordo.

Eles estão sentados em um banco com estofamento azul-vivo e guardanapos estampados com enormes flores art déco dobrados em pratos prateados.

— Como vai o trabalho? — Jess pergunta, lendo a lista de drinques.

Ele franze o cenho.

— Acho que posso não estar fazendo o suficiente para a plataforma de tecnologia que estou gerenciando. Depois de projetar o algoritmo, não há tanta criatividade no processo de negociação. Eu sei disso. Mas sinto que poderia inovar mais com os modelos. Entende?

Jess olha o cardápio, sem conseguir escolher entre um drinque de rum que vem em um coco e um ponche servido em uma caveira.

— Por que você não faz, sei lá, mineração de criptomoedas?

— Mineração de cripto? O que você sabe sobre isso?

— É tipo dinheiro digital. Ele é criptografado para controlar as reservas, e você usa um blockchain, tipo um livro-razão distribuído, para acompanhar todas as transferências de ativos.

— Eu *sei* o que é criptomoeda. Só queria saber como você sabe disso — ele diz. — A Goldman está trabalhando muito com criptomoedas?

Jess dá de ombros.

— Não sei. Não. Sim. Provavelmente. Os *traders* provavelmente estão. Não tenho certeza. Não que eu faça parte da cúpula.

O garçom chega e pergunta o que eles gostariam de beber.

— Então, como você sabe sobre mineração de moeda digital? É tão esotérico!

Ela olha para ele.

— Aquele livro que você me deu.

— Que livro? Eu nunca te dei um livro.

— O da computação quântica.

— Você *leu* aquilo?

— Jess. Saber. Ler — ela resmunga. — Uga buga!

— Eu só não sabia que você se interessava por essas coisas.

— Achei interessante. Não tudo, mas um pouco.

Ele fica animado.

— É interessante *mesmo*. O que você achou *mais* interessante?

— Bem, senhor professor — diz ela, cruzando as mãos e inclinando-se sobre a mesa. — Tudo sobre bit quântico e os estados de rotação das partículas eu achei bem interessante. Tipo, usar superposição quântica para fazer os troços ficarem exponencialmente mais rápidos.

— Isso, exatamente — diz ele. — Padrões de armazenamento de informações. Isso fez sentido para você? Quero dizer, você entendeu tudo?

— Meu Deus, Josh. O livro tinha a palavra "leigos" no título. Sim, fez sentido. Me respeita.

— É uma teoria complexa. Só isso — diz ele. — Por isso, estou surpreso.

— Então não fica.

— Mas eu estou.

— Então não fica.

— Você é surpreendente — diz ele, e então, quando ela revira os olhos: — Não é uma coisa ruim, sabe.

O garçom coloca as bebidas na mesa, e Jess dá um longo gole em um canudo de papel colorido enfiado na cabeça de uma caveira de aço inoxidável.

— Bem — ela abre um meio sorriso —, pode até ser, mas amanhã vou enviar a você o PDF do livro *Como não ser um sabichão paternalista para leigos*.

* * *

No dia seguinte, Jess recebe sua avaliação de desempenho. É boa o suficiente para ela conseguir manter o emprego, mas nada além disso.

Mais tarde, ela encontra Blaine no escritório, segurando um marcador sobre uma pilha de documentos.

Ela bate no vidro e, quando ele ergue o olhar, Jess diz:

— Sei que essa provavelmente é uma conversa mais longa, mas, quando você tiver um minutinho, eu adoraria ouvir sua opinião sobre o que posso fazer para ter mais eficácia. Se houver alguma área de desenvolvimento específica em que eu possa me concentrar...

Para falar a verdade, Jess está pouco se lixando para o que Blaine pensa — é como pedir feedback a Vlad, o Empalador — mas o destino dela está nas mãos dele.

Ele olha para ela.

— Posso voltar mais tarde... — Jess começa a se afastar.

— Sabe o que você pode fazer? — ele diz, por fim.

Jess espera.

— Aprender a diferença entre um milhão e um bilhão.

O pai de Jess liga para ela.

— Como vai, filha querida?

Ela suspira.

— Conversa comigo — ele pede.

Então ela conversa. Ela conta sobre o fiasco de um milhão e um bilhão: sobre Charles, os documentos desastrosos, o cliente furioso, a raiva de Blaine e seu bônus reduzido.

— Eles cortaram seu pagamento?

Jess acha bom que não estejam em uma chamada de vídeo e não precise ver a cara dele.

— Você faz parecer que eu trabalho em uma fábrica. O bônus é algo discricionário. Eles provavelmente só precisavam de uma desculpa para não me pagar.

— Bem, eu não gosto nem um pouco disso — diz ele.

— Nem eu!

— Você precisa dizer alguma coisa.

— Tipo o quê?

— Precisa dizer a eles que não foi sua culpa.

— Dizer para quem, pai? — Jess sente uma pontada de irritação. O que ele acha que ela vai conseguir? Quem exatamente vai ouvir as reclamações dela?

— Seu gerente. Esse fulano de tal, esse tal de Blaine.

— Não é assim que funciona.

— Jessie, você precisa se manifestar.

— Pai, está tudo bem.

— Jessie. — Ela pode ouvi-lo se mexendo do outro lado da linha, ajustando o telefone, preparando-se para dar uma palestra. — Esse pessoal não vai te deixar em paz, entende? Vão encontrar dez mil razões para duvidar de você, e você quer dar a eles dez mil e uma? E isso não tem a ver só com você, Jessie. E a próxima jovem negra que entrar por aquela porta? E a que vier depois dela?

— Pai — ela diz. — Eu sei.

Mas, se ela soubesse que ele iria fazer esse alvoroço, não teria dito nada.

Agora ele fala sem parar sobre a igualdade de oportunidades, o legado da discriminação e o mito da inferioridade negra.

É por isso que ela não pode contar as coisas para ele.

Jess quer ignorar o que ele diz, mas não é assim tão fácil — ele tem razão! Ela deveria estar abrindo caminho, dobrando o arco da justiça, não se encolhendo em uma sala de conferências esperando que algum bocó de paletó esportivo grite com ela sobre alguns pontos e vírgulas.

Ela janta com Josh em um restaurante mexicano atrás da parede de uma bodega, um bar escondido que serve burritos.

Eles se sentam e Josh diz:

— Ouvi dizer que a Goldman já deu o bônus.

Jess mergulha uma batata chips no molho verde e não responde.

— Ouvi dizer que distribuíram bagels — ele continua.

Jess persegue um jalapeño na tigela com uma tortilha e o ignora.

Mas ele só fica lá bebendo água com calma, até que ela por fim cede.

— Você está me perguntando se estou entre os cinco por cento piores analistas do meu setor?

— Você está?

— Uau, eu quase não quero responder a essa pergunta ridícula. Mas não, meu bônus não foi zerado. Quero dizer, provavelmente também não vou comprar uma bolsa Chanel nesta estação. Mas é isso, não. Obrigada pelo voto de confiança.

— Então você não vai ficar lá?

— Eu acho que não disse isso.

— Mas qual é o seu plano? O que você vai fazer agora?

— Se quer saber se vou para a área de preço e lucro, de capital de risco ou fazer administração, eu não vou. Estou feliz onde estou.

— Está, sim.

— O que quer dizer com isso? Por que eu iria mudar uma coisa boa? Quero dizer, eu sei, todo mundo está cansado dos horários e do abuso, mas... está tudo bem. Sei o que estou fazendo. Aquela história do pássaro na mão.

— Você acha que sabe o que está fazendo?

— Bem, sim. Quero dizer, não vou ganhar o prêmio de analista do ano, obviamente, mas me sinto muito bem com as coisas. Talvez não tenha acontecido neste ciclo, mas com certeza serei promovida no próximo. — Ela pensa melhor. — Ou no próximo.

— Você acredita mesmo nisso?

— Você está meio que agindo como um babaca.

— Bem, você acredita?

— Obviamente, *você* não. Já deixou isso claro. Próximo tópico.

— Só estou tentando entender quais são seus planos.

Este é o plano dela: depois de quase dois anos de sangue, suor, lágrimas e café, Jess não quer recomeçar. Ela vai ser promovida. É só uma questão de tempo. Provavelmente. Talvez. Ela não quer ficar respondendo perguntas.

— Eu não tenho planos, tá? — ela diz, por fim. — Quais são os *seus* planos?

— Fui promovido — diz ele com naturalidade — e vou administrar minha própria mesa de operações.

— Bem. — Jess pega o cardápio. — Parabéns por essa merda.

— Jess. Não seja cruel.

— Está falando sério? Você acabou de me dizer o quanto eu sou inútil e patética e quer que eu faça piruetas porque você foi promovido?

— Você não é inútil e patética. Não estou me vangloriando. Só falei porque quero que você se junte à minha equipe.

— E ter você como chefe? Ha. É... não.

— Você está perdendo tempo na Goldman. — Josh olha para ela. — Eles não valorizam você.

— E você valoriza?

— Sim — ele diz, sério. — Eu valorizo.

— Desde quando?

— Desde sempre.

Jess suspira com a seriedade dele. Ela toca a borda do copo de margarita e pensa. Esfrega um grande cristal de sal entre os dedos e finalmente diz:

— Tá, pode falar.

Ele sorri.

— Não seria estranho ou hierárquico ou qualquer coisa, eu juro. Tecnicamente, você será apenas um membro generalista da equipe de mesa proprietária, mas fará parte da minha mesa.

Jess reflete sobre isso, imagina-se sentada, de pernas cruzadas, na mesa dele de verdade.

— Tá — diz ela. — Eu só tenho uma pergunta.

— Qual?

— O que você faz exatamente?

Ele dá risada.

— Boa pergunta. Basicamente, usamos aprendizado de máquina para fazer negociações mais rápidas e melhores apostas. A ideia é usar dados e análises para construir um modelo de negociação melhor e, em seguida, implantar esses modelos para determinar o que, quando e quanto investir.

— Então você constrói os modelos e as máquinas tomam as decisões?

— Isso mesmo.

— E Gil Alperstein vai te dar uma bolada de dinheiro para, tipo, apostar no mercado de ações?

— Essa é uma maneira de interpretar as coisas — diz ele, encolhendo os ombros. — Sou bom no que faço. E, para ser sincero, também é uma jogada de marketing. Sabe, o jovem gênio administra um fundo com aprendizado de máquina baseado em IA. As pessoas são seduzidas pela ideia de um intelecto precoce. Sabe, o prodígio, o garoto-prodígio.

— Jovem gênio?

Josh dá um meio sorriso.

— Eu sabia que você se concentraria nessa parte.

— Só não percebi que estava sentada na presença de alguém de tamanha importância, só isso. Quando eles o convidarem para ir à Casa Branca para receber seu prêmio, não se esqueça de nós, os humildes. As mentes medíocres em contraste com a sua magnífica essência. Os discípulos embasbacados do superastro Jesus Cristo.

— Você terminou?

— Os caçadores de autógrafos maltrapilhos da vossa celebridade de Hollywood — diz Jess. — Você pode me contar mais sobre a Igreja de Cientologia?

Ele espera.

— Tá, terminei — diz ela. — Então isso é real? Você basicamente administra seu próprio fundo e está contratando pessoas. E Gil Alperstein, *o* Gil Alperstein, deixa você contratar quem quiser?

— Sim e não. Quero dizer, você teria que fazer entrevista. Isso não é o Velho Oeste. Mas eu ajudaria você a se preparar. Então se juntaria à minha equipe.

— Então, o que eu faria enquanto você, o gênio, escreve todos esses algoritmos, orquestrando a ascensão de nossos senhores das máquinas?

— Você também estaria escrevendo algoritmos.

— Desculpe, acho que você não está sabendo. Não sei escrever algoritmos de *trading*.

Ele dá de ombros.

— Você vai aprender.

Jess não parece convencida.

— É uma particularidade de Gil — explica Josh. — A empresa toda funciona com pura potência intelectual. Não tem essa besteira de hierarquia e política. Gil não é obcecado com o que você sabe, e sim com a rapidez com que aprende.

— Tudo bem... Mas, quero dizer, você tem certeza? Por que você acha que eu posso fazer isso?

— Você tem cabeça para isso. Você aprendeu Python sozinha. Joga Set como um computador e é inteligente, Jess. Você é muito inteligente.

— Mas, bom, tem muita gente inteligente. Por que eu?

— Porque — diz ele — você também está aqui e você é incrível.

Parte dois

Dez

— Você vai trabalhar para o Josh?

Jess e Lydia estão sentadas em cadeiras de massagem idênticas, fazendo as unhas em um salãozinho vagabundo a um quarteirão do apartamento dela. Antes, elas faziam a unha em um spa de hotel — onde ganhavam champanhe e um prato de queijo quando faziam manicure e pedicure —, mas, agora que pode pagar, Jess não faz questão.

— Olha, talvez. — Jess examina as unhas. Vermelho vibrante, que não combina com sua roupa da Brooks Brothers, mas foi por isso mesmo que ela escolheu. — Ele disse que ninguém na Goldman me valoriza e que é apenas uma questão de tempo até que me botem no olho da rua.

— Então, por que ele iria querer contratá-la?

— Foi o que perguntei a ele. Ele disse que é porque eu sou inteligente. Ou algo assim.

Lydia olha para Jess.

— Provavelmente é porque ele quer te dar uns pegas.

Jess ri.

— Cala a boca.

— Fica de olho. No começo, você vai ficar nos indicadores e portfólios e, quando se der conta, estará sentada de pernas abertas na impressora gritando o nome dele — ela sopra as unhas — louca de paixão.

Jess vai até o escritório para treinar para a entrevista.

No saguão, a secretária de Josh, Elizabeth — ele tem uma secretária só dele —, a cumprimenta. Ela conduz Jess pelo escritório, onde as pessoas usam bermuda e moletom, e pegam na geladeira garrafas de água saborizada, café gelado e suco de fruta.

Jess vê quatro partidas de xadrez em andamento. Um cara com uma camiseta da Starfleet Academy diz:

— Cara, sua estrutura de peões está um desastre.

E o oponente sentado à sua frente afunda no pufe.

— Cara — ele responde. — Eu sei.

Jess pergunta, brincando, onde fica a piscina de bolinhas, e Elizabeth parece lamentar.

— Desculpe. Na verdade, está reservada agora.

Josh está esperando por ela no escritório — ele tem um escritório só dele — atrás de uma porta gigante de vidro fosco, que Elizabeth empurra para o lado para que ela entre. Ele ainda veste camisa e calça social, como de praxe.

Jess se senta, prestes a fazer uma piada sobre a falta de camponeses descascando uvas na cozinha para os funcionários, mas Josh fala primeiro.

— Não temos muito tempo, então vamos começar logo. — Ele pega um bloco de notas da gaveta. — Você tem exatamente um segundo para responder.

— Ah. — Jess tira o casaco e diz: — Tudo bem.

— Quanto é um milhão menos onze?

— Ah, então, tipo, vamos direto ao ponto?

— Um segundo — diz ele.

— Novecentos e noventa e nove mil novecentos e noventa e nove — ela diz, rápido demais.

Ele ergue a sobrancelha e faz uma anotação elaborada no bloco.

— Na verdade, espere... — Jess começa a falar, mas ele a interrompe. Ele faz várias perguntas:

— Quanto é cinquenta e quatro por cento de cento e dez?

— Quantas toneladas pesa o oceano?

— Faça uma estratégia de compra e venda usando a temperatura desta sala.

Ele pede que ela calcule a probabilidade de tirar bolinhas de cores diferentes de um pote e as chances de uma série de beisebol ir para o sétimo jogo e quanto ela pagaria para jogar um jogo de cartas com um baralho mágico. Ela diz vinte e cinco por cento, cinco sobre dezesseis, e nada.

— Humm — ele diz. — Nada mau.

Jess sorri radiante.

— Muito bem. Última pergunta — diz ele. — E a mais importante.

Jess se inclina para a frente.

— Você apostaria um trilhão de dólares que o sol vai nascer amanhã?

Jess nem pensa.

— É claro!

— Não, Jess. — E a decepção na voz dele é palpável. — Essa não é uma aposta prudente.

— Mas é um trilhão de dólares garantido.

— E se o sol não nascer? Você está falida. Não é assim que fazemos negócios. Não basta saber matemática; você precisa entender a estratégia.

— Se o sol não nascer, não teremos problemas maiores do que o nosso preço e lucro?

Ele responde:

— Nosso preço e lucro é sempre o nosso maior problema.

— Vou me lembrar disso quando estivermos procurando barras de proteína no bunker.

— Jess — ele diz. — As piadinhas.

— Ah, sério. Vai ficar tudo bem. Sabe por quê?

Ele espera.

— Porque eu sou incrível. — Ela cantarola a segunda sílaba — in-*crí*vel.

Ele balança a cabeça e luta contra um sorriso.

— Preciso saber que você vai levar isso a sério.

— Eu vou! É por isso que estou aqui!

— Preciso saber que vai se preparar.

— Eu vou!

—Preciso saber que você não vai fazer parecer que tenho um péssimo julgamento.

— Eu vou!

Ele franze o cenho.

— Quero dizer, eu não vou! — ela se corrige.

Ele arranca várias páginas do bloco e joga para ela.
— Aqui. Estude isso aqui.
Jess dobra tudo cuidadosamente e coloca na bolsa.
O telefone na mesa de Josh pisca uma luz vermelha, e Elizabeth diz no viva-voz:
— A reunião das onze está na linha.
Jess se levanta.
— Estou levando a sério. Eu prometo.
Josh não diz nada.
— Ei! — ela diz. — Não faça essa cara.
Ele pergunta:
— Que cara?
— A cara de sinto-que-foi-um-erro-contratar-a-Jess.
— Você ainda não foi contratada.
Ela ri.
— Legal. Obrigada. É reconfortante.
— Mas, Jess... é por isso mesmo que acho que você vai se sair muito bem.
— Por quê?
A luz vermelha do telefone está piscando.
— Por causa do seu... — ele procura as palavras certas — jeito Jess de ser. Entende? A maneira como você pode olhar para o mesmo conjunto exato de fatos e chegar a uma conclusão completamente diferente.
— Parece uma maneira sofisticada de dizer que estou sempre errada.
Mais uma vez, a voz de Elizabeth no alto-falante:
— Quando você puder!
Josh ignora.
— É o que mais gosto em você — diz ele a Jess.
— Que discordamos um do outro?
— Que você tem uma opinião diferente.
— Qual é a segunda coisa que você mais gosta em mim?
Ela espera que ele faça uma piada, balance a cabeça ou diga algo como "Eu não tenho uma lista", mas em vez disso ele responde:
— Suas pernas.
E então ele atende o telefone, e a reunião dos dois termina.

* * *

Mais tarde, no mesmo dia, em uma festa, Jess diz a um cara parado diante de uma tigela de molho apimentado que ela trabalha no fundo de Gil, e ele adota um tom extremamente cético.
— Você? — Ele pergunta. — Sério?
E Jess responde, como se estivesse cuspindo fogo:
— É. Eu. Sério.
Então ele diz:
—Ei, sem ofensa. É que ouvi dizer que é muito difícil entrar.
— Bem — Jess explica com calma. — Eu sou inteligente pra cacete.
— Claro. — Ele dá de ombros. — Tanto faz.
Então, com a boca cheia de tortilhas, ele pergunta:
— Ei, é verdade que todo mundo joga xadrez entre as negociações e que eles demitem dez por cento dos piores *traders* a cada semestre?
E Jess é forçada a admitir que tecnicamente não trabalha lá. Ainda não.
— Sabe, não tenho muita certeza — diz ela. — Eu não comecei. Ainda estou esperando uma oferta.
— Ah, então você não trabalha mesmo lá. — Parece que, no mundinho dele, a ordem foi restabelecida. — Ah, isso faz muito mais sentido então.

Depois disso, Jess estuda.
Ela se debruça sobre as observações que Josh escreveu e tira a poeira de um livro da faculdade sobre probabilidade e teoria dos números e, quando Miky manda uma mensagem, planos pro finde? chapar e farra?, Jess a ignora.
Ah, isso faz muito mais sentido então. O olhar presunçoso no rosto do cara do molho apimentado, se Jess pudesse colocá-lo numa garrafa, seria o combustível para ela estudar por horas, na força do ódio. É toda a motivação de que precisa. Mas também tem o dinheiro.
Josh explicou que a remuneração deles era quase totalmente paga de acordo com o desempenho e que a possibilidade de lucro era quase ilimitada. Ele disse a ela quanto ela poderia ganhar no primeiro ano, em teoria, e isso deixou Jess um pouco febril.

— Isso tudo? — ela perguntou. — Para apertar alguns botões?
Ele disse:
— Esse é um jeito de enxergar as coisas.

Ela praticamente podia ver enfim o número verde no aplicativo de finanças. Seu pai sempre dizia para ela não gastar o que não ganhava, nem mesmo na imaginação, mas era como ganhar na loteria: ela poderia pagar os empréstimos ou comprar um barco, doar para caridade.

Na noite anterior à entrevista, Jess está explodindo de ânimo e vigor. Como o carinha do comercial do Kool-Aid, cheio de suco, pronto para arrebentar uma parede.
Ela manda uma mensagem para Josh:
ESTOU PRONTA PARA ARRASAR, ESCOBAR
Ele responde:
Acho que mandou mensagem pro número errado, aqui é o Josh
Jess digita:
AH É

As perguntas da entrevista são todas sobre matemática e estratégia de negociação, como ela e Josh praticaram. Jess recebe uma pilha de fichas de pôquer e é solicitada por um entrevistador após o outro a fazer apostas e calcular todos os tipos de probabilidades. É como um daqueles torneios de pôquer na ESPN, em que uns caras de moletom ficam jogando cartas e aquilo de alguma forma é considerado esporte.

Mas, no final, ela tem mais fichas do que quando começou, e Josh liga alguns dias depois para parabenizá-la por ter conseguido o emprego.

David, o amigo de Josh, vai dar uma festa, e ele a convida para comemorar.
Jess pergunta:
— Tem certeza de que tudo bem sairmos juntos, sabe, agora que você é meu chefe?

— Vamos ser profissionais — diz ele, descontraído. — Vamos só beber juntos, certo? Não é uma das festas bunga bunga de Berlusconi.

Mas, quando elas aparecem na festa — Jess vai com Lydia —, a casa está lotada de gente, e as janelas estão embaçadas. Elas se separam e se espalham, um truque da época da faculdade, para maximizar as chances de encontrar encrenca: as drogas boas, os caras gatos, as melhores bebidas.

Jess está na sala inspecionando rótulos de garrafas de bebida quando Lydia manda uma mensagem, achei o Josh.

Na cozinha, Lydia está deitada de costas na bancada. Alguém derramou uma dose de tequila na barriga dela, que cai pelos lados no mármore. Um cara está com a língua no umbigo dela, e ela está soltando gritinhos de satisfação.

Lydia olha para cima e diz, para ninguém em particular:

— Jess precisa de um shot!

Jess pergunta:

— Cadê o Josh?

Em vez de Josh, David aparece com dois copos erguidos acima da cabeça.

Ele empurra uma caixa de sal marinho inglês para ela e diz:

— Aqui, coloca no pescoço.

Jess hesita, mas depois pega o sal.

— Cadê o Josh? — ela pergunta mais uma vez.

David aponta com o copo, Jess se vira, e lá está ele.

E ele está todo desgrenhado. Bêbado e suado. Com o cabelo grudado no rosto. Ele diz:

— E aí, Jess — e, para ela, ele nunca pareceu tão sexy. Desprendido e com os olhos vidrados, lambendo os lábios.

David diz:

— Coloca na boca — e entrega a Jess uma rodela de limão.

Ela não pega de imediato, e Lydia, ainda deitada, vira a cabeça e grita:

— Vai!

Então, Jess inclina a cabeça para o lado e coloca um pouco de sal na clavícula. Ela põe o limão entre os dentes. David está parado na frente dela sorrindo como um idiota e Lydia bate palmas. Então Jess pensa: *Claro, isso é muito normal*.

David entrega o copo para Josh e, antes que Jess possa fazer alguma coisa, Josh se inclina sobre ela, e ela sente a boca dele, úmida e quente, contra sua pele. O cabelo dele roça no rosto dela. Ele coloca uma mão na cintura de Jess, mas não aplica pressão, apenas a deixa apoiada. E esse gesto, o nada que ele entrega, seus dedos mal roçando a barriga dela, parece cheio de possibilidades eróticas. Jess sente eletricidade entre as pernas.

E então: sucção dos lábios. Josh gira a língua sem rumo no espaço entre o pescoço e os ombros dela, enquanto ela tenta controlar a respiração. Jess percebe que ele está demorando mais do que deveria para lamber a pitada de sal do ombro dela. Percebe que eles entraram no território da bunga bunga.

Ela sente como se alguém tivesse aumentado a temperatura em mil graus. Os dedos dele ainda estão ali, imóveis. Ela se imagina beijando-os. Imagina ele mergulhando os dedos dentro dela.

Jess fecha os olhos.

Mas então ele se afasta. Não completamente. Ela ainda pode sentir a respiração dele na mandíbula, quente e uniforme. Mas ele baixa a mão, então inclina a cabeça para trás e bebe a tequila.

A última coisa: o limão ainda está em sua boca. Quando ele encosta a boca na dela, Jess pensa que é bem possível que ela goze, ali mesmo na cozinha. Ela prende a respiração.

Mas ele hesita. Então, em vez de usar a boca, ele tira o limão dos lábios dela com os dedos.

Ela solta o ar. Seu coração bate forte. Sua virilha pulsa.

Ele coloca o limão na boca e olha para ela. Ele morde a rodela azeda, suga o suco dela, sem quebrar o contato visual, e não está totalmente claro para Jess se ele sabe ou não o que está fazendo, se está sendo intencionalmente sugestivo — ele está tão bêbado que está em outro planeta —, mas então ele pisca, e as entranhas de Jess gritam e ela pensa, *putaquepariuuuuuuuuuuuu*.

É claro, porém, que vai ser profissional.

No trabalho, Jess passa pela impressora e tenta evitar, mas não consegue não pensar em sexo. Ela se imagina abrindo as pernas e deslizando sobre ele. Ela diria:

— Me fode, Josh.

E ele a viraria no tampo de vidro, que inicialmente estaria frio, mas depois ficaria quente e escorregadio. Ela não se importaria se eles fossem pegos. Ao pensar nisso, Jess sente um líquido entre as pernas. Um boquete rápido. Uma bagunça molhada. Papel atolado, provavelmente.

Mas uma coisa acontece.

Jess está jantando com Miky, em um agradável restaurante espanhol que serve vinho da torneira, quando vê Josh. Sentada em frente a ele, está uma moça bonita como uma modelo de catálogo, com brincos de pérola nas orelhas e uma jaqueta resinada verde-oliva pendurada nas costas da cadeira.

Jess imagina que ele está em um encontro. Ela tenta não olhar.

Do outro lado do restaurante, Josh vê Jess. Ele sorri, surpreso, e murmura "Olá". A patricinha se vira para olhar. Josh acena na direção de Jess e faz uma cara de Vem Aqui, mas Jess balança a cabeça, envergonhada.

Miky pergunta:

— Quem é?

— Meu chefe. Josh.

— O Josh? — Miky estica o pescoço para ver. — Me apresenta!

Jess dá um tapa nela e diz:

— Ei, não olha.

— Você não vai cumprimentá-lo?

— É óbvio que ele está em um encontro.

— Talvez seja a irmã dele.

— Não é. — É uma garota que estudou em um colégio interno e sabe velejar. Uma garota chamada Schuyler ou Penelope... ou Tenley.

Miky pega o cardápio e pergunta despreocupadamente:

— Quer que eu vá até lá e jogue água na cara dela?

Jess se faz de desentendida.

— Por que eu iria querer que você fizesse isso?

***

Quando Josh sai do restaurante, está com a mão na cintura da moça e não olha para Jess. A garganta dela aperta, e ela sente uma estranha mistura de desapontamento e alívio.

O que aconteceu entre ela e Josh na festa de David não foi nada.

Nada aconteceu entre eles.

E nada vai acontecer entre eles.

Para começar, ela não é o tipo dele.

E, de qualquer maneira, eles concordaram em ser estritamente profissionais.

Então outra coisa acontece.

No final da primeira semana de treinamento dos novos contratados, Jess recebe uma mensagem da secretária de Gil — uma das secretárias dele — perguntando se ela pode ir falar com ele; ele tem alguns minutos entre as reuniões.

Jess desce de elevador até o saguão e depois pega outro para chegar ao último andar. O escritório dele é lindo, do jeito que Jess imagina ser um museu de arte escandinavo: paredes cinza, madeira clara, luz entrando em ângulos impossíveis. Jess nunca viu uma claraboia em um prédio alto, mas lá está.

Gil cruza as mãos, inclina-se para a frente sobre a mesa, de madeira plástica branca com pernas de aço. Ele diz:

— Pelo que entendi, você trabalhava na Goldman Sachs.

— Ah — Jess diz, surpresa. — Isso.

— Eu conheço alguns caras lá.

Jess se pergunta o que ele quer.

— Normalmente, não contratamos *traders* juniores da área de vendas.

— Você contratou o Josh, que trabalhava com vendas.

— Josh é um dos jovens *traders* mais brilhantes do mercado hoje.

— Bem, talvez eu também seja — Jess diz, brincando, e também falando sério.

Ele se inclina para trás o suficiente para que Jess quase possa ver suas narinas.

— Considerando o quanto Josh tem sido bem-sucedido, e o quanto ele tem sido importante para a empresa, as recomendações de contratação que ele faz têm muito peso.

— Claro.

— Mas mantemos um padrão muito alto e nos orgulhamos de promover uma forte cultura intelectual. A mais forte. É a nossa única vantagem competitiva. Temos a melhor tecnologia e os melhores *traders*. Ponto-final. Sempre tivemos, sempre teremos.

Jess se pergunta se ele será a septuagésima quinta pessoa que ela conheceu no fundo a pedir que ela calcule uma raiz quadrada de cabeça.

— Você me entende?

Na verdade, Jess entende perfeitamente, mas apenas emite um som equânime.

Gil toma um rumo diferente.

— Vocês se conheceram no programa de analistas da Goldman?

A essa altura, ela sabe que ele já sabe a resposta para a pergunta, mas resolve jogar o jogo dele e o corrige educadamente:

— Na verdade, nos conhecemos na graduação.

— E vocês eram... amigos na faculdade?

— Não.

— Não?

— Fizemos uma matéria juntos.

— E na Goldman?

— Nós dois trabalhamos com bens de consumo e seguros.

— Vocês dois trabalharam com bens de consumo e seguros — ele repete lentamente.

— Então, você sabe, ele está familiarizado com o meu trabalho.

— É só com isso que ele está familiarizado?

Os olhos de Jess se arregalam.

Gil continua:

— Preciso estar ciente de qualquer potencial conflito de interesses.

— Está falando do contrato de não concorrência? — Jess diz, categórica.

Ele estreita os olhos, avaliando-a.

Ela sustenta o olhar dele. Pensa na festa, na casa de David, na boca de Josh, quente e elétrica, em seu pescoço.

Por fim, Gil diz:

— Bem, acho que terminamos aqui.

E Jess diz, muito séria:

— Muito obrigada pelas boas-vindas calorosas.

O programa de treinamento de novos contratados é chamado de Universidade; são seis semanas de aulas de programação funcional, finanças e teoria dos jogos. As matérias têm nomes como redes neurais convolucionais e aprendizagem por reforço em finanças, e são como um circuito de treinamento. Nem todo mundo tem o que é preciso.

O instrutor faz chamadas aleatórias e um dia aponta para o cara à esquerda de Jess, que responde "dezessete", embora a resposta correta seja "um operador booleano aninhado". Ele estava fora antes do final da semana.

Jess pensa *Olhe para a esquerda, olhe para a direita*.

Eles executam portfólios simulados e, na maioria das vezes, os programas dela funcionam. Outro novo contratado, o cara à sua direita, pergunta como está indo, e ela diz:

— Acho que bem?

Ele assente com empatia.

— Não ajuda nada que este compilador de código de bytes seja tão mal otimizado. Não estou dizendo que não tem suas vantagens. Tem alguns recursos de abstração bem potentes, mas é como se todo mundo falasse espanhol e nós falássemos português. Entende o que quero dizer?

Ele se apresenta: seu nome é Paul, e trabalhava no Google. Ele oferece a ela um chiclete de canela, e Jess tem certeza de que isso significa que eles são amigos.

Jess recebe uma mesa: seis telas, uma pilha de post-its e um balão prateado amarrado em sua cadeira. É o primeiro dia de trabalho — trabalho de verdade —, agora que ela se formou na Universidade.

Os outros *traders* juniores estão instalados em mesas mais distantes; Jess consegue ver outro balão prateado flutuando no ar acima de uma mesa a três fileiras da sua. Ela se inclina na cadeira, olha por trás dos monitores e vê Paul, o engenheiro do Google, sentado atrás da outra mesa com balão. Ele dá um breve aceno.

Além de Josh, há outro *trader* sênior na equipe contígua, que, Josh explica, será o mentor de Jess.

— O quê? — Jess exclama, fingindo estar chateada. — Mas eu pensei que seríamos só você e eu contra o mundo.

Josh ri.

— Agora é você contra a sua máquina. — Ele aponta para o emaranhado de fios embaixo da mesa dela. — Tire a manhã para se preparar e depois disso ele virá procurar você.

Ele não a procura e, à tarde, depois de baixar todo o software e configurar as telas de negociação, ela bate no vidro do lado de fora da porta de seu mentor.

Ele chama:

— Pode entrar.

Jess entra.

— Oi — ela diz, alegremente. — Sou a Jess.

Ele parece confuso.

— Nova assistente? — Jess olha por cima do ombro, até perceber que ele se refere a ela.

— Ah, não. Uma nova *trader*, na verdade. Na sua equipe?

— Estagiária da Ponte? — ele diz, fazendo referência ao programa que coloca estudantes universitários de baixa renda em estágios financeiros e bancários.

Jess não sabe dizer se é uma pergunta ou uma afirmação, mas, de qualquer forma, quer estrangulá-lo um pouco.

— Na verdade, não. — Ela sorri ainda mais. — Uma nova *trader*. Na sua equipe. Josh não comentou com você?

— Você é Jesse? — ele diz. — Pensei que você fosse um cara.

— É Jess — ela diz —, para falar a verdade. Tipo, abreviação de Jessica. Um nome feminino.

Ele por fim se levanta.

Mesmo que esteja impresso "Daniel Murray" na placa do lado de fora de sua porta, ele se apresenta como Dano, um apelido que Jess acha que veio de alguma fraternidade.

— Bem — ele diz, categoricamente. — Bem-vinda à equipe.

E então se senta e olha para o computador.

Jess diz:

— Então... — Embora o que ela queira dizer seja *Sensei, me ensine*.

Durante a Universidade, uma série de executivos, *traders* seniores e chefes de escritório passou por ali, cada um com diferentes dicas de sabedoria e conselhos — *tenha cuidado com o risco correlacionado, nunca entre em uma posição sem um plano* —, mas todos enfatizaram que o papel do *trader* júnior era, antes de tudo, o de um aprendiz. E, embora isso tenha feito Jess pensar em trabalhar em uma mina de carvão, ela entendeu o recado. Ela ficaria no ombro de Josh — ou Dano —, e ele lhe ensinaria coisas e eles ganhariam um bilhão de dólares antes do café da manhã.

Dano a ignora.

Jess diz:

— Josh disse que você seria meu mentor.

Distraído, ele diz:

— Desculpe, o quê?

— Eu só estava pensando — diz Jess — se há algo que eu possa fazer.

Por fim, ele ergue o olhar e diz:

— Eu adoraria um café.

Na sala da equipe, Josh desafia Jess para uma partida de xadrez.

— Quer jogar? — ele pergunta, de pé, inclinado sobre o tabuleiro.

Jess titubeia. Por ali, o xadrez é levado a sério. Eles jogam como se fosse um esporte sangrento.

Jess não sabe jogar, não de verdade. Durante a Universidade, foi convidada para jogar em um torneio de xadrez. Ela jogou uma nota de vinte dólares em um boné dos Yankees com a plena consciência de que nunca mais a veria.

Eles jogaram uma versão complicada chamada *australiana*, com três tabuleiros de xadrez, seis jogadores e dois relógios de xadrez. Eles selecionaram times como na aula de educação física da escola, e Jess foi escolhida por último. Nunca havia jogado xadrez antes, e toda vez que movia uma peça tinha que perguntar:

— Isso é permitido? — até que finalmente seu time perdeu e eles se renderam.

Para Josh, ela diz:

— Na verdade, eu não sei jogar.

— Como isso pode ser verdade?

— De qualquer maneira, eu não estou mesmo a fim de jogar um jogo cabeça. Não podemos só ficar conversando?

— Um "jogo cabeça"? Você prefere jogar Lig 4? Quer fazer queda de braço? Ficar grunhindo um para o outro? Vamos. Isso faz parte do seu treinamento. Senta — ele diz, e aponta para o assento à sua frente. — Se você não afiar as suas facas, elas ficam cegas.

Então Jess se senta. Eles jogam, e Josh vence rapidamente.

— Melhor de três? — ele oferece, e Jess concorda.

Ela se concentra.

— Posso fazer isso? — Jess pergunta, deslizando um peão no tabuleiro, com o dedo apoiado na cabeça da peça.

— Eu não faria isso — diz Josh.

Eles jogam em silêncio, até que Jess grita:

— Eu ganhei!

— Espera aí. — Josh se inclina para inspecionar o tabuleiro. — O quê?

— Xeque-mate!

— Está falando sério? — Josh olha para o tabuleiro, confuso.

— Olha — Jess demonstra com as várias peças. — Quando eu coloquei esse cara aqui, eu forcei você a mover aquele cara ali, e então, esse cara — ela segura uma torre — pegou seu rei. Viu? Eu ganhei!

— Hum. — Josh se recosta e cruza os braços. — Eu pensei que você tinha dito que nunca havia jogado.

— Não, eu joguei. Aquela vez. Eu te disse. No treinamento de novos contratados.

— Foi só dessa vez? — Josh pergunta.

— Foi.

— Interessante — diz ele. — Eu deveria levar você para Las Vegas comigo algum dia.

— Para apostar?

— Claro — diz ele, fazendo contato visual sobre o tabuleiro de xadrez. — Poderíamos começar por aí.

E parece que ele está sugerindo algo. E não um show da Celine Dion. Jess pensa em sexo, drogas e na Strip. Coisas de Las Vegas.

Jess se pergunta se é isso que ele quer dizer. Mas, por outro lado: *tem que ser profissional.*

Mas o padrão de profissionalismo neste escritório parece bem baixo. Dano, por exemplo, tem uma caneca em sua mesa que diz BELAS MAMINHAS com fotos de cortes de carne — picanha e alcatra — por toda parte. Jess se deu conta e perguntou:

— Fã de churrasco?

E Dano respondeu:

— Tá bom.

Josh quis dizer isso mesmo?

Ela olha para ele.

Ele olha para ela.

Ela muda de assunto.

— Então — Jess diz. — Dano é meio babaca.

Josh, alinhando uma fileira de peões brancos, meio que ri.

— Quanta sutileza!

— Ele me perguntou se eu fui contratada pelo programa de diversidade e depois me fez pegar um café para ele.

Josh ergue o olhar.

— Ele disse isso?

Jess faz que sim.

— Basicamente.

— Sinto muito — diz Josh. — Você não foi contratada por isso.

Jess não diz nada, empurra sua rainha para o centro do tabuleiro.

— Nós te contratamos porque você é inteligente, não porque é negra.

— Nossa, obrigada — Jess diz, sarcástica.

Josh parece confuso.

— Estou concordando com você. Eu acabei de dizer...

— Eu ouvi o que você disse. Só não gostei do jeito como você disse. Foi, tipo... defensivo. Como se você estivesse dando importância ao que ele disse com uma resposta. Como se eu tivesse mesmo sido contratada pela diversidade, mas você estivesse tentando convencer as pessoas de que não foi isso.

— Isso é exatamente o oposto do que eu disse.

— É que é uma merda — diz Jess, rolando um cavalo entre os dedos. — Tipo, é óbvio que as pessoas não são contratadas aqui só porque são negras. Se fosse esse o caso, haveria de fato pessoas negras trabalhando aqui — Jess é a única *trader* negra naquele andar —, mas de alguma forma está tudo bem para as pessoas insinuarem que, sei lá, estão distribuindo empregos para qualquer pessoa negra com currículo. E tudo o que você tem a dizer é: "Jess é inteligente"?

— Desculpe, eu não estava... — Ele balança a cabeça. — Entendo. Eu vou falar com ele.

— Você vai?

— Sim, claro. Ele falou merda. Você tem razão. Ele foi mesmo um babaca.

— Tudo bem — Jess diz, olhando para o quadro. — Obrigada.

Josh diz:

— Olha... — E ela ergue o olhar. — Eu sinto muito mesmo.

— Eu sei — diz ela. — Tudo certo.

— Quero que você seja feliz aqui.

— Eu sei — Jess diz mais uma vez. — Tudo certo.

Na verdade, ela não gosta quando ele fica com os olhos de cachorrinho e se desculpa. Isso faz com que ela se sinta malvada, como se estivesse roubando a inocência dele.

Dano não para de chamar Jess de "Jesse".

Ele diz:

— Oi, Jesse, você pode me ajudar com esses bilhetes de negociação?

— Oi, Jesse, você tem aquelas impressões do forex para mim?

— Oi, Jesse, onde a Nasdaq ficou depois do fechamento?

Oi, Jesse.

Oi, Jesse.

Oi, Jesse.

Como um insulto. Ela não tem ideia se ele está fazendo isso de propósito ou não — se ele sabe o nome dela e se recusa a usá-lo ou se simplesmente não se importa —, e ela nem tem certeza do que é pior.

Na reunião matinal, um dia, ela finalmente perde a paciência.
— Pela quingentésima vez, merda, é *só* Jess.
Dano olha como se ela fosse louca e pergunta:
— O que foi que eu disse?
E então todo mundo olha para ela como se ela fosse louca, e ela percebe que ele ganhou.

Mais tarde, Jess reclama com Josh:
— Não suporto esse cara.
Josh responde:
— Não me diga?
— Ele é um escroto.
— Ele é meio escroto, sim — Josh admite —, mas você não deveria perder a calma por causa disso. Isso só dá munição a ele... certo, Jesse?
— Não me chame assim — ela se irrita.
— Desculpe. — Ele ri e aperta o ombro dela. — Não vai acontecer de novo, *só* Jess.

Onze

Uma vez por semana, Gil desce até eles.

Ele fica por lá pavoneando, enquanto todos puxam o saco dele. Às vezes, quando sai do elevador, as pessoas literalmente batem palmas. E então ele se senta em uma banqueta na maior sala de reuniões enquanto os funcionários se reúnem ao seu redor.

A sala está sempre lotada, com muita gente em pé, todos extasiados, enquanto Gil compartilha com eles sua visão particular do mundo. É assim que Jess sabe que o *spread* da LIBOR está baixo no trimestre e que a política econômica do governo é um desastre completo, e que, em programas de televisão de qualidade, não tem essa de cenas de sexo gratuito (*ha ha ha*).

Para Jess, as opiniões de Gil variam de levemente detestáveis a extremamente *problemáticas* — a palavra favorita das Garotas do Vinho —, mas ninguém mais parece concordar com ela. Todos ficam lá, de olhos arregalados, balançando a cabeça, fazendo anotações, praticamente babando, enquanto Gil diz a eles o que pensar.

No final, ele abre para perguntas, embora geralmente fale tanto que acabam ficando sem tempo. Mesmo assim, todo o espetáculo é chamado de Perguntas & Respostas.

Certo dia, durante as perguntas e respostas, Paul encontra Jess perto da cafeteira, fazendo espuma em um latte.

— Não quis ficar pro beija-mão? — pergunta ele.

— Bebi um copão de suco no almoço, sabe...

Ele dá risada.

Jess oferece a ele uma caneca, e ele aceita.

— Sabe, me disseram que isto aqui era um culto à personalidade antes de eu entrar, e — ela balança a cabeça — é verdade.

As Seis de Gil. É assim que todos chamam as consagradas reflexões de Gil sobre a vida, investimentos e liderança. Josh as compartilhou com Jess em uma mensagem logo depois que ela recebeu a oferta de emprego. Jess clicou em um link para um artigo que foi compartilhado mais de um milhão de vezes com uma manchete que dizia SEIS LIÇÕES DE LIDERANÇA DE UM BILIONÁRIO QUE ENTENDE.
Ela lê:

Um: compre quando houver sangue nas ruas. Para ter sucesso, você precisa apostar contra o consenso e precisa ter razão. Nunca faça o que os outros estão fazendo. Competição é para fracassados.

Dois: fique acordado até tarde. Se você trabalhar duro, o sucesso virá. Caso contrário, não vai acontecer.

Três: prepare-se para comer vidro. Se não está preparado para sofrer pelo seu sucesso, então você não o merece.

Quatro: nunca se esqueça da morte. Dizem que as únicas certezas são a morte e os impostos, e os impostos podem ser evitados. Quando você não esquece a morte, vive sem medo e morre sem remorsos.

Cinco: os porcos são abatidos. A ganância é uma coisa boa, mas torna as pessoas estúpidas. Gerencie seu risco de maneira implacável, ou você perderá.

Seis: remova a podridão. Abandone o que não está funcionando assim que souber que não está funcionando; ou antes, se puder. Sejam pessoas, cargos ou linhas inteiras de negócios, não tenha medo de abrir mão de algo que não esteja contribuindo para seus resultados.

Jess tinha lido as Seis de Gil. Em seguida, leu mais uma vez. Depois fechou o laptop e pensou: *Gil Alperstein não paga impostos?*

Jess tinha lido as Seis do Gil para Miky, Lydia e as Garotas do Vinho, revirando os olhos o tempo todo.

Elas estavam deitadas de costas na cama de Lydia, com as pernas apoiadas na parede, bem acima da cabeça, passando uma para a outra um pequeno cachimbo de vidro com maconha.

— Sangue? Morte? Massacre? — Jess disse, incrédula. — Assinei um contrato para trabalhar em um clube da luta de MMA?

Lydia deu uma risadinha.

— Mas, tipo — Miky sugou o cachimbo pensativa —, se ninguém pode falar sobre o Clube da Luta, como eles recrutam novos membros?

— Elas nem têm paralelismo gramatical! — Jess disse, colocando o celular na cama. — Mas todo mundo acha que são lições brilhantes, como se fossem os próprios Dez Mandamentos.

Lydia puxou.

— Então, Jess, você acha que Gil Alperstein está em um algum porão, sem camisa, espancando os colaboradores?

— Provavelmente.

— Quer saber? — Noree disse, sentando-se. — Você deveria escrever suas próprias regras. Nós precisamos mesmo de outro velho branco rico ejaculando opiniões pelo mundo todo? O que *você* tem a dizer sobre liderança, Jess?

— O post dele teve, tipo, um milhão de curtidas.

— É, um milhão de ovelhas clicando sem pensar para perpetuar a hegemonia propagandista do capitalismo tardio.

Miky passou o cachimbo para Jess, e ela pegou.

— Então, você quer que eu poste uma lista aleatória de regras na internet? Quem vai ler? Eu sou só... uma pessoa.

— Você poderia ir para o trabalho cedo um dia e prender em todas as portas do escritório.

— Como Martinho Lutero? — Lydia riu, torcendo a tampa de uma garrafa de água.

— O que eu diria? — Jess perguntou. — Ninguém daria ouvidos mesmo...

— Eu sei o que eu diria — disse Miky.

Todas olharam para ela.

— Tá, regra número um — disse ela, contando nos dedos —, a rainha Elizabeth é canibal. Fato.

Lydia riu, espirrando água pelo nariz.

Jess disse:

— Isso não é uma regra.

— Nem matar porcos ou sei lá o quê.

Callie disse:

— Sabe que eu não ficaria surpresa? Todo mundo sabe que a família real está metida com umas paradas macabras.

Miky continuou:

— Tá, dois: manteiga tem que ficar na temperatura ambiente. Três: karaokê não é divertido. Quatro: a NASA descobriu um segundo sol, mas não contaram nada para a gente. Cinco: Bill Murray e Dan Aykroyd são a mesma pessoa. Seis: uma risadinha com menos de três *ha* é falta de educação.

— Você inventou isso agora? — perguntou Lydia, impressionada.

Miky assentiu, dando umas batidinhas no cachimbo. Então disse, bem séria:

— Eu tento viver a minha vida com o máximo cuidado e deliberação.

Mas então, chapada e meio instável, ela deixou o cachimbo escorregar e espalhou cinzas pelo edredom todo.

— Ops — ela disse, e todas deram risada.

— Então — Lydia perguntou preguiçosamente, indiferente à bagunça em sua cama —, o que Josh acha do Gil e das regras do Gil?

— Eu acho — Jess suspirou — que Josh acha que o Gil é um gênio.

Jess havia mandado a lista de Miky para Josh.
Ela mandou uma mensagem para ele que dizia:
olha isso, são as seis da Miky, a rainha é canibal, kkkkk

Ele respondeu:
parece que era para ser engraçado
Jess disse:
acho que... sim?
Josh disse:
Gil é um cara incrível, sabe, e incrivelmente talentoso, todos nós podemos aprender muito com ele
tá, tudo bem, Jess digitou, *mas você tem que admitir que a lista era um pouco ridícula.*
fala sério... comer vidro?
E nada.
Jess esperou, mas Josh não respondeu.
Depois de meia hora, ela escreveu:
enfim, foi só uma piadinha
e, em seguida, enviou uma carinha sorridente de cabeça para baixo.
Ela ficou olhando para o telefone.
Por fim, ele respondeu:
ha ha

Toda semana tem uma Reunião de Ideias, que é exatamente o que parece. Na sala de jogos, eles se sentam em círculo em cadeiras trazidas de escritórios, no chão ou em pufes e discutem maneiras de ganhar dinheiro. As pessoas gritam e escrevem coisas no quadro branco e definitivamente não têm vergonha nenhuma.

É assim que Jess fica sabendo que todas as ideias dela são terríveis, horríveis, nada boas, ideias bem ruins. E não é só Dano que a odeia, mas todos os outros também.

Se Jess sugerir que eles se conectem à API do Twitter, alguém vai argumentar que isso introduz uma sobrecarga desnecessária.

Se ela sugerir que o fundo faça mais investimentos de impacto, alguém vai argumentar contra porque o negócio deles não é fazer investimentos sem retorno financeiro.

Se ela sugerir que eles peçam pães para a reunião da próxima semana, alguém vai argumentar que é melhor pedirem doces.

Quando discutem se faz sentido retirar dos portfólios as empresas com participações em petróleo bruto, a conversa fica acalorada, e Jess sobe em um pufe para expor sua opinião.

— Sério — Dano diz, por fim, exasperado. — Josh? — Dano olha para Josh, que está digitando no laptop, como se ele fosse o domador dela.

Ela desce do pufe.

Josh levanta o olhar, plácido, e responde a Dano:

— O que foi?

— Você pode explicar a ela por que jogar fora metade de nosso portfólio destruiria sem necessidade alguma nossos resultados financeiros? É uma empresa de investimento, não uma instituição de caridade.

Josh olha para Jess.

— Você já fez as contas?

— Bem, não — Jess admite. — Ainda não. Mas eu pensei que... é uma Reunião de Ideias. Estamos aqui compartilhando ideias.

— Então por que não — Josh sugere — ter essa discussão novamente assim que alguém fizer as contas?

Mais tarde, Jess diz a Josh:

— Valeu pelo apoio.

— Não é meu trabalho te apoiar. Você sabe.

Ele está certo, provavelmente, mas ela ainda se sente irritada com isso.

Eles estão parados na porta da sala dele, e Jess murmura algo como "tá, valeu, tanto faz" e se vira para ir embora.

Mas Josh a impede. Ele a segura pelo cotovelo. Eles estão sozinhos e não tem mais ninguém por perto, mesmo assim ele abaixa a voz. Quase sussurrando, diz:

— Mas se a ideia tiver pernas — e então, com certo exagero, para que não haja dúvidas, ele a olha de cima a baixo, do chão até a cintura dela —, eu fico feliz em apoiá-la.

Jess olha para a mão dele em seu cotovelo, segue seus olhos, em suas pernas, e então volta a olhar para o rosto dele. O rosto dele é o mesmo de sempre, sem expressão, profissional — se alguém passasse por ali, pareceria que estava falando sobre soja ou preço do petróleo —, mas a boca dele é dissoluta. Ele não está lambendo os lábios nem nada, mas poderia muito bem estar fazendo isso. Ele ergue uma sobrancelha, como se fizesse uma pergunta, e, para Jess, parece que ele perguntou se poderia colocá-la de quatro.

Ele está dando conselhos de carreira ou falando sacanagem? Ou está brincando? Jess não consegue descobrir. O que aconteceu com a moça da jaqueta resinada?

A mão dele ainda está no cotovelo dela.

Ela sente que foi pega de surpresa. Com delicadeza, se afasta da mão dele e diz:

— Vou, hã, me lembrar disso.

Mais tarde, ainda no mesmo dia, na copa, Jess ouve um cara com um colete acolchoado azul dizer:

— Josh precisa mandar a namorada dele baixar a bola.

E um cara com um colete acolchoado preto responde:

— Ela não é tão ruim assim.

Não é tão ruim assim? Jess pensa. *Poxa, valeu.*

E então ela pensa: *Namorada?*

E depois se sente mal, culpada por criar problemas para Josh.

Eles saem da copa e não a notam.

O Colete Preto acrescenta:

— Mas ela é mesmo uma *trader* decente.

— É — diz o Colete Azul, não tão convencido —, tem isso.

Eles sabem que ela é uma *trader* decente porque todo mundo sabe que ela é uma *trader* decente. Mas *decente*, ela pensa, é um eufemismo. E, na verdade, um adjetivo muito desagradável. Eles sabem porque existem tabelas de classificação, telas gigantes em cada extremidade do andar, que classificam cada funcionário da equipe de *traders*. Gil, ou algum sênior, projetou um algoritmo que contabiliza o tamanho da carteira de cada *trader*, os retornos anualizados e o crescimento absoluto e, em seguida, lança uma classificação, um número ao lado do nome de cada um. A princípio,

Jess não gostou nada disso — parecia desnecessariamente implacável —, mas à medida que seu posto aumentava, ela concluiu que gostava, sim.

Porque não importa quantos olhos são revirados na Reunião de Ideias, quantas vezes Dano a chama pelo nome errado ou quantas pessoas ficam falando merda na copa, é assim que Jess sabe que é boa no que faz.

Jess gosta de trabalhar até tarde — é a energia remanescente daqueles dias trabalhando no banco. Quando o mercado fecha e todos vão para casa, ela pode pensar de verdade. Quando o andar está escuro e silencioso, ela mexe no portfólio e ajusta os modelos. Essa é a parte favorita dela no trabalho — o trabalho real.

Às vezes, Paul fica lá também. Ele comenta sobre as longas jornadas dela:

— Então esse é o seu segredo: trabalhar mais, não com mais inteligência?

E Jess responde:

— Ha. Ha. Ha.

Quando o escritório está vazio, eles ficam brincando. Paul apaga todas as luzes e segura a lanterna do celular debaixo do queixo, para ficar assustador. Ou eles pegam bolas de ioga da sala de descanso e ficam pulando, rindo. Certa vez, quando Dano flagra os dois, ele diz:

— Que fofo. Mas aqui não é o Facebook, o Google ou algo do tipo, então é melhor manter o profissionalismo, mesmo depois do expediente.

E essa é a parte que ela menos gosta do trabalho — os colegas caretas.

Aquela coisa de usar jeans no escritório é mais por fachada: por baixo das roupas casuais, eles ainda são uns babacas pomposos sem sal.

Um mês se passa, e Josh diz, em tom de ameaça:

— Precisamos conversar.

Eles se sentam na sala dele com a porta fechada, e Josh começa a falar, mas Jess está assustada e o interrompe:

— É verdade que, todo semestre, Gil demite, tipo, um milhão de pessoas?

Josh olha para o teto, respira fundo, não diz nada.

Alarmada, Jess diz:

— Espera aí, então é verdade?

Ela achou que fosse só um boato, conversa fiada. Mas, pensando bem, tem a regra número seis: remova a podridão. Isso significa, de acordo com as conversas do escritório, que a cada seis meses a corretora faz cortes significativos de funcionários.

— Eu não disse nada — diz Josh.

— Disse o suficiente! — Jess sente o rosto esquentar. — É por isso que precisamos conversar? Porque eu vou ser demitida?

Ele não responde imediatamente, então Jess diz:

— Ai, meu Deus. Sério? Você está me dizendo que vou ser demitida?

— Jess, relaxa. Você está fazendo um ótimo trabalho. Seu P/L é alto. Estou impressionado de verdade. Você está pegando tudo bem rápido. É só... — Ele faz uma pausa. — Você está pisando em alguns calos.

— Pisando em calos? Você quer dizer Dano? Josh, aquele cara não gosta de mim. De jeito nenhum.

— Está tão ruim assim?

— Ele revisa sempre meu código duas vezes, mesmo depois de já ter sido enviado.

— Ele é seu mentor.

— E quando pedi a ele para reagendar a reunião de estratégia do terceiro trimestre porque tive um conflito, ele disse que eu estava sendo difícil.

— Dano pode ser complicado — admite Josh.

— Estou acima dele na tabela de classificação — ressalta Jess.

— Eu estou ciente disso.

— Então, se alguém vai ser demitido, não deveria ser ele? Só porque está aqui há mais tempo e porque...

— Relaxa. Por favor. Ninguém vai ser demitido.

— Tá, mas parece que Dano tem um problema comigo. E ele falou com você sobre isso? Por que ele não veio até mim?

— Ele falou comigo sobre você da mesma forma que você está falando comigo sobre ele. Não é uma conspiração. E, de qualquer maneira, não é só Dano. A questão nem é o Dano. — Ele varre o ar com a mão para descartar o pensamento, sugerindo que eles desviaram do assunto. — Recebi outros comentários.

— Recebeu? Tipo o quê? De quem?

— Que você não tem necessariamente o comportamento de um *trader*. Que talvez você não combine muito com a nossa cultura. Que você é... pessoal demais. — Ele faz uma cara de dor.

— *Pessoal* demais? — Jess se pergunta qual de seus colegas disse isso. Ela sente uma bolha de ressentimento crescer em relação aos Coletes Acolchoados. E a todos que já usaram ou vão usar um colete acolchoado. Jess não tem um colete acolchoado. Quando pediu um com o logotipo da empresa, disseram que o tamanho dela estava em falta. E, quando voltou a pedir, disseram a ela para verificar no próximo trimestre.

Ela continua:

— O que significa "pessoal demais"? Eu tenho que ficar sentada no canto como um coelhinho agradecido de boca fechada? É sobre a Reunião de Ideias? Eu tenho ideias. Por que não deveria compartilhá-las? Todo mundo compartilha.

— Não estou dizendo para você não compartilhar suas ideias. Você é muito nova aqui — Josh diz, com cuidado. — Não é uma boa ideia aparecer e começar a pisar em calos. Não é? Entenda o ambiente. Escolha suas batalhas. Você acha mesmo que vai agradar essa galera com um monte de ideias radicais de investimento social?

— Você acha que investimento de impacto é radical? Não estou pedindo para detonar bombas caseiras em uma delegacia.

Ele suspira:

— Não é complicado. Apenas sente-se na reunião. Assista. Ouça. Aprenda. Aceite este lugar pelo que ele é e não tente mudá-lo para se encaixar na sua vontade. Você vai ver. É uma grande cultura. De verdade. O que você acha?

— É justo. Tá, entendi — Jess cede, depois acrescenta, um pouco triste: — Eu pensei mesmo que estava fazendo um bom trabalho. Você até disse que meu P/L é sólido.

— Você está. E é. — Ele parece sincero. — Só estou pedindo que você pegue mais leve. Nem tudo tem a ver com o seu portfólio.

— Achei que nosso P/L sempre fosse nosso maior problema.

— Ah. Touché.
Ele sorri, e a tensão se dissipa.
Jess se inclina para trás.
— Então você não vai me demitir?
— Pare de perguntar isso.
— Então isso é um não?
Ele ri e bate o lápis na mesa
— Volte para o seu lugar.

Na reunião da manhã, há uma convocação de voluntários. Um evento de serviço comunitário no escritório. Algo com crianças, uma escola ou xadrez ou algo assim. Jess não está prestando atenção. Está concentrada na tela do laptop, os números noturnos do turno europeu piscando fortemente, enquanto ela conta suas transações em dólares e euros.

Mais tarde, no caminho para pegar algumas impressões da sala de Josh, Elizabeth passa pela mesa de Jess.

— Então, posso te inscrever?
— Para quê?
— O evento PS 318? — ela diz. — É um compromisso de meio dia, no escritório. Trabalho prévio mínimo necessário. Você só ajudaria com o planejamento e uma preparação simples.
— Ah, não, acho que vou deixar essa passar. Mas obrigada.
—Não? — Ela bate a pilha de papéis na mesa de Jess, endireitando-os. — Sério? Tem certeza?

Jess fica irritada por ela ter simplesmente perguntado. Porque Elizabeth está tentando inscrevê-la para o que equivale a tarefas domésticas de escritório. Jess está cansada de pegar café para os outros e ficar fazendo anotações.

— Tenho certeza — diz Jess. — Não vai rolar, mas obrigada.
— Bem — Elizabeth diz, recolhendo os papéis arrumados —, como quiser. Mas me avise se mudar de ideia. Eles estarão aqui no primeiro dia do próximo mês. Mentes jovens brilhantes. O futuro do mundo e tal. Tenho certeza de que adorariam ouvir você.

Mas Jess não se importa. Ela é *trader*, não babá.

* * *

— Você sabe jogar vôlei? — Paul pergunta um dia, do nada.

Jess ergue o olhar.

— Eu?

Paul olha pelo escritório, não tem mais ninguém lá. Ele diz:

— Sim.

— Está perguntando se eu sou boa ou, tipo, se sei as regras?

— Tanto faz.

Jess pensa um pouco.

— Não.

No dia seguinte, ele fica atrás dela e balança um panfleto na frente de seu rosto. Está escrito LIGAS ESPORTIVAS SOCIAIS MISTAS.

Paul diz:

— Precisamos de uma mulher.

Jess pega o panfleto e lê que as ligas sociais de vôlei estão lotando rapidamente.

— Ah, a boa e velha diversidade — diz ela.

Paul dá de ombros.

— Precisamos de uma mulher.

— E eu sou a única mulher que você conhece? — Jess pergunta.

Ele responde:

— Basicamente, sim.

Um dia, Josh não aparece no trabalho. Ele não está na reunião da manhã, e Jess presta atenção, mas não o vê entrar ou sair do escritório. Por fim, ela envia uma mensagem para Elizabeth.

Elizabeth responde: "Recebendo as crianças desfavorecidas! Do clube de xadrez!".

Jess se lembra. Desde que Elizabeth tocou no assunto pela primeira vez, ela perguntou mais duas vezes se Jess poderia ser anfitriã. Elizabeth nunca mencionou que eles eram desfavorecidos, apenas que eram muito bons no xadrez, que um dos alunos do ensino fundamental do clube havia vencido algum tipo de competição nacional e que tudo o que Jess realmente precisava fazer era contar um pouco sobre como era trabalhar como *trader* e jogar um pouco de xadrez com eles.

E Jess imaginou-se sentada de frente para um tabuleiro de xadrez com um garoto inteligente de dez anos, uma versão diminuta de Josh, ou pior, de Dano, julgando-a por mover a rainha cedo demais, e por isso disse que não. E, quando Elizabeth perguntou novamente, Jess de novo disse não. Até que finalmente ela parou de perguntar.

Logo antes do almoço, Jess entra na copa. Enquanto está tirando uma garrafa de chá orgânico da prateleira da geladeira, ela ouve um crescendo de vozes de crianças, discutindo, animadas. Uma delas diz:

— Nossa, tem refrigerante de graça aqui!

Ela se vira, e lá estão elas, as crianças desfavorecidas, de tênis e moletom, com rostos rechonchudos e dentinhos tortos de criança. O professor, mais ou menos jovem, do tipo professor de ONG, abre um sorriso tímido para Jess.

— Não tem problema, não é? Um dos seus colegas disse a eles que podiam pegar bebidas.

— Ah, sim — Jess diz. — Claro. — Ela gesticula para que eles sigam em frente.

Todas as crianças correm para a geladeira de bebidas, empurrando e rindo, eufóricas com a quantidade e a variedade. Elas dizem "Uau!", "Sinistro!" e "O de laranja é o meu favorito!". Um menino com uma camiseta dos Transformers pega uma garrafa de suco de romã puro e diz:

— Essa parece uma bunda!

E Jess sorri, porque parece *mesmo* uma bunda.

— Um para cada, por favor — adverte o professor.

Um menino com olhos cheios de energia e aparelho nos dentes se vira para Jess:

— Podemos pegar qualquer um?

Jess faz que sim, e ele dá um soco no ar.

— Massa!

As crianças pegam as bebidas e estão prestes a sair quando Jess diz:

— Ei.

E então ela se abaixa e abre uma gaveta gigante, escondida embaixo do balcão. Está cheia de pacotes de balas de gelatina, jujubas, barras de chocolate, rolinhos de morango, nozes cobertas de chocolate, passas cobertas de iogurte, pipoca de caramelo e, os favoritos de Jess, pretzels com cobertura de manteiga de amendoim.

As crianças parecem atordoadas, e Jess diz magnanimamente:

— Fiquem à vontade.

— Uau! A gente pode pegar?

— Mentiraaaaa!

Elas são tão despudoradas e alegremente gratas que isso parte o coração de Jess um pouco, mas ao mesmo tempo ela sente que, talvez, também um pouco, à sua maneira, ela tenha feito a sua parte para ajudar a contribuir com a vida da juventude desfavorecida.

Mas depois ela passa pela grande sala de reuniões de vidro no meio do escritório e vê Josh parado em uma ponta da mesa cercado por crianças. Ele está rindo, segurando uma peça de xadrez no ar, e um garotinho, também rindo — todos estão rindo —, está pulando, tentando pegá-la, sem sucesso. Por fim, Josh entrega a ele o pequeno peão de mármore, e o garoto sorri e se senta, mostra a peça com orgulho ao amigo e, por algum motivo, naquele exato momento, Jess se sente física e profundamente culpada.

Ela se pergunta por que caralhos Elizabeth não achou que seria interessante dizer a ela que todas as crianças eram negras.

Ela sabe o que o pai pensaria. Eles conversaram sobre isso. Não sobre o voluntariado, mas sobre a controvérsia de Charles Barkley. Ele estava no noticiário ultimamente, um jogador de basquete aposentado dizendo coisas terríveis sobre pessoas negras. Sob uma manchete que dizia NEGROS "SEM INTELIGÊNCIA" "SOFRERAM LAVAGEM CEREBRAL" PARA ESCOLHER O RESPEITO NAS RUAS EM VEZ DO SUCESSO, ele alegou revelar o "segredo sujo e obscuro da comunidade negra".

No telefone, o pai dela vociferou. Esse cara não estava ajudando a causa, com certeza não. O que deu nele? Como se as pessoas negras já não tivessem problemas suficientes!

Jess concordou. O cara era um idiota. Racista. Um defensor da política de respeitabilidade.

Seu pai ficou perplexo.
— Que tipo de negro não apoia outras pessoas negras?
Pois é, que tipo, de fato.

Quando Jess pergunta a Josh sobre isso, ele diz:
— Mas Elizabeth disse que perguntou a você umas dez vezes se você queria ser voluntária.
— Bem, ela não mencionou que as crianças eram negras!
Pensando bem, isso faz todo o sentido. Elizabeth é fechada e arisca, tem medo dos bairros periféricos, do vírus Zika e de comida picante, o tipo de pessoa que baixa a voz quando diz *afro-americano*.
— Eu não queria que você pensasse que eu estava tentando te persuadir. Tentando usar você para exibir diversidade. Você me pediu especificamente para não fazer isso. Quando Dano...
— Tudo bem, mas isso é diferente.
— Não vejo a diferença.
— A diferença é que agora todas essas crianças pensam que todos os *traders* são brancos e homens e seria bom para elas ter um tipo diferente de modelo. Alguém para admirar.
— Por que eles não podem me admirar?
Jess ri. Josh, não.
— Parece que você está dizendo que os brancos não podem ser bons modelos para as pessoas negras.
— Estou dizendo que é preferível, dada a lamentável falta de representação neste setor, que elas vejam alguém que se pareça com elas.
— Então, o que quer dizer? Todos os seus modelos são mulheres negras?
— Bem, não. Na verdade — Jess diz —, nenhum deles é.
— Ah — Josh diz.
— É.
Ele assente lentamente e diz:
— Se serve de consolo, deu tudo certo. Acho que eles gostaram de mim.
— Tenho certeza de que gostaram de você. — Jess gosta dele. Ele é fácil de gostar, droga. Esse é o problema.

* * *

Mais tarde, Jess está na sala de Josh pegando uns arquivos quando vê um post-it na mesa dele com o nome dela: é uma lista de tarefas.

Ela pega.

Diz *índice Nikkei, almoço com Gil, verificar ordens VAC* e depois, em letras menores e muito mais confusas, como se escrito em um acesso de frustração ou raiva ou talvez apenas um detalhe pensado mais tarde: *o problema da Jess*. Um fragmento enigmático. O nome dela depois da palavra *problema*. Precedida pelo artigo definido — diferentemente dos outros itens da lista — que sugere uma espécie de especificidade austera, algo preocupante e singular, um problema, *o* problema. Com ela.

A temporada de planejamento e desempenho começa na semana seguinte.

Paul insiste que não tem problema que Jess seja péssima no vôlei, mas não é bem assim.

Todos usam shorts curtos — que eles chamam de sungas — e números presos nas costas, ou nos shorts, se não estiverem usando camisa.

Alguém grita "sprint!" e todos correm em círculos suados pela quadra e depois param no final para se alongar.

Jess diz:

— Isso não era pra ser divertido?

E um de seus colegas de equipe move os braços de maneira perigosa, estala o pescoço e diz:

— Vencer é divertido, minha querida.

Todos eles têm músculos, acessórios e olhos assassinos, e Jess é a única mulher ali no meio. Ela fica de fora na primeira rodada, na segunda e depois na terceira, até que finalmente a arrastam para a quadra: ela tem que jogar; são as regras. Então eles a colocam na borda da quadra, onde ela não possa causar muito estrago. Mas, mesmo assim, no primeiro ponto, como se sentissem a fraqueza, o saque inicial do adversário é direcionado bem na cara dela. Um vergão vermelho brota abaixo de seu olho, e então a bola cai, com certa petulância, na areia.

Todos apontam, vaiam e gritam:

— Medalha!

Todos, exceto o namorado de Paul, Dax, um designer gráfico que usa óculos de grau esportivos e que pega Jess com delicadeza pelo cotovelo, dizendo "Calma", e entrega a ela uma garrafa de água fria para pressionar contra o rosto.

Jess pergunta:

— O que é "medalha"? Vou presumir que ninguém esteja projetando um futuro meu nas Olimpíadas, certo?

Com certa cerimônia, Dax explica:

— Uma medalha é quando você leva uma bolada no rosto.

Alguém solta da quadra:

— Ei, Medalha, tatuagem bacana!

E, quando Jess ergue uma sobrancelha para Dax, ele explica mais uma vez:

— A marca da bola de vôlei no seu rosto — ele gesticula. — Parece uma tatuagem.

Jess fica na beira da quadra com Paul enquanto ele enxuga o suor do rosto com uma bandana azul vibrante, como um caubói.

Jess diz:

— Isso é péssimo.

Ele diz:

— Correção, você é péssima.

— Cá eu estava esperando algum reforço positivo, e agora você parece meu chefe.

— Josh?

Jess assente.

— Josh não acha que você é péssima.

— Eu não tenho tanta certeza. Ele fica me chamando na sala dele. Pra me dar feedback.

— Isso não parece ruim. O feedback é um presente, não é? — Paul revira os olhos. Ele aponta o dedo indicador para o céu e desenha pequenos círculos rápidos no ar, para enfatizar o sarcasmo.

"Feedback é um presente" é o que as pessoas dizem no fundo de Gil para se justificar quando dizem algo horrível na cara de alguém.

— Enfim — Paul pergunta —, como está o seu P/L?

— Normal — diz Jess. — Bom.

— Então qual é o problema?

— Não sei. Josh fica falando sobre "adequação à cultura" e, tipo, como devo trabalhar mais para "colaborar" mais. Isso só está me fazendo sentir... insegura.

Paul pergunta:

— Adequação cultural? — Ele se vira e a segura pelos ombros, como se ela fosse uma criança prestes a entrar numa rua com carros. — Jess, isso é ruim. Você precisa tentar resolver essa situação. Se não fizer isso, pode afetar a sua avaliação ou, Deus me livre, pode até ser desligada.

— O quê? Não — Jess protesta. — Gil só manda embora os piores dez por cento.

— Escuta aqui... — O aperto de Paul fica mais forte. — Gil manda embora quem ele quiser.

— Tudo bem, mas...

— Você falou com o Josh?

— Mais ou menos...

Paul sacode a cabeça.

— Você precisa ter uma conversa explícita com ele. Exija respostas. Faça isso agora. Antes da sua avaliação.

— Você está me assustando.

— Foi você quem me disse que estava preocupada.

— Mas agora estou, tipo, preocupada mesmo.

— Você deveria estar.

— Paul! Você acabou de dizer que eu não era péssima.

— Se você tivesse perdido um milhão de dólares ou, sei lá, cuspido na cara de um cliente, seria diferente, mas "adequação à cultura"? — Ele balança a cabeça. — Você precisa resolver a sua vida, e precisa fazer isso já.

Alguém na quadra grita "reserva!", e Paul corre de volta para a areia.

Doze

Jess encontra Josh na mesa dele e pergunta:
— Podemos conversar?
Ele ergue o olhar.
— Claro. O que foi?
— Tudo bem se formos a algum lugar?
— Onde?
— Um lugar neutro.
— Estamos numa zona de guerra?
— Parece que você está com raiva de mim.
Ele suspira:
— Não estou com raiva de você.
— Está bem — Jess faz uma pausa. — Então podemos conversar?

Eles vão a um bar e se sentam no canto, em uma mesa que, se aquilo fosse um encontro, até seria aconchegante ou reservada, mas não é o caso, então está desconfortável e apertado.

Eles pedem uísque e, quando o garçom traz, Josh imediatamente vira a sua bebida, depois desliza o copo de Jess pela mesa e bebe a dela também.

Ela diz:
— Então tá.

O garçom chega com outra rodada, e depois outra, que eles terminam de beber em um silêncio amuado, até que Josh limpa a boca e diz, um pouco sombrio:

— Você sabe que eu também não gosto disso.

— Eu não entendo — diz Jess. — O que posso fazer?

Josh começa a dizer alguma coisa, então para.

Jess diz:

— Estou tentando. — E estava mesmo. Ela tinha marcado reuniões semanais individuais com Dano, nas quais fingia se importar com o que ele tinha a dizer, e ela e Paul haviam ministrado recentemente um treinamento sobre criação de perfis de memória estatísticos. Ela sabe que não vai ganhar uma medalha nem nada do tipo. Só espera conseguir um pouco de reconhecimento.

Mas Josh questiona:

— Está tentando *mesmo*?

— Sério? *Sério*? — Jess pergunta, com gelo entre os dentes. Ela está agitada e zangada, sentindo-se como um elástico esticado: instável e cheia de energia. Não consegue se conter: — Você vai me demitir, não vai?

Ele suspira e diz:

— Não necessariamente.

E Jess pensa *Não necessariamente*? *Não necessariamente, porra*?

Ela quer dar um tapa nele. Em vez disso, começa a chorar.

Ela morde o lábio e pisca bem rápido, mas é inútil: as lágrimas caem. Jess enxuga os olhos e toma alguns goles de água, mas é tarde demais; ela está acabada.

Ele olha para ela com comiseração e diz:

— Ai, Jess.

E ela retruca:

— Isso é tudo que eu recebo? "Não necessariamente"? Que tipo de explicação é essa?

— O ajuste é apenas um fator — ele tenta explicar.

— Quais são os outros fatores, Josh? A competição de biquíni? Meu plano para acabar com a pobreza global com cachorros e arco-íris? E quanto ao meu desempenho real, Josh? Por que isso não é um fator?

— Jess, sério.

— Não fala assim comigo. Como se eu fosse apenas uma porra de uma assistente estúpida. Uma pessoa aleatória do seu trabalho.

— Você não é uma pessoa aleatória. — Ele parece infeliz. E diz: — Por favor, Jess. Por favor, não chore.

— Por que eu não choraria? Você está me dizendo que vou perder meu emprego!

— Eu não disse isso.

— Então não vou perder meu emprego?

Ele hesita.

— Não, Jess, não.

Ele olha para ela.

— Você sabe que a decisão não é só minha, certo? Mas eu não... por favor, não se preocupe em perder seu emprego. Por favor.

Ela ainda está chorando, por isso se sente patética.

Lá fora o céu escurece, e o garçom deixa uma vela na mesa.

Ele diz:

— Por favor, Jess. Por favor, não chore.

Ela chora.

Então.

Ele toca o rosto dela, e as pontas dos dedos dele estão quentes.

Ela engole em seco, e então ele toca sua boca, apoia um dedo em seus lábios.

Ela sente o coração bater no fundo da garganta. Ela olha para ele. Ele sustenta o olhar dela, e ela se sente aquecida.

Ela pergunta:

— Qual é "o problema da Jess"?

Ele puxa a mão para trás, parece surpreso.

— O quê?

— Eu vi na sua mesa. Você escreveu um bilhete. Dizia "o problema da Jess". O que isso significa? Tipo, sou algum tipo de problema na sua lista de tarefas?

Ele se inclina para trás, pensando. Demora tanto a responder que Jess pensa em repetir a pergunta, mas finalmente ele diz:

— Sabe, em matemática aplicada um problema nem sempre é ruim. Também pode descrever uma certa classe de incógnitas, uma teoria ainda não comprovada sem uma solução matemática formal ou geral. Não tanto um *problema* — ele diz com cuidado —, mas uma questão em aberto.

Jess diz:

— Você disse um monte de nada.

Ele suspira e depois responde novamente como se ela tivesse feito uma pergunta hipotética.

— Eu acho — ele diz lentamente — que o problema da Jess seria algo complexo. Profundo. Determinístico. Ou seja, a solução seria específica. Singular. Não generalizável. Apenas um problema lindo e intratável, para o qual não existe uma generalização adequada — ele está fazendo intenso contato visual — ainda.

Jess pisca.

E eles começam a se beijar.

No começo, é só um pouco: os lábios dele nos lábios dela, as mãos dele no rosto dela. E então começam a se agarrar com vontade, e Jess está sem fôlego e se liquefazendo, levantando a perna acima da cintura dele. Ela monta nele ali no banco, pressionando-se com tanta força contra ele que pode sentir os botões da camisa dele cravando na pele do seu peito.

Ele se mexe um pouco no banco, e sua boca fica apenas na metade da dela, e Jess o puxa para mais perto porque ela não quer que ele pare. Ela quer continuar esse beijo para sempre, quer morrer em cima dele ali mesmo no bar.

Mas ele para de beijar, mais ou menos. Ele beija o canto de sua boca, o rosto e o pescoço, e os dedos dançam em torno da barriga dela.

Jess sente como se estivesse sentada no topo de um vulcão antigo, com mil anos de segredos e sedimentos enterrados dentro.

A boca dele é quente, e ela sente o gosto de uísque, mas também um sabor dele, e a alquimia disso, da sua boca com a boca dele, e essa interação química é uma novidade para Jess. Parece especial. E as mãos dele estão quentes na pele dela, tórridas até, por isso ela sente como se ele respirasse fogo através dela.

A mente de Jess é uma confusão sináptica, mas ela tem um pensamento claro, como um sino em sua cabeça: *Cacete. Josh.*

Eles se beijam, de novo e de novo, até que o garçom chega para dar um toque neles, e eles se largam e se sentam um do lado do outro, atordoados.

Então Josh abre a carteira, joga várias notas na mesa e diz:

— Vamos dar o fora daqui.

Eles ficam parados na calçada, até que um táxi vazio se materializa no início da rua e Josh faz sinal.

Ele abre a porta para Jess e entra pelo outro lado. Ele fecha a porta, mas não desliza para o meio, para perto dela. Apenas coloca o cinto de segurança e diz ao motorista:

— Duas paradas.

O quê?

Para Jess, isso parece um final abrupto para a noite. Os lábios dela ainda estão inchados e sua blusa ainda está um pouco torcida em torno dos quadris. Seu rosto ainda está quente.

Ela quer passar a noite com ele, quer sentir o corpo dele sob o dela, suas mãos quentes dentro da blusa dela. Mas, pelo visto, o sentimento não é mútuo.

Ele olha pela janela, plácido, sem falar nada, e Jess gostaria que ele não fosse tão certinho, tão prático, tão *profissional*. Não faz sentido. Se Josh estivesse sentindo um décimo do que ela está sentindo agora, estaria ali ao seu lado, enfiando a língua na garganta dela.

Mas ele está sentado onde está, tranquilo como uma tarde de primavera, e o fato de Jess o querer com tanto desespero, de ter essa súbita erupção de desejo se agitando dentro dela, não parece passar pela mente dele. Ela olha para ele. Não há nada, pelo visto, se agitando dentro dele.

Ele nem olha para ela.

Agora ela sente ódio dele. Mas também está resplandecendo uma luxúria escaldante e não correspondida. Jess poderia chorar. De novo.

O táxi para em frente ao prédio dela, e Josh finalmente se vira. Ele diz:

— Jess, eu... — Mas não termina de falar, e Jess não espera para ver se vai terminar. Ela sai do carro batendo a porta.

Ela corre, praticamente, para dentro do prédio sem olhar para trás.

Jess entra no apartamento fazendo barulho, fechando a porta com um chute. Ela se sente quente e agitada, excitada e abandonada, como uma chaleira no fogão removida do fogo pouco antes de a água ferver. Está um pouco febril e, no local onde ele tocou sua barriga, sente um calor pulsante; ela pode sentir a ausência da mão dele quase tão fortemente quanto quando ela estava ali. Jess tem certeza de que, se olhasse, veria cinco dedos em brasa estampados em sua pele. Quando toca o ponto entre os ossos do quadril, sente um choque.

Ela considera, brevemente, tirar a roupa e se masturbar, mas o pensamento a deixa envergonhada, e então pensa em beisebol, planilhas e contas de luz, embora lá no fundo, na parte mais primitiva de seu cérebro, ela esteja pensando nele.

Seu celular toca na bolsa, e é Josh. Ela pode imaginar por que ele está ligando e por isso não atende. Ela bebe um copo d'água, apaga as luzes e sobe na cama. Na mesinha de cabeceira, o celular toca mais uma vez.

Jess desativa o som e fecha os olhos.

Ela ouve o celular vibrar uma vez.

E então mais uma vez e outra vez.

Ela pega o celular.

Uma mensagem de Josh ilumina a tela.

Estou aqui fora

Quando ela abre a porta, ele parece sem fôlego, como se tivesse corrido. Talvez tenha mesmo corrido.

Ele diz:

— Jess.

E ela diz:

— Josh.

E então ele se aproxima e a puxa para si.

Ela ainda está agitada, tensa, com um intenso desejo.

Mas então ele a beija de novo, e o sentimento de pânico em seu peito desaparece.

Fontes entram em erupção, um coro de anjos canta uma ária e Jess sente a terra inclinar-se em seu eixo.

Pressionada contra o batente da porta, Jess o beija também, com uma mão no pescoço dele e a outra em suas costas.

Ele agarra a mão dela e a guia em direção à sua ereção. Ela afrouxa e afasta a mão da protuberância na calça dele, mas ele está segurando seu pulso com firmeza. Ela afasta mais uma vez e consegue deslizar a mão até o abdômen dele, mas ele empurra a mão dela de volta para baixo, entre as pernas. Eles estão se beijando há aproximadamente quinze segundos. Por que ele está insistindo tanto? E aí está: aquela pontada de pânico. Ela teme que talvez ele seja o tipo de cara que quer receber um boquete, fazer um papai e mamãe, gozar e sair fora. Será?

Acontece mais uma vez, então ela tira a mão dali e coloca as duas palmas nos ombros dele, empurrando-o para baixo, fazendo-o cair de joelhos. Ela espera que ele reaja. Ele não reclama. Apenas olha para ela, então a segura pela cintura, enfia a língua em sua calcinha, até que as pernas dela comecem a tremer.

Na cama, ele se posiciona de joelhos entre os tornozelos dela e a penetra por trás. Coloca uma mão no quadril dela, enquanto dá estocadas, e com a outra segura seu seio e brinca com o mamilo. Ele está sussurrando putarias em seu ouvido — como ela está molhada, como ela está apertada, como ela quer muito isso — e Jess está segurando a cabeceira da cama, arqueando as costas, dizendo:

— Ah, isso. Aí mesmo. Isso.

E tudo parece um pouco pornográfico, é verdade, mas está bom, até que Josh pergunta se pode puxar o cabelo dela. Jess para. Ela se vira.

— Você não gosta? — ele pergunta.

— Por que você me perguntou isso?

Por que ele perguntou isso para ela?

Ele não pediu permissão quando colocou a língua, os dedos ou o pênis em sua vagina, ou quando apareceu na porta dela. Por que ele está pedindo permissão agora?

Ele leu algum manual? Como transar com uma mulher negra? Não toque no cabelo dela. Não a chame de princesa de ébano. Não seja obcecado pela bunda dela.

— Você já... fez isso antes? — ela pergunta.

Ele parece confuso.

— Fiz o quê?

As mãos dele ainda estão nos quadris dela; ele ainda está dentro dela, e ela está virada em um ângulo estranho, tentando conversar.

É estranho.

Está acabando com o clima.

Ela acabou com o clima.

Ela rola para o lado e deita de costas.

— O que eu fiz? — Ele está de joelhos acima dela; sua ereção está praticamente vibrando.

Jess balança a cabeça, pisca olhando para o teto.

— Isso parece... complicado.

Ele assente, então se deita de frente para ela, apoiado no cotovelo.

— Você pode relaxar?

— Não.

— Pode, sim. — Ele aperta a bochecha dela entre os nós dos dedos e sorri. — Eu já fiz você relaxar duas vezes.

— Haha, muito engraçado. — Ela sacode a cabeça para si mesma. — Acho que estou... só...

Ele toca a barriga dela e pergunta baixinho:

— Do que você gosta?

Ela franze o cenho. Mas não há uma coisa específica — como pés ou lingerie sensual ou ser xingada. Além disso, parece tão pessoal. Dizer a ele do que ela gosta. Ela nem sabe do que gosta.

Ele diz:

— Eu sei do que você gosta.

Jess ergue a sobrancelha, cética.

— Eu conheço você — declara Josh.

Ele apoia a mão em sua mandíbula e, com delicadeza, puxa seu rosto em direção ao dele.

— Jess?

— O quê?

— Eu te amo.

— O quê? — Imediatamente o coração dela começa a bater mais rápido. — Desde quando?

— Desde... hoje à noite — diz ele.

Jess o acerta.

— Cala a boca.

— Estou falando sério — diz ele. Ele deita de costas e coloca as mãos atrás da cabeça, refletindo. — Ou talvez desde a primeira vez que te vi, de certa forma.

— Na aula de direito e sociedade?

— Não, foi antes disso. Numa festa. Teve uma festa. Você e suas amigas apareceram vestindo umas roupas ridículas. Nem eram roupas na verdade. Estavam mais para roupa íntima. Sua amiga Lydia... Ela estava com uma pilha de notas de dólar a noite toda. Não sei, talvez o tema fosse strippers ou algo assim? Eu não tenho certeza.

Qualquer coisa por um dólar, pensa Jess. O objetivo era acabar com o maior número de notas de um dólar no final da noite.

— Enfim, você basicamente estava de sutiã e um biquíni minúsculo — ele diz, então faz uma pausa. — E eu pensava em você usando essa roupa o tempo todo.

— Para — diz Jess. — Estou ficando acanhada.

Josh a ignora.

— Estou falando sério, Jess. Nunca me senti tão atraído por ninguém na minha vida. Eu te via no campus e me sentia... sem reação.

— Eu sempre pensei que você me odiava. Sério, por que você nunca tentou?

Ele dá de ombros.

— Não sei. Acho que estávamos sempre em aula — diz ele. — Nunca teve um bom momento. Além disso, eu tinha você, de certa forma. Eu tinha uma imagem perfeita de você na minha cabeça. Era tão visceral. Só de pensar em você com aquele sutiã eu podia gozar.

— Josh — Jess diz, e agora está acanhada de verdade.

— Jess.

— Então você está apaixonado por mim desde o primeiro ano da faculdade?

Ele reflete sobre isso.

— Não... quer dizer, eu amava seu corpo, mas não te conhecia. E então tivemos aquela aula juntos.

— Então, desde aquela aula?

— Não — diz ele. — Quero dizer, eu ainda pensava em você quando estava sozinho, quando estava com outras garotas inclusive, mas comecei a pensar em você como duas pessoas diferentes. Sua personalidade não era o que eu esperava.

— O que você quer dizer com isso?

— Você era só... — ele procura a palavra certa — mais tridimensional.

— Do que a imagem que você tinha de mim?
— Mais que todo mundo.
— Então você se apaixonou pela minha retórica legal abrasadora?
— Definitivamente não. É, não. Mas foi quando você se tornou real para mim. E então, na Goldman, eu te conheci de verdade. Nós nos tornamos amigos e então, eu acho, porque te conhecia, não pensei em você da mesma forma, não dessa forma estritamente sexual. Meu modelo mental de você mudou. Essa pessoa, minha versão fantasiosa de você, e a pessoa que você era de verdade eram pessoas completamente diferentes para mim. Uma não era real. E então eu acho que, quanto mais eu conhecia você, menos urgentemente, fisicamente atraído por você eu me sentia. Como se essa mulher com quem eu fiz todas essas coisas depravadas na minha cabeça não tivesse nada a ver com a mulher real que eu via todos os dias. Essa mulher que era muito inteligente e minha amiga e meio boba e um pouco insegura, mas também às vezes muito, muito segura. Uma pessoa real. Sabe? — Ele se interrompe. — Você está olhando para mim como se eu estivesse falando chinês.

— Parece que você está dizendo que, quando me conheceu, parou de se sentir atraído por mim.

— Sempre me senti atraído por você.
Eles se encararam.

— Que tipo de coisas depravadas? — Jess finalmente pergunta.
Josh sorri.

— Lá no restaurante, quando nos beijamos, foi como se um interruptor tivesse sido acionado. Você se tornou essas duas pessoas para mim. E a realidade é ainda melhor que a fantasia. — Ele abaixa a voz uma oitava: — Muito mais macia e úmida.

Jess solta uma risadinha.

— Cala a boca. Arruinou o momento, seu tarado.

Ela o empurra de brincadeira, e ele agarra a mão dela, segura, faz círculos no pulso dela com o polegar.

Há um silêncio carregado. Então Josh diz:

— Nunca me senti assim antes. Isso é tudo que eu queria dizer.

Jess está derretendo.

— E eu só... — Ele para. — Você é tão bonita.

Jess sorri.

— Bonita como? Eu sou a mulher mais bonita com quem você já trepou?

— É — ele diz automaticamente. Então se inclina, deixando um rastro de beijos no rosto de Jess, nos ombros.

— Sou a mulher mais bonita que você já viu? — ela pergunta, com o rosto no pescoço dele.

— É, sim. — Ele beija os seios dela.

— Eu sou...

— É — ele a interrompe. — É. É. — Ele desce as mãos pelo corpo dela. — Você é perfeita.

Jess fecha os olhos. Ela está mais molhada do que antes. Josh a empurra para o lado, desliza o braço sob suas costelas e a puxa para perto. Então eles ficam de conchinha, a bunda dela pressionada contra a ereção dele, a respiração dele quente em seu ouvido. Ele desliza a mão para entre as pernas dela e ela se joga nele, atordoada de desejo.

Por fim, ela monta nele, com as pernas em volta da cintura dele. Eles se encaram sem fôlego por um momento, até que ele toca o rosto dela e diz:

— Você é incrível.

E ela está em estupor, e então chega aquele momento — nenhum dos dois está respirando — e ela diz *ai meu deus ai meu deus ai meu deus* e ele diz *Jess Jess Jess*.

No trabalho as portas estão fechadas. As coisas estão tensas. De acordo com Paul, uma fofoca descarada, isso é padrão durante a temporada de planejamento e desempenho: reuniões secretas e conversas abafadas, especulações sussurradas sobre quem ou o que será reformulado no novo ano fiscal.

Jess está distraída. Ansiosa por sua avaliação. Ela continua verificando a tabela de classificação, porque isso a faz se sentir melhor, uma evidência irrefutável, exibida ali mesmo na parede do escritório, de que ela tem um desempenho superior — ou um desempenho quase superior, ou pelo menos melhor do que o de Dano. Mas a maior distração é Josh. Ela não consegue parar de pensar nele. A noite anterior foi como um terremoto, e hoje ela ainda está sentindo tremores secundários.

Mas ele não está em lugar algum e, quando Jess pergunta a Elizabeth quando ele chegará, ela apenas dá de ombros e diz:

— Reuniões?

O que não é bem uma explicação.

Jess manda uma mensagem para Josh, mas ele não responde, e isso a deixa ansiosa, se sentindo desprezada e um pouco insegura. O dia todo ela apenas se preocupa com suas posições e espera que ele apareça.

Por fim, Elizabeth aparece e diz:

— O patrão quer ver você.

Jess bate na porta de Josh, e seu coração bate descompassado.

Ele diz:

— Entra. — E explica: — As coisas estão muito corridas hoje.

Jess não sabe dizer se isso é uma admissão ou uma desculpa. Mas então ele se levanta de trás da mesa e chega perto dela.

— Eu senti saudade — diz ele, com um tom sério. — Pensei em você o dia todo.

Jess toca o pulso dele.

— Sério?

Ele diz:

— Claro. — O cheiro dele é tão bom e a memória sensorial de Jess da noite passada é tão forte que ela quer tirar a roupa toda agora mesmo.

Ela pergunta:

— Você acha que vai dar problema se a gente se pegar na sua mesa?

Ele ri, mas diz, firme:

— Definitivamente, sim. — E então: — Mas o que você vai fazer hoje à noite?

Josh janta com Gil e com os outros gerentes e só aparece na casa de Jess bem tarde, depois que ela já pegou no sono. Ele entra com o código que ela mandou mais cedo e deita na cama, cheirando a filé e charutos.

Ele a beija, e ela acorda.

Jess acaricia o ombro dele e fala:

— Você está com cheiro de bilionário velho e sujo.

E ele diz:

— Você tem cheiro de rosas.

Treze

Mas, na segunda-feira de manhã, aparece na agenda de Jess uma reunião para aquela tarde. Ela foi convidada, assim como Josh e dois representantes do RH. A mera existência dessa reunião, o inevitável resultado, é humilhante. Jess não consegue acreditar que baixou a guarda. Não acredita que engoliu todo aquele papo de hierarquias horizontais e meritocracia. Não acredita que confiou na tabela de classificação. Por que achou que ser boa o suficiente seria bom o suficiente? Ela se sente ingênua.

Jess tenta deletar a reunião, o que é uma idiotice, é irracional, mas não consegue; ela não tem permissão para editar.

Josh não está no escritório.

Jess entra em pânico. Rasga metade de um bloco de post-its em pedacinhos minúsculos, prepara duas xícaras de café, que não bebe, mas depois resolve tomar, senta, fica olhando para o computador, aflita, enquanto seu coração bate acelerado e o sangue corre para a cabeça. Ela pensa em ir para casa. Simplesmente pegaria seus post-its e sairia dali, mas nunca foi esse tipo de pessoa, que sai enquanto está por cima ou até mesmo quando está muito, muito por baixo. Ela quer saber o que vai acontecer, quer ver como vai terminar.

Ela manda uma mensagem para ele.
Josh
Então espera.
Após excruciantes noventa e cinco segundos, ele quase responde:
...

Ela digita:
vc tá aí?
o que está acontecendo?
e depois
tenho uma reunião com o RH na minha agenda
e depois
o que está acontecendo?
Josh?
por favor
Ele não responde.
pode por favor responder
por favor
por favor
por favor?

No computador, em vez de ler os relatórios da manhã, ela faz pesquisas no Google. Morte, divórcio, descobrir-se adotado. Para obter uma perspectiva melhor, Jess lê uma lista dos eventos mais estressantes na vida, na tentativa de contextualizar de maneira adequada seu destino iminente.

Ser demitido do emprego, ela descobre, não é tão ruim quanto adquirir uma deformidade visível e apenas um pouco menos estressante do que se tornar viciado em drogas.

Jess vai observar sua posição na tabela de classificação e descobre que seu nome não está mais lá.

Na sala de reuniões, os dois funcionários do RH estão esperando. As persianas estão fechadas para que tenham privacidade, mas todos sabem o que está acontecendo ali dentro. Jess entra dando um pequeno passo, e um dos funcionários do RH, de quem ela não sabe o nome, afirma:

— É melhor fechar a porta.

Jess fecha a porta, e então se senta e é demitida.

Eles explicam que foi uma decisão difícil e que a empresa certamente vai ajudá-la na transição bem-sucedida para um novo cargo, em outro lugar, definitivamente não ali, que será mais adequado para suas habilidades, seus interesses e seu *temperamento*. Eles explicam os termos de seu contrato sem tempo determinado e a política de desligamento da empresa, enquanto o sangue sobe à cabeça e lateja nos ouvidos. Ela se sente desnorteada, ligeiramente zonza, embora saiba que não deveria estar surpresa.

Eles explicam que ela terá seis semanas de "período de procura", durante as quais continuará recebendo salário e benefícios, e poderá continuar a usar o e-mail corporativo, consultar um conselheiro profissional e usar a academia no primeiro andar, mas não terá mais permissão para acessar informações privativas ou confidenciais. Ela deverá entregar o cartão de acesso assim que sair pela porta.

Jess não ouve nada disso. Está presa em um único pensamento:

— Onde está Josh? — Jess pergunta em voz alta.

— Como disse? — O funcionário do RH parece pego de surpresa por essa interjeição repentina.

— Josh? Meu gerente? Onde ele está? Como posso ser demitida sem a presença do meu gerente?

Um dos funcionários do RH suspira:

— Essas conversas podem ser difíceis.

O outro diz:

— Por isso, deixamos a critério do gerente se ele quer estar na sala quando o relatório for apresentado.

— Espere aí. — Jess fica alerta. — Você está me dizendo que Josh simplesmente... não precisa estar aqui?

Os funcionários se entreolham.

— É isso que você está dizendo? Porque essa porra não está certa.

Um deles se aproxima dela, faz um gesto com a mão como se estivesse acalmando um cavalo assustado. Jess sabe que, nesse ponto da conversa, eles estão pensando em chamar a segurança. Por ela, tudo bem. Eles podem arrastá-la chutando e gritando para fora da área de operações. Seu coração está batendo forte forte forte.

— Mas estou no topo da tabela de classificação!

— Não — eles dizem, interpretando a declaração dela de maneira literal —, você não está. E, como sabe, você não é analisada apenas pelo desempenho, mas também pelas contribuições à comunidade. Colaboração. Serviço comunitário. Voluntariado. Esse tipo de coisa.

— Você não pode estar falando sério. — Jess teria feito o trabalho voluntário! Mas só porque Elizabeth tem medo de dizer a palavra *negro*, Jess vai ser demitida. Inacreditável.

Eles permanecem impassíveis.

— Você deveria ter tido essas conversas com o seu gerente.

Ela não consegue acreditar que Josh é frouxo demais para dizer isso na cara dela. Ela o odeia. Odeia a empresa. Odeia Gil e esses dois capangas do RH. Ela odeia todos e tudo sobre finanças. Odeia corporações e escolas preparatórias, elitismo e presunção. Ela odeia tudo. Ela está furiosa.

Eles dizem:

— Sabemos que é uma notícia difícil.

Jess se levanta. Ela não consegue mais ficar ouvindo isso.

Eles dizem:

— Nós ainda não terminamos.

Jess diz:

— Mas eu, sim.

Eles empurram uma pasta parda sobre a mesa em direção a ela.

— Você precisa assinar alguns papéis. É para sua proteção.

Jess empurra os papéis de volta para eles.

— Não vou assinar nada sem meu advogado — ela diz, com o fervor de um suspeito em um episódio de *Law & Order*, e então se vira para sair, batendo a porta da sala de reuniões.

— Espere — eles a chamam. — Alguém precisa acompanhá-la até a saída.

Jess não se vira. Ela volta para sua mesa, furiosa ao extremo.

Por dentro, sente uma raiva, viciosa como bílis, subindo em sua garganta.

Traição. Esse é o sentimento. Parece que Josh a levou ao precipício da vulnerabilidade e depois a empurrou do penhasco para as rochas sem sequer olhar para trás. Mas o que ela esperava?

Ela manda uma mensagem para Miky e Lydia para dizer que as três vão sair à noite. Jess insiste em uma boate de gente cafona, em Midtown, que Miky descobriu há dois verões, onde elas podem "perder a linha dançando".

Jess toma meia dúzia de shots, aceita bebidas de estranhos, deixa o celular cair no vaso e briga com o barman, até que Lydia diz:

— Jess, você está agindo feito louca.

E então a arrasta para fora da pista de dança.

Jess está suada e falando arrastado e, embora estejam na cidade de Nova York, ainda é uma noite no meio da semana, e ela é a pessoa mais alucinada do local.

— O que está acontecendo com você hoje? — Lydia pergunta, persuadindo Jess a sentar em um banco pegajoso.

— Colocaram algo na sua bebida? — Miky pergunta.

Jess afunda no banco e não responde.

— Jess — Lydia é severa. — O que aconteceu?

— Fui demitida — admite Jess.

— O quê?

— Por que você não contou pra gente?

Jess sacode a cabeça, consternada.

— É patético demais. Eu sou patética demais. Não acredito nisso.

— Ah, Jess. Isso é um saco mesmo. Sinto muito.

— Você é boa demais para eles mesmo. O mercado financeiro é para cretinos.

Jess balança a cabeça e choraminga:

— Não acredito.

Lydia diz:

— Vamos levar você para casa.

No apartamento de Jess, Miky enche uma garrafa de água e enfia o canudo na boca de Jess. Lydia abre o chuveiro no frio e faz Jess enfiar a cabeça embaixo dele. Elas a ajudam a vestir uma camiseta mais ou menos limpa que estava em uma pilha no chão e depois a colocam na cama. Ambas se deitam uma de cada lado dela, e Lydia esfrega as costas de Jess de um jeito reconfortante, enquanto Miky encarna uma das Garotas do Vinho numa diatribe contra a máquina capitalista que deixou Jess na pior.

Lydia diz:

— Mas você não gostava do seu trabalho mesmo, não é? Talvez seja uma coisa boa.

— É — acrescenta Miky. — Talvez você possa tirar um tempo para você e viajar ou, sei lá, começar um blog, tipo aquela garota que fez trezentos sanduíches e ficou famosa? Pode ser maneiro.

Jess franze a testa para elas.

— Não é *maneiro*. Eu não vou fazer dos limões uma limonada ou qualquer conselho de adesivo de carro que vocês vão me dar. Eu fui demitida!

— Você não pode levar para o lado pessoal — Lydia diz a ela. — Olha, provavelmente era apenas uma questão de números. É uma merda, total, não estou dizendo que não, mas, Jess, você é incrível. Vai dar tudo certo.

— Vai, sim. Você é...

— Eu transei com o meu chefe! — Jess interrompe, por fim.

Ela não aguenta mais. Está chateada por ter sido demitida, furiosa até, mas o que a deixou pior foi o pensamento de que Josh sabia disso, sabia que ela seria demitida e fingiu que não.

— Seu chefe? — Lydia pergunta, surpresa.

— Seu chefe? — Miky repete, confusa.

Jess assente, desolada.

— O cara velho? Gil Sei-lá-das-quantas? Jess, por quê?

— É, Jess, por quê?

— Ele, não! O Josh!

— Ah. — Lydia parece aliviada. — Essa é uma boa notícia então, não é? Você gosta dele!

— Mas ele é meu *chefe*.

— Mas não de verdade. Sei que ele te contratou, mas... você gosta dele!

— Eu gost*ava* dele — esclarece Jess. — E eu pensei que ele gostasse de mim também. Mas agora... — Jess pressiona as palmas das mãos contra as têmporas e faz um som patético.

— Jess, o que aconteceu?

Ela conta a elas. Sobre o beijo, sobre como ele apareceu no apartamento dela e como, no dia seguinte, no trabalho, ele a chamou na sala dele só para dizer que estava com saudade dela. Mas também como ele fez parecer que ela provavelmente, com quase toda certeza, não perderia o emprego e depois a dispensou completamente quando ela perdeu de fato.

— Ele me enganou! — ela diz. — Ele sabia que eu nunca mais falaria com ele depois que me demitisse, então ele apenas... me usou para transar. Ele teve a chance e a aproveitou, como um *homem* canalha. E nem teve coragem de comparecer à reunião quando me demitiram! — A cabeça de Jess lateja, e ela sente que vai vomitar ou chorar, ou as duas coisas. Ela diz: — Estou com dor de cabeça. — E então se encolhe em uma bola e fecha os olhos. Jess não consegue não pensar em Ivan. Como pôde ser tão estúpida? Por que não previu isso tudo?

Lydia diz:
— Onde você guarda seu Advil?

Sem abrir os olhos, Jess acena com a mão em direção à cozinha.

Ela ouve Lydia se levantar, começar a abrir e fechar as portas do armário. Ao lado dela, Miky diz:

— Foda-se esse cara e foda-se esse trabalho. Você está melhor sem eles.

Da cozinha, Lydia pergunta:
— O que é isso?
— O que é isso o quê? — Jess pergunta, com a cara no travesseiro.
— Esses bilhetinhos?
— Que bilhetinhos?
— Na pia. Do Josh.

Jess se senta.
— Do que você está falando?

Ainda parada perto da pia, Lydia pega um pedaço de papel e começa a ler:

— "*Só Jess*" — ela faz uma pausa. — É assim que ele te chama? "*Só Jess*"? Que bonitinho! — E continua lendo: — *Não é o que parece: eu tentei te acordar. Mas você dorme como se estivesse morta. (Você tem algum distúrbio? Tem um detector de fumaça confiável?) Tenho reuniões o dia todo, mas vejo você à tarde. Mal posso esperar. Carinha feliz. Rabisco. Josh.* — Lydia sorri. — Jess, isso é fofo. Ele é um fofo!

Miky balança a cabeça.

— Fofo pra cacete!
— Tem outro — diz Lydia.
— O que está escrito?
Lydia lê:
— *Só Jess. Você é tão linda. Vejo você no trabalho.* Carinha feliz. Rabisco. Josh.

Ela volta para a cama e entrega a Jess os dois bilhetes e dois comprimidos de Advil.

— Jess! — Lydia a sacode pelos ombros. — Ele está amarradão! Você acha mesmo que ele te usou para transar?

Jess não responde.

— Sério, eu não acho que ele teria escrito isso se fosse um canalha que só estava te usando para uma transa aleatória — Lydia diz com delicadeza. — Acho que é só uma situação difícil. É um momento bem ruim. Mas acho que você deveria ligar pra ele. Talvez não seja tudo culpa dele, sabe? Talvez não houvesse nada que ele pudesse fazer. Acho que ele se importa com você, Jess.

— Bem, eu acho — Jess diz, meio sombria, colocando um comprimido na língua e depois outro — que ele é um tremendo filho da puta.

No dia seguinte, Josh liga e manda mensagens e liga e manda mensagens. Jess recebe e-mails dele e do rh, mas ignora.

Ela tem certeza de que ele tem alguma desculpa, mas não quer ouvir.

E ela com certeza não está interessada em quaisquer palavras de despedida ou dispensas vindas do rh.

Jess fica mal.

O telefone dela toca várias e várias vezes — Miky e depois Lydia, e depois vários números desconhecidos, que Jess supõe serem Josh, ou talvez sejam apenas golpistas vendendo seguro de vida, tentando roubar seu número do seguro social. Ela não sabe e não quer saber.

O pai dela liga, e ela tem vontade de atender. Para deixar que ele a anime. Para descansar no calor de sua bondade permanente.

Mas como explicaria a situação? *E aí, pai, más notícias: fui demitida! Mas isso não é totalmente surpreendente, porque o CEO é um sociopata que demite pessoas com frequência. A parte surpreendente? Dormi com meu chefe depois que ele prometeu que não me demitiria. Mas ele me demitiu mesmo assim! Você está orgulhoso de mim? Me empresta um dinheiro?*

Jess tem certeza de que mesmo uma versão resumida o faria se sentir mal, triste ou decepcionado.

Quando era pequena, eles tinham uma brincadeira. Não era a brincadeira mais segura — tecnicamente era provavelmente perigosa —, mas a mãe estava morta, então não havia uma mulher por perto para dizer a ele como criar uma criança. Seu pai a pendurava de cabeça para baixo e abraçava seus tornozelos, depois a girava como uma patinadora enquanto ela gritava de alegria. Ela implorava para brincar praticamente todos os dias, até que um dia bateu a cabeça. Eles estavam muito perto da porta, ou havia algo errado no ângulo, ou talvez ela estivesse passando pelo estirão do crescimento. Fosse o que fosse, houve um estalo — ela ouviu antes de sentir — e então um grande caroço redondo começou a se formar em sua testa. O pai entrou em pânico. Ele reagiu antes dela. Embalou a cabeça dela nos braços, pressionando um saco de ervilhas congeladas em sua testa, desculpando-se profusamente.

Jess viu estrelas. Quis vomitar. Ele não parava de perguntar se ela estava bem. Jess podia ver a dor dela refletida no rosto dele. O lábio dela tremeu. O dele também. Ela queria chorar, mas podia ver que ele também choraria. Seus ouvidos zumbiam, mas ela engoliu as lágrimas. Pior ainda que sentir a cabeça latejar era ver que poderia deixar o pai chateado. Ela decidiu naquele dia que esse era o sentimento do qual menos gostava.

Jess põe o telefone no modo silencioso. Abre o aplicativo de patrimônio líquido e olha para a tela com amargura, lamentando a promessa de tanto dinheiro. Ela se lembra do que Josh disse: se ela se saísse bem, vantagem ilimitada, e quando ela perguntou o que aconteceria caso se saísse mal, ele disse "nem pense nisso". Jess está pensando nisso agora. Por fim, ela larga o celular. A luz fica acendendo, e ela pega o aparelho para desligá-lo quando vê que quem está ligando é Paul.

Ele liga várias vezes, e Jess se pergunta se ninguém nunca ouviu falar em correio de voz.

Ele finalmente manda uma mensagem.
Cadê você?
E Jess se sente mal por ignorá-lo, então diz:
em casa.
Ele responde: ????????
E Jess responde:
que foi? Estou na merda e deprimida e só quero ficar sozinha.
Mas e o vôlei?
O que tem?
Você precisa estar aqui, para ser mais preciso, agora
Aff, Paul, não posso, estou na merda
Você se comprometeu, querida
Está falando sério? Você realmente vai me cobrar isso?
Você vem
Não
Tem que vir
Não posso
Não está falando sério
Estou
Você tem que vir ou é uma pessoa terrível

No vôlei, a primeira coisa que Jess diz a Paul é:
— Não quero falar sobre isso.
Ele estende as palmas das mãos em um gesto de rendição e diz:
— Só estou aqui para jogar vôlei. Eu venho em paz.
Na quadra, Jess é inútil, e, por fim, Paul diz:
— Mas você tem que admitir que foi um verdadeiro deus ex machina.
— A bola passou voando pela cabeça de Jess e caiu na areia.
Alguém grita:
— Bom retorno, Medalha!
Jess se vira para Paul.
— Para de me distrair.
Ele arremessa a bola por cima da rede para quem vai fazer o saque do time adversário.

— Tudo o que estou dizendo — ele diz a Jess — é que Josh não precisava ter se oferecido em sacrifício desse jeito.

— Sacrifício? *Deus ex machina*? Está lendo muita fantasia medieval de novo? — Jess balança descontroladamente para acertar a bola, mas erra. O atacante do lado direito avança e faz o retorno. — Enfim — ela diz, enxugando o suor do rosto —, eu não diria que me demitir foi um sacrifício.

Paul lança a ela um olhar estranho.

Jess continua:

— É uma merda, de verdade. Por que tem que ser tão desumano? Como pude deixar isso acontecer? Como Josh deixou? Eu sou oficialmente uma pessoa que foi demitida. Alguém que não pode prosperar no capitalismo.

Paul pega Jess pelo braço e a arrasta para fora da quadra. Ele grita:

— Tempo! Desculpa! — E quando as pessoas protestam, ele apenas balança o dedo do meio na direção delas.

Ele olha para Jess com gravidade.

— Quando foi a última vez que você falou com o Josh?

— Eu *não* falei com o Josh. Ele nem estava lá quando eles me demitiram. Você acredita...

Paul a interrompe.

— Jess. O Josh não estava lá porque estava com Gil. Tentando convencê-lo a não demitir você. Isso foi no andar de cima, então não testemunhei pessoalmente, mas ouvi dizer que o Josh ficou absolutamente transtornado. Completamente.

— Isso parece loucura... claro que não.

— Jess. Claro que sim. De acordo com o depoimento de uma testemunha ocular especializada, o Josh descobriu que eles iam demitir você e teve um ataque de nervos. Isso é de conhecimento geral, Jess. Ele praticamente tacou fogo no escritório. Todo mundo sabe disso — ele faz uma pausa. — Menos você, eu acho.

— Isso é insano — Jess diz, por fim.

— Concordo. É insanidade — diz Paul, balançando a cabeça. — O novo fundo dele está prestes a ser lançado. Ele é o preferido do Gil. Você está certíssima. É mesmo uma coisa insana de se fazer. Sem ofensa, mas eu pessoalmente não faria isso.

— Fazer o quê? Eu ainda nem sei exatamente o que você está tentando me dizer!

— Estou tentando te dizer que ele ameaçou pedir demissão.

— Ele ameaçou pedir demissão?

— Ele ameaçou pedir demissão.

Jess reflete sobre isso enquanto Paul olha para ela como se ela tivesse acabado de comer um sapato sujo.

— Você precisa falar com o Josh — diz ele. — Agora.

— Mas, olha — Jess diz lentamente. — Por que você não pode simplesmente me contar? O que aconteceu?

— O que aconteceu? Jess, ele acabou com a última gota de credibilidade que tinha com o Gil. Ele explodiu, escolheu apelar, tudo para tentar salvar seu emprego.

Finalmente Jess compreende. E pergunta:

— Salvar meu emprego?

Parte três

Catorze

Josh atende no primeiro toque.
Ele pergunta:
— Onde você estava?
Jess diz:
— Precisamos conversar. O que está acontecendo?
Ele diz:
— Você quer mesmo fazer isso pelo telefone?

A espera pelo trem A é angustiante, então Jess sai pela catraca e chama um táxi. Mas o tráfego está parado — o dia está lindo — e, a oito quarteirões do apartamento de Josh, ela desce do carro e sai correndo.

Ele a deixa entrar no prédio, e ela sobe os cinco andares. Quando chega lá em cima, está sem fôlego e suada.
Josh também parece um pouco bagunçado. Seu cabelo está desarrumado, e ele não está usando sapatos nem meias. Sua camisa de botão está amassada e com as mangas arregaçadas.
Ambos esperam que o outro fale. Só se passaram talvez quatro segundos, mas parece uma eternidade. Ele parece irritado, e isso deixa Jess irritada. Os dois não podem estar irritados. Por que ele estaria irritado? O que Paul disse a ela não pode ser verdade. Paul também tinha dito a ela, alguns dias atrás, que uma banana era uma baga. Ele jurou que estava falando sério, mas Jess tinha se esquecido de pesquisar. Não parecia

verdade. Então talvez também não fosse verdade o que ele disse sobre Josh. Mas Paul não brincaria com isso. Ele não era um monstro. Mas talvez não estivesse brincando. Talvez tenha entendido errado os detalhes. Ele mesmo disse que não estava lá no andar de cima. E, mesmo que fosse verdade, ser readmitida não é muito melhor do que ser demitida. Ela ainda tinha sido demitida. Demitida! Foi humilhante. E Josh nem estava lá.

Ela não consegue pensar direito. Josh está ali parado, sem dizer nada. Ele não se desculpa. Não explica. Com certeza, não diz a ela que salvou o emprego dela. Ele só está olhando para ela. Como se fosse ela quem tivesse feito merda. Jess se sente zonza, desorientada. Sua cabeça está latejando e há um sentimento se desenrolando dentro dela, um sentimento especificamente direcionado para Josh, como se seus pensamentos estivessem sendo filtrados por um vidro embaçado, como se ela não pudesse confiar em si mesma completamente. E então ela começa a gritar.

— Me diz o que está acontecendo, Josh!

— Por que você não retornou minhas ligações? — ele grita também.

— Como você pôde fazer isso comigo? Você sabe como foi humilhante? Você nem deu as caras! Onde você estava? Eles me demitiram! — O nível de raiva de Jess era sete, talvez, quando chegou, mas agora é onze e é oficial: as coisas Tomaram Outras Proporções; eles estão Brigando.

— Eu estava com o Gil! Jess, escute, eu estava tentando...

— É a mesma coisa que aconteceu na Goldman. Com a LyfeCo.! Você é insensível pra cacete! A única pessoa com quem você se importa é você! Você disse que eles não iriam me demitir! Eu acreditei em você, Josh! Nós transamos! — Jess grita esta última palavra. Eles percebem que a porta da frente não está fechada. Um vizinho que está passando, com duas sacolas de compras, olha para eles.

Josh fecha a porta com um chute. A porta bate. Ele cruza os braços sobre o peito.

— E aí? — ele diz sem emoção. — Você pensou que dormiria comigo e manteria seu emprego?

— Você está falando sério?

— *Você* está falando sério?

Eles ficam parados na sala dele, zangados.

Por fim, Jess diz:

— Foi você que trepou comigo um pouco antes de eu ser demitida, provavelmente porque sabia que eu nunca mais falaria com você depois dessa merda. Eu fui demitida porque não me encaixava! O que é que isso significa? Você me usou, Josh.

— Eu usei você? Olha como você inverteu as coisas! Você acabou de dizer que ficou surpresa por ter perdido o emprego e, na mesma frase, disse que nós transamos. Como se as duas coisas tivessem alguma relação. Foi você que disse isso.

— Não foi isso o que eu quis dizer! Eu não estava pensando sobre... eu não estava pensando nisso de jeito nenhum!

— O que foi então, Jess? No que você estava pensando? Você estava pensando em todas as maneiras de salvar seu emprego. Aliás, funcionou. Parabéns e de nada.

— Não — diz ela, sacudindo a cabeça rapidamente. — Não é isso. Eu estava pensando em... — Ela engole em seco. — Eu estava pensando no quanto eu gostava de você.

Ele parece triste.

— Jess — ele diz baixinho. — Me desculpe. Desculpe mesmo. — Ele se senta no sofá, esfrega a cabeça nas mãos. — Porra. — Ele sacode a cabeça, com um grunhido. — Jess, eu sinto muito.

— Eu sei. — Ela respira fundo. — Eu sei. Eu sei. Só estou... chateada.

— Eu juro, Jess. — Ele olha para ela, implorando. — Eu só soube naquela manhã. E depois fiz tudo o que pude. Foi quase impossível falar com o Gil. Eu...

— É verdade que você ameaçou pedir demissão se o Gil me demitisse? — ela interrompe.

— Quem te disse isso?

— Paul. Mas ele disse que todo mundo sabe.

— É, é verdade. — Ele faz uma pausa, depois reprime um sorriso. — Eu disse que ele estava tão cego pela própria ignorância que talvez fosse a hora de eu começar a pensar nas minhas escolhas. Que deveria ir trabalhar para alguém que não estivesse tão cego pela própria ignorância.

— Você disse ao Gil que ele estava cego pela própria ignorância? Duas vezes? — Jess está muito brava, mas não consegue evitar: ela também sorri. — Você disse isso mesmo?

Josh faz que sim.

— Ele disse que eu era um ingrato de merda.

— Como você sabia que ele me deixaria ficar?

— Eu não sabia!

— Então, se ele não tivesse mudado de ideia, você teria apenas... ido embora?

— Claro. Uma ameaça é apenas um blefe, a menos que você a sustente.

— Por que você faria isso? — Ela está de pé na frente dele, olhando para baixo. Ela se senta. Olha para ele. Espera.

— Jess — diz ele. — Sério.

— Sério o quê?

Ele dá uma cotovelada de leve nela.

— Você sabe por quê.

— Não. Por quê? — ela pergunta, genuinamente perplexa.

— Porque... eu te amo.

O coração de Jess bate acelerado.

— Eu pensei que talvez fosse só uma cantada.

— Uma cantada? Jess, enlouqueceu?

Para falar a verdade, Jess acha que existe essa possibilidade.

Ele diz:

— Jess, eu te amo.

— Você fica dizendo isso.

— E isso te incomoda.

— Não me incomoda. Eu só não acredito em você.

— Por que não?

— Nós começamos agora a... ficar. Você nem sabe se gosta de mim. E se eu me tornar uma maluca que, tipo, manda vinte e sete mensagens de texto antes de você me responder? Ou ficar brava se você fizer xixi em pé? Ou fizer você segurar minha bolsa nos shows?

— Eu ainda te amaria.

— Cala a boca.

— Jess, eu vejo você todos os dias. Somos amigos há, o quê, dois, três anos? Inimigos por um ano antes disso? — Ele dá um tapinha no braço dela, sorri e diz: — Eu conheço você, Jess. Eu gosto de você. Eu amo você.

— Tá, agora você está querendo alguma coisa.

— Não preciso que você diga que me ama — Josh responde, com um tom despreocupado.

— O quê? Por que não? — Jess se faz de ofendida. — Todo homem precisa do amor de uma boa mulher. Você não quer que eu te ame?

— Mas você ama.

— Ah, eu amo?

Josh agarra o pulso dela, apoia o polegar ali. Ele diz:

— Sua frequência cardíaca está elevada... — Ele olha nos olhos dela. — E suas pupilas estão dilatadas. E agora, olha, você está espelhando a minha linguagem corporal quase perfeitamente. É só... muito óbvio.

Ele beija a ponta dos dedos dela antes de soltar a mão, e Jess sente que está relaxando.

— Uau, tá, obrigada, sr. Superinteressante. Isso foi muito romântico.

— Enfim — ele diz, sério —, que outra palavra poderia descrever isso?

Jess fica encantada.

Ela chega mais perto dele.

— Então, se o Gil não tivesse cedido, você teria desistido do seu emprego? Sério? Simples assim? Mesmo que seja tudo o que você sempre quis?

Ele assente. Pega a mão dela, esfrega a ponta do polegar na parte macia do pulso dela, a parte mais vulnerável.

— A questão, Jess — ele diz —, é que agora eu também quero você.

Verão em Nova York. Ervas-de-rato pontiagudas e de cor laranja florescem no Central Park. Cafés por toda a cidade abrem os toldos e começam a servir drinques na calçada. De repente, meias de bebê aparecem aqui e ali nas calçadas, como surpresas de Páscoa, delicadas, esquecidas, em tons pastéis.

Eles se beijam nas esquinas e andam de mãos dadas em museus, e, na balsa do East Side, Jess faz Josh segurá-la nos braços enquanto a água do rio espirra em seu rosto e ela grita:

— Eu sou o rei do mundo.

Eles vão à exposição de orquídeas no jardim botânico, e Josh comenta:

— Você sabia que as *orchidaceae* não têm endosperma e, portanto, até a espécie não parasitária vive em simbiose durante a germinação?

No Brooklyn, em um sábado, eles se deparam com uma fila enorme serpenteando um armazém de cimento de baixo relevo, e Jess sugere que esperem na fila também.
— Você quer esperar na fila? Que você não tem ideia para que serve?
Jess para pra refletir.
— Quero?
Então, eles esperam e, quando chegam ao início, são informados de que cada um poderá comprar no máximo seis latas de uma edição limitada de cerveja triple IPA com extra lúpulo, uma colaboração entre duas microcervejarias locais, que é, aparentemente, especial o suficiente para que duzentas pessoas esperem uma hora para comprá-la. Eles pegam doze latas e sentam em um banco no calçadão enquanto bebem cerveja.
Depois de meia lata, Jess está um pouco bêbada. Ela diz:
— Você me faz tão feliz.
Josh diz:
— A felicidade não pode vir de fora. Deve vir de dentro.
E, quando Jess revira os olhos, ele sorri e acrescenta:
— Mas, se quer saber, você me faz muito feliz também.

Na Nona Avenida, eles andam de mãos dadas. Jess diz a Josh:
— Sabe a minha amiga Miky? O namorado dela? Ele sempre anda entre ela e a rua, para protegê-la, sabe, dos carros e, tipo, dos ratos de esgoto.
Josh diz:
— Ah é? — E começa a caminhar para o outro lado.
Mas ela agarra o braço dele e diz:
— Espera.
Ele para. O sol aquece a calçada, e o céu tem cor de aventurina azul brilhante. Há meninas em vestidos de verão e hidrantes abertos jogando água na rua. Não é exatamente uma onda de calor, mas é quase. Aparelhos

de ar-condicionado foram instalados às pressas nas janelas e sopram ar frio em apartamentos abafados.

Jess olha para cima e vê uma parede de tijolos expostos cheia de janelas.

— Quer saber? Parece que estou sempre ouvindo sobre aparelhos de ar-condicionado mal instalados, sabe... — Ela faz um gesto de paft com as palmas das mãos. — Então talvez você deva ficar aí mesmo.

— Então você quer que um ar-condicionado caia na minha cabeça?

— Falando desse jeito, soa muito mal.

Ele caminha de volta para o ombro direito de Jess, embaixo de um ar-condicionado pingando e diz:

— Quem disse que o cavalheirismo acabou?

Sem emprego ou perspectivas sérias, Jess deveria estar ansiosa ou chateada, mas não sente nada disso: ela está apaixonada. Quase pedindo falência, mas apaixonada.

Jess nunca se considerou uma pessoa particularmente orgulhosa, pelo menos quando se tratava de suas finanças. Ela não tem nenhum problema em se abaixar nas esquinas para pegar moedas, embora as Garotas do Vinho tenham certeza de que é assim que se pega hepatite. E ela separa cuidadosamente os cupons do verso dos encartes da Duane Reade que encontra dobrados no jornal de domingo, embora Josh nunca deixe de argumentar que ela está sendo irracional e que, devido ao valor do dinheiro no tempo, custa mais usar um cupom do que não usar nenhum — mas, agora que está desempregada, seu tempo não é tão valioso assim.

Ela pretendia de verdade voltar para o trabalho no fundo de Gil. Decidiu que definitivamente não era o tipo de pessoa que poderia tirar um ano de folga para viajar, para "se descobrir" ou escrever um blog sobre sanduíches. Ela era o tipo de pessoa que precisava de dinheiro, salário, credibilidade.

Jess voltou ao escritório para preencher alguns papéis. Quando entrou, parecia que todo mundo estava olhando para ela, mas ela sempre havia se sentido assim ali. Ela se encontrou com um advogado em uma sala de reuniões. Ele deslizou uma pilha de papéis sobre a mesa.

Ela tinha a intenção de voltar para o emprego, de verdade, apesar das letras miúdas. *Rebaixamento de função... período probatório... plano de aposentadoria limitado...*

Havia uma linha para ela assinar. Eles estavam esperando.

Jess pretendia assinar, mesmo. Mas então. Ela franziu o cenho para o contrato. Ela olhou para o advogado, depois para o documento. O nome dela estava escrito errado. *Jerica*, em vez de Jessica. Algo sobre isso parecia vagamente racista. Um insulto. Ela mencionou o erro.

O advogado apenas deu de ombros.

— Sem problema — ele disse a ela. — É só riscar, rubricar e assinar.

Ele parecia entediado, com aquele cabelo penteado para trás.

Jess teve um pensamento muito claro: *Que merda é essa que eu estou fazendo?* Engolir um pouco de orgulho por um contracheque era uma coisa, mas deixar para trás todo o autorrespeito era completamente diferente.

Então ela não aceitou.

E contou a Josh.

— Você está bravo?

Ele parecia bravo. Sua mandíbula estava apertada com tanta força que quase vibrava. Parecia que, se ela pressionasse a ponta do dedo no queixo dele, quebraria como vidro.

Mas ele apenas disse:

— Entendo por que você não aceitou a oferta.

Jess se sentiu péssima.

— Desculpa.

Ele repetiu, sem emoção:

— Entendo por que você não aceitou a oferta.

Ele estava muito bravo!

Mas eles nunca mais falaram sobre isso. Por que fariam isso se estavam apaixonados?

Jess sente como se estivesse vivendo em uma nuvem, em um sonho ou em uma antiga canção country de amor, cheia de luz do sol e uísque, borboletas e lindos olhos castanhos.

É isso que Jess, bem séria, tenta explicar para Miky e Lydia quando as duas tentam fazer uma intervenção.

Elas não ligam antes, apenas aparecem na porta dela e gritam no interfone:

— Se lembra de nós?

— Onde você se enfiou? — Miky pergunta.

— É — diz Lydia, com a mão no quadril. — Você quer mesmo ser *esse* tipo de pessoa?

— Que tipo de pessoa?

— A pessoa que se esquece das amigas no minuto em que conhece um pênis mágico.

— Isso não é verdade!

— Tá, então por onde você tem andado?

— Tenho estado muito ocupada — diz Jess.

— Com o que exatamente?

— Por que está falando assim?

Miky e Lydia trocam olhares.

— O que foi? — Jess pergunta, e quando nenhuma delas responde, ela bufa: — *O que foi?*

— Essa é a questão, Jess. Estamos felizes por você ter esse novo namorado. Mas será que não é por causa dele também que você não tem um emprego?

Jess ainda está procurando, mas não tem nada certo. Ela diz às amigas a mesma coisa que disse ao pai na última vez em que se falaram:

— Está tudo bem. Tudo sob controle.

— É mesmo?

— É! Eu até tenho uma entrevista na próxima semana. Para um cargo na área de vendas.

— *Vendas*, Jess?

— Você trabalha com vendas!

— Sou consultora de arte — esclarece Lydia. — Mas, Jess, isso não tem a ver comigo. Eu *gosto* do meu trabalho. Estamos apenas preocupadas que você possa estar se distraindo. Tipo, o Josh é ótimo, eu entendo, mas você tem certeza de que está pensando com clareza?

— Eu o amo — Jess arrisca, patética.

— Nós sabemos. Entendemos. Estamos felizes por você. Mas...

— É isso que você realmente quer, Jess? Permanecer desempregada e ficar dormindo com seu ex-chefe?

— Vocês estão sendo muito cruéis.

— É mais difícil para nós do que pra você.

Lydia dá um tapinha em seu ombro de forma tranquilizadora.

— É, Jess. Desculpa, mas, você sabe, amor sem frescura.

— Não é para confundir — acrescenta Miky, erguendo a sobrancelha — com o amor quente e agitado com o qual você se acostumou.

Mas é verdade. Jess ainda não tem emprego. Por um, dois, até três meses até que não tinha tanto problema — ela era até certo ponto responsável, tinha algumas economias —, mas agora está ficando sem dinheiro. A bola de neve de contas — para não mencionar os táxis e os hambúrgueres trufados com cogumelo — está quase a alcançando. Ela quase se esqueceu de como é estar dura: sempre verificar os preços das coisas, pagar multas por atraso e taxas de cheque especial, seus débitos e créditos nunca estarem exatamente do jeito que deveriam estar. Antes, parecia crueldade que ela tivesse sido demitida logo antes de o fundo pagar o bônus, mas agora, olhando para as contas de aluguel, empréstimos estudantis e faturas de cartão de crédito, parece com certeza um crime. Jess tem aproximadamente mais um mês antes de começar a ter que vender suas coisas na internet.

Ela pensa em entrar em pânico, mas, em vez disso, entra na internet.

Ela vê vídeos de gatos, cachorros e bebês. Lê artigos longos sobre o terremoto que destruirá a Califórnia, sobre a epidemia de ebola, sobre a ascensão do Estado Islâmico, a mãe blogueira do Brooklyn, tamancos de grife, cupcakes e a mensalidade de um jardim de infância particular.

Jess lê sobre a morte de Eric Garner, outro homem negro assassinado pela polícia, e a ascensão do Black Lives Matter, e seu coração começa a acelerar, e ela precisa fechar o laptop.

Quando o abre novamente, procura por fotos de hidrantes que parecem pessoas, pesquisa "devo fazer pós-graduação", "sardas que apareceram no topo dos meus pés são perigosas", "novo namorado como segurar". Ela pesquisa também "o melhor lugar para comprar minidonuts na cidade de Nova York".

Ela olha as fotos do Instagram de amigos, de amigos de amigos e de pessoas famosas em restaurantes, na praia, de biquíni, ao lado de copos grandes de sucos frescos feitos em casa, posando em campos de flores silvestres.

Ela entra no LinkedIn e vê todos aqueles currículos, perfeitamente organizados e compactados, um emprego perfeito após o outro, um belo diploma após o outro, todas as recomendações entusiastas: "Entre os melhores dez por cento das pessoas com quem já trabalhei! Especialista em análise financeira!".

Ela acha o perfil de Charles. Ele não trabalha mais na Goldman Sachs. Agora está em uma empresa menor e exclusiva, controlada por uma família de banqueiros franceses e britânicos, e foi promovido a vice-presidente.

Jess envia uma mensagem a ele.

Ela escreve: *Oi! Espero que você esteja bem!*

Ele responde dentro de uma hora, percebendo o que ela quer, e diz: Jones, você precisa de um emprego?

O pai de Jess liga para ver como ela está.
Ela não conta nada. Por onde começaria?
Ele pergunta:
— Como vai a vida?
— Ótima! — ela diz, patologicamente. — Está tudo bem!

Na cama, no fim de semana, Jess diz a Josh:
— Que tal uma conversa de travesseiro?
Josh, com o cabelo amassado, de cueca, pergunta:
— O quê?
Jess diz:
— Você sabe, tipo depois que nós... transamos. Não seria bom, sei lá, conversar? Falar coisinhas de amor e fazer confissões privadas. Com-

partilhar as nossas esperanças, nossos sonhos e medos. Não é isso que os casais devem fazer? Parece que toda vez que terminamos de transar...

— Nós transamos de novo?

Jess ri. Ela dá um tapinha no travesseiro.

— Conversa de travesseiro. Vem.

Josh diz:

— Tudo bem.

Nenhum dos dois fala nada.

— Bem — Jess finalmente diz. — Você tem alguma confissão?

— Isso foi ideia sua.

Jess se vira, desconecta o celular do cabo e o tira do parapeito da janela onde estava carregando atrás da cama. Ela diz:

— Tá, vamos lá.

Ela procura a definição de "conversa de travesseiro" na Wikipédia e lê:

— *Conversa de travesseiro é a conversa descontraída e íntima que geralmente acontece entre dois parceiros sexuais, às vezes após a atividade sexual, geralmente acompanhada de abraços, carícias, beijos... hormônio conhecido como oxitocina... parceiros que têm orgasmo têm maior probabilidade de ter uma conversa de travesseiro do que parceiros que não têm...*

Josh interrompe:

— Então, com base na noite passada, você deveria ter três conversas de travesseiro.

Jess diz:

— Engraçado. — Ela pesquisa no Google "tópicos de conversa de travesseiro" e depois anuncia: — Encontrei algo. Você está pronto para levar nosso relacionamento a um nível totalmente novo de intimidade?

Josh diz:

— Sabe, dizem que usar o celular na cama é o oposto de intimidade.

— Quem fala isso é velho. — Jess aponta com o celular para ele. — Está pronto? "Perguntas para se apaixonar mais profundamente." Primeira pergunta: se você tivesse uma bola de cristal que pudesse lhe dizer qualquer coisa sobre sua vida ou o futuro, o que você iria prever com ela?

Imediatamente, Josh diz:

— A taxa à vista forex.

— Não estamos jogando associação de palavras. Você não precisa responder tão rápido. Pare para *pensar*.

Josh diz:

— Humm, tudo bem. — Ele se vira e deita de costas, com a palma da mão atrás da cabeça, olhando para o teto, pensando e, finalmente, pronuncia: — Minha resposta não mudou.

Jess lê cada uma das perguntas em voz alta, e eles alternam as respostas.

Ela diz a ele que considera o mais profundo sofrimento ser traída por alguém em quem confia e, em segundo lugar, ter o rosto comido por ratos, e isso faz Josh sorrir e dizer:

— Que orwelliano da sua parte.

Ele diz a ela que a pessoa que mais admira é Gil.

Jess diz:

— Sério? Por quê?

— Ele arquitetou o próprio sucesso basicamente do nada. Começou do nada e construiu um dos fundos de maior sucesso do planeta. Como você pode não admirar isso?

Jess ergue uma sobrancelha.

— Do nada?

Jess se lembra da bandeira de Harvard, pendurada acima da mesa de Gil.

— Você entendeu o que quis dizer — Josh diz, e, mesmo que Jess não entenda, ela deixa pra lá.

Quando Jess diz que a única coisa que mudaria em si mesma é que queria gostar mais da Beyoncé, Josh ri.

— Essa não é uma resposta séria — diz ele.

— É, sim! — Jess insiste. — Você sabe o escopo disso? Eu não me identificar com a Beyoncé? Ela é tudo. É a feminista negra mais influente do planeta. Não gostar de Beyoncé me faz sentir como, sei lá, se tivesse perdido algum componente crucial da feminilidade negra. Como se eu fosse uma fraude ou algo assim.

Josh ainda está rindo.

— Sério, Jess, você não acredita mesmo nisso, não é? Não estamos falando, sei lá, de Malcolm X aqui, ou mesmo de Malcolm Gladwell. Ela é uma estrela pop! E daí que você não fica empolgada com a cultura pop de massa de gente ignorante. Por que isso é algo ruim?

Jess fica em choque.

— Você disse que a Queen Bey é cultura de massa de gente ignorante?

— Você acabou de dizer que não gosta dela!

— Isso, eu não amo a música dela e não entendo totalmente o hype, é, tipo, emocionalmente, mas *intelectualmente* eu entendo totalmente que ela é, sabe, uma das artistas mais importantes do século XXI, e definitivamente uma das vozes mais importantes da cultura negra contemporânea. — Ela olha para ele. — Falando nisso, espero que você não faça esse tipo de afirmação em público.

— Jess, acho que não tem problema você não gostar da Beyoncé. Você não precisa gostar da Beyoncé só porque é negra. Ela tem uma voz decente, um corpo bonito e um ótimo publicitário, e é só isso.

— Você parece uma pessoa horrível agora. — Jess fala brincando, mais ou menos.

Ele levanta as mãos em protesto fingido.

— Ei, não sou eu que odeio a Beyoncé.

— Ha, ha. Muito engraçado — diz Jess. — Tá, próxima. — Jess olha para o celular, toca na tela duas vezes e diz, por fim:

— Com quem foi seu primeiro beijo?

— Isso não está na lista. — Josh se inclina sobre o ombro dela para olhar o celular.

Ela o inclina na direção dele.

— Está, sim. Viu?

Ele aperta os olhos para o celular.

— Jess, essa é uma lista diferente. Essa é do *Man Repeller*. "Dez perguntas fofas para fazer no primeiro encontro".

— Esquece isso — diz ela, segurando o celular de forma protetora contra o peito. — Só responde à pergunta.

— Tá. — Ele ri. — Era o primeiro ano do ensino médio. Uma garota da minha turma.

— Ela era bonita?

— Hum... era.

— Onde ela está agora?

Ele dá de ombros.

— Não tenho certeza. Perdida nos anais do tempo. Ou não sei, na faculdade de direito, talvez?

— Espera — diz Jess, sentando-se. — Foi aquela garota? — Ela se lembra do anuário dele. A longa carta. As palavras *bjo para sempre*.

— Que garota? — Josh pergunta.

— Você sabe. *Tenley*. — Jess diz isso de uma maneira um pouco forçada, como se fosse uma palavra em uma língua estrangeira que ela não tem certeza de como pronunciar.

— De onde você tirou isso? — Ele parece nervoso, ri inquieto.

Era uma piada, pensou Jess, mas talvez não.

— Espera. Foi ela? — Jess se projeta para a frente, inclinando o torso para que se olhem nos olhos.

— Quem se importa?

— Ela foi seu primeiro amor?

— Rá! — Ele ri mais uma vez, mas dessa vez seu desconforto parece real.

— Percebi que você não está respondendo à pergunta. — Jess olha para ele.

— Porque não era ninguém. Não foi nada. Eu tinha quatorze anos.

Jess diz:

— Entendi. — E então rapidamente, como para pegá-lo desprevenido: — Qual era o nome dela?

— Lindsey.

— Ah. — Jess se recosta, não completamente satisfeita. — Bem.

— Desculpe, Sherlock, caso encerrado. — Josh belisca de brincadeira a bochecha dela. — E você?

— Não foi nada de especial. Na faculdade. Só um cara no porão de uma fraternidade nojenta.

Josh diz:

— Fim de carreira.

Isso a faz rir.

— Onde você estava, então? Sob o beiral de alguma residência imponente de um internato com instrumentos de cordas da Filarmônica de Nova York tocando suavemente ao fundo?

Ele ri.

— Não, foi aqui, na verdade. Na cidade, quero dizer. Na casa do David. Jess se vira.

— Você nunca *me* beijou na casa do David.

Ele olha para ela com uma expressão séria no rosto, uma expressão grave como vida e morte ou guerra e paz.

E por fim diz:

— Eu vou — ele a olha nos olhos. — Vou te beijar em todos os lugares.

De acordo com Miky, beijar no metrô é uma ótima maneira de contrair ISTS. Mas é exatamente o que Jess está fazendo, com a língua na garganta de Josh, as pernas cruzadas no colo dele, espalhadas por três assentos, como se estivessem sozinhos. E na verdade eles estão, praticamente. Pegaram um vagão vazio do escritório de Josh na Sétima Avenida até o World Trade Center, para um evento de coquetel em um dos restaurantes corporativos do centro da cidade.

Na West Fourth Street, o metrô para, e uns jovens na faixa etária universitária entram. Um deles está carregando duas caixas de som portáteis — laranja vibrante, de borracha — que tocam uma música com uma linha de baixo G-Funk que Jess não reconhece. Uma garota com piercing no septo usa uma camiseta com o punho do movimento Black Power. São todos negros, e Jess pode imaginar todos na capa de um catálogo de faculdade, na foto da diversidade da juventude ou em uma propaganda de algo descolado, como tênis de edição limitada, óculos de sol de grife ou um álbum de hip-hop.

Jess faz contato visual com a garota do punho Black Power e piercing no septo. Elas trocam olhares. Mas o que foi? Jess não consegue identificar. Reconhecimento? Julgamento? Ela sente vagamente que deveria estar dando um exemplo melhor. De repente, fica constrangida. O cabelo dela está alisado — eles estão a caminho de um evento formal —, e Josh usa um suéter de tricô da cor de um macaron.

Ela tira as pernas do colo dele, tira os pés do assento, coloca-os no chão. Por razões que não consegue articular, ela aumenta a distância entre eles, deslizando para o meio do assento, cruzando os braços sobre o peito. São apenas duas pessoas sentadas no trem em assentos adjacentes.

Ela se sente mal e olha para Josh, com a intenção de emitir um pedido de desculpas silencioso, mas ele apenas sorri para ela, sem perceber. A princípio, Jess fica surpresa, depois aliviada e depois irritada, mas acaba decidindo que está tudo bem.

Quinze

Jess encontra o que acha que pode ser o emprego dos seus sonhos. Uma premiada revista de notícias sem fins lucrativos vai lançar uma seção baseada em análise de dados focada em raça, política e economia e, de acordo com um banner gigante na página inicial do site, eles estão contratando a rodo. Jess está inspirada.

— Mas tem uma notícia boa e uma ruim — ela diz a Paul no brunch.
— Qual é a notícia ruim? — ele pergunta. — E qual é o trabalho?
— Não sou qualificada. Tipo, nem um pouco.
— Parece promissor. Qual é o trabalho?
Ela balança a cabeça, faz com que ele espere.
— Pergunta sobre a boa notícia primeiro.
— Qual é a boa notícia?
— Você vai me ajudar. — Ela enfia o dedo indicador no ombro dele, para reforçar o que disse.
— Vou? Como?

Ela abre o site no celular e mostra para ele. Um logotipo em formato de punho acima de um slogan que diz NÓS, O POVO. Manchetes provocativas sobre financiamento eleitoral, encarceramento em massa e o misterioso desaparecimento do voo 370 da Malásia.

Há links para um código de ética e algo chamado *O Blog Nerd*; instruções sobre como enviar denúncias anônimas por meio do servidor criptografado e uma declaração de missão em negrito na parte inferior: promover a democracia por meio do jornalismo investigativo amplamente pesquisado e relatado, fomentado por pessoas e por dados.

— É aqui que eu quero trabalhar.

Ele diz:

— Aham.

São cinquenta funcionários, cada um com uma foto e um perfil, sob um título que diz NOSSO TIME, e Jess conhece precisamente um deles: Dax, o namorado de Paul.

— Eu estava pensando se talvez você poderia perguntar a ele sobre o trabalho. Me ajudar a ter uma vantagem?

— Claro — Paul diz, mexendo o café. — Ele acabou de começar. Mas eu vou perguntar. Sem problemas.

O garçom anota os pedidos, e Jess pede torradas com abacate.

— E o salário? — Ela olha para Paul. — Você sabe, por um acaso, alguma coisa sobre isso?

Ela está desempregada há cinco meses, e suas economias para os dias de luta estão prestes a acabar. Ela deveria estar comendo miojo e procurando alguém para dividir o aluguel, mas em vez disso está num brunch. E está ignorando as notificações do aplicativo de patrimônio líquido que a fazem lembrar que está ficando sem nada. Um gráfico na página inicial do aplicativo mostra a trajetória de seu patrimônio líquido — dinheiro versus tempo — e, em vez de uma seta, para cima e para a direita, ele parece uma parábola torta, subindo lentamente e depois caindo rapidamente. Parece que é apenas uma questão de tempo até que a linha caia abaixo de zero e o aplicativo comece a mostrar anúncios de abertura de cassino e serviços de negociação de dívidas.

— Vou perguntar ao Dax — diz Paul, sacudindo a cabeça —, mas é uma publicação sem fins lucrativos. Então, com certeza o salário é uma merda.

Jess se pergunta exatamente quanto. Eles não são tão próximos, mas Dax não parece ser um cara duro. Sempre que Jess o vê, ele está vestindo roupas bem caras. Se o salário fosse tão ruim, ele teria um tênis Burberry? Jess pensa que esse deve ser um dos grandes mistérios da vida: como as pessoas conseguem comprar as coisas. Mas o maior problema é que Jess não está qualificada para nenhuma das vagas. Ela procura na aba de empregos qualquer coisa a que possa se candidatar de forma plausível. Mas não é repórter, não é formada em direito nem tem formação em economia política, nem mesmo experiência com a copiadora. Ela não é formada em estatística, engenharia ou ciência da computação, os requisitos para a equipe de ciência de dados. Mas ignora os requisitos, prende a respiração e se candidata. Como experiência relevante, ela cita a revista feminista e tenta não pensar no fato de ter demorado três anos para voltar ao ponto de partida.

E então, no vôlei, ela importuna Dax por uma indicação.

— Pensei que você trabalhasse com finanças.

— É a mesma coisa.

— É mesmo?

— Eu trabalhava com operações financeiras. Com certeza posso organizar os dados e fazer todos os gráficos complicados. É basicamente a mesma coisa.

Ele parece cético.

— Acabei de entrar lá — diz ele, sem dar certeza a ela.

Jess diz:

— Sou determinada. Sou confiável e proativa. Eu tenho habilidades de liderança. Sou proficiente em francês.

— Você fala francês?

— Consigo conversar em francês.

— *Avez-vous étudié à l'étranger?*

— Tá, eu estudei francês por um semestre na faculdade, mas o resto é verdade!

Jess quer muito isso. Ela já se imagina numa redação barulhenta, com um lápis atrás da orelha, a defensora da democracia.

— Está bem, está bem. — Ele cede. — Me manda o seu currículo.

Em vez de fazerem uma entrevista, eles dão um teste para ela levar para casa. Eles enviam a Jess um milhão de fileiras de dados do governo e pedem que ela crie uma manchete e elabore uma narrativa usando apenas tabelas e gráficos. Eles dizem: "As melhores visualizações são aquelas que criam algo como uma ponte sinestésica entre a intuição e a informação".

Dão a ela três dias para completar a tarefa, e ela leva três dias e uma hora. Jess fica acordada a noite toda trabalhando, é como calistenia para o cérebro dela — é um pouco emocionante usar seus poderes para o bem — e, quando termina a análise, envia para eles uma manchete que diz ESTÁ NA HORA DE FALARMOS SOBRE A DIFERENÇA NO TRATAMENTO DA DOR COM BASE NO GÊNERO, juntamente com uma série de gráficos interativos que modelam o impacto econômico da exclusão de mulheres em pesquisas clínicas.

O e-mail mal saiu da caixa de saída quando uma resposta logo voltou: queremos que você venha e conheça a equipe. Adoramos seu ponto de vista.

Jess adora que eles adorem seu ponto de vista. É a primeira vez em muito tempo que ela se anima com a ideia de trabalhar. Está pronta para se livrar do fedor das finanças.

Quando entra no escritório, todas as pessoas que conhece estão usando óculos descolados, têm tatuagens visíveis, são formadas em estudos étnicos e jornalismo investigativo e fizeram estágio em lugares como o Tribunal de Haia e a União Americana pelas Liberdades Civis.

Ela é entrevistada pelo editor da seção de política e economia e, em vez de ele fazer perguntas a Jess, eles conversam sobre por que a recente decisão do Hobby Lobby da Suprema Corte foi um desastre.

Alguns dias depois, eles fazem uma oferta formal, e o salário é tão incrivelmente, inacreditavelmente baixo que Jess chega a chorar.

Jess conta a Josh sobre o trabalho de jornalismo de dados, e ele meio que dá de ombros.

— O que foi? — Jess pergunta. — Você não acha que seria um trabalho superlegal?

Eles estão jantando em um sushi bar, onde observam os chefs cobrirem o arroz com o peixe e colocarem o nigiri diretamente em seus pratos.

— Eu pensei que você estivesse esperando uma resposta de alguns trabalhos na área de compras de ações.

— Eu não sei. — Jess suspira. — Não tenho certeza se quero continuar em trabalhos estafantes, onde sou só mais uma engrenagem no aparato capitalista. Talvez eu queira trabalhar, sabe... para uma causa.

— Uma causa?

— Sim — ela diz. — Uma causa.

Enquanto o chef desliza um prato de atum entre eles, Josh diz:

— Jess, é uma revista.

Ela não consegue imaginar o que ele pensaria da revista feminista. Jess comentou sobre esse estágio durante a entrevista, e eles ficaram impressionados. Ela assinou uma única postagem no blog durante todo o verão em que trabalhou lá, mas era boa e lhe rendeu uma credibilidade significativa. A manchete na íntegra dizia: ACABEM COM AS FRATERNIDADES.

Ela diz:

— É uma revista investigativa premiada.

Ele responde:

— Ah, tá.

Ela estreita os olhos.

— Tá, tudo bem — diz ele, suspirando.

Ele diz a ela que não apenas não acha que a revista seja uma causa, mas também a considera uma fonte de notícias pouco confiável. E Jess fica surpresa por ele ter uma opinião tão firme — ele diz que a revista é radical e fundamentada em preconceitos —, fica surpresa que ele tenha lido as coisas deles.

Jess diz:

— Bom, falou o rei da objetividade, né?

— Jess, sério. Eu não quero brigar. Você me perguntou o que eu achava.

Jess solta um suspiro no prato.

— Bom, de qualquer maneira, tanto faz, porque não posso me dar ao luxo de aceitar o trabalho.

Ele baixa os hashis e toca o braço dela.

— Você tem um currículo impecável. Tenho cem por cento de certeza de que logo, logo vai encontrar algo muito melhor.

— Melhor do que promover a democracia por meio da imprensa livre?

— Certo — diz ele, rindo. — Salvando a República com um tweet de cada vez.

Ele não quer agir como um babaca; ele acha que ela está brincando, mas ela não está. Ainda assim, isso a deixa irritada. Um garçom desliza a conta na bancada do bar, e Josh a pega, sem dizer nada, e é como colocar o dedo na ferida. Ele tinha começado a pagar por tudo, sem fazer perguntas, o que é um alívio, mas também é meio humilhante.

Jess diz:

— Quer saber, Josh?

— O quê? — Ele olha para ela, alheio, com arroz preenchendo as bochechas.

— Às vezes você me deixa muito, muito, muito irritada.

Mas fora isso, ele é perfeito, eles são perfeitos, ela nunca esteve tão apaixonada, está tudo muito bem.

Josh está de mudança, e seu apartamento está uma bagunça, com móveis embrulhados em plástico-bolha e caixas por toda parte, então ele passa o fim de semana com Jess. Eles se deitam sob os lençóis, assistem a vídeos recomendados no laptop e fazem bastante sexo. Só saem do apartamento uma vez, para uma reserva noturna em um bar secreto, onde pedem drinques artesanais e ficam alegrinhos.

No domingo, para demonstrar o quanto gosta dele, Jess leva o café da manhã para Josh na cama. Na verdade, ela só levou uns pães cortados tortos com uma faca cega e recheados com cream cheese sabor cebolinha direto do tubo.

Ele diz:

— Ah, meu bem... — Mas depois: — Vou te mostrar como se faz.

Pelo visto, Josh sabe cozinhar.

Naquela tarde, ele vai ao mercado orgânico e compra macarrão, velas compridas e vinho.

Eles ouvem um disco de neo-soul que sempre faz Jess querer tirar a roupa, comem linguine e bebem Sancerre à luz de velas.

Para a sobremesa, Josh fatia morangos de um vermelho intenso e bate um creme à mão numa tigela.

Jess dá uma mordida num morango e diz:

— Uau, está muito gostoso.

— Eu sei — ele diz, pegando colheres na gaveta. — Elizabeth comprou em Westchester. Você conhece o Stew Leonard's? Em Yonkers?

Eles devoram todos os morangos, e então Josh olha para Jess, que lambe chantili dos lábios, e eles começam a se beijar, tiram a roupa, e Josh enfia um dedo na tigela e o levanta.

Jess dá um passo para trás e diz:

— Não faz isso.

— Não faz isso o quê? — ele pergunta.

Ela faz um círculo com a palma da mão, gesticulando entre as pernas.

— Não coloca chantili na minha você-sabe-o-quê.

— A sua você-sabe-o-quê? — Ele dá risada. — Jess, estou tentando transar com você, não te deixar com uma infecção bizarra. — Ele dá um passo na direção dela. — Eu estava pensando em algo mais parecido com isso.

Ele passa o dedo no mamilo dela e, em seguida, puxa-a pela cintura para junto de si e lentamente lambe o seio de Jess.

O chantili está frio e a língua dele, quente. A língua dele desce cada vez mais pelas costelas dela e pela barriga, até que sua boca esteja entre as pernas dela.

É tão gostoso sentir a boca dele e seu desejo, e ela está tão, tão molhada.

Ela sente o peito apertar e está sem fôlego, todo o seu corpo parece em chamas.

Tudo está girando, sua visão está embaçada e suas pernas tremem.

Ela quer sussurrar putarias para ele, mas as palavras ficam presas em sua garganta.

Ela sente que está escorregando e estende a mão para a mesa, derrubando a tigela de chantili, que cai no chão com um estrondo.

Ajoelhado na frente dela, Josh olha para cima.

— O que aconteceu? Você está bem?

Ela tenta dizer "sim", mas sai mais como um grunhido.

— Jess — diz ele, levantando. — Você está bem?

Ela diz:

— Minha... garganta...

Ele toca os lábios dela e diz:

— Merda. Merda. — E tudo fica turvo, e Jess se pergunta o que está acontecendo, até que toca o rosto e, merda, está muito, muito inchado.

— Você precisa ir para o hospital. — Ele está exaltado. — Jess, rápido, coloca a roupa.

Ele já vestiu a calça jeans sobre a ereção. Jess vasculha o chão em busca da calcinha, e ele grita:

— Jess, vamos. Não temos tempo!

Na rua, Josh faz sinal para um táxi e depois a coloca no banco de trás, e ela choraminga. Sua garganta está pegando fogo, sua cabeça lateja, e ela está com medo. Ela se pergunta se é o fim, se vai morrer.

Josh a abraça e diz:

— Está tudo bem, tudo bem, tudo bem.

E então Josh grita com o motorista que ele seria louco de virar à esquerda a esta hora.

A emergência pouco antes da meia-noite é um show de horrores. Pessoas em macas, médicos correndo, Jess acha que vê sangue de verdade no chão. Uma enfermeira de jaleco passa, e Josh grita para chamar sua atenção.

Ela indica que eles devem ficar na fila de admissão, mas Josh entra na frente, e a mulher encarregada da mesa diz, repreendendo-o:

— Senhor...

Mas ele a ignora e fala:

— Ela precisa de cuidado *agora*.

E a mulher olha para Jess e franze a testa, mas diz mesmo assim:

— Por favor, senhor, nós os atenderemos em um instante. Vocês podem se sentar bem ali.

— Que merda — Josh diz enquanto arrasta Jess para fora dali. Ela se joga em uma cadeira enquanto ele rói as unhas.

De repente, ele se levanta e fala:

— Vou ligar para o Gil.

Gil? Jess se pergunta e, como se lesse os pensamentos dela, Josh diz:

— Ele dá rios de dinheiro para Langone. Isso — ele faz um gesto de frustração para a sala de espera — não está certo.

Josh está com o celular no ouvido, andando de um lado para o outro, furioso. Jess fecha os olhos e o ouve dizer: "Atende, atende, atende".

— Gil! — Josh diz, quando ele atende.

Jess ouve partes da conversa enquanto Josh fica andando de um lado para o outro.

— Minha amiga... Tisch... ajuda... tá bom, tá bom, tá bom... obrigado... não, é, minha amiga.

Mesmo naquele estado precário, aquela palavra fica martelando na cabeça de Jess: *amiga?*

Josh coloca o celular no bolso e diz:

— Jess, vamos embora.

Ela começa a protestar, mas ele a agarra.

— Vamos, Jess, é aqui do lado.

Ele a conduz para fora pela grande porta giratória e a arrasta, como uma boneca de pano, para o outro lado da rua. Jess está se sentindo zonza e instável, e sua visão está piorando.

Ele puxa o braço dela.

— Vamos, Jess, rápido. — E então, quando ela quase não colabora mais, ele se vira para ela e diz: — Meu Deus, Jess, o seu rosto! Você consegue enxergar?

Ele parece tão apavorado que Jess começa a chorar. As lágrimas se acumulam em seus olhos e ardem, ardem, ardem.

Ele diz:

— Ai, Jess... — E então a segura nos braços.

Ele a carrega para dentro do prédio como se ela fosse um soldado ferido. Jess deita a cabeça no ombro dele e fecha os olhos, ou talvez eles estejam tão inchados que pareçam fechados, ela já não sabe.

Tudo está embaçado, e Josh está gritando muito, e então eles a deitam em uma cama de hospital. Um médico se materializa e começa a falar com Josh.

Josh diz:

— Nós comemos linguine com mariscos. Acho que ela é alérgica a frutos do mar.

Através do que resta de sua visão, Jess vê o médico preparar uma agulha longa e dar uma batidinha na seringa com o dedo. Ele pergunta para Josh:

— Foi a primeira vez?

Josh diz:

— Foi.

Na cama, Jess resmunga:

— Não.

Os dois olham para ela.

— Morangos — Jess responde. — Sou alérgica. Fico com urticária.

Josh diz:

— Sério?

— É. — Sua voz está distorcida, e ela praticamente não consegue ver nada. — Foi o morango. Eu tenho alergia.

— Você está brincando. — Josh olha para ela, perplexo.

Ela sente a agulha entrar e então apaga.

Quando Jess pisca, acordando, o quarto está escuro. Josh está sentado em uma cadeira ao lado da cama, de cabeça baixa, o rosto iluminado pelo telefone.

— Josh — ela diz, rouca, e ele ergue o olhar.

Ele pega a mão dela e sorri.

— Ei, bela adormecida.

Jess sente como se tivesse sido atropelada por um caminhão.

— Quanto tempo eu dormi?

— Cerca de meia hora. O médico te deu um sedativo leve, além da epinefrina.

— Eu me sinto um lixo — diz Jess.

— Bem, você está linda.

— Você está brincando? — Jess pergunta.

Ele balança a cabeça.

— Seu cabelo — diz ele — está meio bagunçado. Parece que você estava num furacão.

Ela toca o rosto.

— Ainda estou inchada?

— Não. — Ele balança a cabeça mais uma vez. — Seus lábios estão um pouco... mas é sexy.

Jess começa a chorar.

— Ei. — Josh dá batidinhas na mão dela. — Está tudo bem.

Mas ela sacode a cabeça e continua chorando.

— Sério, Jess. O médico disse que você vai ficar bem. Eles vão te dar uma adrenalina autoinjetável para levar pra casa caso aconteça novamente. Mas é óbvio que você nunca mais vai poder comer morango.

— Não é isso — diz Jess, enxugando os olhos.

— Então é o quê?

— Não posso pagar por nada disso. A conta do hospital. Eu não tenho plano de saúde.

— Não pode?

— Não tenho emprego — Jess o lembra. — Meu plano de saúde perdeu a validade.

— Eu pensei que seu pai trabalhasse em uma universidade. Por que você não está no plano dele?

Jess diz baixinho:

— Não contei a ele que perdi o emprego.

— Ah, Jess — Josh diz, apertando a mão dela. — Vai ficar tudo bem. Nós vamos resolver isso. Vai custar quanto? Alguns mil? Vai ficar tudo bem.

— Eu não tenho alguns mil. — Jess funga no próprio colo. — Não tenho dinheiro. Estou basicamente falida. E se você me perguntar por que estou falida, vou estrangular você. — As Garotas do Vinho não pareciam compreender que Jess não podia mais pagar as coisas; em um jantar recente, elas queriam dividir um hambúrguer trufado de cem dólares e, quando Jess alegou que não tinha dinheiro, perguntaram o que tinha acontecido com todo aquele lucro do fundo de cobertura, e Jess teve que explicar que param de te pagar quando você para de trabalhar para eles. — No próximo mês não sei como vou pagar o aluguel e meu empréstimo estudantil... Eu... estou desempregada, não tenho dinheiro e sou alérgica a morango, e não tenho nenhum bom senso, e é por isso que estou nessa enrascada.

— Coitada — Josh diz, acariciando seu rosto.

Ele sobe na cama do hospital e se deita sobre os lençóis, abraçando-a. Ele esfrega seus ombros e acaricia seu pescoço. Ele está, como sempre, tão sólido, tão caloroso. Ele beija o rosto dela, e ela fecha os olhos, e tudo fica quieto, exceto pelos sons do hospital.

Por fim, Josh diz:

— Tive uma ideia.

— O que foi?

— Você poderia morar comigo.

Jess se vira para encará-lo.

— Espera... sério? — ela pergunta, quando estão um de frente para o outro.

— Você não teria que pagar aluguel — diz ele, com a mão no cabelo dela.

— Mas você ainda nem se mudou. Você não quer, sei lá, viver como solteiro no novo apartamento de solteiro por um tempo? Você é um cara jovem. Por que iria querer uma mulher por perto o tempo todo interferindo?

— Interferindo?

— Tipo, sei lá, sempre deixando sutiã e batom pela casa.

— Isso parece bem legal.

— Começamos a namorar agora.

— Faz seis meses.

— Eu só... não sei. É prudente?

Ele ri.

— Se é prudente? Pergunta minha namorada sem dinheiro e sem plano de saúde.

— Ei — Jess avisa.

— Desculpa. — Ele passa os dedos pela lateral do rosto dela. — Eu não quis dizer isso.

— Mas você disse — diz Jess. — Olha... você está certo. É uma responsabilidade. E se eu levar muito tempo para achar um emprego que eu possa realmente aceitar? E se eu não tiver dinheiro por um longo tempo?

— Eu tenho o suficiente para nós dois. Está tudo bem.

Jess suspira.

— Acho que eu queria muito mesmo aquele emprego na revista de notícias.

— Então por que você não aceita?

— Achei que você tinha dito que não era uma fonte de notícias confiável e que a reportagem deles era supertendenciosa.

— Jess, não dê ouvidos ao que eu disse. Se você quer o emprego, deve aceitar. Quem se importa com o que eu penso?

Jess puxa os braços para o peito, apoia o queixo nos punhos.

— Eu não recusei por sua causa. É só... não lembra? O salário era absurdamente baixo. Eu não podia aceitar.

Ela fez as contas muitas vezes — e se refinanciasse o empréstimo, conseguisse um colega de quarto esquisitão no Craigslist ou parasse de comprar lattes... Mas nunca conseguiria fazer dar certo. Muitas despesas e pouca renda. Seria como jogar moedas em um tornado. Além disso, era meio frustrante. E pensar que, depois de tudo — ela tinha trabalhado cem horas por semana na Goldman Sachs, pelo amor de Deus —, voltaria a recortar cupons para comprar na Duane Reade.

Josh diz:

— E se você não pagasse o aluguel?

— Mas... olha, então não seria temporário. Posso não poder te pagar de volta.

Ele diz:

— Eu disse que está tudo bem. Você pode ficar comigo para sempre e não precisa me dar um centavo.

— Você faria... isso por mim?

— Claro. — Ele puxa o corpo dela para mais perto do dele, ambas as pélvis ficam unidas. — Mas você sabe que não é só isso. Eu te amo. E eu quero estar com você o tempo todo. Quero acordar ao seu lado todas as manhãs. Eu quero voltar para casa e para você todas as noites. — Ele para de falar, sorri. — Quero ser quem vai te levar para o hospital quando você entrar em choque anafilático no meio da noite.

Jess dá risada.

Ela diz:

— Eu também te amo.

No primeiro dia de trabalho, Dax aparece no ombro dela.

— E aí? — Jess pergunta. — O que foi?

Ele diz:

— Estou aqui para ajudar você.

— Com o quê?

— Com tudo.

E ele ajuda. Apresenta Jess à equipe e mostra como preencher a folha de ponto; como usar a máquina de café. Leva para ela uma camiseta com o logotipo da empresa e, quando não serve, pega outra. Ele mostra a ela como exportar dados e estatísticas do censo nacional para seu disco rígido e como formatar suas visualizações para que os números não fiquem borrados.

Um dia, Jess diz:

— Você torna minha vida muito mais fácil. Você é incrível.

Ele dispensa o elogio.

— Você age como se nunca tivesse trabalhado em equipe.

Jess presenteia Dax com um cartão, uma barra de chocolate etíope e café peaberry da Tanzânia.

— O que é isso?

— Para agradecer — explica Jess. — Eu sei que o Paul gosta de café e imaginei que você gostaria de coisas africanas, sabe — ela se aproxima e sussurra —, porque você é negro.

Dax ri e abre o envelope com o polegar.

Está escrito: "Tem sido ótimo trabalhar com você. Sorte de ser a vela".

— Vela?

— É uma piada, porque primeiro Paul era meu marido do trabalho, e agora é você. Então, eu sou a vela.

Ele sacode a cabeça.

— Não faz sentido nenhum.

— Só quero dizer que estou adorando trabalhar aqui. Todo mundo é incrível. Então, obrigada por me indicar.

— Eu acabei não indicando.

— O quê?

— Quando enviei seu currículo, eles já tinham sua inscrição. Então você fez tudo sozinha, mocinha.

Jess faz cara de quem vai chorar.

Ele abre os braços e a atrai em sua direção.

— Ah, vem aqui.

É a primeira vez que alguém abraça Jess no trabalho.

— Adoramos ter você na equipe — diz Dax, com os braços em volta dos ombros dela.

— Vai ser muito mais difícil quando eu tiver que te dar uma rasteira — Jess responde.

Ele a aperta com mais força.

— Ah, Jess.

Dezesseis

Jess e Dax fazem os gráficos de um artigo que se torna viral. É o verão anterior a um ano eleitoral, e o participante de reality show que dispara ataques racistas está subindo nas pesquisas.

A manchete diz simplesmente: CULPE O RACISMO, NÃO A ECONOMIA, PELA ASCENSÃO DE DONALD TRUMP. Por vinte e quatro horas, as pessoas na internet o compartilham em diversos lugares, e Jess quase se sente famosa. Um amigo de um amigo publica o artigo nas redes sociais com uma legenda que diz apenas: "Isto". O autor, um cara chamado Michael, de Wisconsin, que já foi bolsista da Rhodes e voluntário do Peace Corps, é convidado a falar sobre o artigo na CNN.

O pai dela liga, eufórico de orgulho.

— É isso aí! — diz ele. — Nunca tenha medo de confrontar o poder.

Ela havia evitado as ligações dele por um bom tempo, e ficava aflita e ansiosa sempre que as deixava cair na caixa postal. Não queria que ele se preocupasse, ou pior, que fizesse perguntas difíceis. Então se escondeu. E então, como um truque de mágica, a próxima coisa que Jess disse ao pai foi que tinha um novo emprego, na revista de notícias. Ele gritou e comemorou como se ela tivesse ganhado na loteria. E Jess o compreendeu.

Porque também sentia aquilo, que ela era, finalmente, parte da solução, e não do problema.

O amigo de Josh, David, os convida para jantar, e alguém menciona o artigo.

Jess anuncia, com orgulho, para a mesa:

— Fui eu que escrevi!
— Sério?
— Não as palavras — explica ela —, mas fiz toda a análise de dados e todos os gráficos.
— O gráfico com as bolhas? Os que se moviam?
— Sim — Jess assente, satisfeita. — Fui eu que fiz.
— Você não acha — David inclina a cabeça para ela — que foi meio irresponsável?
Jess inclina a cabeça para ele também.
— O que — ela diz em um tom nada sutil — exatamente foi irresponsável?
— Não é meio irônico? Afirmar que Trump está alimentando o ressentimento racial com um artigo que... alimenta o ressentimento racial. — David dá de ombros para indicar que não está particularmente interessado nessa discussão e serve outra taça de vinho para si. — Mas o que é que eu sei?
Jess tenta fazer uma careta para Josh, mas ele desvia o olhar.

No táxi de volta para o loft, Jess diz a Josh:
— Droga, o David... aff.
Quando Josh não responde, ela diz, mais uma vez:
— Droga, o David... a...
— Eu ouvi — diz Josh.
Ela dá um soquinho nele.
— Bem, então por que você não concorda comigo? Ele disse que meu artigo era *irresponsável* — Jess o lembra.
— Você não acha que foi?
— Está falando sério?
— Jess, você fez uma afirmação muito agressiva e sem fundamento. Não estou dizendo que foi além dos limites, mas um pouco irresponsável? Provavelmente. Possivelmente. Você não acha?
— Não, eu não acho! Está falando sério? Sem fundamento? O nosso diferencial é a pesquisa. Usamos dados e estatísticas para apresentar um ponto de vista objetivo e *fundamentado*.

— Jess, não foi objetivo. Você apresentou uma afirmação bastante precisa e, sim, havia dados, mas você escolheu dados específicos para reforçar o seu argumento.

— Por que você está falando isso só agora? Por que não disse nada antes?

— Foi você que trouxe o assunto.

— Então, o que foi? Você estava me julgando em segredo e nunca ia dizer nada, embora ache que sou uma jornalista de merda que tenta enganar deliberadamente o público nacional?

— Só quis dizer que sua metodologia é falha.

— Ah, só isso? Você está se referindo a quê?

— Ao racismo. É um engodo. E eu entendo, o assunto vende espaço publicitário ou gera cliques ou o que for, mas, Jess, é tão raso. Parece incompleto e, sim, *irresponsável* ignorar a questão econômica. É obviamente um viés de confusão.

— Nós não ignoramos a questão! O ponto principal do artigo era que, embora a economia possa parecer a força motivadora por trás da popularidade de Trump, ela não é. Esse é o ponto principal! Ajustes irrelevantes na metodologia não teriam levado a uma conclusão diferente.

— Então você acredita mesmo que a explicação para Donald Trump é o racismo, ponto-final?

— Sim! É literalmente o que o artigo disse. Você pelo menos leu?

— Dá um tempo. É claro que li. Estou perguntando o que *você* acha. No que você acredita de fato. Não as porcarias de pautas da empresa.

— Eu não teria assinado o artigo se não acreditasse nele. Eu tenho um pingo de integridade, Josh. Esse artigo representa a minha perspectiva. E acho que o artigo, na medida do possível, é objetivo. Nós fizemos a pesquisa. Eu fiz os cálculos. Acho bizarro que você prefira usar um argumento pedante sobre viés de confusão do que realmente lidar com a verdade, que é: as pessoas que amam Donald Trump são racistas pra caralho. E sim, tem a economia. Mas mais importante que isso: racismo.

Eles descem do táxi.

Não se falam no elevador.

A porta se abre, e Josh olha para Jess. Ele franze o cenho.

— Só não entendo por que você está fazendo isso.

— Você quer dizer, tipo, por que aceitei o emprego?

Ele assente.

— Parece uma mudança tão brusca.

— Eu acho — ela pondera — que é por causa... do meu pai.

— Seu pai te disse para aceitar esse emprego?

Ela sacode a cabeça.

— Não, não mesmo. — Ela suspira e se joga no banco do hall de entrada, que Josh encomendou da Dinamarca. — É difícil articular. É mais como... é... eu só me sinto mal. Ele me criou para ser melhor do que isso.

— Criou você para ser melhor do que o quê? — Josh pergunta. — Você se sente mal exatamente com o quê?

— Não sei! — Jess está frustrada, mas também está aliviada; seria bom se ele simplesmente entendesse, mas também é catártico explicar isso a ele. — Acho que o fato de eu estar transando com um cara branco em vez de, sabe, lutar pelos direitos civis ou protestar contra a brutalidade policial ou sei lá.

— Jess, do que você está falando? Protestar? Você quer dizer postar textão nas redes sociais?

— Não! Protesto. Como em Ferguson ou Baltimore!

— Jess, isso é loucura. Do que você está falando? Você quer protestar? Nas ruas? Você não é assim.

— Bem, talvez eu devesse ser! Já é alguma coisa. Eu já me sinto mal o bastante.

— Por ter um namorado branco?

— Não. Não, não, não. Não é isso. — Ela sente que está dando a impressão errada, mas, de alguma maneira, também parece certo. Ela precisa se explicar. O pai dela não é intolerante, mas ele tem princípios. Ele com certeza não gostaria da visão política de Josh. Mas será que gostaria de Josh? Isso é mais difícil de prever.

Ela diz:

— Não foi isso que eu quis dizer. Desculpa. Eu me sinto mal pelo fato de não estar fazendo nada para ajudar a causa, sabe? Encarceramento em massa, deserto alimentar, o preço da insulina e a gentrificação...

— Isso é muita coisa — Josh pisca. — E eu não quero parecer insensível, mas o que isso tem a ver com você?

Ela faz uma careta.

— Eu sou negra. Caso você não tenha notado.

— Estou ciente.

— Então, eu tenho a responsabilidade, sabe, de fazer alguma coisa.

— Por quê?

— Como assim?

— Por que é sua responsabilidade, especificamente?

— Não entendi.

— Jess, você não deve nada a ninguém. É, muitas pessoas sofrem, mas você não as conhece. Você não tem nenhuma obrigação de ajudar. Você sabe disso, certo? Só porque você é negra. Principalmente porque você é negra.

— Eu só... me sinto mal.

— Não se sinta.

Ele toca o braço dela.

— É como eu me sinto. Sei que não faz sentido, mas é uma... culpa. Ou ansiedade. Ou vergonha, ou algo assim.

Josh diz:

— Nossa, Jess. — E então: — Com que frequência você pensa nisso?

— Todo dia?

— *Todo* dia?

— Bom... sim. Principalmente agora com o Black Lives Matter, tudo parece tão imediato, e me sinto tão... distante. E não só não estou contribuindo, mas talvez até esteja prejudicando a coisa toda. Como se eu fosse parte do problema.

— Porque você tem um namorado branco?

— Não sei! Não sei o que estou dizendo.

— Por que você não disse nada antes? — Ele parece triste.

— O que eu deveria dizer?

— Você deveria me dizer o que está pensando. Me dizer o que está te incomodando. Seja sincera. Seja franca.

— Mas...

— O que foi? Você não achou que eu entenderia?

— Você entende?

— Pra falar a verdade? Eu não tenho certeza. Mas eu gosto de você.

Estou tentando entender. Mas, se você não me contar as coisas, eu nem tenho a oportunidade de tentar. Estou do seu lado.

— Tá bom.

— Tá bom?

— Tá bom.

Ela assente, e ele sorri.

Ele pega a mão dela e beija. Ela se levanta e o abraça, e ele esfrega suas costas. Josh diz:

— Eu te amo. Você sabe, não é?

E Jess fecha os olhos. Ela apoia a cabeça no peito dele, e eles ficam abraçados por um longo tempo. Até que Jess inclina a cabeça para trás para olhar nos olhos dele. Ele ainda está esfregando as costas dela.

Ela pergunta:

— Então você não acha que o artigo foi irresponsável?

E Josh responde:

— Eu não disse isso.

O novo apartamento de Josh é um loft de duzentos e setenta e oito metros quadrados. É um apartamento de dois quartos em uma antiga gráfica, com cornijas originais, piso de madeira e um elevador especial que leva o carro até a porta da frente.

Josh havia levado Jess para ver o apartamento antes de se mudar e, sem móveis e sem pintura, o espaço era imenso, inimaginavelmente grande. O banheiro de hóspedes era tão grande quanto um pequeno apartamento e, quando eles falavam um com o outro na sala principal, as vozes faziam eco. A luz era espetacular, as janelas iam de uma parede a outra, e a vista da cidade fazia eles sentirem que estavam em uma linda caixa de vidro no topo do mundo.

Ah, pensou Jess, *as coisas que o dinheiro pode comprar*.

Quando Josh se inclinou para beijá-la, passou uma mão por baixo da blusa dela e usou a outra para tocar no celular, fazendo todas as persianas deslizarem para baixo com um zumbido eletrônico que tinha o som de coisas caras. Ela riu na boca dele e disse:

— Tá bom, Homem de Ferro.

E agora os dois moram lá.

* * *

No dia em que Jess se mudou, Josh explicou que tudo o que ela precisava fazer para controlar tudo do próprio celular era configurar uma senha de seis dígitos. Jess digitou a senha, mas deu um erro. Ela tentou mais uma vez, e então olhou para Josh e franziu a testa.

— O que foi?

— Não está funcionando. — Ela digitou a senha de seis dígitos novamente, com cuidado.

Ele pegou o celular dela.

— Me deixa ver.

— É claro que não — disse ela, segurando o celular contra o peito de forma protetora. — É secreta.

— Dá um tempo. — Ele balançou a cabeça, sorrindo. — O que é? Seu aniversário? Duvido que a Segurança Nacional precise decifrá-lo. Vamos — ele fez um gesto para ela entregar —, me dá aqui.

Ela entregou o celular para ele.

Ele digitou, deslizou, digitou de novo e então fez uma careta.

— O que foi?

Ele começou a rir.

— O que foi?

Ele disse:

— Eu descobri o problema.

— O que foi? — disse Jess.

— Precisa ser uma senha única. — Ele pegou o celular dele do bolso de trás. — Olha.

Josh levantou a tela, e Jess pôde ver que ele havia deixado a senha visível, e era exatamente igual à dela: 1 1 2 3 5 8.

Jess disse:

— Sua senha é a sequência de Fibonacci? Uau, Josh. Que coisa de CDF!

— A sua também!

— É — Jess disse, baixinho, embora seu coração estivesse explodindo —, mas, quando eu faço, é legal.

Mais tarde, Josh abriu a enorme porta da geladeira e disse:

— Tenho uma surpresa.

Jess olhou para ele, confusa.

— Vem ver — disse ele, sorrindo tanto que ela meio que esperava encontrar um anel de diamante ali dentro.

Mas não havia nada. Só algumas latas de cerveja artesanal, um pedaço de Gruyère e um pouco de salada.

— Não entendi — disse Jess.

Ele explicou com orgulho:

— Não tem morangos. Viu? Eu joguei todos fora. Esta casa — ele fecha a geladeira com cerimônia — está oficialmente livre de morangos.

— Mas é sua fruta favorita — Jess protestou, e ele apenas deu de ombros.

Ela ficou tão comovida; sentiu que poderia chorar.

— Você me ama mesmo — disse ela, emocionada.

Ele riu da reação dela e a envolveu em um abraço.

— Eu pensei: quer saber? Sou o tipo de cara que prefere manter a namorada viva.

Jess se deu conta de que não poderia mais fazer chamadas de vídeo com o pai se estivesse em casa. Se fizesse, ele perguntaria por que ela havia se mudado, e ela teria que revelar algumas coisas. Como o fato de ter um namorado que nunca havia mencionado, e isso a fazia se sentir culpada por escondê-lo, mas não o suficiente para parar de mentir. Ou o fato de que ela e o tal namorado contratavam alguém para limpar o apartamento — Jess sabia que o pai consideraria isso uma extravagância sem sentido —, e isso também a fazia se sentir culpada, mas não o suficiente para esfregar o chão ou lavar a roupa. Ou o fato de que ela tinha ficado desempregada durante quase meio ano, o que foi o motivo que precipitou toda a coisa de morar com ele, ou que havia gastado todas as economias e até tirado dinheiro do próprio fundo de aposentadoria, ou que, desde que ela fora para a faculdade, basicamente vivia de forma frívola, embora soubesse que não deveria, e isso também a fazia se sentir culpada, mas não o suficiente para agir de forma diferente.

* * *

No sábado de manhã, Jess abre os olhos e vê Josh usando sapatos elegantes. Ele está vestindo uma camisa de botão e acabou de fazer a barba.

— Ei — ela chama, meio adormecida. — Para onde você está saindo escondido?

Ele diz:

— Oi, linda. — E atravessa o quarto para dar um beijo nela e abraçá-la.

— Você vai comprar café da manhã? Pode trazer um pão? Aah, e uma *babka*, mas verifica se não está esfarelada.

— Ah, não.

Jess pisca, perdendo o sono. Aperta os olhos.

— Aonde você vai? Que horas são?

— Coisa de trabalho — diz ele, com um sorriso tranquilo. — Vou me encontrar com o Gil rapidinho.

— Você está indo para o escritório?

Ele balança a cabeça.

— Hum, não. Vou a um restaurante.

Jess esfrega os olhos.

— Tipo... para um brunch?

— Claro — diz ele. — Isso.

— Por quê?

— Era o único horário que ele tinha disponível esta semana. — Josh encolhe os ombros. — Precisamos colocar o papo em dia. Você está... por você tudo bem?

Jess ajusta o travesseiro sob a cabeça e olha para ele de lado.

— Tudo bem. É engraçado pensar em você e Gil batendo papo, tomando Bloody Marys.

— Na verdade, a esposa dele também estará lá. — Ele fica em silêncio por um momento, então acrescenta: — E, não tenho certeza, talvez a sobrinha dele.

— A *sobrinha* dele? — Jess se senta.

— Uau, calma. E você ainda nem comeu seu cereal com proteína. — Ele sorri, como se Jess fosse gostar da piada.

— Então Gil e a esposa vão tomar café da manhã, e você vai, tipo, ficar tomando conta da sobrinha dele?

— Ah, não. Ela não é uma garotinha. É advogada.

— É claro que a advogada de Gil é sobrinha dele. — Jess revira os olhos. — O irmão é o *consigliere* dele?

— Engraçado — Josh diz, sem rir. Ele tira a carteira da cômoda e a enfia no bolso de trás. — Enfim, ela não é advogada *dele*. Ela é só advogada.

— Ah — diz Jess. — Onde ela trabalha?

— Olha, Jess. — Ele está rolando a tela do celular na palma da mão e mudando o peso de uma perna para a outra. — Podemos conversar sobre isso mais tarde?

— Está bem... Bom. É estranho você não ter mencionado. Você só ia sair escondido? E se eu ficasse preocupada e registrasse seu desaparecimento?

Agora ele ri de verdade.

— Desculpe. Você estava dormindo. Você estava tão linda e tranquila — ele se inclina e beija o ombro dela —, e eu não queria te acordar.

— Bem, por que você não comentou sobre isso ontem?

— O Gil me convidou ontem à noite. Ele mandou uma mensagem. Depois que você dormiu.

— Ah.

— É. Não é uma grande conspiração. Estarei em casa em algumas horas. Podemos ficar pelados e comer pães quando eu chegar. — Ele a beija de novo, passa os dedos carinhosamente pelos cabelos dela e diz: — Mas agora eu tenho que ir.

Ele está quase do lado de fora quando Jess fala:

— Espera!

— O que foi?

— Eu posso ir?

Ele olha para os sapatos, parece levar em consideração, mas depois diz:

— Já estou atrasado. Outra hora, tá? Eu prometo.

E então sai.

Josh leva Jess para comer pizza em um bistrô italiano no West Village, com rosas de plástico em todas as mesas. Do lado de fora, eles ficam se pegando, de um jeito meio nojento, com mãos e línguas, como se estivessem sozinhos, só que não estão — é a Bleecker Street à noite, no fim de semana.

Quando se separam para respirar, Josh diz:

— Merda.

Seu rosto fica pálido como papel.

— O que foi? — Jess olha para ele.

— Caralho — diz ele, olhando para a frente.

— O que foi? — Jess pergunta mais uma vez. Ela tira a mão de debaixo da camisa dele e se vira, mas não vê o que ele vê. — O que aconteceu?

Ele passa a mão pelo cabelo.

— É o Gil.

Jess se vira

— Ele está perdido?

— Vira pra cá, Jess — sibila Josh.

Mas, antes que ela faça isso, o olhar dela encontra o de Gil. Ele olha para eles perplexo e, em seguida, dá um aceno rápido e estranho. Josh diz:

— Merda. Você acha que ele nos viu?

Jess faz uma careta para ele e diz:

— Hum, sim, com certeza. Por quê? Qual é o problema?

— O problema, Jess, é que eu disse a ele que não estava acontecendo nada entre nós.

— Bem, não estava acontecendo, mas agora está. E isso foi há séculos. Você não estava mentindo. Eu nem trabalho mais lá — Jess o lembra. — Por que ele se importaria? Espera... foi por isso que você disse que eu era apenas sua "amiga"? No hospital?

Mas Josh não está ouvindo. Ainda está espiando por cima do ombro dela, encarando o fantasma de Gil na Sullivan Street.

— Você não vê o que isso vai parecer?

— O que vai parecer? — Jess sabe o que vai parecer, em teoria. Mas, na prática, Gil é um homem que ficou famoso por vender as ações da empresa falida do irmão. Jess acha difícil acreditar, apesar do aviso que ele lhe deu, que algo tão cotidiano quanto o sexo ofenderia seu senso de moralidade.

Josh suspira.

— Tá, tudo bem — Jess faz um esforço, irritada por ele ter acabado com o clima. — Se você está tão preocupado com isso, apenas diga a ele a verdade. Ou, sabe, a meia-verdade.

— Obviamente, eu vou ter que fazer isso.

— E você acha que ele vai ficar bravo?

— Não sei.

— Ele vai te repreender por ter me contratado?

— Não sei.

— Então, o que vai dizer a ele?

— Não sei.

— Então, o que você sabe?

Ele olha para ela.

— Sinceramente, Jess? Não tenho mais certeza. Eu me vejo perdendo todo pensamento crítico e racional quando se trata de você.

Jess sorri.

— Isso é tão romântico.

— Não, Jess. Não, não é. Não é mesmo.

E então chega junho, e amor é amor, e não tem vôlei nesse dia, e eles pintam arco-íris no rosto e comemoram nas ruas. As Garotas do Vinho usam colares de flores com as cores do arco-íris. Miky e Lydia vestem camisetas e carregam bandeiras.

— Cadê o Josh? — alguém pergunta.

Josh? Jess olha em volta, as ruas estão em polvorosa, o sol brilha lá no alto, a cidade fervilha de pessoas comemorando o orgulho LGBTQIAP+.

— Ele está... no brunch. — Com o CEO do fundo onde trabalha, Jess não menciona. Agora acontece quase todo fim de semana. Brunch, brunch, brunch. Josh chega em casa aos sábados com doces finíssimos, minúsculos éclairs recheados com creme de café, macarons com sabor de lavanda e azeite com laranja, embalados em caixas finíssimas. Doces de consolação, pensa Jess, mas não diz.

Eles encontram Paul, Dax e os rapazes do vôlei, e todos se beijam, choram e se abraçam, e o coração de Jess dispara, tudo brilha e todos são melhores amigos.

Até a semana seguinte, quando ela perde um ponto decisivo no jogo, e todos resmungam e alguém grita:

— Medalha, quer fazer o favor de sair da porra da quadra?

Jess e Josh aparecem na festa de Halloween das Garotas do Vinho com fantasias combinando.

— Vocês são o quê? — elas perguntam.

Josh está vestindo uma camiseta que diz Correlação ≠ Causalidade. Ele aponta dois dedos para o peito:

— A coisa mais assustadora de todas: uma falácia lógica.

— E eu sou uma variável à espreita. — Jess levanta os cotovelos e cruza os pulsos, no estilo Mulher-Maravilha. — X? Sacou? A variável oculta? — Ela coloca as mãos em formato de garras, levanta um joelho devagar, depois o outro, faz uma mímica exagerada na ponta dos pés: — E eu estou à espreita! Sacou?

— Uma piada de matemática?

Jess e Josh sorriem um para o outro.

As Garotas do Vinho saem revirando os olhos.

— Vocês dois precisam se tratar.

Após a excursão de vinhos do pai dela, eles finalmente combinam uma tradição de Ação de Graças: não fazer. Era tão perto do Natal que fazia sentido esperar até dezembro. Então seu pai vai passar o fim de semana em St. Louis e Jess vai para a casa da mãe de Josh. Eles dirigem da garagem de carros alugados em Midtown até Greenwich. A lua está alta, e as folhas estão em seu auge de cores vibrantes, tons de vermelho e laranja intensos que fazem Jess pensar em torta de abóbora.

Na casa, quando a mãe entrega a ele lençóis limpos para o sofá-cama, Josh diz:

— Na verdade, mãe, acho que vou dormir lá em cima.

Ela não entende a princípio e começa a protestar:

— Filho, você não acha que Jess ficaria mais confortável em uma cama adequada? Se você se sente desconfortável no sofá-cama...

— Eu quis dizer — Josh interrompe — que vou dormir lá em cima com a Jess.

Confusa, ela diz:

— Ah.

E então seus olhos se arregalam de surpresa e, ligando os pontos, ela diz:

— Ah!

Todos eles se encaram.

Até que Josh diz:

— Pois é.

E Jess diz:

— Hum, é.

E a mãe dele diz com uma falsa alegria:

— Bem, boa noite!

No andar de cima, eles tiram a roupa e vão para a cama.

O quarto está frio, e Jess puxa os lençóis de flanela até o queixo.

Ela diz:

— Você falou de um jeito *bem* estranho.

— Como assim?

— Sobre o lugar onde vamos dormir — diz ela. — Sua mãe provavelmente está pensando que estamos aqui em cima, tipo, transando.

Ele sorri, um flash de dentes brancos no escuro, e a puxa pela cintura.

— Bem, isso não está errado então, está?

Jess o ignora e tenta escapar do alcance dele, mas estão em uma cama de solteiro, e as costas dela já estão pressionadas contra a parede.

— Então você não contou à sua mãe que estávamos juntos? Que eu sou sua namorada? Sua namorada que mora com você?

— Tenho certeza de que acabei de fazer isso.

— Mas, quero dizer, antes? Você não falou pra ela? — Jess quer se sentir indignada, mas a verdade é que também ainda não contou ao pai sobre ele. Quando ele pergunta, Jess diz: *Não, nada de novo*. E obviamente não é verdade. Mas tudo parece demais para ser explicado. Por onde começaria? Com o emprego do qual foi demitida? Ou pelo namorado que votou em Mitt Romney? É mais fácil poupá-lo dos detalhes.

Josh diz:

— Talvez eu tenha mencionado que estava saindo com alguém.

— Mas não comigo.

— Quer saber? Caramba! — Ele bate a palma da mão na testa. — Eu sabia que tinha me esquecido de dizer alguma coisa a ela na última vez que fomos ao salão fazer as unhas combinando.

— Sarcasmo — diz Jess, franzindo o cenho.

— É que eu só não tenho esse tipo de relacionamento com a minha mãe, Jess. — Ele a puxa para si, e seus rostos ficam próximos. — Isso te deixa surpresa? Nós não sentamos e batemos papo sobre a minha vida.

Jess diz:

— Pode ser.

Josh passa um dedo de leve pelo lábio inferior dela.

— Você é tão linda — ele diz. — Você sabia disso?

Jess sorri:

— Não muda de assunto.

— Tão, tão linda — diz ele, beijando o rosto dela.

— Eu não vou cair nessa — adverte Jess, embora esteja caindo nessa. Ela fecha os olhos e deixa que ele a puxe para mais perto. Eles estão com as pernas emaranhadas, e os narizes se tocam; os braços dele estão entrelaçados, palmas nos cotovelos, ao redor da cintura dela.

Eles se beijam.

Ele diz:

— Estou feliz por você ser minha namorada. Minha namorada que mora comigo.

E Jess diz:

— Eu te perdoo.

Mas no fundo da cabeça, ela está arquivando essa informação. E no mesmo lugar onde guarda a lembrança de quando ele usou a palavra *amiga* para descrevê-la.

Josh está no banho quando Jess encontra seu anuário do colégio, exatamente onde o deixou há dois anos.

Ela vai direto para a parte de trás, para a carta de Tenley.

Ela começa a ler, mas para no mesmo ponto da última vez. A parte em que começa a soar como uma canção de amor dos anos noventa. É tão nitidamente particular, esta carta, que Jess se sente uma cretina ao lê-la.

Ela fecha o livro.

Ela não tem ciúme de Tenley em si, ou mesmo da ideia dela. É algo mais próximo da curiosidade, talvez com apenas um pouquinho de insegurança. Jess tem curiosidade de saber quem Josh teria escolhido senão ela, quem foi sua primeira escolha, a primeira garota que beijou, a primeira com quem dormiu. Jess quer saber que tipo de garota protagonizou seus sonhos de colegial e quer saber por que, embora já tenha passado tanto tempo, ele é tão cauteloso quando fala sobre ela.

Jess se pergunta se ele a amava.

Ela abre o livro mais uma vez.

No final, ela vê as páginas do último ano: cada aluno tinha uma página inteira para cobrir com fotos, mensagens pessoais e piadas internas.

Ela abre na página de Josh. Está escassa, tem apenas uma fotografia dele com a família, uma foto de rosto que ela não sabe onde foi tirada e uma citação de Einstein sobre a morte.

Jess sorri.

Ela abre na página de Tenley.

Uma mensagem na parte inferior da página diz: "Com amor a Allie e Eliza por tornarem esses últimos quatro anos tão incríveis e inesquecíveis. Amo vocês, mamãe e papai!". O resto são apenas fotos, pelo menos uma dúzia. Fotos dela em trajes de banho e em pistas de esqui, ladeada por outras duas loiras, Allie e Eliza, Jess supõe. Fotos dela em um uniforme de lacrosse, com uma raquete de tênis, em um barco de remo no Lago Quonnipaug. Muitas fotos dela com os pais, irmãos e irmãs, pessoas brancas bonitas que usam relógios.

Uma foto chama a atenção de Jess. Uma foto de família: Tenley está cercada por primos, tios e tias sorridentes, todos vestindo roupas de linho de verão e sentados ao redor de uma mesa de jantar ao ar livre, em frente a uma orla.

Ela olha para a foto.

Olha mais uma vez.

Ela diz em voz alta:

— Não. Pode. Ser. Porra.

Ela aproxima o livro do rosto, só para ter certeza.

Mas ela tem certeza.

O homem na foto de família de Tenley, com um leve bronzeado de sol e um braço avuncular em volta do ombro dela, não é outro senão Gil Alperstein.

Josh sai do chuveiro com uma toalha na cintura, tirando a água das orelhas. Por um momento, Jess se esquece de si mesma — ele cheira a uma nascente da montanha, úmido e fresco como alguém de um comercial de desodorante —, mas então ele diz:

— O que tá pegando, Só Jess?

E ela se lembra do anuário em seu colo.

Ela ergue o olhar.

— Que merda é essa, Josh?

— Como é que é?

Esfregando o cabelo com a toalha, ele para, com a cabeça inclinada.

Ela ergue o anuário e sacode para ele.

— Você ia mencionar isso?

— Mencionar o quê? — ele pergunta, confuso.

Ela aponta para a página aberta, e repete o gesto várias e várias vezes, até estar atacando o anuário com o dedo indicador.

Josh atravessa o quarto e se inclina sobre ela. Uma única gota de água cai na página.

— Ah — ele diz. — Merda.

— Poderia explicar? — Ela está irada. Tanto faz que os ombros dele sejam macios e musculosos e que ele esteja exalando loção pós-barba.

Ele senta meio caindo na cama. Olha para o teto.

— É — ele diz —Isso.

— Isso? *Isso*.

— Ele é... a esposa de Gil é irmã da mãe de Tenley. Ele é tio dela.

— Está falando sério? Então, você está mentindo para mim há o que... dois anos e meio, e tudo o que você tem a dizer é "Isso"? Que porra, cara? Eu não... entendo. Por que você nunca... me disse que você e Gil já... se conheciam?

— Eu não tenho certeza.

— Tenley era sua namorada, não era?

— Não foi sério.

Jess revira os olhos.

— Por que você age estranho quando fala dessa garota com quem ficou no colégio? Por que acha que eu me importo? Você acha que sou tão insegura assim?

A verdade é que Jess acha que pode ser tão insegura assim. É bem óbvio que Tenley é a mulher perfeita, de pele clara e loira. O tipo de mulher, Jess supõe, que ele apresentaria de maneira adequada à mãe. Uma mulher que ele poderia levar para velejar no verão e cujo pai ele chamaria de *senhor* e com quem conversaria sobre o mercado de ações.

— Meu Deus. — Jess se dá conta de repente. — Meu *Deus*. Todos aqueles brunches? Você está, tipo, *namorando* com ela esse tempo todo? Você, Gil, a esposa dele e Tenley estão saindo juntos todo fim de semana? E você nunca ia me contar? Você não pode estar falando sério.

— Nós tomamos café da manhã, não vamos a uma boate. E definitivamente não estamos namorando. É coisa de trabalho. Não falei sobre isso porque não queria que fosse uma... coisa.

— Você só pode estar brincando comigo. Você está saindo escondido com ela há meses!

— Com *eles*. Gil e a esposa e, sim, Tenley, mas não é como se fosse algum tipo de... encontro amoroso. E eu não estava saindo escondido.

— Então por que não falou disso?

— Eu te disse. Foi porque eu...

— Certo, certo. Porque não queria que fosse uma coisa — Jess diz, sacudindo a cabeça. — Isso é tão inacreditável. Você está mentindo pra mim há anos! Você percebe isso? Josh, isso é escroto pra caralho! Você... você... ainda gosta dela?

Jess pensa naquela festa na casa de David, tanto tempo atrás: *Tenley, ela não é.*

— Não — ele diz rapidamente. — Definitivamente não.

— Então eu não entendo — diz Jess. — Por que fica tão estranho falando disso? Por que... mentir?

Ele suspira.

— Por quê?

— Porque eu pensei que você fosse me criticar. — Ele olha para ela e esclarece: — Não sobre Tenley. Eu não gosto dela, eu juro. Isso foi há muito tempo. Mas pensei que você poderia me dar um sermão sobre nepotismo ou privilégio branco ou algo assim, e acho, sei lá, que eu não queria ouvir.

— Um sermão? Porque eu estou sempre dando sermões em você? Porque eu sou uma chata? Uma espécie de esposa de sitcom de quem você tem que se esconder na garagem?

— Jess, não. Eu não queria ouvir porque você estaria... certa.

— Então você pensou que, se eu soubesse disso, eu iria, tipo, diminuir você?

— Não. Na verdade, eu pensei que seria... uma revelação. Que você pensaria que tudo era uma injustiça e que eu não tinha talento.

— Eu acho você tão talentoso — ela diz. Mas ela também acha que é uma injustiça. Ele é inteligente, talentoso e esforçado, mas, ainda assim, a maioria das pessoas não recebe ajuda extra de um bilionário solidário. Mas ele está nu e envergonhado e ela o ama, então não diz nada disso. — Eu só não acredito que você esconderia isso. Ainda não entendo. Você namorou essa garota no colégio e agora o tio dela se importa com sua carreira? Mas é um segredo? É por isso que você não queria que o Gil visse a gente se beijando? Porque o Gil é, tipo, seu benfeitor e você namorou a sobrinha dele? O que foi? Ele está preparando você para administrar o fundo dele ou algo assim, para que um dia seja digno da sobrinha dele?

— Jess, sério. Não estamos no século dezenove. Não sou prometido dela. Não a vejo fora do brunch. Nós namoramos na época da escola. Brevemente. Foi isso.

Ela olha para ele, sem dizer nada.

Ele pega seu rosto e pressiona a testa contra a dela, e ela sente mechas do cabelo úmido dele em sua face.

— Desculpa — diz ele.

— Não é isso — diz Jess. — Eu não me importo com o Gil. Ou eu talvez me importe. Mas é tudo isso, com você e Tenley e toda essa história... — Ela pode ver tão bem. Josh e Tenley, a combinação perfeita. Namorados do ensino médio que se separaram. Supostamente. E se for ela a pessoa certa que ele perdeu? Jess diz: — É só que você e eu somos tão diferentes.

Ele diz, com delicadeza:

— Mas não nas coisas importantes.

— Eu sou negra, você é branco. Eu sou progressista, você é conservador...

Dito assim, quase soa como poesia. Os opostos se atraem. O melhor tipo de história de amor. Mas não é bem assim. Ou pelo menos não é o que Jess quer dizer. Eles não são realmente opostos. Estão mais para duas pessoas que jogam em times diferentes.

Mas Josh discorda.

— Jess, meu amor. — Ele beija os nós dos dedos dela. — Você sabe que nada disso importa, não é?

Se nada disso importa, como explicar a guerra, a política e toda a história?

Mas ele parece incrivelmente arrependido e sincero, então Jess não diz isso. Ela deixa que ele a puxe para si, passando os braços em volta dos ombros dela por um instante.

— Além disso — diz ele, levantando-se, e enrolando a toalha em volta da barriga. — Sou de centro.

Jess se pergunta se eles são incompatíveis de alguma maneira determinante. Quando pensa nisso, sente um nó existencial apertar seu estômago. Alguns dias mais do que outros. Em uma festa no sábado anterior, as pessoas falavam sobre um artigo que estava circulando, sobre o surgimento do acasalamento seletivo e como cada vez mais as pessoas só se casam com pessoas iguais a elas, de modo que tudo fica mais polarizado e estratificado.

Alguém havia dito:

— Então você está dizendo que todos devemos nos casar com nossas secretárias.

E outra pessoa disse:

— Mas não é meio triste, como, mesmo agora com a tecnologia, podemos nos comunicar através dos oceanos, mas todos nós de alguma forma vivemos em mundos diferentes?

— Jess está apaixonada por um republicano — responderam as Garotas do Vinho.

— É verdade? — outra pessoa havia perguntado.

E Jess foi forçada a admitir que sim.

No jantar com Paul, Jess conta a ele sobre Tenley e toda a mitologia que a acompanha.

Na sobremesa, eles dividem um prato de bananas brûlée com calda de caramelo e mascarpone. É tão cheio de açúcar que faz o coração de Jess disparar.

Ela conta a Paul sobre a descoberta do anuário e que Gil é tio de Tenley, que ela e Josh foram namorados no colégio e que provavelmente era ela a pessoa certa que ele perdeu e sobre o fato de Josh ter mentido. Jess diz que Gil obviamente quer que Josh se case com Tenley, para que possa lhe dar o fundo quando se aposentar, e Josh sabe disso, embora não admita, e não queira contar a Gil que ele e Jess estão namorando, e isso é... suspeito.

— Bem — Paul mastiga uma banana —, que bela novela você imaginou.

— Eu não sou louca — Jess diz, olhando para ele. — Sério, pensa bem. Por que mais Gil teria um interesse tão extraordinário pelo Josh? Ele o favorece completamente. Ele estava lá havia menos de um ano quando Gil o nomeou *trader* sênior. — Jess baixa a voz e se inclina sobre a mesa: — E você sabe quanto o Gil paga para ele? Ele ganha muito dinheiro! O apartamento custou — ela está sussurrando agora — quatro *milhões* de dólares.

Mas Paul apenas dá de ombros. A reação que ela mesma teve foi mais expressiva. Ela ficou impressionada, incrédula e com um pouco de inveja. Fez várias contas, adivinhando o pagamento da entrada e a hipoteca, o valor do dinheiro, e chegou à conclusão de que ele devia estar ganhando pelo menos cinco vezes o salário dela, e isso era irritante, mas também nada surpreendente. Mesmo assim! Ele tinha tanto dinheiro! Ele ganhou mais em poucos anos do que o pai dela em quarenta! O pai dela, que trabalhava duro, pagava impostos e dava um dólar para cada morador de rua que via!

Ela tentou conciliar a ideia de que seu namorado era um milionário de vinte e cinco anos com o fato de ela trabalhar para uma revista de notícias com uma seção inteira dedicada à desigualdade de renda. Principalmente, tentou não levar para o lado pessoal. Tentou ignorar o fato de que, ultimamente, seu próprio patrimônio líquido mal havia aumentado. Pelo menos, o aplicativo parou de enviar notificações frenéticas para ela — ATENÇÃO! SUAS DESPESAS NO MÊS PASSADO EXCEDERAM SEUS RENDIMENTOS —, mas ainda assim.

— De que outra forma você explica isso? — Jess pergunta a Paul.

Paul gira uma pequena colher no seu café espresso.

— Josh é um *trader* muito bom.

— Mas... tão bom assim?

Paul faz que sim.

— Sim.

— Tá, tudo bem. Ele é bom. — Jess chuta um pouco a perna de Paul por baixo da mesa, brincando, tentando provocá-lo. — Mas melhor do que você?

Ele assente novamente.

— Sim.

Jess diz:

— Aff, você é um inútil. De qualquer forma, não estou dizendo que ele não é bom. Só parece suspeito que ele nunca tenha me contado a história dele com Gil... e Tenley. Você não acha que eu deveria me preocupar?

— Quem sabe?

— Acha que ele vai me trair? — Aquela velha voz na cabeça dela: loiras, morenas, depois ruivas. Então o resto.

— Com a personagem da sua teoria da conspiração? — Paul pergunta.

Jess assente.

— Hum — ele encolhe os ombros. — Não. Talvez? Provavelmente não.

Dezessete

Jess está no telefone com o pai quando Josh chega em casa.

Ela está no banheiro, com a porta entreaberta, e diz:

— Eu te amo. Estou com saudade, não, claro... Sim, está tudo bem.

Quando desliga, Josh está deitado na cama, no celular. Sem erguer os olhos, ele comenta:

— De novo com as ligações secretas no banheiro? Você tem outro namorado com quem precisa falar? Um admirador secreto?

— Ha, ha — retruca Jess, fechando a porta do banheiro ao sair. — Admirador paterno. — Ela deita na cama ao lado de Josh, com a cabeça no ombro dele.

— Como ele está? — Josh pergunta.

Jess encolhe os ombros

— Ele está bem.

— Nós deveríamos jantar um dia desses.

— Quem?

— Jess, presta atenção. Seu pai. Eu. Você. Eu quero conhecê-lo algum dia, sabia?

— Ele mora em Lincoln — diz Jess.

Josh ri.

— É, Jess, eu sei disso. Quero dizer, quando ele estiver na cidade. Talvez possamos convidá-lo para um fim de semana ou algo assim. Temos espaço. Você não sente saudade dele?

Jess assente. Ela sente. Mas, ao mesmo tempo, não consegue imaginá-lo ali. O que ela diria? *E aí, pai, por que você não vem me ver em Nova York? Não precisa procurar um hotel. Pode ficar comigo e com meu namorado, que, ah, é, você não sabia que existia. Moramos juntos em um apartamento de dois quartos que custou quatro milhões de dólares, que não tem parede, não de verdade, mas não se preocupe, eu não pago aluguel porque meu namorado se sente culpado por ter me despedido de meu último emprego, que, ah, é, eu não comentei isso? A propósito, meu namorado? Aquele que eu nunca mencionei? Ele odeia o Barack Obama. Você poderia vir na primeira semana de abril?*

Eles sairiam para jantar e, quando o pai perguntasse a eles sobre o trabalho, Josh tentaria explicar a computação evolutiva tomando um drinque de vodca de dezesseis dólares. O pai dela não comprava nem um engradado de coca-cola no mercado se não estivesse na promoção.

— São *sessenta* centavos cada lata, Jessie — ele dizia, balançando a cabeça, como se o mundo tivesse enlouquecido.

Jess literalmente não consegue imaginar.

Josh aperta o ombro dela.

— Então, o que você acha?

E Jess não diz nada.

Jess ouve Josh fazendo planos para o jantar.

Ela pergunta a ele:

— Então, quando é o seu encontro *caliente*?

Josh questiona:

— Como é que é?

Ele está sentado na cama, calçando os sapatos. Ele amarra os cadarços como um aluno da primeira série, um laço com um oval maior que o outro. Isso faz Jess se lembrar de uma música que seu pai costumava cantar para ela quando era pequena, sobre um coelhinho que pula por cima, por baixo, ao redor e através. Ela pensa nisso sempre que vê Josh calçar os sapatos, e isso a deixa ao mesmo tempo alegre e hesitantemente triste.

— Vai jantar com alguém?

Ele balança a cabeça.

— Ah. Não. Quer dizer, sim. Eu vou à casa do Gil. Para a Páscoa judaica.

— Ah, é mesmo?

— É.

— Quando?
— Na Páscoa judaica.
— Ha, ha.
Ele sorri e esclarece:
— Na sexta-feira.
— Que horas?
— A noite toda, eu acho.
— Ah.
— É. — Ele se levanta, atravessa o quarto, coloca as duas mãos nos ombros de Jess e dá um beijo na bochecha dela.
— Estou indo até a Duane Reade. Quer alguma coisa?
Jess pergunta:
— Posso ir?
— À Duane Reade?
Ela olha para ele.
Ele titubeia.
— É porque você não quer que eu conheça a Tenley? Ela vai estar lá, não vai?
— Talvez esteja — ele dá de ombros.
— Então o que é? Você tem medo de que eu seja rude? Porque estou sempre "pronta para arrumar briga"? — Foi literalmente o que ele disse na semana anterior, quando Jess se sentiu compelida a discutir com a namorada de David que, não importava o quanto uma atividade pudesse parecer entediante, nunca era adequado dizer que era "programa de índio", embora Abby não quisesse dizer nada com isso, e Jess precisava mesmo mencionar genocídio na conversa?
Ele não diz nada, e Jess sabe que é isso mesmo.
— Você tem vergonha de mim? — Jess pergunta. — É isso?
A verdade é que, às vezes, ela tem vergonha dele. Como na vez em que ele usou shorts cor-de-rosa com estampa de barquinho no brunch com as Garotas do Vinho, ou na mesma ocasião, quando ele deu uma palestra de dez minutos sobre dominância estocástica de segunda ordem, embora todos estivessem visivelmente entediados e os ovos estivessem esfriando. Mas tudo isso parece de menor importância e desnecessário. Ela não quer que ele seja uma pessoa diferente, só poderia, às vezes, ser uma versão ligeiramente atenuada da pessoa que é. Mas ela teme que ele

queira que ela seja diferente. Que fale menos. Que seja branca. Que se encaixe. Que impressione Gil.

— Jess, sério. Não é isso. — Ele está tocando o colarinho, mentindo, e Jess não acredita nele, é isso mesmo, com certeza. — Estou surpreso que você queira ir. É só isso. Não é exatamente... a sua galera.

Ela olha para ele. Sem piscar.

Ele assente lentamente.

— Está bem, você pode ir.

A sala de jantar de Gil está surpreendentemente quente, já que é do tamanho de um hangar. A mesa está posta para vinte pessoas, e Jess conta quatro taças de cristal em cada lugar, e isso significa que há oitenta taças de vinho ao todo.

Há cerca de meia dúzia de talheres entre o lugar dela e o de Josh. Na mesa, ela acena tristemente para ele e diz:

— Bem, acho que devo dizer adeus.

E ele ri e responde:

— Você vai conhecer outro alguém.

Mas Jess está entre duas pessoas muito velhas, nenhuma das quais parece interessada em falar com ela, mesmo quando se inclinam sobre ela para resmungar uma com a outra.

Ela se oferece para trocar de lugar, mas, por algum motivo, não aceitam.

Ao lado de Jess, o homem confunde os talheres, mexe o café com a colher dela, espeta folhas de alface com o garfo dela. Mas ele é tão velho — tem cem? Cento e sessenta e cinco anos? — que Jess não tem coragem de corrigi-lo.

Além disso, esta noite Jess pretende se integrar. Ela vai sorrir e concordar e, se alguém disser algo ofensivo, apenas vai respirar e contar até dez. Ela está Fazendo um Esforço.

Na outra ponta da mesa, Jess olha para Josh e para de respirar: Tenley. Ela está sentada ao lado dele, com a cabeça voltada para ele, sorrindo. Está distraída passando um dedo com a unha feita na borda de uma taça de vinho e tem uma pulseira de ouro pendurada graciosamente no pulso fino.

Jess só consegue vê-la de perfil, o pescoço com algumas sardas, o cabelo louro preso num coque baixo. Ela está usando uma blusa de seda sem mangas, os ombros bronzeados e angulosos, praticamente eróticos. A blusa parece simples, mas Jess tem certeza de que, se procurasse na internet, descobriria que é de grife.

Claro, Jess pensa. Ela é o tipo de mulher que a fará se sentir suada e desleixada. O tipo de mulher que escova o cabelo no salão três vezes por semana, que não tem medo de cera quente e cujas unhas estão sempre bem cuidadas. O tipo de mulher que usa uma blusa branca de seda para um sêder, para beber vinho tinto e comer peito bovino.

Gil fala alguma coisa, e todos riem. A mão de Tenley — cinco dedos com unhas perfeitas — move-se para se apoiar no braço de Josh, o espaço entre o bíceps e o cotovelo, e Jess sente algo dentro dela, vago e instintivo: pânico. Além da óbvia beleza de Tenley, é impressionante como ela fica bem perto de Josh. Como Barbie e Ken. Ou Tom e Gisele.

É bem, bem pior do que Jess pensava.

Ela manda uma mensagem para Josh por baixo da mesa.

Por que não estamos sentados juntos

Ela ergue o olhar. Ele está com a cabeça virada, ouvindo algo que Gil está dizendo.

Ela observa as mãos de Josh. Ele ergue a taça de vinho, passa manteiga no matzá com uma pequena faca, usa um guardanapo para enxugar a boca. Ele não responde.

Mas depois: *normal nessas coisas separarem casais*

E, de fato, Gil e a esposa estão sentados em lados opostos da mesa, como se fossem da realeza.

quero sentar ao seu lado
quero sentar no seu colo

Jess está entediada.

quero sentar no seu pau
quero suas bolas de matzá

Josh a ignora.

Gil fala agitando as mãos, e todos estão rindo. Tenley diz algo para Josh, seu cabelo agora está solto, e roça o braço de Josh quando ela se inclina para ele. Ele não se afasta.

O coração de Jess para.
O celular dela vibra.
Um emoji de Josh: uma berinjela.
Jess sorri.
Por fim, Gil faz um brinde. Ele diz:
—Bem-vindos.
E conta a história da Páscoa judaica, o êxodo dos judeus do Egito. Ele diz:
— *Chag Sameach! L'chaim!*
E todos tocam as taças e bebem champanhe.
— E agora estamos prontos para o *Ma Nishtana*. Tenley?
A esposa dele explica ao grupo:
— Nossa convidada mais jovem, nossa sobrinha, agora fará as Quatro Perguntas.
Alguém que bebeu muito vinho e acha graça grita do outro lado da sala:
— Achei que tinha que ser judeu para fazer isso!
Gil oferece ao comediante um sorriso morno:
— Ela é um membro honorário da tribo — depois continua: — Pode começar, Tenley.
Mas Tenley se inclina para a frente, faz contato visual com a mesa e, com um brilho nos olhos, responde:
— Na verdade, eu *não* sou a convidada mais jovem. — O sotaque dela, que tem um toque refinado e breve, faz Jess pensar em um monarca europeu, embora Jess tenha certeza de que ela é de Chicago. Ela continua: — Para falar a verdade, Josh é mais novo que eu.
Tenley se vira para ele e diz (em tom de flerte, Jess acha):
— Ele nasceu em agosto. Eu sou de maio.
Todos se voltam para Gil, que dá uma risada para Tenley:
— Não se pode discutir com a tradição.
A esposa dele ri, e todos riem como se ele tivesse contado alguma piada fabulosa.
Gil aponta um braço na direção de Josh.
— Tudo bem então, filho — diz ele. — Você sabe o que fazer.
Josh diz:

— Espera um pouco... — e todos riem mais uma vez.

— Não — diz Gil, balançando a cabeça amigavelmente. — Não vai fugir dessa responsabilidade.

Josh diz:

— A questão é — e ele se inclina sobre a mesa, examina meia dúzia de perfis e olha para Jess: — É que eu sei que pelo menos uma pessoa nesta mesa é ainda mais nova do que eu. — Ele sorri e aponta: — Jess.

Todo mundo olha para ela. A linha tênue entre se sentir invisível e o assunto de uma piada.

— Ela é um ano mais nova do que eu — explica Josh. — Ela entrou no jardim de infância quando tinha quatro anos.

— É mesmo? — Gil pergunta secamente.

E Josh assente e sorri, sem noção.

— Não a deixe com vergonha — diz Tenley, tocando o braço de Josh.

E Jess diz, alto demais:

— Não estou com vergonha, nem um pouco!

Josh diz:

— As perguntas estão nos marcadores de assento. — Ele levanta o dele para ela ver. — Aqui, Jess. Você vai dizer isso aqui.

Gil franze o cenho, e Tenley diz:

— Josh... — E move a mão mais para cima no braço dele, os dedos dela estão apoiados quase como se fossem proprietários daqueles bíceps. Isso deixa Jess furiosa. O cabelo dela, as unhas feitas e aquela postura, isso é demais.

Jess esbraveja:

— Está tudo bem. — Ela olha diretamente para Tenley e começa: — Por que esta noite é diferente de todas as outras noites?

Jess recita as perguntas com clareza, com confiança praticada, e, quando ergue o olhar, os outros convidados estão olhando, desnorteados e entretidos, provavelmente se perguntando, entre outras coisas, quem é ela afinal de contas.

Todos menos Gil.

Ela encontra o olhar dele, e ele com certeza está apenas revoltado.

Depois que os pratos do jantar são retirados, os garçons aparecem oferecendo café e sobremesa: bolo de matzá com compota de morango fresco servido em porcelana de verdade. Jess revira os olhos. Mesmo que Gil não saiba que ela é alérgica, é claro que ele tentaria assassiná-la. Ela está prestes a sinalizar para um garçom *não, obrigada*, quando atrás dela alguém diz:

— Senhorita?

Ela se vira e, ao seu lado, está um garçom.

Ele está segurando um prato de sobremesa que parece estar levitando, a palma da mão escondida embaixo como se ele fosse Houdini. Como os outros garçons, está de fraque, um verdadeiro profissional.

Antes que Jess possa rejeitar, ele coloca o prato na frente dela, e, quando ela olha para baixo, lá está o bolo de matzá, mas tem pêssegos no lugar dos morangos. Uma sobremesa especial só para ela.

Ela olha para Josh.

Quando ela chama a atenção dele, aponta para o prato com o garfo e ergue a sobrancelha.

Ele dá uma piscadela.

O coração dela palpita.

Após a sobremesa: drinques. Todos entram na biblioteca para interagir. Jess é arrastada para círculos de festa como correntes marítimas. Ela conversa com um advogado, com um gastroenterologista e com o embaixador do Peru; ela se esforça para evitar falar com Gil; por fim, ela se vê perto de Tenley.

Elas se apresentam, formalmente, e Jess pensa naquele jogo — como é que se chama? Dez minutos com Mussolini? Pergunte qualquer coisa a Einstein? — em que o objetivo é fazer uma única pergunta para alguém famoso, alguém morto ou alguém famoso e morto, para descobrir alguma verdade. É o que isso parece. Jess quer que Tenley revele coisas, mas quer ser estratégica.

As duas estão segurando seus drinques, sorrindo com cautela uma para a outra.

— Então — Jess diz, por fim —, você e Josh? — Não é o jeito mais astuto ou sutil, mas ela está com o tempo contado.

Tenley diz:

— Meu Deus. Rá. Isso foi há um milhão de anos. Nós éramos apenas crianças. Primeiros beijos e essas coisas.

Primeiro beijo? Josh tinha mentido? Por quê? Claro que não havia Lindsey nenhuma. Ou Tenley estava falando em metáforas? Foi por isso que ela usou o plural? Não se pode ter mais de um primeiro beijo. Embora Tenley provavelmente fosse o tipo de mulher que você poderia beijar pela primeira vez mais de uma vez. Ela tinha aquele charme e era especial.

Jess deve parecer em choque porque Tenley rapidamente acrescenta:

— Ele fala de você o tempo todo.

Com certeza, isso não é verdade. Por que ela diria isso? De repente, Jess se dá conta: Tenley está tentando ser legal. Jess queria que ela fosse perversa, distante, superior, bonita. Mas que sentisse pena? Isso é muito pior. Como se Jess fosse alguém que precisasse se preocupar com o namorado. Como se precisasse ser tranquilizada.

Jess diz:

— Vocês se veem bastante.

O que... nem é uma pergunta. Jess está acelerando o ritmo da conversa. Expondo sua insegurança. Mas está ficando sem tempo. A esposa de Gil já está passando pela sala agradecendo a presença das pessoas.

Tenley está serena.

— Josh é um rapaz bacana. — Ela ri. — Tenho certeza de que um brunch pomposo na cidade com meu tio é o último lugar onde ele gostaria de estar.

Mas é óbvio que isso também não é verdade.

Finalmente, é hora de ir embora. Jess está no saguão, vestindo a jaqueta, quando Josh a encontra. Eles estão sozinhos. Ele enfia a mão por dentro da jaqueta e por baixo do suéter dela e dá um beijo molhado em sua boca.

— Me fala de novo — diz ele, passando a mão pela barriga dela — o que você disse na mensagem que queria fazer.

— Ei. — Jess o afasta. — Alguém vai nos ver. — Mas ela não fala sério. Ela não se importa.

— Então talvez seja bom dar um entretenimento a eles. — Ele a puxa para mais perto, com as mãos cruzadas em suas costas.

Jess está rindo baixinho na boca dele quando alguém pigarreia atrás deles. Gil.

Josh se vira. Ele tira as mãos da cintura dela e as coloca nos bolsos. Gil diz:

— Posso falar com você em particular? — Ele está olhando para Jess. Ela diz:

— Eu?

Ela olha para Josh, mas ele apenas dá de ombros.

— Venha por aqui — diz Gil. — Vai levar só um minuto. — Mas ele a conduz por um corredor, depois por outro e por uma escada, até que Jess pensa: *Ninguém vai ouvir se você gritar.*

No escritório, ele a olha nos olhos e diz:

— Você e Josh estão bem próximos.

— Ah. — Jess se recosta, surpresa, mas nem tanto, não de verdade.

— Você se lembra de uma conversa que tivemos? Quando você entrou no fundo? Embora seu tempo lá tenha sido curto, imagino que se lembre disso. Quando expressei minha preocupação sobre certos conflitos de interesse?

Jess tira a jaqueta e diz:

— Está quente aqui?

Ele se inclina para a frente, apoia os cotovelos na mesa e cruza as mãos à sua frente.

— Você se lembra daquela conversa?

Jess odeia muito essa porra desse cara.

— Não — ela diz, e pisca inocentemente. — Não posso dizer que me lembro.

A expressão dele não muda, mas seus olhos ficam sombrios. Ele diz:

— Olha, mocinha. Eu não gosto de joguinhos. Independentemente do que você se lembra, acho que vale a pena repetir que o trabalho de Josh requer foco. O fundo é a prioridade dele e precisa vir em primeiro lugar. Você está se mostrando uma grande distração. E não pela primeira vez, devo acrescentar. — Ele se inclina para trás e continua: — Josh não pode ter distração alguma agora. Seu futuro é brilhante demais.

— Acho que ele é muito inteligente — diz Jess, possivelmente concordando.

— Bem — diz Gil —, somos dois. Fico feliz por concordarmos. Meu conselho para você seria parar de distraí-lo.

O coração de Jess está acelerado. Ele quer que ela termine com Josh, provavelmente para ele ficar com Tenley, sua linda sobrinha loura. Então ele poderá deixar o fundo nas mãos de Josh, sem reservas, e todos eles podem continuar vivendo suas vidas perfeitas sem pagar impostos.

Jess percebe que estava certa o tempo todo, mas também está um pouco assustada. Isso está acontecendo mesmo. A vida dela é uma novela. Ela nem culpa Gil. Josh e Tenley fazem muito sentido juntos. Ela pode imaginar um futuro específico se abrindo diante deles: jantares de fundos de investimento e uma casa nos Hamptons, um saldo bancário de oito dígitos, um anúncio de casamento no *Times*; filhos e filhas saudáveis e louros. Eles nunca, nunca iriam discutir. Até Jess pode ver isso.

Ela retruca:

— Acho que o Josh me considera uma distração positiva.

— Sujar o nome dele na internet é algo positivo? Chamar o trabalho que ele faz de criminoso? Alegar que alguns dos melhores gestores de fundos da indústria recebem dinheiro demais por pouco desempenho? Você tem sorte de não ser processada por difamação.

Uau. Jess não consegue acreditar que Gil leu o que ela escreveu. Ele está citando um artigo recente sobre lucros de *hedge funds*. Era uma publicação popular, mas ela não achava que Gil tivesse lido.

Ela não consegue evitar — está lisonjeada. Ou estaria, se isso não fosse completamente irrelevante. Se ele também não estivesse ameaçando processá-la.

O título do artigo era *Siga o dinheiro: Como a dedução da taxa de performance está gerando a nova cleptocracia*, e mostrava como os fundos fluíam de bilionários de *hedge funds* para campanhas políticas. Como parte da história, Jess criou um diagrama com círculos nos quais era possível clicar para ver como o dinheiro passava de uma pessoa rica para outra, de investidor para gestor de *hedge funds* e para lobbies da indústria, as vastas somas de dinheiro não tributado que revestiam os cofres da nova cleptocracia.

Os círculos tinham formato de alvos, com os doadores políticos mais ricos no centro e, naturalmente, Gil era um deles.

— Bom, entendo que ele nem sempre fique animado com o meu trabalho — eles já haviam brigado por causa desse mesmo artigo —, mas sempre discordamos sobre essas coisas. E, bom, eu o amo, e ele me ama. — Ela engole em seco. — Quero dizer, no geral eu sou uma... distração positiva.

— É mesmo?

— Bom... sim? — Jess gostaria de ter dito isso com mais convicção.

— Não — diz Gil, balançando a cabeça.

— Não?

— Uma distração é uma distração.

— O que quer dizer?

— Você é uma jovem inteligente. Deixo para você intuir o que quero dizer.

— Então... você está me pedindo para terminar com ele?

Gil diz:

— Estou pedindo que você pense no futuro dele.

— Mas eu faço parte do futuro dele.

Ele olha para ela, e Jess não sabe dizer se é com pena ou nojo. E então diz:

— O futuro de Josh é muito maior do que vocês dois.

No carro voltando para casa, Jess está furiosa.

— Gil veio meter pressão em mim — diz ela assim que fecham as portas.

Josh olha para ela, achando graça.

— Ele meteu o quê?

— Você sabe, me passou um sabão, tanto faz.

— Passou sabão em você?

— Sim — diz Jess indignada. — Ele me chamou na sala dele com o propósito expresso de passar sabão em mim.

— Então, espera aí. Gil meteu em você? — Está escuro, mas ela pode ouvir o sorriso em sua voz. — E então ele te ensaboou?

— Não ria de mim. Isso não é uma piada.

— Então fale direito, Jess. O que exatamente você está tentando me dizer?

— Aquele Gil é um babaca!

— De alguma maneira, acho que nós dois já sabíamos disso. — Ele morde um sorriso, mas a expressão no rosto de Jess o desfaz. — Então o que aconteceu?

— Ele me disse que eu era uma distração. Que eu deveria deixar você em paz. Que não fazia sentido deixar isso acontecer, já que obviamente sou uma Marilyn e você vai acabar com uma Jackie. Ele quer que você se case com a Tenley. Eu tinha apenas noventa por cento de certeza antes, mas agora eu sei, com certeza.

— Ele te comparou com a Marilyn Monroe?

— Bem, não, não com essas palavras, mas isso estava implícito. Como se eu fosse apenas uma pessoa frívola, que não é boa o suficiente para seu precioso protegido, Josh. — Ela faz uma careta. — Como se eu fosse apenas uma... prostituta da ralé tentando chegar à suíte da cobertura agarrada no seu casaco.

— Então, nessa analogia, eu sou... o presidente dos Estados Unidos?

— Não tem graça, Josh.

— Você fica muito bonitinha quando está com raiva, sabia?

— Está brincando comigo?

— Como um coelhinho selvagem. — Ele estende a mão por cima do banco e aperta o nariz dela entre os nós dos dedos.

Ela dá um tapa na mão dele.

— Bem, que bom que você acha essa porra engraçada. Fico feliz que você e Gil pensem que sou a porra de uma piada. — A voz dela falha.

— Sério, Jess, calma. — Ele agarra as duas mãos dela e esfrega os polegares nos seus pulsos. — Não fique tão chateada. Pare de se preocupar com a Tenley. Isso está deixando você louca. Eu te amo. Você sabe disso. Você tem que parar de me criticar. Além disso, desde quando você se importa com o que o Gil pensa?

— Ele acha que eu não deveria ser sua namorada!

— E daí?

— Isso não te incomoda?

— Jess, não. Por que incomodaria?

— Mas você valoriza a opinião dele.

— Sim, sobre o trabalho. Além disso, não acho que ele estava dizendo o que você pensa. Acho que ele ficou assustado com algumas das coisas que você escreve. De qualquer forma, não fico perdendo o sono com o que ele pensa sobre a minha vida pessoal.

— Sério? — Jess está cética. Ele se desdobrou de todas as maneiras para garantir que Gil não soubesse que eles estavam juntos. O que mudou? Jess não está convencida da convicção dele; ela acha que pode ser apenas o vinho Manischewitz falando.

Josh tira o cinto de segurança e chega mais perto dela. Ele acaricia seu ombro e beija seu cabelo e seu rosto. Ele diz:

— Sério.

Ela apoia a cabeça no ombro dele.

— Bem, então você deveria me defender. Diga a ele que você o odeia e que está saindo do fundo, a não ser que ele se desculpe.

— Claro, Jess. — Ele acaricia o braço dela. — A primeira coisa que vou fazer na segunda-feira de manhã. Primeiro vou meter pressão nele e depois vou ensaboá-lo.

— Ótimo.

Josh sorri.

— Ninguém mexe com a minha Marilyn Ralé e sai impune.

Dezoito

Josh lê sobre um evento astronômico, um satélite, um cometa ou algo assim, que vai passar, pela primeira vez, pela única vez ou pela última vez, na atmosfera. Ele faz Jess ficar acordada para que possam ver Plutão, Júpiter ou alguma outra luz no céu à noite.

Às três da manhã, os dois sobem as escadas de serviço até o terraço.

Josh colocou um cobertor sobre os ombros, e Jess está segurando o que parece ser um kit de primeiros socorros — uma caixa de plástico com uma cruz vermelho vibrante estampada —, mas na verdade é onde eles guardam a maconha.

No topo da escada, Josh faz um esforço para abrir a porta de metal, e então a cidade aparece na frente deles. As luzes brilham cintilantes em meio à poluição e, quando Josh segura a mão de Jess, parece que é véspera de Natal.

Ele sacode o cobertor no ar, como um toureiro. O tecido ondula por um instante e depois flutua no telhado, preto, macio como areia.

Jess abre o kit de primeiros socorros e tira de lá um cachimbo de vidro, que eles passam um para o outro, fumando em silêncio, até que Jess se sente chapada de um jeito agradável.

Eles estão deitados de costas, de mãos dadas, olhando para o céu.
Depois de um tempo, Jess diz:
— Ei, Josh.
Ele responde:
— Sim? Consegue ver alguma coisa?
O céu está baixo, cinza e nebuloso, e o que parece ser uma estrela, um planeta ou um asteroide em chamas, olhando mais de perto, é na verdade a luz de um avião.

Josh ri.

— Está extremamente nublado.

— Espera — Jess aponta para o céu. — Está vendo aquela constelação? As estrelas que parecem formar três pontas? — Ela traça um zigue-zague com o dedo. — Está vendo? Que parece uma folha?

Josh assente.

— É a Cannabis Majoris. Os antigos gregos a usavam para mapear o caminho no céu noturno de um festival de música para outro.

Josh dá risada.

— Mas você quer que eu diga o que é esse grupo de estrelas na realidade?

— Não.

Ele ri de novo.

— Tudo bem.

Ela se senta e cruza as pernas. Josh se apoia no cotovelo e olha para Jess. Ela pressiona com cuidado a maconha no cachimbo, e eles se sentam e fumam até que o canto da visão fica embaçado.

— De onde veio esse isqueiro? — Jess pergunta, abrindo e fechando a tampa. — Parece uma relíquia de família. Gostei dele.

— Gil me deu.

Jess não diz nada.

— Você não o suporta mesmo.

— Ele me demitiu sem motivo. Ele chamou a mim, um ser humano, uma pessoa, sentada na frente dele, de "uma distração". Ele acha que nós deveríamos terminar.

— Jess... — Ele parece triste.

— Ele acha que eu não sou nada. Todos eles acham.

— Eles?

— Você sabe quem. — Jess diz, em um tom sombrio. — A galera do Corporações-são-pessoas-Motivações-de-lucro-não-podem-ter-conflito-com-o-bem-público-Se-impulsione-sem-a-ajuda-de-ninguém-Discriminação-é-uma-conspiração-da-esquerda-Minha-realidade-é-a-realidade-objetiva-então-todos-podem-calar-a-porra-da-boca-para-que-possamos-jogar-golfe.

Josh começa a dizer algo, então para, depois começa e para de novo. Por fim, ele decide dizer:

— Eu lamento.

Ele suspira.

Deita de costas, fecha os olhos, aponta o queixo para o céu.

Até que por fim ele diz:

— Você sabe que não importa, certo? Já olhou para as estrelas — ele olha para as estrelas — ou, sei lá, contemplou o universo e pensou que era só isso? Besteira? Bobagem sem sentido? Nada disso importa.

— Importa para mim.

— Mas por quê? Não é... real.

— Josh?

— O que foi?

— A próxima coisa que você vai dizer é "existe apenas uma raça, a raça humana"? Porque, se for, vou te estrangular.

Ele ri.

— Sério, Jess. Você não entendeu o que estou tentando dizer?

— Não sei. Talvez.

— Olhe para isso. — Ele faz um gesto com o braço livre. — É tudo tão vasto. Quer dizer... caralho.

Jess olha para cima, de novo, e é verdade. Atrás das nuvens, o céu é preto, salpicado de estrelas. Algumas brilham, e outras estão desbotadas, perdendo força. Jess pensa em planetas, universos, galáxias, vida, morte e células.

Josh pega o cachimbo e o avalia em todos os ângulos. Por fim, diz:

— Isso faz muito mal, sabia?

— Bem, que bom que nada importa e todos nós vamos morrer. — Jess abre o isqueiro e oferece a chama a ele.

— Não foi isso o que eu quis dizer. — Ele se inclina para a frente e aceita o fogo, soltando fumaça pelo canto da boca, como um dragão. — Quero dizer, essa perspectiva pode ser uma forma de paz. Não que você seja insignificante, mas, se puder ver através de todas as camadas dessa merda, mesmo que momentaneamente, tudo fica... mais fácil. — Ele faz uma pausa, bate no cachimbo. — Além disso, eu estava me referindo à fumaça. Você deveria usar um cigarro eletrônico. É melhor para você. Os efeitos da combustão da erva seca podem causar danos significativos ao sistema respiratório superior.

— Desculpa — Jess diz, piscando. — Estamos falando de metafísica ou câncer de pulmão?

Ele ri.

— Ambos? — Então: — Mas com toda a seriedade. Não estou tentando ser um babaca ou dizer a você como... interpretar o mundo. Só pensei que uma maneira diferente de ver as coisas poderia ser útil.

— Não é.

— Por que não?

— Não preciso de mais motivos para me sentir pequena.

— Ah, Jess. — Ele olha para ela com tristeza e pega sua mão. — Você não é pequena para mim. Você sabe disso, certo? Para mim, você é... tudo.

Ele olha para ela, e ela olha para ele e então ri.

— O que foi?

— Sei lá. Você estava apenas falando sobre as leis incontestáveis da natureza, os efeitos da combustão no trato respiratório superior e a falta de sentido da existência e então você, tipo... joga essa cantada. É engraçado. — Ela forma um meio sorriso na boca. — Pensamentos profundos de uma aula de ioga.

Josh ri.

— Você tem razão. Isso foi péssimo. Eu só estava tentando dizer que... eu me sinto conectado a você, em um nível que parece biológico para mim, eu sinto mesmo, mas... foi péssimo. Foi ridículo o que eu disse. — Ele rola para trás, com o rosto virado para o céu, e as mãos cruzadas atrás da cabeça. — Acho que estou muito chapado.

Jess se deita também. Josh estende o braço para ela, e ela se aproxima, deixando-o abraçar seu corpo. Os narizes estão se tocando.

— O que você acha que vai acontecer agora? — ele pergunta.

— Como assim?

— O que você acha que o futuro reserva? Onde estaremos daqui a dez ou trinta anos?

— Tipo, se vamos ficar juntos?

Ele faz que sim.

— Espero que sim.

— Eu também.

Jess diz:

— Se um dia nós terminarmos, eu vou me matar... e depois vou matar você.

— Obrigado — ele ri. E então diz: — Como você acha que seria?

— A cena do crime?

— Não, nós, quando formos velhos... mais velhos.

— Não sei.

— Nós teríamos um cachorro — Josh finalmente declara — e moraríamos no subúrbio, engordaríamos e desistiríamos da vida. Brigaríamos bastante por causa do lixo.

Jess sorri no escuro.

— Jess — Josh diz, e sua voz é séria. — Nós nos divertimos juntos, não é?

Ele pega a mão dela e aperta.

Jess aperta a mão dele e diz, quase com tristeza:

— Nos divertimos.

Mais tarde, enquanto Josh dorme ao lado dela, Jess fica refletindo. Como é fácil para ele separar as coisas. Dividir o mundo em binários fáceis: real e não real, importante e trivial. O que me afeta e o que não me afeta. Se ele não pode ver, então não é real; é o empirista nele. Jess olha para cima e se pergunta o que ele vê quando olha para ela. Quanto dela ele vê. Ela se pergunta se, para ele, ela é totalmente real. Ela se pergunta se a abertura de sua mente é grande o suficiente para ela caber em sua totalidade. Meio adormecido, Josh murmura: "Te amo", depois se vira e dá um beijo no ombro dela. Ela o beija também e então se permite parar de se perguntar.

Josh vai pescar com David em Montana no feriadão. Enquanto ele está fora, Miky e Lydia visitam Jess. Elas bebem margaritas e tocam música pop em todos os cômodos do loft. Fazem uma bagunça no banheiro, aplicando máscaras faciais coreanas e fazendo as unhas das mãos, derramando maquiagem e margaritas, enquanto Miky grita:

— Noite das mulheres!

Jess está tirando o esmalte dos azulejos quando Josh volta, cheirando a lona e água do lago, com uma barba à espreita.

— Limpando a cena do crime?

— Josh! — Ela está tão feliz em vê-lo. Eles se abraçam e se beijam, e ele sorri no pescoço dela.

— Oi, Só Jess.

— Então — diz ela, inclinando-se para trás nos braços dele —, trouxe o que pra mim?

— Só um pouco do amor de Montana para o meu amor. — Ele sorri, batendo na bunda dela, puxando-a para mais perto.

Ela ri.

— Não, mas sério.

Ele dá risada, puxa uma pequena sacola plástica de presente do bolso.

— Isto.

Jess abre a sacola e vê um pacote de chocolates no formato de cocô, com as palavras EXCREMENTOS DE ALCE impressas no rótulo.

Ela olha para ele, ri de novo.

— Nojento!

No trabalho, eles assistem às primárias republicanas como se vissem um acidente automobilístico: sem piscar, consternados, ligeiramente enjoados. Quando Donald Trump é oficialmente declarado o candidato presidencial — seu filho revela os votos finais para a delegação de Nova York —, todo o escritório emite um gemido coletivo.

Jess se vira para Dax do outro lado da baia. Ele se levanta de repente, enfia a cabeça no armário de metal acima da mesa, procura por um minuto e depois tira dali um maço de cigarros amassado.

— Bom — diz ele, fingindo entusiasmo. — Esperei até o fracasso total do experimento norte-americano para poder voltar a fumar. — Ele bate o pacote na palma da mão. — E cá estamos nós.

Então ele sai.

O editor se materializa na mesa de Jess. Ele aparenta sentir uma leve dor — refrigerante que desceu pelo tubo errado, um corte de papel, uma topada no dedo do pé — e diz apenas:

— Acho que precisamos atualizar os mapas.

— Sim, claro — Jess diz, assentindo. Ele está se referindo aos mapas eleitorais interativos que ela vem estruturando, um modelo visual de possíveis resultados eleitorais, que até então não incluía Donald Trump como candidato provável.

— Simplesmente não posso acreditar que ele ganhou de fato, que está, tipo, na metade do caminho para a presidência — diz Jess, atordoada.

— Somos dois. Aquele cara. — Ele balança a cabeça em descrença. — Nojento.

As Garotas do Vinho dão uma festa. O drinque principal é o tequila sunrise, com três doses de tequila para uma dose de suco de laranja, e todo mundo está acabado em meia hora. Josh diz:

— Vamos dar o fora daqui.

Está fazendo um frio fora de época, e todos trouxeram suéteres e casacos, que estão todos em uma pilha gigante na cama de alguém.

No quarto escuro, eles tateiam a cama em busca dos casacos.

— Acende a luz — diz Jess. — Não consigo ver.

Josh atravessa o quarto, passa a mão pela parede oposta.

— Não consigo achar o interruptor.

Na frente da cama, ele pega Jess pela cintura.

— Esquece o casaco. Sei de outra coisa que a gente pode fazer no escuro.

Ele coloca a palma da mão no peito de Jess e a empurra para trás.

Ela cai toda aberta na bagunça de casacos, rindo. É como uma nuvem, feita de casacos acolchoados da Patagonia e agasalhos de algodão.

Josh se posiciona sobre ela, e eles começam a se beijar e a se apalpar na pilha de roupa dos outros.

Jess está gemendo e dizendo *ah ah ah* quando a luz acende.

Eles piscam e veem alguém parado na porta.

Josh levantou a blusa de Jess e está segurando seu seio nu. Ninguém se mexe.

O estranho puxa um casaco da bagunça.

Ele lança um olhar fulminante para Josh e Jess.

— Vão para um quarto — diz ele, fechando a porta. — Que nojento.

No loft tem uma espécie de compartimento, entre a cozinha e a sala de jantar, onde guardam a correspondência fechada e os cardápios da entrega do restaurante birmanês, edições antigas do *Financial Times* e pilhas de moedas canadenses, e onde a faxineira deixa uma miscelânea de coisas de casa em uma grande cesta de tecido encostada na parede.

Jess está vasculhando a cesta, procurando por uma pilha D, quando um lampejo de vermelho chama sua atenção. Ela se inclina, espia dentro da cesta. Dentro: um boné vermelho cor de sangue, com letras brancas bordadas na frente. *Make America Great Again*. Ela pisca duas vezes, como se fosse possível desver o que vê. Não é.

Ela tira o boné da cesta, segurando-o com a ponta dos dedos, como se fosse uma fralda suja.

— Ei, Josh — ela chama. — Você pode vir aqui?

— O que foi? — ele responde, do quarto.

— Só... vem aqui! — Jess diz, tentando não demonstrar pânico na voz. Obviamente, ele terá uma boa explicação.

Ele aparece atrás dela.

— Chamou?

Jess está agachada sobre a cesta e se levanta. Ela pega uma caneta, que usa para segurar o chapéu pendurado pela alça, vira e apresenta a ele a evidência.

— O que é isso?

Ele suspira.

— David comprou para nós. Foi uma brincadeira — diz. — Obviamente.

Não é óbvio.

— Uma *brincadeira*?

— Jess...

— Que porra de brincadeira é essa? Qual é o seu problema?

— Jess, por favor, calma. Eu sei que você odeia o Trump, mas é só um boné — ele diz devagar. — Não pode te machucar.

Mas machuca.

Ele ergue as mãos, como se estivesse domando um gato selvagem.

— É só... um boné.

— Você usou?

— O quê?
— Você usou, Josh? Você colocou. Isto. Na. Sua. Cabeça?
Ele hesita.
— Bem rápido. Foi uma bobagem. — Ele balança a cabeça. — Não foi nada. Não é como se eu estivesse usando em Nova York. Foi para uma foto idiota. David queria...
— Para uma *foto*? Então você está me dizendo que não só colocou isso... isso... — ela aponta a caneta e o chapéu para o peito dele — este *boné* na sua cabeça, mas tem uma *foto* sua com ele? Você está falando sério?
— Jess...
— Como você pôde trazer isso para nossa *casa*?
— Jess — ele diz. — Sério...
— Sério? Sério? Qual é a porra do seu problema?
O boné paira no ar entre eles, praticamente vibrando, em brasa. Jess mal consegue olhar para ele.
Ele diz:
— É só um boné.
Mas não é só um boné. O boné faz Jess pensar em racismo, ódio e desigualdade sistêmica, na Ku Klux Klan, em pastas no Pinterest de casamentos em antigas fazendas escravocratas, linchamentos, em George Zimmerman, nos cinco do Central Park, na discriminação de bancos e seguradoras, no gerrymandering e a estratégia sulista, décadas de propaganda enganosa, na Fox News e na rádio conservadora, em evangélicos raivosos, em estupro, pilhagem e espoliação, na plutocracia, no dinheiro na política, na queda do nível do discurso civil, no terrorismo doméstico, em nacionalistas brancos, em tiroteios em escolas, no medo crescente de uma maioria não branca e não falante da língua inglesa, na morte lenta da rede de seguridade social, na cultura de teorias da conspiração, na classe trabalhadora branca, no atomismo social, em reality shows, em fake news, no complexo prisional-industrial, no culto às celebridades, na garota da quarta série que disse a Jess que, já que ela — Jess — era "naturalmente impura", ela não podia ir à festa de aniversário dela, na compensação executiva, em homens brancos medíocres, no cara da faculdade que compartilhou com todos um artigo sobre como as pessoas que ou-

vem Radiohead são mais inteligentes do que as pessoas que ouvem Missy Elliott e, quando Jess disse "Isso é racista", ele disse "Não é, não", no fanatismo, em cobertores infectados com varíola, em caras repugnantes no metrô que passam a mão nas mulheres, em leilões de escravizados, em monumentos confederados, em Jim Crow, em mangueiras de incêndio usadas contra manifestantes, em separados, mas iguais, em piadas racistas que não têm graça, em trolls da internet, em incels, em campos de golfe que proíbem mulheres, em supressão de votos, na brutalidade policial, no capitalismo de compadrio, na corrupção corporativa, em crianças inocentes, tantas crianças inocentes, no movimento Tea Party, em Sarah Palin, em lunáticos que desconsideram a cidadania de Barack Obama, em terraplanistas, em direitos dos estados, em pornografia asquerosa, na teologia da prosperidade, nos torcedores de futebol bêbados que fizeram sons de macaco para Jess do lado de fora do Memorial Stadium, e isso aconteceu no décimo terceiro aniversário dela, em Josh — agora o boné faz Jess pensar em Josh.

Ele diz:

— É só um boné.

— Não é só a porra de um boné!

— Eu não digo nada quando você veste aquela camiseta do Black Lives Matter — diz ele.

Ele está calmo.

É revoltante.

— Você está falando sério? *Caralho*, está falando sério? Não é a mesma coisa!

— É retórica política — diz ele, de forma branda.

— Você está dizendo que lutar por justiça e igualdade é o mesmo... que chamar mexicanos de estupradores?

— Não, é claro que não. Mas essa é uma falsa equivalência, e você sabe disso. Você sempre faz isso. À primeira vista, nenhuma das afirmações é problemática. Não tente sugerir que não acho que vidas negras importam. Isso é desonesto. Mas seu ponto de vista, com o qual eu *concordo*, é que não são apenas as palavras em si, é a retórica em torno das palavras, todas as ideias e julgamentos que as animam, que podem ser "problemáticos" — ele usa aspas no ar e isso faz Jess querer fazer algo violento —, mas, se você criticar um, então você precisa criticar o outro também. Black Lives Matter é uma declaração política. Make America Great Again é uma declaração política. Ambas as declarações merecem ser interrogadas.

— Então você está me dizendo que Black Lives Matter é equivalente a Make America Great Again? Só estou repetindo, para que você possa confirmar que é realmente o que está dizendo.

— Não é equivalente, não. Você está colocando palavras na minha boca.

— Então é o quê? — Ela pode ver que ele está escolhendo as palavras com cuidado.

— São primos próximos.

Não escolheu com tanto cuidado assim.

— Você está de...

— O que quero dizer é que — ele levanta a mão para impedir que Jess interrompa —, quando você usa sua política no peito, eu não digo nada. Eu não fico bravo. Eu não pergunto qual é a porra do seu problema. Eu só... deixo pra lá.

— Então deveria deixar o racismo pra lá? Quando meu namorado traz para casa parafernália racista, devo apenas cuidar da minha vida?

A mandíbula dele ganha tensão.

— Não é uma parafernália racista.

— É, sim! É...

— Donald Trump é o candidato republicano, Jess! — Josh está finalmente com raiva. — O que você acha? Nem todo republicano é racista, Jess. Votar em um partido não é a porra de um crime. Não torna uma pessoa racista.

— Torna, sim! Só porque ninguém está literalmente reivindicando o manto do racismo... Mas, sinceramente, do jeito que as coisas estão indo, eu não ficaria surpresa se começassem a usar camisetas que dizem *Eu amo o racismo*. Só porque ninguém está batendo no peito e gritando "Eu sou um racista", não significa que não seja racista! Eles estão votando para perpetuar um sistema racista. É a definição literal de racismo! Como você pode dizer que isso não é racista? E o fato de o Partido Republicano ser noventa por cento branco? Noventa por cento! Um partido inteiro só para os brancos! Um partido cuja plataforma inteira é apenas um retumbante apito de cachorro. Imigração, cortes de impostos e direitos dos estados e da classe trabalhadora. É tudo uma baboseira racista!

— Então o que você está dizendo? Você está dizendo que eu sou racista? Eu sou racista, Jess?

Ela reflete sobre isso. Morde o lábio e fecha os olhos e pensa muito, muito sobre isso. Por fim, ela diz:

— Hum.

Ele balança a cabeça para o teto.

— Você não pode estar falando sério. Como *eu* poderia ser racista?

— O que quer dizer com isso? Tipo, por que não? Só porque você tem uma namorada negra? Como você acha que isso te imuniza?

— Você não pode estar falando sério.

— É sério! Não sou um passe para te livrar de ser racista, Josh. Só porque você tem uma namorada negra?

— Isso é um amigo negro a mais do que você tem — ele cospe, como se estivesse jogando uma lança.

Jess se inclina para trás, como se tivesse sido atingida.

— Do que você está falando?

A boca dele fica pequena.

— Do que você acha que estou falando? — Ele sacode a cabeça, furioso, extremamente revoltado. Se eles não estavam brigando antes, estão brigando agora.

— Dax é meu amigo! — Jess pode ouvir sua voz na defensiva. Estridente. Culpada.

Josh diz:

— Quem é esse tal de Dax?

— Meu amigo! — Josh está fazendo com que ela se sinta uma mentirosa. — Namorado do Paul. Você o *conheceu*.

— Certo, tudo bem. Um amigo. Estamos empatados.

Jess vasculha o cérebro, percorre os nomes e rostos de todas as pessoas negras que conhece, que já conheceu. Todos os nomes de pessoas negras em seu celular. Além de Dax: um cara que ela conheceu em um aplicativo e com quem teve um encontro. Alguém da faculdade. O pai dela. A lista não é longa. Josh está certo, tecnicamente — qual é a novidade? —, mas ele também está errado. Muito errado.

Jess diz:

— Meu ponto é que, só porque você tem uma namorada negra, não significa que não seja racista. — Ela para, reconsidera. — Só porque alguém tem uma namorada negra, não significa que esse alguém não seja racista.

— Você é inacreditável, sabia disso? — Ele não parou de sacudir a cabeça. — Primeiro, eu nunca disse isso. E dois, só para constar, a razão pela qual não posso ser racista é porque não sou racista. Eu dou dinheiro para todas as suas instituições de caridade, sou voluntário, o que você quer que eu faça? Que me jogue aos pés de cada pessoa negra no país? O que faria você pensar que não sou racista? Nada, é isso. Porque você está completamente atrelada a essa narrativa que criou em sua mente em que tudo e todos são racistas e que gritar sobre isso nas redes sociais é algo construtivo. E você está enganada.

— Estou *enganada*? Achei que você estivesse do meu lado! Todas aquelas vezes que você disse "É, Jess, isso é tão zoado, Jess. É uma merda, Jess. Sinto muito, Jess". Você estava, o quê, revirando os olhos nas minhas costas? — Ela sacode a cabeça. — Eu pensei mesmo que você tivesse mudado.

— Mudado?

— Achei que você tivesse crescido como pessoa. Que tivesse evoluído. Desenvolvido um senso mais profundo de empatia. Que estivesse se desconstruindo!

— Quer dizer que você pensou que eu era — ele zomba — *desconstruído*? Jess, sou a mesma pessoa de sempre. Foi *você* quem mudou. E não para melhor, para ser sincero. Desde que você conseguiu esse novo emprego, tudo o que você faz é postar esses artigos de merda e jorrar essa propaganda de esquerda de merda.

— Artigos de merda? Como é? Quando estávamos no telhado e você me disse que nada disso era real, você não quis dizer no sentido cósmico, quis dizer no sentido real? Você acha que eu só falo merda?

Ele não responde à pergunta.

— Nós sempre discordamos, Jess! E isso nunca foi um problema para você. Você aceitou isso! Agora, de repente, você está tão raivosa, sei lá... uma justiceira social sempre com motivo para reclamar. Você perdeu o juízo. Cadê a minha namorada legal e divertida? Por que de repente você está tão... fixada em tudo isso?

— Eu sempre me importei.

— Você sempre *disse* que se importava. Você falava mesmo bastante, mas nunca fez nada.

— Agora estou fazendo algo, e você está me acusando de ser louca!

— Você não está fazendo nada! Você está postando umas merdas que causam alvoroço na internet! E aí você acha que eu sou uma pessoa ruim porque, o quê, eu sou branco? Porque eu acho que a economia do lado da oferta é uma aposta inteligente? Como se, de repente, eu não fosse bom o suficiente porque não concordo com uma visão de mundo estúpida e limitada.

— É você quem acha que eu não sou boa o suficiente! Você nem queria que o Gil soubesse que estávamos namorando. Você estava com tanto medo de contar a ele porque ele é seu ganha-pão, e ele não gosta de mim porque não sou a porra da sobrinha perfeita dele, e sabe de uma coisa? Eu acho que às vezes você pensa isso também. Você gostaria que eu fosse diferente porque não me encaixo na imagem perfeita de como você sonhou que sua vida seria crescendo no lado errado da porra de Greenwich, Connecticut! Tudo o que importa é ser rico e ter dinheiro e foda-se o resto!

— Você é tão hipócrita.

— O que você disse?

— Você publica seus artiguinhos sobre como o Gil é esse barão ladrão, amigo capitalista inimigo da democracia, mas é mentira, Jess. Você é uma mentirosa hipócrita.

— Sou hipócrita porque apontei, com razão, que a riqueza concentrada é antitética a uma república funcional?

— Você não é exatamente um monge, Jess! Você também quer tudo isso! Você não pode ter as duas coisas. Você é hipócrita porque é isso que você também quer, Jess. Tudo isso — ele aponta para o mármore brilhante, as janelas, a vista, o chão, tudo, e Jess se sente mal.

Ele passa por ela em direção à geladeira e a abre.

— Isto. — Ele pega um pacote de fatias de jamón ibérico, dá uma olhada sem muita atenção. — Você gastou vinte dólares em cinco fatias de presunto!

— Não gastei!

Ele levanta o pacote e olha embaixo dele.

— Ah, desculpa. *Dezessete e noventa e nove*. Erro meu — sua voz pinga com arsênico. — Nossa, Jess, você é uma verdadeira heroína da classe trabalhadora. — Ele enfia a cabeça na geladeira. — E isso aqui? — Ele tira uma garrafa de suco orgânico da porta. — É só cenoura e água, e você pagou doze dólares por isso! — Ele está gritando agora. — Ah, desculpa, na verdade, *eu* paguei doze dólares por isso, com o dinheiro que ganhei trabalhando para o Gil Alperstein. Não ouvi você reclamando da desigualdade de renda quando comprou essa porra de suco. — Ele o sacode para ela, então bate a porta da geladeira. — Então ele baixa a voz e diz: — Sabe de uma coisa, Jess? — Ele espera até que ela o olhe nos olhos para dizer: — Somos exatamente iguais. Não estaríamos tendo essa conversa se você estivesse no meu lugar. Você não tem um problema com o sistema, apenas com o seu lugar nele.

Jess pisca. Ela começa a falar, mas sua voz oscila. Ela engole em seco. Por fim, diz, quase num sussurro:

— Não posso mais continuar com isso.

E então ela começa a chorar.

Ele fica desolado.

— Jess, desculpa. Eu não quis dizer isso. Eu odeio brigar com você, me desculpa. — Ele olha pela janela. — Você me chamou de racista, e eu só... Desculpa.

— É só isso?

— Desculpa.

— Está se desculpando exatamente pelo quê?

— Por... tudo.

Jess não acredita nessas desculpas. É ele quem sempre diz a ela para usar as palavras bem, pede que ela articule seus sentimentos com mais clareza. E isso, pensando bem agora, só deixa Jess mais irritada. É fácil para Josh argumentar com impassibilidade — afinal, é tudo um jogo para ele. Ele mesmo disse no telhado: nada é real. Mas é real para Jess. É muito real.

O boné ainda está no chão, onde Jess deixou cair. Ela o pega do chão e joga com força no peito dele. Ele fica momentaneamente assustado, mas o agarra. E então — e isso vai assombrar Jess —, ele o pega pela borda e bate duas vezes contra a coxa, sacudindo a poeira. Um gesto tão casual. Então o coloca sobre a mesa como se fosse algo que planeja pegar novamente. Como se fosse alguma coisa velha para deixar pela casa. Como se os últimos vinte minutos nunca tivessem acontecido. Como se os sentimentos dela não tivessem importância.

Ele nem percebe. A mão dele está no boné, distraidamente. Ele está olhando para ela, súplice. Ela não consegue suportar.

Ele diz:

— Desculpa.

— Você nem sabe pelo que está se desculpando!

— Eu...

Ela anda pelo apartamento jogando coisas — roupas, sabonete facial, laptop — em uma bolsa de viagem, enquanto Josh vai atrás dela dizendo:

— Jess, por favor, sério.

Ela o ignora e aperta o botão do elevador, impaciente e revoltada, com lágrimas escorrendo pelo rosto.

Josh tenta pegar a bolsa, mas ela a puxa de volta. Ele diz:

— Isso é loucura. Para onde você está indo? Por favor, fica.

Ele estende a mão para ela de novo, mas ela o afasta.

— Por favor, nada! Agora eu sei o que você realmente pensa! Você acha que sou uma interesseira hipócrita e uma mentirosa!

— Jess, sério, por favor. Eu não acho isso! Eu não quis dizer isso. Eu estava chateado.

Mas não importa se ele não quis dizer isso, porque ele não está completamente errado, o que talvez seja pior do que se estivesse.

Ela se cercou de coisas bonitas e de pessoas ruins e não pode nem bater a porta quando vai embora. Em vez disso, apenas fica ali em pé, furiosa, até o elevador parar na porta deles, abrindo silenciosamente e depois fechando silenciosamente — o sistema de acionamento é hidráulico, caro, de última geração —, e então vai embora.

Quando está lá fora, o celular dela vibra imediatamente.

Me desculpa, volta, por favor

Eu não quis dizer isso, eu estava chateado

Eu te amo

Não vai embora

Jess aparece na casa de Lydia, sem fôlego.

— Acho que eu e Josh terminamos.

— O *quê*? — Na cozinha, Lydia serve tequila em um copo térmico. — Por quê?

Jess se joga no sofá.

— Eu acho que ele é racista. Ou algo assim.

Lydia se senta.

— Aqui. — Ela entrega a bebida a Jess e cruza as pernas. — Desde quando?

— Não sei. Desde sempre, talvez. — Jess esfrega o rosto. — Ele vai votar no Donald Trump!

Lydia franze a testa.

— Sinto muito.

Jess começa a chorar.

Miky e as Garotas do Vinho chegam com frango assado e mais tequila.

Lydia diz:

— Talvez ele não vote.

— Ou talvez ele vote em Rand Paul — diz Miky. — Os caras das finanças adoram essa parada libertária.

— O que eu vou fazer? — Jess lamenta.

As Garotas do Vinho dão um sermão.

— Nós odiamos dizer isso, Jess, mas, nessa altura, será que é ético ter um relacionamento com ele?

Paul diz:

— Mulher, se controla.

— Mesmo que meu namorado represente tudo o que há de errado com o país?

— Esqueceu que eu sou do cu do Tennessee? — Paul pergunta.

— O que tem? Todo mundo lá vota no Trump? Então você vai me dizer que está tudo bem porque eles são pobres ou trabalham em minas de carvão ou sei lá que merda.

— Esqueça o Trump. — Paul faz um gesto no ar, de indiferença. — Meus pais. Eles vão à igreja oito dias por semana. São do tipo que oram para as pessoas deixarem de ser gays.

Jess franze a testa.

— Mas eu pensei que seus pais eram legais. Eles não vieram em abril? Achei que você os tivesse levado para Carbone.

— Eles são legais — diz ele. — Em algumas coisas. Em outras? Nem tanto.

— Sinto muito.

— Não sinta. — Paul dá um tapinha na testa dela. — Apenas aprenda a separar as coisas.

— Ou não — Dax entra na conversa. — Josh é quem ele é.

Jess pergunta:

— O que isso significa?

— Bom, ele é um cara branco de...?

— De Connecticut. Greenwich.

Dax ergue a palma da mão como se dissesse *caso encerrado*.

— Então você está dizendo que não tem problema?

— O que não tem problema? — Dax pergunta.

— Que Josh é meio que, sei lá, um produto de seu ambiente? Esse cara conservador arquetípico? Que ele é quem ele é, e é isso?

— Não é... surpreendente. — Dax é gentil, mas Jess consegue ler nas entrelinhas. O que ele realmente está dizendo é: *O que você esperava?*

É. O que ela esperava?

Que a persistência dela em tapar os olhos nunca a prejudicaria?

Que, por baixo de sua camisa polo rosa, havia um coração batendo de empatia?

Que amor e compreensão eram a mesma coisa?

Josh é quem ele é.

O que ela esperava?

Se ela perguntasse ao pai, com certeza ele diria a mesma coisa. Ele falaria com delicadeza, obviamente, mas o fato não mudava. Josh era quem ele era, e Jess não podia mudar isso. Poderia fingir, talvez, por um tempo, mas não para sempre. Era uma forma de negação, ela sabia. De evitar as coisas. Sempre que seu pai a pegava fingindo — não esperando ou sonhando, mas inventando uma realidade conveniente —, dizia:

— Você está desejando ou está pensando?

E noventa por cento do tempo ela seria forçada a admitir que não estava, de fato, usando o cérebro.

Jess fica na casa de Lydia, ignorando as mensagens e as ligações de Josh. Ela compra um pacote de calcinhas na Duane Reade e diz:
— Bom, acho que somos colegas de quarto agora.
Lydia ergue uma sobrancelha.
— Você sabe que tem que falar com ele em algum momento.

Dax manda mensagem para saber como ela está.
como você tá? ele pergunta.
Jess responde *eu não sei*
Dax digita:
só queria pedir desculpas. não quis ser babaca aquele dia
só vi Josh algumas vezes
mas Paul diz que ele é bacana
Ainda não falei com ele Jess admite.
sério?
bem... foi bem feio
chamei ele de racista
sério?
é
e o que ele disse?
Nada! Ele falou tipo, bem, você não tem nenhum amigo negro
por que ele diria isso?
Porque eu não tenho
:(
amigos negros
tirando você
por que não?
Não tenho um bom motivo
não cresci com crianças negras
E na faculdade não parecia importante

Ou eu acho que não era uma prioridade
E depois, sei lá, era tarde demais, todo mundo já tinha amigos
...
Mas isso é ruim, né? Que eu não tenha amigos negros?

Dax não responde. Passam-se segundos, depois minutos, depois várias horas: nenhuma resposta. E isso já é uma resposta. Jess queria não ter dito nada. Porque agora ela revelou uma verdade desconfortável. Ela o convidou para avaliar suas falhas particulares. Ela deixou tudo estranho.

Porém mais tarde, naquela noite, Dax responde.

desculpa, Paul fez fajitas, foi LOUCO

Ele envia uma foto de uma frigideira fumegante, com Paul sorrindo atrás dela.

enfim

de volta à sua pergunta: não é bom nem ruim, rejeito esse binarismo

mas

vou te dizer

eu acho que é saudável para uma pessoa ter alguns relacionamentos em que não há necessidade de explicar nada

Jess pensa sobre isso.

Você tem que explicar as coisas para o Paul?

na verdade, não

Jess não sabe se isso a faz se sentir melhor ou pior.

Ela pergunta: *Você acha que é porque ele é gay? Tipo, solidariedade, marginalidade etc.*

Dax diz, ou isso ou porque ele é virginiano

Jess digita *kkkk*

mas sem muita animação.

Jess sabe que Lydia tem razão, que ela em algum momento terá que voltar para o apartamento, mas ainda está aborrecida, triste ou algo do tipo.

Ela está pensando sobre exatamente quando — deveria esperar mais um dia, ou talvez três? — quando recebe uma ligação estranha.

Uma mulher que Jess não conhece, que se identifica apenas como Barbara, liga para ela no trabalho.

— Seu pai está muito doente — diz ela. — Você precisa voltar para casa.
Em pânico, Jess entra em contato com o pai.
— Pai! — ela exclama quando ele atende. — O que está acontecendo? Alguém chamada Barbara me ligou. Ela disse que você estava doente.
Ele ri ao telefone, e Jess fica surpresa.
— Eu não entendo. O que está acontecendo?
— Ah não, Jessie, por favor, não se preocupe. Barbara está apenas se preocupando comigo sem necessidade.
— Mas... o que aconteceu? Eu não entendi. Quem é Barbara?
— Ela é uma amiga — diz ele. — Mas não se preocupe com o que ela disse. Estou bem.
— Então você não está doente? Eu não preciso voltar para casa?
Do outro lado da linha, Jess não obtém resposta.
— Pai? Você ainda está aí?
— Jessie — diz ele. — Está tudo bem.
Mas então a mulher chamada Barbara manda uma mensagem:
Você precisa vir agora

Parte quatro

Dezenove

Em casa, tudo é menor do que ela se lembra. Jess costumava andar de triciclo dentro de casa e se lembra do corredor como uma pista infinita. Mas agora parece tão pequeno.

Parece ainda menor por causa de Barbara. Barbara, que Jess não sabia que existia até quarenta e oito horas atrás, mas que age como se sempre tivesse estado lá: dobrando toalhas, apertando botões na lava-louças e, cacete, atendendo o telefone sempre que alguém liga. Barbara, que tem seios gigantes, usa perfume demais e que obviamente é a namorada do pai, embora ele nunca tenha dito uma palavra sobre ela. Barbara, que abriu a porta para Jess quando ela chegou e, quando Jess perguntou "Onde está meu pai?", respondeu:

— Meu bem, ele está tirando uma pestana. Por que não guarda suas coisas e eu preparo uma xícara de chá para você?

Meu bem? Jess pensa. *Uma pestana?*

Ela quer dizer a essa tal de Barbara que não veio de Nova York para tomar uma porra de chá. Ela quer ver o pai.

Mas Barbara já está na cozinha mexendo na chaleira, então, Jess fica ali aborrecida enquanto Barbara ferve água para a camomila.

Barbara, que cantarola para si mesma enquanto abre e fecha armários e gavetas. Barbara, que, aparentemente, acha que o pai prefere tirar uma pestana a ver a própria filha.

Barbara, que Jess conhece há vinte minutos, mas já não suporta.

Na verdade, Jess nunca perguntou. Quando ele estava na África do Sul, ela deixou a chance escapar. E então pareceu mais fácil ignorar. Um pacto tácito entre pai e filha, talvez, para evitar falar de seus amores secretos. Jess tinha ficado curiosa, é claro, mas sabia que se começasse a fazer perguntas, ele também faria. E o que ela ia fazer? Mentir?

Por fim, o pai dela aparece.
Barbara diz:
— Você não está pisando nesse chão sem meias, não é?
E Jess revira os olhos, porque, embora seja hora do jantar, o cabelo dele não esteja penteado e ele esteja de pijama, ele parece bem.
Ele oferece os braços para Jess e abre um sorriso largo.
— Filha querida, que surpresa maravilhosa. — Então ele se vira para Barbara e diz, de maneira teatral: — Nos agraciando com sua presença, vindo da cidade de Nova York.
Jess abraça o pai e tenta não chorar; ela o viu no Natal, mas parece muito mais tempo. Ela pensa que deve ser a pior filha do mundo. Ele a aperta com força e dá um passo para trás.
— Então... o que você trouxe para mim? — ele brinca, com um brilho nos olhos.
Viu, Barbara? Jess pensa. *Está tudo bem.*
Ela vasculha a bolsa até encontrar o presente dele. É uma camiseta idiota que diz NOVA IORQUI LEGAL PRA CARACA em letras grandes na frente. Jess a comprou no aeroporto; ela esperava fazê-lo rir.
Mas ele experimenta a camiseta, e ela fica larga, como um grande saco de batata, e Jess percebe que ele perdeu muito peso.
— Como você está se sentindo, pai? — Jess pergunta. — Quero dizer... você está bem, certo?
— Estou, estou — ele assegura. — Agora que você está aqui, estou ótimo.

Jess finalmente manda uma mensagem para Josh:
tive que vir para Lincoln rapidinho, conversamos quando eu voltar?
O quê? Por quê? Está tudo bem?
Está tudo bem? Jess não tem muita certeza. Seu dedo paira um milímetro acima do celular enquanto ela tenta pensar no que dizer.

Josh manda outra mensagem:
Quanto tempo?
Mais uma vez, Jess não tem muita certeza. Ela responde:
alguns dias?
Ele diz:
Estou com saudade Só Jess
Ela quer digitar *eu também*, mas, em vez disso, diz:
Tá bom

— Meu bem, por que você não arruma um pouco aqui? — Barbara pergunta no dia seguinte, parada na porta do quarto de Jess. Por uma fração de segundo, Jess sente uma vontade quase incontrolável de gritar "Você não é minha mãe de verdade!", mas, claro, isso seria ridículo.

Por que Barbara está ali? Limpando balcões como se morasse ali e bajulando o pai como se ele fosse uma criança. Para Jess, parece melodramático e um pouco demais. Mas Barbara continua limpando, e o pai continua dormindo, e Jess começa a se perguntar por que *ela mesma* está ali. O pai dela não está se sentindo bem, ela pode ver isso, mas não é como se ele estivesse morrendo.

Barbara chama Jess para ir ao mercado com ela.
Sua cabeça está na geladeira quando ela diz a Jess:
— Meu bem, vamos ao mercado. Você ficou em casa o dia todo.

O pai está na cama dormindo. Jess está na sala, com uma perna jogada no encosto do sofá, o computador no colo, fingindo trabalhar, enquanto Barbara faz barulho na cozinha, fazendo sabe-se lá o quê, abrindo e fechando armários, batendo panelas e frigideiras.

No Hy-Vee, Barbara puxa um dos carrinhos alinhados na parte da frente.

O carrinho tem uma roda bamba, então Barbara pega um encarte de uma pilha, dobra em um pequeno quadrado perfeito, depois se abaixa e o desliza para dentro da roda. Como uma escoteira de meia-idade. Ela ainda tem uma lista em ordem alfabética, que lê para si mesma: aspirina, melão, pão, refrigerante diet.

Barbara navega pelo supermercado, rápida e eficiente, enquanto Jess a segue pelos corredores sentindo-se inútil.

Na seção do hortifruti, Jess vê um monte de melão e encontra uma maneira de se fazer útil. Ela aperta um, depois outro e depois outro, seleciona dois melões perfeitos e coloca no carrinho.

— Olha — ela aponta. — Dois por cinco.

Bárbara franze o cenho.

— São orgânicos?

— São — diz Jess com orgulho.

Bárbara balança a cabeça.

— Meu bem, esses aí não estão na promoção. — Ela aponta na direção dos produtos que não são orgânicos, onde o melão-cantaloupe e o melão amarelo estão na liquidação por trinta e nove centavos o quilo. Mas pelo menos ela os deixa no carrinho. Jess pensa que talvez seja a cliente de supermercado mais perdulária do mundo; primeiro Josh e agora Barbara. Isso confirma para Jess que, sim, ela é o pior tipo de pessoa. Não apenas o tipo de pessoa que compra jamón de dezoito dólares, não apenas o tipo de pessoa que compra jamón de dezoito dólares *sem poder* comprar jamón de dezoito dólares, mas o tipo de pessoa que compra jamón de dezoito dólares sem poder comprar jamón de dezoito dólares e compra jamón de dezoito dólares com o dinheiro do namorado — a pilhagem do fundo multimercado dele, como as Garotas do Vinho diriam. O tipo de pessoa que compra jamón de dezoito dólares enquanto assina manchetes do tipo COMO A DESIGUALDADE DE RENDA ESTÁ DESTRUINDO A SOCIEDADE. O tipo de pessoa que quer um milhão de dólares — uma soma obscena de dinheiro — só para ser vista.

Ela não é melhor do que Josh. A única diferença entre eles é que, quando ela compra jamón de dezoito dólares, pelo menos se sente culpada. Mas isso parece algo. Uma nova onda de indignação a domina. Josh pode ter razão sobre algumas coisas, mas não em tudo. Nem um pouco. E, no final das contas, é melhor ser um hipócrita do que um entusiasta do livre mercado impenitente. Certo?

Ela tira os dois melões do carrinho.

Na padaria, elas passam pelo pão e os doces embalados e, parando na frente da caixa de rosquinhas, Jess diz:

— Ei, Barbara. Podíamos comprar algumas para o meu pai. Ele adora. — As rosquinhas especiais da casa são recheadas com geleia e polvilhadas com açúcar.

— Ah, meu bem — Barbara diz com tristeza. — Seu pai não está se sentindo muito bem.

— Eu sei. — Bárbara pensa que ela é cega? Jess abre a caixa de vidro e envolve a mão em uma folha transparente de papel filme como se fosse uma garra. — Ele poderá comer quando estiver se sentindo melhor. Ou pronto para um doce.

Mas Barbara balança a cabeça e diz:

— Não, acho que não.

— Está bem. — Jess coloca uma rosquinha no carrinho. — São apenas umas rosquinhas. Não precisa exagerar.

Desta vez, Barbara tira as rosquinhas do carrinho.

— Ah, meu bem — ela diz. — Você não sabia? É câncer. Estágio quatro.

Jess decide arrumar o quarto.

Está claro que Barbara é maníaca por limpeza — ela passa o dia esfregando potes, passando pano no chão e separando a correspondência —, mas também não está errada. O quarto de Jess está uma bagunça.

Jess se põe de joelhos e enfia a mão embaixo da cama. Ela encontra: um despertador quebrado, um livro de atividades do *Onde está Wally?*, um velho par de tênis. Além disso, uma caixa de plástico cheia de CDs. Ela tira uma capa de acrílico: Destiny's Child.

Foi um presente. No ensino fundamental, a turma comemorava aniversários uma vez por mês e, no mês de Jess, setembro, houve três aniversários, e cada aluno recebeu um CD. Para o menino que sempre usava delineador preto, o do Metallica. Para a garota que carregava uma bolsa rosa em vez da mochila, o último álbum de sucesso de uma estrela de reality show e cantora country com cabelos louros e voz de bebê.

E para Jess, *Survivor* de Destiny's Child.

Naquele dia, no parquinho, Cath, que era a abelha-rainha das alunas, disse, em um tom meio de ofensa, meio de afeto:

— Achamos que você ia gostar, porque é a moda do gueto.

Depois disso, Jess tinha certeza de que havia jogado o CD no lixo, mas agora ali estava ele. Ela abre a capa de acrílico e a coloca no velho tocador de CD.

"Bootylicious" começa a tocar, e ela ri.

Ela aumenta o volume.

Cath era uma escrota, sem dúvidas, mas a música definitivamente não é nada sutil.

Depois: no fundo do armário, Jess encontra canetas de gel e livros de adesivos, uma sacola de bichos de pelúcia e velhas bonecas Barbie. Ela tira as Barbies da sacola uma a uma. Esvazia a sacola até que estejam todas amontoadas no chão, depois segura duas bonecas à sua frente, uma negra e uma branca.

É. Todas elas têm cabelos brilhantes e roupas provocantes, mas as bonecas negras têm roupas mais provocantes ainda. Saias mais curtas, saltos mais altos, traços de maquiagem rosa vibrante no rosto. Uma está vestindo uma camisa que diz SEXYY! Por um momento, ela pensa em se indignar, mas decide que não vai se incomodar com isso. Ela joga as bonecas de volta no armário.

Enquanto a música toca em sua cabeça, ela procura por mais. Mais o quê? Evidências de seu passado, talvez, da pessoa que ela costumava ser, do que resta sob as pilhas de roupas velhas e as pilhas de cadernos e redações com clipes de papel.

A mesa dela está uma bagunça. Ela puxa uma corrente de metal presa a uma lâmpada, e a lâmpada estoura e apaga. Tenta abrir a gaveta da escrivaninha, mas está emperrada. Ela desliza o braço o mais para trás possível, com a orelha pressionada contra a mesa, a mão tateando em busca da origem do congestionamento. Extrai uma folha de papel amassada: uma de suas revistas de caras gatos. Os cabelos louros cacheados, os tanquinhos bonitos; ela se lembra tão bem deles.

Ela se lembra de como seu pai se sentia sobre eles.

Ela pensa em Ivan.

E então em Josh.

Josh.

Ela abre um cartão de aniversário antigo, e cai uma nota de dois dólares que o pai lhe deu. Ela sorri.

O pai dela era um pai tão bom. *É* um pai tão bom. Ele fez tudo por ela, deu tudo a ela. E como ela o retribuiu? Saiu e nunca mais voltou. Guardou segredos. Mas ele a manteve em um pedestal tão alto! Jess ainda sente que nunca vai poder alcançá-lo.

Como pode ser câncer?

Barbara dá uma batidinha na porta.

— Meu bem — diz ela, com a voz abafada do corredor. — Que tal um pouco de chá?

— O quê? — Jess não consegue ouvi-la. Seus ouvidos estão zumbindo um pouco, e a música ainda está tocando. O quarto estava uma bagunça antes, mas agora está um desastre.

Barbara bate na porta mais uma vez e então a abre um pouco.

Ela examina a bagunça, mas então seus olhos pousam em Jess, que está cercada por todas as coisas que já foram dela, chorando. Barbara diz:

— Ai, meu Deus.

Jess não consegue dormir. Ela perambula pelo corredor até ouvir uma luz no quarto do pai acender. E então, no silêncio da casa, ela o ouve chamar.

Ela entra pela porta do quarto e pergunta:

— Pai?

Ele está sentado na beira da cama com as palmas das mãos no colchão. Sua silhueta é visível no escuro. Jess acha que ele precisa de ajuda para se levantar, então se aproxima e fica na frente dele. As pontas dos pés apenas roçam o chão e neste momento ele parece incrivelmente jovem.

— Você está bem? — Jess pergunta. — Precisa de alguma coisa?

Mas ele sacode a cabeça e dá um tapinha na cama ao lado de sua perna esquerda. Jess se senta, se jogando na cama.

Ele diz:

— É bom ter você em casa.

— Ah, pai — Jess diz, com a voz escassa, à beira das lágrimas.

Eles se sentam em silêncio, a casa inteira está em silêncio.

Jess fala primeiro.

— Por que você não me disse que estava... que era... que era tão ruim assim? — Ela pesquisou seu prognóstico na internet: ele está morrendo.

— Eu poderia ter vindo antes.

Ele balança a cabeça.

— Eu não queria que você viesse antes. Eu não queria atrapalhar sua vida.

— Mas pai...

— Você está aqui agora. E eu estou feliz.

Depois de mais silêncio, Jess pergunta:

— Você está com medo?

Ele balança a cabeça lentamente.

— Eu não estou.

Isso faz com que Jess se sinta insuportavelmente, existencialmente triste.

Como se estivesse lendo sua mente, ele diz:

— Mas, Jessie, eu te conheço. Você vai ficar bem.

Ela assente.

— Por que você não me contou sobre a Barbara?

Ele ri silenciosamente.

— Você está cheia de perguntas hoje.

— Quando foi... quero dizer, quanto tempo...

— Desde que você foi embora.

— Nossa. Por que você nunca... nos apresentou?

Ele olha para as próprias mãos.

— Barbara é casada.

— Você se casou? — Jess pergunta, chocada.

Ele olha para ela como se ela fosse mais nova do que é. Não é que ela não entenda o que ele está dizendo. Parece mais que a imagem específica que ela tem dele não consegue absorver essa informação.

Ele diz lentamente:

— Barbara é casada. Com outro homem. Agora está separada, mas não estavam quando nos conhecemos.

— Isso é... nossa. — Jess não sabe como responder. Ela olha para o pai. — Mas, bom, é por isso que nunca nos conhecemos? Porque você pensou que eu iria julgá-lo ou algo assim? Eu gosto da Barbara. — Ao dizer isso, Jess percebe que é verdade. — A vida é... complicada. Eu entendo. Eu nunca iria julgá-lo.

Ele dá um tapinha no joelho dela.

— Eu sei que você não faria isso, querida. Você é uma alma muito mais sábia do que eu. — Ele dá a ela um sorriso triste. — Não há julgamento no amor. Você sabe disso. Mas demorei mais para entender isso. Eu estava, eu sentia que estava fazendo algo errado. Eu ainda me sinto assim. Eu não queria decepcionar você. Mas aprendi, Jessie, que às vezes é melhor ser feliz do que estar certo.

Jess sente lágrimas brotando em seus olhos. Ela pisca para afastá-las.

— Pai, você poderia ter dito alguma coisa. Você nunca poderia me decepcionar.

— Você estava em Nova York — diz ele. — No começo, eu estava com vergonha, sim. Mas, depois que isso passou, mais um ano se passou e depois outro e parecia estranho falar disso quando não tinha contado antes. Não era minha intenção ser desonesto, mas eu não contei e peço desculpas.

Jess sacode a cabeça. Ela não está tentando criticá-lo.

Ela entende esse sentimento, de que há coisas que você gostaria de compartilhar, mas é tarde demais.

Ela gostaria de contar coisas a ele também, mas tem aquele refrão na cabeça que diz "É tarde demais, é tarde demais, é tarde demais".

É como aquela vez que ela passou um feriadão com as Garotas do Vinho na casa de campo. O chuveiro no banheiro era difícil de usar. Jess tinha se despido e entrado no box, então mexeu na torneira por muito tempo. Ela torceu, puxou, pressionou e apertou, mas não saiu água. Depois de tanto tempo, alguém bateu na porta, gritando com ela por monopolizar o chuveiro. Jess sabia que deveria ter pedido ajuda antes, mas, quinze minutos depois, nua e seca, era tarde demais para fazer qualquer coisa sem passar vergonha. Sua janela de oportunidade havia se fechado. Tudo o que podia fazer era se limpar com a água da pia e dar o fora dali.

Por que ela não falou com ele? Por que esperou até que fosse tarde demais? Por que não contou as coisas para ele? Do que ela tinha medo?

— Eu tenho um namorado — Jess admite.

— É mesmo? — seu pai sorri.

Ela assente.

— E por que você não falou dele?

Jess faz uma careta, balança a cabeça.

— Não sei. Eu acho que eu também estava... eu estava preocupada que você pensasse que ele não era uma boa pessoa. Às vezes, nem eu tenho certeza.

— Ah, Jessie, como pode ser isso? Ele te trata bem? Ele é decente?

— Não sei.

Ele franze a testa.

— Quero dizer, ele é legal comigo. Mas não sei se ele é decente. — Ela para, pensa. — O problema é que nem sei se eu sou decente.

— Por que você diria isso?

Ela dá de ombros.

— Ah, Jessie.

Ela diz:

— Desculpa por ter ido embora.

— Ido embora?

— Daqui. De Lincoln. De casa. Desculpa por nunca ter voltado.

— Ah, querida, não se sinta mal com isso. Você não tinha que ficar aqui para sempre. Que tipo de pai eu seria se esperasse isso? Estou tão feliz que você tenha sua própria vida. É exatamente assim que deve ser.

— Mas eu senti saudade, pai.

— E eu também senti saudade, mas eu sabia que você nunca ficaria. Desde que você era uma coisinha minúscula — ele deixa a palma da mão pairar um metro acima do chão. — Você tinha um pé lá fora. Eu sabia que este lugar nunca seria um lar para você. Nos serviu bem, mas eu estaria me enganando se esperasse que você ficasse. Caramba, se eu tivesse vinte e dois anos, também teria ido embora.

— Espera, sério? Mas pensei... — A cabeça de Jess está girando. — Então, se... se mamãe não tivesse morrido, você acha que teríamos ido embora? — Jess está imaginando as possibilidades, mesmo quando a culpa familiar se instala. Ele tinha lhe dado tudo, e ela ainda queria mais.

— Bem, não. — Ele reflete. — Não tenho certeza disso. Nós dois queríamos as mesmas coisas.

Jess espera que ele diga que coisas.

— Um lugar seguro para você crescer. Uma boa escola, um bom bairro.

— Mas e Chicago? — A mãe de Jess crescera em Chicago.

— Bem, você sabe. Nós dois tivemos relacionamentos complicados com a família. Os pais da sua mãe — ele olha para ela —, seus avós, quando você nasceu, eles já tinham morrido. Ela cuidou deles por muito tempo. E o irmão dela, ele tinha problemas. E você sabe que minha própria família também precisava de atenção. Havia tanto... — ele coça o queixo, procurando a palavra certa — peso. Não queríamos que você tivesse que carregar nada disso. Queríamos um novo começo, para você crescer livre.

Mas Jess muitas vezes desejou uma bússola. Instruções transmitidas sobre como ser e o que valorizar. Quando era mais jovem e perguntou sobre o restante da família, tudo o que ele revelou foi que era complicado, que as famílias nem sempre eram o que a gente sonhava que seriam. Mas que ironia amarga. Ele queria libertá-la das exigências da família, e agora ela era praticamente órfã. O pior tipo de liberdade, com certeza.

— Você já se sentiu sozinho? — ela pergunta. — Sem família? Sem minha mãe? Aqui em Lincoln?

— Às vezes, sim. Mas eu tinha você. — Ele aperta o joelho dela. — E então não era tão ruim.

— Desculpa, pai. Desculpa por nunca ter voltado.

Mais uma vez, ele varre o ar com a mão, como se não fosse nada.

— Você tem sua própria vida. Eu nunca quis interferir.

Jess pensa nos pais das amigas, que com certeza interferem. Lydia fala com a mãe três vezes ao dia, e os pais de Miky vêm da Coreia a cada seis meses.

— Eu estou orgulhoso de você. De tudo o que você conquistou.

Ela balança a cabeça.

— Sinto que faço muitas coisas das quais não me orgulho.

Ele deixa Jess contar, mas ela não sabe por onde começar: as amigas, os empregos, o namorado, as escolhas que foram tão erradas, mas tudo se resume a uma coisa simples: querer ser alguém diferente, rejeitar todas as coisas que ele lhe deu. E para quê? Só para se sentir maior? Para as pessoas ouvirem? Para que pudesse provar que tudo o que as pessoas pensavam sobre ela estava errado? Não tinha feito diferença alguma. Agora tudo parece uma besteira, mas ela não fala nada e, como sempre delicado com ela, ele não força o assunto.

Ele pega a mão dela

— Ah, Jessie, você é jovem. Você tem muito tempo. Não há nada que tenha feito que não possa ser desfeito. Eu te criei bem, não foi?

Ela assente olhando para o colo.

— Jessie, olhe para mim. Você é uma jovem inteligente e talentosa. E nem sempre é fácil, eu sei disso, mas sei que fará boas escolhas.

Mas ela faz? Será que faz? Ela pensa em Josh, em como ele a chamou de hipócrita. Ele tinha razão. Seu pai tem a impressão errada. Ele acha que tudo o que ela faz é bom e agradável. Mas ele não a conhece muito bem, conhece apenas o esboço de sua vida. Até agora, ela tem a sensação de que eles, de alguma forma, não estão falando a mesma coisa, embora acreditem que sim.

— Eu... — A voz de Jess falha; ela está tentando não chorar. — Eu só queria ser uma pessoa melhor. Eu gostaria de ser mais como você.

— Para com isso. Nada disso — diz. — Vem cá dar um abraço no seu velho pai.

Ela o abraça. Ele esfrega as costas dela, em círculos suaves, como quando ela era criança.

É reconfortante.

Ela o segura com mais força, até sentir sua coluna vertebral, cada vértebra espreitando da camisa dele, como um esqueleto, e finalmente ela chora.

Josh liga todos os dias, várias vezes ao dia, mas nunca é um bom momento, então Jess não atende.

Já se passaram quase duas semanas. Ela não disse a ele que o pai está doente ou por que foi embora.

Ele continua ligando e deixando mensagens, até que a caixa de mensagem dela esteja cheia, mas Jess ainda não consegue atender. Ela sente falta dele, mas também sente que ele está distante e, de certa forma, é completamente irrelevante para este momento; sentada ao lado da cama do pai assistindo à televisão durante o dia, cortando legumes para fazer purê para o pai — ele está oficialmente em uma dieta líquida agora —, dormindo vestida no sofá em horários estranhos, sendo acordada por Barbara às quatro, cinco, seis da manhã para rendê-la em seu turno.

Jess diz a si mesma que vai ligar para ele no dia seguinte. Ela não quer falar, mas quer ouvir a voz dele. Não quer saber o que está acontecendo em Nova York nem quer contar o que está acontecendo em casa, mas quer dizer a ele que o ama.

Amanhã, ela promete, vai ligar para ele amanhã.

Ela não liga para ele no dia seguinte.
Mas ele liga.
Ela está na cozinha com Barbara quando seu celular acende. O rosto de Josh, com os lábios franzidos, uma foto tirada depois que Jess lhe ensinou a fazer biquinho, aparece na tela.

Barbara está secando talheres do outro lado da mesa. Enquanto o celular vibra entre elas, ela se inclina para olhar a tela.

Barbara sorri.
— É o seu homem?
Jess diz:
— É, acho que é.
— Ele é bonito — Barbara dá uma piscadela.
Jess diz:
— É, acho que ele é.
— Bem, você vai atender ou o quê?
Ou o quê.
Mas ele não para de ligar. Em rápida sucessão, Jess ignora oito ligações e depois ele manda uma mensagem.
Estou aqui
Ela não sabe o que isso significa. E não responde.
Em Lincoln
Me manda seu endereço
Jess?
Jess manda uma mensagem para ele, a primeira em duas semanas:
o que você quer dizer?
Estou em Lincoln, precisamos conversar
você está falando sério?
Na mão de Jess, o celular vibra; ele está ligando.

Ela não atende. Ela escreve:
não posso falar agora
Mas ela está pensando: *Que merda, que merda. Aqui?* Uma vez, na revista de notícias, eles fizeram uma publicação sobre a tomada de decisão prejudicada. Falava sobre a diferença entre funções executivas quentes e frias, como quanto mais quente a emoção, mais difícil é pensar direito. Havia exemplos do que eles chamavam de tarefas de função quentes e frias. Frias: separar roupas, ler livros didáticos, fazer contas. Quentes: qualquer atividade associada à estimulação dos nervos; fazer sexo, debater política, discutir sobre dinheiro.

Jess se deu conta de que todo o seu relacionamento com Josh era uma longa tarefa quente. Quando está com ele, não consegue ver claramente. Mesmo com mais de dois mil quilômetros entre eles, ela está... confusa. Como pode vê-lo *ali* quando não sabe o que quer?

Ele liga de novo. Jess não responde.
Você tem que falar comigo
Isso é loucura!
Você está bem?
Eu lamento, você sabe disso, certo?
Jess, isso é muito injusto
Estou em Lincoln!
Jess começa a responder:
...
...
...
Por fim, ela se decide:
Eu preciso dar um tempo
Parece que ela nem tocou em ENVIAR quando ele responde:
COMO É QUE É
PRECISO DE UM TEMPO
Jess, não nos falamos há duas semanas!
podemos conversar quando eu voltar
?
Ele diz:
Quando será isso?

Ela demora a responder e por fim:
Eu não tenho certeza

Jess tenta imaginá-lo em Lincoln e não consegue. Tenta imaginá-lo em sua sala de estar e não consegue evocar a imagem. Tenta imaginá-lo parado ao lado da cama de seu pai, como seria exatamente isso.

Ele liga de novo. Ela toca em Recusar. Seu coração está batendo forte, e sua boca está seca. Josh em Lincoln. Na sala dela. No quarto do pai dela.

Ele tenta outra vez, e Jess deixa seu dedo pairar sobre o botão de Aceitar Chamada. Fecha os olhos e tenta imaginar. Josh ali. Em Lincoln. Na sala dela. No quarto do pai. Mas então se dá conta de que nunca deixa de fazer isso, acomodar Josh em tudo. Ela construiu toda uma estrutura complicada em torno dele e do relacionamento deles, e o que conseguiu com isso? Uma vida que não reconhece e um pai que não sabe quem ela realmente é.

Ela coloca o celular na mesa virado para baixo.

O aparelho vibra duas vezes seguidas rapidamente, uma mensagem de texto ou de voz.

Jess vira o celular.

Ela tem uma nova mensagem:
Jess isso é muita sacanagem

Vinte

Aparecem dois homens de jaleco com crachás de plástico da empresa de equipamentos médicos pendurados no pescoço. Eles trouxeram uma cama de hospital, um gigantesco colchão motorizado preso a uma estrutura de metal com rodas.

Barbara diz:

— Querida, saia do caminho deles. — Enquanto os homens arrastam a cama antiga para o lado, a cama onde Jess costumava dormir quando era pequena e tinha pesadelos.

Um dos homens diz:

— No três. — E então, com uma eficiência que, para Jess, é de partir o coração, levantam os lençóis debaixo do pai, que está dormindo, e o transferem de uma cama para a outra. Jess tenta, sem sucesso, reprimir o pensamento de que esta é a cama onde ele vai morrer. Esta cama, com um controle remoto e grades de plástico.

Barbara diz:

— Ninguém deveria morrer em um hospital.

E Jess tem o pensamento pueril de que ninguém deveria morrer nunca.

Elas o estão perdendo. Ele está muito magro, franzino e fraco. Seus olhos ficaram sombrios, como pedras, vidrados e inertes.

Ele toma tantos analgésicos que mal consegue ficar lúcido. No começo, os remédios apenas o deixavam silencioso e um pouco sonolento, mas agora ele está confuso, dormindo e acordando, e Jess não consegue acreditar que isso está acontecendo, que aconteceu tão rápido. Ela não está pronta.

Mais uma semana se passa, e Jess está em Lincoln há um mês. Em dado momento, o pai para de falar completamente. Ele tem sonhos alterados pela morfina e às vezes sorri para Jess através de uma névoa distante, mas a cada dia a morte se aproxima.

Barbara insiste que elas nunca o deixem sozinho. Elas se dividem em turnos: quatro horas com ele, quatro horas de descanso. Jess fica com o turno da madrugada, e Barbara a acorda com umas batidinhas logo depois da meia-noite. Jess rasteja para fora da cama dobrável e fica acordada no quarto do pai enquanto ele dorme. Ela se senta em uma velha poltrona marrom — Barbara a arranjou sabe lá onde e a arrastou para o quarto um dia — e assiste à televisão até o corpo ficar dormente.

Mesmo que ele provavelmente não perceba, Jess deixa a televisão no mudo e se acostuma a ler as legendas.

Ela vê os juízes da televisão chamarem as pessoas de idiotas e resolverem pequenas causas. Vê os antigos processos legais ambientados nas grandes cidades. Assiste a programas de competição, desenhos animados infantis e comerciais que vendem todo tipo de quinquilharia. Assiste às notícias sobre o cenário político, os ciclos intermináveis de conversas sobre as eleições que estão para acontecer. As discussões atingiram o auge, e a cobertura é quase ininterrupta. Especialistas e pessoas com prognósticos estão exclamando de ambos os lados, em frente a imagens da cidade projetadas em telas verdes, e discutem se o eleitorado norte-americano está dormindo ao volante ou se está finalmente acordando.

Uma âncora que Jess não suporta diz:

— Se a disputa for entre reality shows e a máquina Clinton, posso dizer exatamente quem eu vou apoiar...

E outro acrescenta:

— Agora, se não fossem os e-mails, ela até seria uma candidata decente...

E Jess pensa: *O mundo está pegando fogo, mas pelo menos as vendas de anúncios estão boas.*

Jess quer desligar a televisão, mas não consegue, por causa do pai. Ela não suporta ficar perto dele, mas também não suporta ficar longe. E assim o barulho cinzento da televisão permite que esteja presente e ao mesmo tempo longe.

* * *

Em um dado momento, as vigílias começam. Amigos e colegas melancólicos, com comida em potes de plástico e em pratos de vidro lacrados com papel-alumínio, chegam e vão todos os dias para prestar homenagens.

— Como ele está? — eles perguntam.

E Jess quer gritar:

— Você não está vendo?

— Como você está? — eles perguntam em seguida, e Jess nunca pode dizer nada verdadeiro.

Ela diz:

— Obrigada por ter vindo. Ele sabe que você está aqui. Significa muito para nós dois que esteja aqui.

Ela diz:

— Pai, você tem visita. Eles vieram dizer oi.

O que quer dizer é: *Por favor, pai, não morra.*

Faz semanas que Jess não olha o e-mail. O pessoal do trabalho continuou mandando artigos para ela. Disseram que não tinha problema nenhum, que ela podia trabalhar de modo remoto, mas, depois de um tempo, ela pediu que eles parassem de enviar e excluiu o e-mail de trabalho do celular. Disse que estava lidando com uma emergência familiar e recebeu um e-mail simpático do editor dizendo: "Sinto muito por isso, leve o tempo que precisar".

Ela tira o computador da capa de neoprene, onde o deixou, sem usar. Ela tem uma rotina agora, completamente separada da vida que levava com este laptop.

Jess decide enviar alguns e-mails ou pedir ao editor alguma coisa simples para fazer — sente falta da revista, do escritório, de tomar café com Dax. Ou talvez só vá curtir umas postagens nas redes sociais, talvez até mesmo fale com Josh.

Ela abre a tampa e pressiona as teclas, mas o laptop não liga. Procura o carregador e então percebe, após virar a bolsa do avesso, que o deixou em Nova York. Jess poderia ir até a Hy-Vee — comprar um daqueles cabos USB de plástico baratos todos alinhados ao lado do caixa —, ou talvez Barbara tenha um carregador que ela possa pegar emprestado.

Mas, em vez de fazer alguma coisa, ela apenas suspira. Fecha a tampa do laptop. Decide que vai se preocupar com tudo isso em outro momento.

Uma profissional de cuidados paliativos aparece. Ela está vestida como uma enfermeira, quase de um jeito cômico, como se estivesse indo para uma festa à fantasia: vestidinho branco com chapéu combinando, meia-calça e um sapato horroroso.

Ela consulta uma prancheta e diz:

— Um homem de sessenta e três anos. Jones?

— Meu pai — diz Jess, e a leva para o quarto dele.

Ela sai do quarto dele séria.

E quando Jess diz:

— E então?

Ela acena com a cabeça e diz:

— Sinto muito. — E deixa um panfleto sobre como lidar quando um ente querido está morrendo.

Na noite seguinte, o pai de Jess morre.

Jess faz ligações do telefone fixo do pai, compartilha a notícia com uma longa lista de pessoas na agenda dele. Ela se sente anestesiada.

Lembra-se vagamente de ter ligado para Lydia, que não reconhece o número, mas — bendita seja — atende mesmo assim, brevemente:

— Lydia falando.

E, em seguida, quando ela se identifica, o grito de surpresa:

— Jess!

Lydia diz:

— Estamos com saudade! Como você está? Como está o seu pai?

E tudo o que Jess consegue responder é:

— Faleceu — e então fica chorando ao telefone.

* * *

Barbara organiza o velório de acordo com as instruções do pai de Jess e, embora peça a todos que enviem doações em vez de flores, as pessoas mesmo assim enviam flores.

A casa está cheia de zínias, peônias, crisântemos e caçarolas. A doce fragrância almiscarada de flores e morte.

Um arranjo em particular, de orquídeas com mais de um metro de altura, todas brancas, radiantes, parece a Jess que custou pelo menos mil dólares. Toda essa extravagância é ressaltada no meio das outras.

Ela volta às orquídeas durante o longo período que se segue à morte do pai. No dia em que tiram o corpo dele de casa, num saco preto, simplesmente. No dia em que amigos bem-intencionados e familiares distantes — um tio, um primo de terceiro grau afastado, invadem a casa e a sufocam em abraços de comiseração. No dia em que ele é enterrado, e seu corpo se junta à terra. No dia em que tudo termina, quando não há mais nada a fazer ou dizer, a não ser passar pelo luto, sozinha, sem ninguém, órfã, e descobrir como viver a vida de uma maneira diferente.

Apesar de tudo, as orquídeas lhe dão conforto, de alguma forma. Elas tocam um lugar específico em seu coração, em sua psique partida. Elas a lembram de Nova York.

Em dado momento, ela percebe uma etiqueta.

Ela arranca, abre.

Diz: "Jess, eu sinto muito mesmo. Pensando em você. Com amor, Josh".

Jess verifica as mensagens de voz.

Ela desliza a tela e JOSH JOSH JOSH. Há outras mensagens também — de Lydia, de um dos médicos do pai, uma ligação automática pedindo doações —, mas pula todas elas.

Ela rola até o meio da lista, escolhe uma mensagem de voz aleatória de cerca de uma semana depois que ela saiu.

— Só Jess — diz ele, e sua voz tem a qualidade de ter sido transmitida a uma grande distância, fraca, sobrenatural. — Estou com saudade. — Cerca de quinze segundos de silêncio e então: — Acho que é isso.

Ela ouve outra mensagem, de antes.

— Jess — diz ele, e ela pode ouvir um barulho ao fundo. Ele cobre o telefone e diz algo para alguém. — Olha, estou no trabalho. Me liga depois. Ou eu tento falar com você mais tarde. De qualquer maneira — mais barulho —, dê lembranças ao seu pai.

E então uma de antes, muito antes, perto do fim.

— Jess, onde você está? Você está bem? Fala comigo. — E Jess ouve um suspiro tão profundo, cujo peso atravessa o tempo e o espaço, que ela sabe que não vai ficar tudo bem, que o dano que ela causou provavelmente é permanente.

— Estou preocupado com você. Eu não sei de você. É só... — Ele suspira mais uma vez, e então a linha fica muda.

Jess contempla sua vida em Nova York nas redes sociais. Ela percorre fotos de Miky e Lydia em restaurantes e festas, nos Hamptons e, em um fim de semana, em um famoso torneio de golfe em Long Island usando chapéus ridículos e sorrindo com olhos arregalados para a câmera com homens de cabelos grisalhos em camisas polo à espreita atrás delas. Josh não é ativo nas redes sociais, e isso é uma bênção e uma maldição.

Ela curte e comenta a foto, e Miky e Lydia sempre respondem:

sdd jess bjo

e

queria que vc estivesse aqui :(:(:(:(

As fotos são inebriantes, e Jess sente que está perdendo as coisas. Jess sente falta da cidade, mas não consegue se imaginar voltando para lá.

Ela continua rolando o feed; é impossível parar.

David posta um monte de fotos de festas, e um dia lá está Josh. Ele está sorrindo, segurando uma bebida, e, quando ela o vê, começa a chorar.

É uma série de fotos da festa, e Jess vai clicando uma por uma. Ela fica sem fôlego ao ver uma foto de Tenley, que também estava na festa. Como sempre fotogênica, ela está linda vestindo uma blusa cinza e azul, com o cabelo louro radiante e as sardas, os pontinhos perfeitos. Jess amplia as fotos e segue o olhar dela. Ela está sorrindo, ou gargalhando, para alguém fora da foto. Jess sabe instintivamente que essa pessoa é Josh, sabe disso lá no fundo e, ao entender isso, sente uma dor profunda sem nome. Sente o pulso acelerar e a dor crescer no peito, uma tristeza tão forte que ela precisa se deitar. Isso acontece algumas vezes. Vem em ondas. Como se ela estivesse nadando no mar enquanto um tsunami surge. Tudo está calmo, e então uma onda gigante a atinge de lado: seu pai. Ele se foi para sempre. Ela pensa nele morto e chora, grita ou chuta as coisas. E então, assim que recupera o fôlego, sobe à superfície para tomar um pouco de ar, há outra onda quebrando atrás dela: Josh. Não parece exagero dizer que ela perdeu tudo. Será que alguém já se sentiu tão solitário assim?

Mas Josh está em Nova York vivendo a vida. Ainda está indo para o trabalho e para as festas, como se estivesse tudo bem. Enquanto Jess sente uma dor praticamente física, e sem um fim à vista. Ela gostaria de nunca tê-lo conhecido, mas também sente tanto a falta dele que poderia morrer. Às vezes gostaria de poder falar com ele mais uma vez, de alguma forma tentar novamente.

Ela escreve uma mensagem após a outra, mas nunca toca em ENVIAR.

oi...

e aí, Josh

Josh, oi

Desculpa

Eu te perdoo, tá?

Eu te amo

Sinto sua falta

Eu te odeio

podemos conversar?

Ela tira a camisa e compõe uma mensagem que é apenas uma foto de seu peito nu.

Mesmo que tente negar, ainda pensa nele dessa maneira. Sozinha à noite na cama, no escuro, ela enfia a mão na calcinha e sussurra o nome dele. É embaraçoso e inútil, mas não consegue parar.

Ela começa a seguir David obsessivamente, mas não há mais fotos de Josh. Em vez disso, ele publica comentários levemente ofensivos à medida que a eleição presidencial se aproxima.

As políticas dos democratas de extorquir os ricos com certeza vão sair pela culatra.

Pare de reclamar de impostos muito baixos: os norte-americanos são os mais caridosos do mundo, os 1% mais ricos fornecem 1/3 das doações.

Democratas uma grande piada socialista.

Não podemos simplesmente tornar o sistema de saúde "gratuito": veja por quê.

Entre Trump e uma taxa de imposto de 90%, adivinhe o que os norte-americanos vão escolher e por quê?

E

Como seria viver na fantasia tributária de Hillary, que acumula cento e setenta e duas curtidas, uma delas é de Josh.

Por fim, Jess desiste, fecha os olhos e apaga as luzes. Achatada por uma bigorna de dor assentada em seu peito. Ela para de ouvir as conversas na internet e até silencia seus amigos nas redes sociais. É mais fácil assim, ela imagina, simplesmente fingir que está tudo bem.

Jess passa horas, dias, anos olhando para o celular. Abrindo e fechando aplicativos. Rolando o feed sem pensar. Jogando jogos idiotas. Está presidindo os residentes de seu Reino Doce quando o celular vibra com uma notificação. Do aplicativo de fotos: recorde este dia. Ela toca na tela e aparece uma foto dela e de Josh. A festa de Halloween das Garotas do Vinho: Josh e Jess naquelas fantasias de matemática combinando, unindo os corpos e as bocas, se agarrando. Lydia tinha compartilhado a foto com a legenda MDS ESSES DOIS e Jess curtiu e escreveu *amoooooor*. Miky comentou *sexo de nerd!* e, abaixo, uma das Garotas do Vinho enviou um emoji amarelo vomitando.

Jess olha para a foto até que sua tela bloqueia. E então por mais três minutos até que a tela escureça de novo e de novo e de novo. Ela digita a senha pela quinta, sexta, septingentésima vez quando finalmente se senta. Ela rola as ligações recentes, quase até o final e, tremendo, digita o nome dele e liga para Josh. Ele não atende. Mas não vai direto para o correio de voz e também não toca. Ele está rejeitando a ligação. Um chute nos dentes.

Ela vai até o perfil de David, sem esperar nada, mas é pior. Muito pior. Uma série de fotos de uma viagem. Em um restaurante chamado Rusty Anchor, o sol brilha como se fosse julho. Ao fundo, garrafas de champagne e uma panela de fondue. Um fim de semana prolongado em Nantucket. Tá. Tudo bem. Mas tem uma única foto que faz o coração de Jess parar. Um quarteto sorridente em um veleiro: David e a namorada, Abby. E Josh. E Tenley. Seus piores temores, finalmente, se confirmaram.

Jess percebe que estava se perguntando se já tinha desistido de Josh. Ela não considerou que ele poderia ter desistido dela.

Vinte e um

A casa em Lincoln está vazia.

Jess acorda tarde e levanta apenas para fechar as cortinas. Ela não se levanta no dia seguinte nem no seguinte nem no seguinte, até que os dias e as noites passam como um borrão contínuo. Ela não troca de roupa, não toma banho, não lê, não dorme, nem mesmo come, não de verdade — aos poucos, recorre a um pacote de biscoito salgado que guarda no travesseiro ao lado dela, como um amante. Apenas fica olhando para o teto, deitada nos lençóis cada vez mais gastos, enquanto a vida acontece lá fora.

Em um dado momento, ela encontra os remédios do pai — os analgésicos narcóticos que Barbara deveria ter destruído após a morte dele, mas, pelo visto, esqueceu. Jess pega um e depois outro e outro até sentir a boca como algodão e ter escassos pensamentos na cabeça. Então, nauseada, bebe um litro de água, come um monte de biscoito e induz um pouco de vômito. Ela não quer morrer, só quer desaparecer.

E dá certo. Ela se esvai em uma bruma, um estado de fuga sem sonhos, tomando os comprimidos, bebendo água e ajustando um alarme para disparar a cada duas horas para garantir que seu coração ainda esteja batendo e, assim, dias, talvez uma semana, passam. Sozinha, Jess mergulha na dor, ignora tudo e todos, o mundo exterior, o telefone tocando.

Ela está enjoada, delirando um pouco — a combinação de profunda solidão e comprimidos é impetuosa — quando ouve a porta da frente se abrir.

— Pai? — Jess se senta um pouco, imaginando se talvez tudo isso foi um pesadelo.

Ela ouve um movimento na cozinha, mas ninguém responde.

Sem se levantar, ela chama:

— Quem está aí?

Barbara aparece na sala, com uma expressão confusa no rosto.

— Jess? — ela pergunta, alarmada, e então ao vê-la, toda desgrenhada, jogada no sofá: — Seu cabelo! Há quanto tempo você está deitada aí desse jeito? Qual foi a última vez que esse cabelo viu um pente? Vai ficar todo embaraçado. O que é que você está fazendo aqui?

Debaixo da coberta, Jess responde, de mau-humor:

— Eu moro aqui.

— Por que não está em Nova York? O que está acontecendo?

E, com isto, Barbara pisou no calo de Jess. Jess está irritada, aborrecida, mas também entupida de remédio, e então ela diz, murmurando:

— Por que é que você está aqui, Barbara? Esta casa agora é minha. Meu pai deixou para mim. Está no testamento. Então você nem deveria estar aqui.

— Alguém precisa cuidar deste lugar, mocinha. Não estou vendo você assumir essa responsabilidade. — Ela gesticula para a bagunça em volta do sofá-cama e então percebe os comprimidos. Estão espalhados como lixo pelo chão, onde caíram por todo lado depois que Jess se debateu com o lacre de segurança, e onde ela apanha diretamente do tapete sempre que precisa de mais. O rosto de Barbara exibe desdém. Ela se abaixa e recolhe um frasco vazio. — E o que exatamente você pensa que está fazendo aqui? — ela diz, sacudindo o frasco para Jess. — Esse é o remédio do seu *pai*? Você está aqui se drogando e sabe-se lá o que mais. Acha que seu pai te deixou esta casa para você destruir tudo? Para se destruir? Sua ingrata...

Jess diz:

— Vai se ferrar, Barbara. Sai da minha casa.

Barbara não sai da casa dela. Ela dá uns passos até o sofá-cama e puxa o travesseiro de debaixo da cabeça de Jess, joga o cobertor para trás e tenta arrancar Jess do sofá.

Jess exclama:

— Que porra é essa?

Barbara diz:

— Você precisa se recompor, moça. Seu pai deve estar se revirando no túmulo.

— Barbara, sai da minha casa, porra.

— Olha a língua!

Ela dá um último puxão no cobertor, que está úmido com o suor de Jess e coberto de migalhas de biscoito, e joga o cobertor e Jess no chão.

Jess grita:

— Qual é o seu problema, caralho?

Ela se debate debaixo do edredom no chão, fazendo beicinho como uma criança birrenta.

Barbara diz:

— Levanta.

Jess diz:

— Vai, me obriga.

Barbara faz menção de ir embora, e Jess se sente desanimada. Ela estava pronta para brigar.

Mas Barbara se detém no corredor. Ainda está de casaco, e os finos arcos de suas sobrancelhas inflamam-se de raiva. Ela aponta o dedo para Jess e diz, de maneira incisiva:

— Levanta. Toma um banho. Não tenho tempo para esta palhaçada. Estarei de volta em uma hora. — E então sai, batendo a porta de tela.

Barbara volta em menos de uma hora, segurando sacolas plásticas em ambos os braços. Jess ainda está no chão, por despeito ou languidez, ela não sabe dizer. Mas o temperamento de Barbara esfriou, e ela murmura:

— Vem, meu bem. Levanta.

Ela segura Jess com delicadeza pelo cotovelo, ergue-a do chão e a coloca de pé.

Barbara dá um empurrão de leve para Jess entrar no banheiro e depois entra atrás dela, encontra uma toalha limpa no armário de roupas de cama e abre a torneira.

Ela diz:

— Entra. Você precisa tomar banho.

Jess fica debaixo da água quente pelo que parecem horas e só sai quando a água começa a esfriar. Ela veste um roupão e vai até a cozinha, onde Barbara já tratou de se ocupar.

Barbara se vira e sorri quando vê Jess chegar.

— Agora não parece melhor? — ela pergunta, e Jess tem que admitir que sim. — Fiz um sanduíche para você — diz ela, e desliza a metade de um pão pela mesa.

Jess balança a cabeça.

— Não estou com fome.

Mas Barbara diz:

— Bom, meu bem, você precisa comer.

Jess se senta à mesa e dá uma pequena mordida. Depois outra e outra e outra, até acabar com todo o sanduíche de peru.

Jess se dá conta de que estava mesmo com fome. Com muita fome. Barbara pega seu prato e o coloca na pia, aparentemente satisfeita.

Ela bate palmas.

— Agora, o que vamos fazer com o seu cabelo?

O cabelo de Jess está um emaranhado de cachos, seco e embaraçado, com uma marca enorme do lado onde ela deitou a cabeça no travesseiro por vários dias. No banho, ela usou um xampu desembaraçador e hidratante e penteou com os dedos, devagar e dolorosamente, mas ainda parece desgrenhado, como se não fosse penteado há muito tempo, e, de fato, não era.

Barbara tira quatro longos maços retangulares de cabelo sintético de uma sacola que diz EMPÓRIO DE PRODUTOS DE BELEZA na lateral.

— Vem — ela diz, e leva uma cadeira da mesa da cozinha para a sala de estar, com os pacotes de cabelo encaixados debaixo do braço. — Senta. Vou colocar trança no seu cabelo. Ou você quer twists?

Ninguém nunca trançou o cabelo de Jess nem fez twists nele. O pai fazia o que podia, mas o melhor que conseguia era amarrar o cabelo dela com lacinhos tortos. E ele não está mais ali para fazer nem isso.

Jess se senta, e Barbara puxa seus ombros para trás.

Ela separa as mechas de cabelo sintético e as estende no braço do sofá, uma longa fileira irregular de rabos de cavalo. Ela pega uma mecha e encosta na cabeça de Jess.

— Um-B — diz ela, orgulhosa. — Combinação perfeita.

Ela entra em ação.

Jess sente um aperto e uma torção no couro cabeludo quando Barbara começa a trançar pequenas mechas, prendendo o cabelo de Jess com as mechas que ela deixou no sofá. A tensão torna-se cada vez mais leve até que resta apenas uma leve pressão e Barbara solta. Uma única trança cai sobre o ombro de Jess. Jess a pega e gira entre os dedos. É firme, perfeita e longa.

Chega até a cintura dela.

Jess diz a Barbara:

— Nunca trancei o cabelo.

Barbara interrompe o que está fazendo por um momento e se inclina, surpresa.

— Nunca? Suas amigas nunca trançaram seu cabelo?

Jess quase ri tentando imaginar Miky ou Lydia com óleo capilar nos dedos e uma mecha de cabelo sintético no colo.

Uma vez, em um bar, Jess viu uma mulher com nagô cor-de-rosa choque. Ela se voltou para as amigas e perguntou, meio séria:

— Acham que ficaria bonito em mim?

E Callie torceu o nariz e disse:

— Baita apropriação cultural, né?

E então, quando Jess lhe lançou um olhar feio, ela riu e disse:

— Brincadeirinha. Esqueci total com quem estava falando.

Jess já havia pensado em colocar tranças, mas havia vários motivos para não fazer isso. Em primeiro lugar, o trabalho. Não era 1980, ela podia usar o cabelo como quisesse, sabia disso. Mas. Uma vez, usou argolas de ouro no escritório em vez dos brincos pequenos de sempre e, de alguma forma, todo mundo percebeu. Charles disse:

— Jones, você parece a namorada de um rapper.

E ela nunca mais as usou, ou qualquer coisa remotamente grande, brilhante ou interessante, e mesmo assim, ela tinha uma pulseira com pedras vermelhas, azuis e verdes — era da Tiffany's —, e alguém ainda perguntou se era "africana".

Mas o verdadeiro motivo pelo qual Jess nunca colocou tranças, na verdade, é porque toda vez que pensa nisso, ela se sente uma fraude. Como se de alguma forma precisasse de permissão. Um convite. Algum tipo de iniciação formal.

Barbara está atrás dela, com grampos entre os lábios.

Barbara continua, aperta e torce, pressiona e solta, até que uma mecha de tranças, longas e retas, cai pelas costas de Jess. Jess estende a mão de vez em quando para tocar a parte solta do seu cabelo, até que Barbara diz:

— Meu bem, não estamos nem perto de terminar. Você sabe que vai demorar. Por que não liga a televisão?

Jess faz o que ela manda. Ela muda de canal até ver Beyoncé cantando com um vestido listrado em um carro da polícia submerso na água. Jess fica imóvel, intrigada.

Barbara diz com aprovação:

— Beyoncé é das minhas.

Elas a veem mudar de roupa, de cenário, de penteado — em certo ponto, está de twists, assim como os que Barbara está fazendo no cabelo de Jess neste exato momento — ela canta, dança, está Dizendo Alguma Coisa. Não é um videoclipe, é um álbum visual, e, enquanto Barbara balança os quadris e cantarola junto, Jess olha para a tela, extasiada. Ela nunca viu nada parecido. Por mais que tenha discutido sobre ela, Jess nunca prestou muita atenção à Queen Bey e seus súditos leais. Mas talvez devesse.

Assistir parece quase uma experiência espiritual. Beyoncé canta sobre a traição de Jay-Z, e lágrimas se formam nos olhos de Jess.

Barbara percebe e se inclina, com o rosto na frente de Jess.

— Couro cabeludo sensível, meu bem? — ela pergunta.

Jess balança a cabeça. Ela diz, baixinho:

— Meu namorado.

Barbara franze a testa.

— Tá te traindo?

Jess diz:

— Algo assim.

Não é verdade, mas ela sente como se fosse. Como pode descrever o que ele fez com ela, o peso disso, com a verdade? Pareceria pouco, ou bobo. Jess teria que falar de si também.

Barbara balança a cabeça.

— Os homens às vezes são uns cachorros.

Então ela se aproxima, ao ponto de Jess conseguir sentir seu perfume, e acrescenta em voz baixa:

— É branca?

E Jess quase dá risada da intuição de Barbara.

Jess sente os ombros relaxarem, e uma certa tensão em seu corpo se libera, o alívio de ser cuidada, de não ser totalmente compreendida, mas também de não ter essa necessidade. Ela se sente, pela primeira vez em semanas, mais leve, como se talvez — não agora, mas algum dia, no futuro — as coisas fossem melhorar.

Ela assente.

— É — diz ela a Barbara. — Ela é, sim.

Por fim, Barbara joga uma toalha nos ombros de Jess e diz:

— Prontinho.

Elas ficam de frente para o espelho.

Jess toca a cabeça.

— Nossa.

Barbara parece satisfeita.

— Combina com você.

Jess se sente bonita. Ela coloca as tranças no topo da cabeça e depois as deixa cair. Enrola uma longa trança em um dedo e depois outra. Inclina o rosto para o teto, sente o farfalhar do cabelo nas costas. E ignora o fato de que, esse tempo todo, ela poderia ter se sentido assim.

Mais tarde, na cama, Jess não consegue dormir. Os pensamentos se agitam, e ela fecha os olhos e respira fundo. Ela tenta não pensar em Josh, mas não consegue. Pensa em como ele a fazia se sentir vista, mas também, tantas vezes, como se ela fosse invisível. Pensa em como ele a fez se sentir cuidada e defendida, na Goldman, com Gil, mas como de alguma maneira isso também a fez se sentir desamparada e insegura. Ela joga essas contradições em sua cabeça enquanto tenta adormecer, sem saber como conciliar tudo. Jess ama Josh. Jess não ama Josh. Josh ama Jess. Josh não ama Jess.

Jess não consegue parar de pensar nele. Em como eles combinam e em como não combinam. Mas pensa também sobre Tenley.

Não é traição ter uma ex e ainda manter contato com ela.

Mesmo que ela seja o ideal feminino platônico.

Não é traição mentir sobre a natureza do referido relacionamento ou se beneficiar profissionalmente, financeiramente, psiquicamente, da generosidade da família dela.

Não é traição querer uma vida que não consegue acomodar a pessoa que você ama.

E não é traição querer que essa pessoa seja outra pessoa.

Tecnicamente, não.

Não é?

Ela o ama. Ela não o ama. Ele a ama. Ele não a ama.

Ela mantém os olhos fechados.

Respira fundo.

Jess sente seus pensamentos ficando confusos. Josh, Josh, Josh, ela pensa, mas tudo está em silêncio, em um cinza opaco em vez de um tecnicolor chocante.

No vácuo entre dormir e permanecer acordada, seus pensamentos se voltam para Beyoncé. As letras que ouviu se misturando às suas memórias.

Josh, eu lamento muito.

Desculpe, não lamento

Desculpe, não lamento

Ela tenta esquecê-lo.

Não tô pensando em você

Não tô pensando em você

Seus pensamentos se tornam mais emaranhados. Ela está sonhando, ela está acordada. Ele ocupa espaço no cérebro dela. Ela é Beyoncé em um casaco de pele. Ela lamenta, ele lamenta, ela não está pensando nele.

Ela está aborrecida, triste, magoada, cheia de amor, desespero, arrependimento.

Ela quer dizer a ele novamente: foda-se.

Dedos do meio para cima

tchau, cara

Ela pensa em Tenley com sua pele pálida e seu cabelo claro, e ela se vira e deseja que ele estivesse ali ou que ela estivesse lá.

Mas também, de alguma forma, parece certo que ela não esteja.

No dia seguinte, Jess liga para duas pessoas. A primeira, seu editor, para pedir mais tempo. A segunda, Lydia, para dizer que vai embora de Nova York. Lydia não atende, então Jess manda uma mensagem.

Provavelmente não é uma surpresa, mas vou embora de nyc, decidi. É definitivo.
:(
Coisas de que mais vou sentir falta: Momofuku Milk Bar, manicure e pedicure no Kabuko e você!!!!!!!!!!

Lydia responde quinze minutos depois.
Comasssimmmm estou no trabalho, não posso falar, mas odeio vc!!
preciso de uma mudnaça...
*mudança
Eu sei, eu sei, mas sendo egoísta vou sentir sdd.
Mais tarde, o celular de Jess toca. É Lydia. Jess atende.
O rosto de Lydia aparece na tela, e ela diz:
— Surpresa! Sou eu.
— Chamada de vídeo! — Jess diz. — Espertinha!
— Vira a câmera! — Lydia grita. — Só consigo ver sua porta.
Jess obedece, e por um segundo Lydia fica olhando. Ela exclama:
— Meu Deus, Jess, seu cabelo!
— Você gostou?
— Ficou tão lindo! Parece uma nova mulher!
Jess ri, e diz:
— É, não é?

Vinte e dois

Barbara é a única pessoa com quem Jess conversa agora. Ela vai lá várias vezes por semana, com o jantar ou compras do mercado e, uma vez, levou um novo vaporizador de piso. Elas se dão conta de que ambas adoram sanduíches de marmelada e um programa num dos últimos canais da televisão a cabo chamado *The Ultimate Scam*.

Certa manhã, tomando café com muffins com manteiga, Jess finalmente pergunta:

— Meu pai pediu para você cuidar de mim ou algo assim?

— Claro que não — diz Barbara, com naturalidade. Então ela se levanta e coloca os pratos na pia. Limpa as migalhas do balcão e depois transfere o conteúdo de sua caneca para um copo com tampa.

Jess toma um gole de café e se sente aquecida.

Antes de Barbara sair, ela aperta o ombro de Jess de leve. E diz:

— Não vai deixar essa louça ficar aí o dia todo. — E então ela sai pela porta.

Mais tarde, tudo muda. Jess está na rua, em uma esquina, esperando o sinal fechar, quando seu celular vibra com uma notificação. Ela o tira do bolso e o segura na altura do rosto. Uma janela do aplicativo de patrimônio líquido diz PARABÉNS. A princípio, não entende o que aconteceu, mas então se dá conta e sente-se zonza, com certa instabilidade nas pernas.

Ela se lembra do escritório de um advogado, a mesa enorme coberta de pilhas de papel. Certificações emolduradas nas paredes, uma poltrona de couro com o enchimento aparente. Papelada. Previdência privada. Seguro. Uma hipoteca quitada. Condolências. O pai havia deixado tudo para ela. Claro. Mas Jess não estava prestando atenção. Por que faria isso? Ele recortava cupons. Era administrador em uma universidade. Mas também era responsável e astuto. Era o pai dela. E aparentemente um investidor habilidoso. Ou teria sido se não tivesse morrido. Se tivesse vivido mais e se aposentado. Mas agora é tudo dela, a única herdeira. O aplicativo diz EBA! VOCÊ FEZ MUITO DINHEIRO HOJE!, e Jess conta os dígitos, sim, há seis deles ao lado do nome dela. Não é tudo, mas é o suficiente — para pagar todas as suas dívidas, manter o emprego, alugar um apartamento e talvez doar um pouco para caridade. Jess estava esperando por este dia. E mesmo assim.

Jess ergue os olhos. Examina a rua. É um dia comum. Tempo ameno, ligeiramente nublado. Um pedestre atravessa no sinal amarelo, e um carro buzina. Alguém sai da farmácia, e os sinos da porta tilintam. Uma mulher empurrando um carrinho de bebê diz "Com licença", mas, fora isso, as pessoas cuidam da própria vida. O que ela achou que aconteceria? Alguma coisa. Um estrondo de raio, talvez, ou confetes. Alguma coisa.

Mas nada mudou. Não há comoção. Só o aplicativo piscando o alerta, insistindo nos parabéns.

Jess manda mensagem para Dax. Aparentemente para verificar o trabalho, para ver quais tarefas pode fazer remotamente, mas ele responde a mensagem prontamente — que bom que mandou mensagem, estou aqui se precisar conversar —, e Jess percebe que precisa, e eles conversam, uma longa conversa de texto que se desenrola ao longo de dias e depois semanas.

Em Nova York, ele está uma hora adiantado e então Jess acorda com as mensagens dele, que são sobre o tempo (que é sempre *cacete* ou *lindo*), o sabor específico do café que ele e Paul estão tomando (*o homem adora grão*) ou com um link para alguma manchete horrível que ele sabe que vai deixá-la aborrecida, o que sempre acontece, mas que, de alguma maneira, pela qual ela também anseia, como cutucar uma casca de ferida ou comer comida muito picante.

Jess gosta do fato de eles ficarem indignados com as mesmas coisas, pelos mesmos motivos, e isso cada vez mais parece ser uma base sólida para uma amizade. Eles se incomodam, e também são permissivos, com as mesmas coisas. Uma mulher branca fingindo ser negra: aceitável, por causa de seu comprometimento com a farsa. O livro de memórias que faz apologia a valores da família conservadora disfarçado de esquerda: péssimo, embora ninguém mais concorde. Memes do Eddie Murphy, com toda certeza.

Ultimamente, eles têm falado bastante da incessante cobertura da classe trabalhadora branca na mídia. Fotografias de operários de fábrica da região do Cinturão da Ferrugem estampam a primeira página de todos os grandes jornais, a maioria silenciosa e o rosto de uma nação, ou apenas um bando de racistas babacas, dependendo da ótica. (As Garotas do Vinho nas redes sociais: *Precisamos iniciar uma conversa nacional sobre por que metade do país está disposta a votar contra seus próprios interesses. Saúde para Todos já!* David nas redes sociais: *Refresquem a minha memória sobre a última vez que a política comercial intervencionista levou a algum lugar bom.*)

De acordo com Dax, na melhor das hipóteses, é um jornalismo preguiçoso. Na pior das hipóteses, está favorecendo uma elite de esquerda que vive nos estados mais ricos, que é complacente e prefere culpar questões de classe a culpar questões raciais pelos problemas do país. É mais fácil assim. Jess concorda. A mensagem dela para Dax: *Todos esses "perfis" são literalmente apenas 2000 palavras sobre como dizer "sou racista" da maneira mais oblíqua possível.*

Agora Jess vai acordar com uma mensagem que diz apenas: Sou um americano que trabalha duro.

E ela vai ler as últimas manchetes e, em seguida, responder uma que diz: *Por que eles não imigram legalmente?*

Às vezes, se o título for especialmente irritante, Dax não faz nenhum comentário, apenas envia um emoji revirando os olhos e uma única palavra: branKKKos.

Jess se pergunta se talvez eles devessem... parar.

Mas Dax diz, nem, lembre-se, tem que ver através do espectro político

Isso foi enfatizado repetidas vezes na revista. Para entender o mundo, eles tinham que participar dele. Uma câmara de eco era o lugar mais perigoso para ocupar.

Jess diz, *Engraçado a gente dizer espectro, o que teria uma linha em teoria, com duas pontas, quando na verdade é mais como um círculo*

Explica

Jess se senta na cama, digita um parágrafo e depois outro, explicando sua teoria da política norte-americana, que é basicamente tudo totalmente previsível.

Basicamente, ela escreve, *a única diferença entre um maluco de direita e um maluco de esquerda é, tipo, o clima no CEP onde eles nasceram*

rs

justo

muita saudade do seu ponto de vista

não é o mesmo aqui sem você

tenho certeza que está tudo bem

tem um substituto temporário, mas ele não é bom, lento demais

todo mundo quer que você volte

Sério?

claro que sim

todo mundo te ama

seu trabalho é muito sólido

todos nós sentimos sua falta

Do outro lado da linha, Jess está ficando encabulada.

sabe o que todo mundo acha especialmente legal sobre você?

Jess não consegue não morder a isca. Ela escreve de volta: ???

todos nós achamos muito irado que você nunca usava o mouse

Jess está esperando uma desculpa para perguntar a Michael, seu chefe, se pode enviar a ele algumas pautas. Ele diz:

— Tem certeza de que está pronta?

E Jess garante que está. E então envia ideias, uma após a outra, até que ela monopoliza o topo de sua caixa de entrada, e ele manda uma mensagem dizendo "Sem pressão, sinta-se à vontade para voltar às coisas no seu ritmo", embora ela saiba que ele não foi sincero, porque é um fanático viciado em trabalhar e geralmente passa a noite fazendo isso.

Mas Jess tem muito a dizer, de repente. Coisas que quer tirar do peito. Faz muito tempo que ela vem segurando a língua. Michael aprova seus artigos — todos menos um, sobre como há dados que sugerem que assassinos em série são mais propensos a se identificar como politicamente conservadores, ao que ele responde:

— Humm, talvez um pouco apelativo?

E Jess começa. E então, em vez de ficar entediada e inquieta, está trabalhando.

Inspirada pelas conversas, Jess propõe que ela e Dax trabalhem juntos. A manchete: COMO UM NÚMERO PREVÊ SEU PASSADO, PRESENTE E FUTURO. A análise: como o CEP em que alguém nasceu é quase perfeitamente preditivo da visão de mundo de uma pessoa, conforme definido pela Pesquisa Social Geral. Dax faz o design, e Jess cria os gráficos. Analisando os dados, ela pensa em Josh. Em como eles tinham tantas coisas em comum, mas não o bastante. Havia tanto a explicar no relacionamento. E, de acordo com Dax, isso não era saudável para uma pessoa, e Jess concorda. A incompatibilidade vital do casal era corroborada pelos fatos da análise.

Quando ela compartilhou os dados iniciais com Dax, ele disse:

— Bom, isso é deprimente. Fascinante, mas deprimente.

E era, um pouco. A ideia de que as pessoas não eram agentes, plenamente, de seus próprios destinos, que o mundo escolheu para elas, antes mesmo de nascerem. Mas Jess via de forma diferente. Era satisfatoriamente esclarecedor. A resposta para uma pergunta que pesava sobre ela. A razão perfeitamente racional pela qual todo um relacionamento pode se desfazer sob o peso de uma simples assimetria. O amor conquista tudo, exceto a geografia, a história e a realidade sociopolítica contemporânea. Dax achou suas conclusões deprimentes, mas para Jess foi tudo estranhamente catártico.

Por fim, um dos artigos de Jess chega à lista dos dez mais acessados do site, e sua conta no Twitter é invadida.

— Parabéns — Dax diz a ela.

— Parabéns?

— Você sabe o que significa quando você é hackeada, não é?

— O quê?

— Você é famosa.

Jess continua publicando artigos sobre racismo, política e economia, e, antes que perceba, é novembro.

E então, uma noite, ela acorda com o som do celular tocando.

Ela atende, grogue, pensando que talvez seja Barbara ou uma das gentis telefonistas da biblioteca local perguntando se ela gostaria de fazer uma contribuição nesta época de festas.

Mas não.

— Josh? — Sua voz está pesada de sono, então ela espera que não a traia, que a voz não revele a surpresa, mas mais do que isso: seu alívio.

— Oi — diz ele.

Ela não diz nada.

— Você ainda está aí?

— Sim.

— Como vai? — ele pergunta.

— Está tarde — diz ela, esfregando os olhos.

— Está mais tarde ainda em Nova York — diz ele, e depois de uma pausa: — Pensei que você fosse estar acordada. — Outra pausa. — Por causa da eleição.

Na noite anterior, Donald J. Trump foi eleito presidente. As pessoas na internet já estavam esbravejando sobre como 2016 tinha sido o pior ano, e era verdade, assim que os resultados da Flórida chegaram, Jess sentiu seu coração apertar; ela teve uma sensação de perda que era muito mais do que perder — mais do que perder a eleição da presidência do país —, era a sensação de que metade da nação, mesmo que fosse a metade menor, tinha formado uma fila de sessenta milhões de pessoas para cuspir na cara dela e dizer: "Pessoas como você não têm importância". E então Jess sentiu-se caindo de volta no mesmo vazio que sentiu quando o pai morreu, quando terminou com Josh.

Havia eventos para assistir ao resultado, Jess sabia disso. Lydia havia contado a ela sobre os restaurantes com torres de champanhe, mulheres de terninho, prontas para inaugurar uma nova era: primeiro um presidente negro, depois uma mulher. Mas, é claro, estavam todos errados.

Resignadamente apolítica, Barbara (Meu bem, não confio em político nenhum, entendeu?) havia se comprometido a assistir à CNN até as dez, até que fosse "hora de se recolher".

— Não vai mudar nada se eu ficar acordada até tarde, mas vou ficar cansada amanhã.

Então Jess ficou em casa sozinha, esperando tudo acabar, esperando Trump dar o fora do palco. E, sem conseguir evitar, pensou em Josh.

Ainda não eram onze horas, a eleição ainda não havia sido encerrada tecnicamente, mas, incapaz de assistir ao país mergulhar no caos, Jess resolveu ir para a cama mesmo assim. Ela se revirou sem parar, abraçando o vazio, sentindo-se lastimosa, até que finalmente adormeceu.

E o telefone tocou.

— Por causa da eleição — Jess repete lentamente. Em seguida, acrescenta amargamente: — Ah, é, só por isso.

Ele diz:

— Jess.

E, ao ouvir sua voz, ela se sente um pouco emocionada.

Ela não sabe o que dizer. Esfrega o dedo nos dentes pegajosos de sono, penteia o cabelo com as mãos. Mesmo que ele não possa vê-la, ela quer, de alguma forma, parecer menos desgrenhada e vulnerável.

Josh diz:

— Como estão as coisas?

A preocupação em sua voz toca algum lugar. Ela começa a chorar audivelmente. Em meio à crescente onda de lágrimas, ela mal consegue pronunciar as palavras:

— Não sei.

Ele diz:

— Ah, Jess. Não leve para o lado pessoal. Eu conheço você. Existe o pior cenário possível, que tenho cem por cento de certeza de que você está revirando na cabeça agora, que é a narrativa de que há uma fila de sessenta milhões de pessoas que simplesmente cuspiram na sua cara. E tem a realidade, que tem muitos outros aspectos.

— Você votou nele, não votou? — Jess interrompe.

Ele diz apenas:

— Jess.

Eles respiram no telefone.

Por fim, Josh diz:

— Só não quero que você fique chateada.

— Por que eu não ficaria chateada?

— Só acho que pode ajudar se interpretar de maneira diferente. Com a economia...

Ela interrompe:

— Por que você está defendendo isso?

— Não estou — diz ele. — Estou tentando ajudar a reformular as coisas para você. Estou tentando ajudar.

— Você está tentando ajudar? Por que não vai ajudar seus amiguinhos de merda, mineiros de carvão racistas, xenófobos e misóginos? De acordo com você, eles precisam de ajuda. São eles que clamam por isso. Poxa vida, minha visão supremacista branca perfeita do mundo está morrendo. Se ao menos aquelas pessoas pretas e pardas astuciosamente marginalizadas não estivessem tendo tantas malditas oportunidades, de serem baleadas pela polícia, de terem sua humanidade negada...

— Jess, por favor, para.

Jess para.

Ela diz:

— Foi por isso que você ligou? Para falar com condescendência sobre política?

Ele diz:

— Não, não foi.

— Então por quê? — ela pergunta bem baixinho, cedendo.

Ele diz:

— Liguei para você porque sinto sua falta e te amo e... e não estar com você não está funcionando para mim.

Jess prende a respiração.

Ele continua:

— Jess, eu liguei porque não posso viver sem você.

Ela sente saudade dele. Sente mesmo. Às vezes é tanta que chega a doer. Mas então se lembra. E isso dói também.

Ela liga para ele uma semana depois.

Toca algumas vezes, e ela prende a respiração. Mas então ele atende. Ele diz:

— Oi, linda.

E ela sente acontecer, algo apertado despontando em seu peito. Não é perdão ou aceitação, mas é algo mais próximo da negligência. Como uma bolha de champanhe de empolgação se formando em seu peito. Um sentimento, uma lembrança talvez, de calor, de prazer.

Ela tem estado tão triste, tão abatida. E agora, tem certeza de que prefere ser feliz a ter razão. Além disso, eles não voltaram a namorar, só estão conversando.

Ela liga para ele do telefone fixo e se senta no carpete enrolando o fio do telefone no dedo como uma adolescente gamada.

Ele atende imediatamente.

— Oi, Jess.

— Como você sabia que era eu? — Ele não tinha o telefone da casa dela.

Ele diz:

— Você é a única pessoa que me liga.

Ela diz:

— Você é a única pessoa para quem eu ligo.

— É mesmo?

— Bem, odeio falar ao telefone — explica Jess.

— Todo mundo odeia falar ao telefone, não é? — Mas depois: — Eu não odeio falar ao telefone com você.

Ele manda mensagem, e ela manda mensagem, memes, artigos sobre a proximidade da singularidade tecnológica, vídeos de gatos. Às vezes, falam com delicadeza e às vezes falam sério. Às vezes são breves, e às vezes demoram, mandam e-mails que ela precisa rolar a tela para ler, com parágrafos e pontuação. Ele sempre começa com: "Querida Jess".

Todos os dias, várias vezes ao dia, as mensagens entre eles batem e voltam. Jess não sai do celular. Ele vibra, e ela para o que está fazendo, sorrindo sonhadoramente para a tela.

Barbara ergue uma sobrancelha e diz:

— Mas quem é que está mandando mensagem?

Jess insiste:

— Não é ninguém. — Mas sabe que Barbara percebe que ela está mentindo.

Jess pergunta a Barbara como saber se algo está destinado a acontecer.

— Tipo, em um relacionamento. Namorado, namorada.

Barbara olha para Jess.

— Estamos falando do fulano Namorado Sr. Traíra?

— Bem... — Jess hesita. — É complicado.

Barbara assente.

— Você tem que se perguntar: "Essa pessoa é capaz de mudar?". Não dá para mudar as pessoas. Menina! Mas isso é trabalho de tolo, com certeza. Acredite em mim, eu sei. Mas, as pessoas mudam. Então, você se pergunta: "Essa pessoa está em um caminho de crescimento pessoal ou está se esforçando para mudar?". E, meu bem? Isso é o melhor que você pode fazer.

Jess reflete sobre isso.

Barbara lhe oferece um sorriso e um tapinha no joelho.

— Sabe o que é o mais importante lembrar?

— O quê?

— Você ainda é jovem. Então, independentemente dos erros que cometer, vai ter tempo para consertar.

Jess diz:

— Entendi.

Josh liga com uma história engraçada. Ele foi a um casamento em que o noivo ficou bêbado e desmaiou no bolo. Em pânico, a noiva tentou pegá-lo, mas escorregou. Quando um dos garçons chegou com um rolo de toalhas de papel, metade da festa estava no chão.

Jess fica triste ao pensar em Josh indo a festas sem ela, mas ri mesmo assim. Ela pergunta:

— Tem certeza de que era um casamento e não um esquete do *Saturday Night Live*?

— Aconteceu, eu juro.

Ele envia a ela um link para as fotos.

Jess ri.

— Então ninguém comeu bolo?

— Isso foi depois que eles cortaram.

— Estava bom?

— Eu não comi.

— Por que não? De olho no peso?

— Não, não dá pra ver pelas fotos, mas a camada de cima era de morango.

— E daí? — ela pergunta.

— Você é alérgica a morango.

— E daí?

— Jess, você não pode estar falando sério. Não se lembra da visita que fizemos ao pronto-socorro, e você...

— Então *você* parou de comer morangos por causa de *mim*? Mesmo não sendo...

Ele espera que ela conclua seu pensamento, mas ela não termina.

Ele diz:

— Não, você tem razão. Não é estritamente lógico. Eu não acordei um dia e disse "nunca mais vou comer morango". Foi mais assim: nós paramos de comer em casa e, aos poucos, eu parei de comer em todo lugar. Não acho que tenha feito conscientemente.

Jess diz:

— Entendi.

Vinte e três

Um dia, Josh faz uma chamada de vídeo, e eles se veem pela primeira vez em seis meses.

Josh diz, quase perplexo:

— Você é tão bonita!

E Jess dá risada.

— Legal você ter se esquecido de mim tão rápido.

Mas ele fala sério quando responde:

— Jess, eu penso em você o tempo todo.

Ela toca a tela como se estivesse acariciando o rosto dele.

— Estou com saudade — Josh admite.

— Também estou com saudade — Jess concorda.

— Não — ele diz com seriedade. — Quero dizer que sinto saudade de você, da sua presença física. — Ele baixa a voz. — Sinto falta de te ver todos os dias, do seu cheiro e do seu bumbunzinho gostoso e de você na minha cama. Sinto falta... de você.

Surpresa, Jess diz:

— Ah.

E então eles fazem sexo pelo telefone. E é sexy, mas insatisfatório também, e Jess fica querendo mais.

Depois de um tempo, ela diz:

— Tá, já chega disso.

Josh parece magoado.

— Como assim?

Ela diz:

— Eu preciso voltar para Nova York. — Ela não tinha percebido o quanto era verdade até dizer isso.

Jess iria no dia seguinte se pudesse, mas sabe que seria loucura. Mas ela está louca para vê-lo, para ficar perto de novo. Na névoa de dor e solidão e no inverno monótono de Lincoln, é quase difícil lembrar por que duvidou dele.

Ela diz, com uma falta de firmeza que contradiz sua empolgação:

— Talvez eu vá para ficar uma semana.

Ele diz:

— Por um dia, ou para sempre. Só vem logo, tá?

— Quando é logo pra você? Pode ser o feriadão de fevereiro?

— Fevereiro? — ele diz: — É claro que não. — Uma pausa: — O que você vai fazer neste fim de semana?

Jess se despede de Barbara.

Ela deixa Barbara apertá-la contra os seios, sente o cheiro de seu perfume. Recentemente, em uma loja, Jess reconheceu o perfume e flagrou-se borrifando um pouco nos pulsos.

— Volto em breve — ela diz a Barbara.

Barbara sorri como se Jess tivesse dito algo meio engraçado. Ela diz:

— Tá bom, meu bem.

No aeroporto, Josh está esperando quando ela desembarca, perto de famílias de militares e motoristas de limusine com cartazes. Ela o vê imediatamente e na mesma hora sente o estômago revirar. Eles correm um na direção do outro, num emaranhado de braços, mãos e lábios.

Ele diz em seu ouvido:

— Senti tanta saudade, Só Jess. Estou tão feliz que você esteja em casa.

Eles se abraçam, se beijam e fazem tanto estardalhaço que, quando vão até a esteira de bagagem, todas as malas de Nebraska já pararam de girar e a mala de Jess foi colocada ao lado da esteira.

No táxi, eles não param de se tocar. Josh está beijando o rosto e o pescoço de Jess, e ela está rindo, sentindo cócegas, e diz "parece que faz séculos", e ele diz "cento e oitenta dias", e ela diz "a raiz cúbica de cinco milhões oitocentos e trinta e dois mil dias", e, rindo, ele diz "minha sábia sexy". Então ele se afasta.

— O que foi? — Jess se recosta no assento de plástico do táxi.

Ele olha para ela, mastigando o interior da bochecha. Jess reconhece esse olhar. Ele está perplexo. Por que o preço da moeda sobe quando a economia está se contraindo? Por que uma pessoa em sã consciência ficaria na fila por uma hora para comprar um cupcake?

Jess pergunta:

— O que foi?

Ele segura uma trança, uma das longas, entre o polegar e o indicador. Ele afasta a trança da cabeça dela e a estica por quase toda a extensão do banco traseiro.

— Seu cabelo — diz ele. — Está bem longo. Muito mais longo do que parecia no vídeo.

— Ah. Bom. — Jess puxa a trança para trás, passa a mão pelo cabelo.

— Eu gosto assim.

— Era curto e agora... está bem comprido.

— Então você está dizendo que odiou? — Jess diz, como se estivesse lançando um desafio.

Ela observa os olhos dele, segue-os do topo da cabeça até o meio da cintura, até o lugar onde o cabelo dela, na altura do umbigo, para, e, pela expressão dele, ainda parece que está resolvendo um quebra-cabeça, mas então ele ri. Dá mais um beijo nela. E outro. E outro. Ele diz:

— Não tem nada em você que eu odeie.

Eles jantam em um restaurante, onde os garçons deslizam com garrafas de vinho geladas, e, na sobremesa, compartilham uma mousse incrivelmente saborosa. Jess se lembra das antigas noites de Nova York com Josh, mas algo nisso parece novo também. Ele se inclina sobre a mesa para beijá-la, e eles ficam de mãos dadas até ele assinar a conta.

Depois, quando estão deitados na cama, ele diz:

— Ei, Jess.

E ela responde:

— Sim?

Ele rola e pisca para ela no escuro.

— Por favor, nunca mais vá embora.

Jess decide que não vai.

Metade das roupas dela ainda estão no armário. Ela desliza a mão pelos cabides, passando os dedos pelas camisetas e pelos suéteres que esqueceu. Josh está atrás dela.

Ele diz:

— Eu ficava triste vendo suas roupas todos os dias quando você não estava aqui.

Jess se vira para encará-lo.

— Então por que não mandou para mim?

Ele dá de ombros.

— Porque isso teria me deixado mais triste ainda.

Ela o abraça.

Em casa, eles assistem a todas as temporadas do programa *Planeta Terra*. Assistem às plataformas de gelo se romperem em câmera superlenta, a grandes felinos engolirem crocodilos e a peixes do tamanho de ônibus escolares se enterrarem no fundo do oceano.

Os favoritos de Jess são os pássaros do paraíso. Eles são, com suas penas coloridas, criaturas ridículas, deliciosamente metódicas, cantando e dançando, batendo asas coloridas e mexendo os pés, para atrair uma parceira.

— Mas é isso que uma mulher quer — diz Jess, apontando o dedo para a tela da televisão.

— É mesmo? Um dançarino burlesco com um leque de penas que soa como um alarme de carro?

— *Romance*.

Mais tarde, ela ouve Josh cantando no chuveiro, uma velha canção de rock, atingindo todas as notas altas.

— Não pude deixar de ouvir o canto dos pássaros — diz Jess, abrindo a porta do box. Josh tem xampu no cabelo, com um pico no topo da cabeça, como um moicano.

Ele se afasta da água do chuveiro e sorri, então joga os cotovelos para o lado e faz um sapateado, simulando uma dança de acasalamento.

Jess ri.

— Tem espaço no ninho para mais uma? Quero dizer — ela ergue as sobrancelhas de maneira sugestiva —, tem alguém neste galho?

— Sempre tem lugar para mais uma — diz ele, e depois, seguindo o olhar de Jess, acrescenta: — Ei, estou aqui em cima. Mas, para ser franco, você não seria a primeira dama obcecada por minha, hum, plumagem.

— Lindas penas — diz ela, puxando a camisa sobre a cabeça. — Quer acasalar?

Na Duane Reade, em frente à seção de refrigerantes, Jess começa a chorar. Josh corre para o lado dela.

— O que foi? — Uma cesta cheia de produtos de higiene está pendurada no braço dele; antisséptico bucal, desodorante e um sabonete facial para homens.

Ele esfrega as costas dela e espera que ela se recomponha, mas, quando as pessoas começam a parar e olhar, ele a leva para fora da loja, do outro lado da rua, deixando a cesta lá dentro.

— O que foi?

— Meu pai — Jess balança a cabeça, entre as lágrimas. — Pensar nele me deixa triste.

Josh assente.

— Me fala sobre ele.

— O que você quer saber? — Jess enxuga o rosto.

Josh diz:

— Qualquer coisa. Quais eram as coisas favoritas dele? O que o deixava feliz? Do que você mais sente falta nele?

— Bom — Jess diz. — Ele adorava coca-cola — ela aponta para a Duane Reade —, obviamente. Mas só comprava na promoção. Tipo, essa era uma regra que ele seguia à risca.

Josh ri.

— O que mais?

Jess conta a ele sobre o pai dela: que ele sempre torcia pelo azarão, que adorava justiça e equidade ("Parece uma pessoa que eu conheço", diz Josh, e Jess responde: "Mas ele era assim de verdade".), ele estava sempre ajudando as pessoas, fazendo a coisa certa, mas ela percebe que, no fim das contas, ele era mais complicado do que ela imaginava. ("Quem não é?") Jess explica que, quando era pequena, ele a deixava andar de triciclo dentro de casa e isso a fazia se sentir a menina mais sortuda do mundo. Ele fazia piadas, ruins, piadas de tiozão. Ele era engraçado.

Jess diz:

— Provavelmente vai parecer clichê, mas ele me amava de verdade. Acreditava em mim. Pensava que eu poderia fazer qualquer coisa que eu decidisse. — Jess olha para Josh. — É bom ter alguém que está cem por cento, sem perguntas, totalmente com você, entende o que quero dizer?

Josh assente.

— Gostaria de tê-lo conhecido.

Jess se levanta, sentindo-se um pouco melhor.

Josh coloca o braço em volta do ombro dela, e eles voltam para o outro lado da rua.

— Bom, ele parece ter sido um cara incrível. Perspicaz. — Josh dá uma cotoveladinha nela: — Tenho certeza de que ele teria me achado um cara legal. Que você tinha um gosto impecável. Você não acha?

Jess ri:

— Rá!

Mas não responde à pergunta.

Mais tarde, ela liga para Barbara só para dizer olá. Ela lhe diz:

— Chorei hoje pensando no meu pai em frente à gôndola de refrigerantes. Estavam na promoção.

Barbara funga.

— Ah, minha querida. — Então ela pigarreia e ri profundamente. — Cá estava eu, pensando que era a única chorando no supermercado por causa das latinhas de coca-cola.

No trabalho, as coisas andam movimentadas. Todos estão preocupados com o novo governo, ansiosos em relação aos próximos quatro anos. Embora ninguém queira dizer — parece grotesco, como se estivessem lucrando com uma guerra —, toda essa história gera boas pautas. Os tweets, a indignação, a insanidade. Há uma natureza quase frenética no trabalho. Uma sensação de pânico, mas também de propósito. A sensação de que estão do lado certo da história.

Eles fazem uma publicação sobre fábricas de trolls russas e teorias da conspiração de direita, e há tantos acessos que o site fica travado por um momento.

Sempre há algo novo na linha de denúncias e, quando Jess chega ao escritório, em vez de dizer "Bom dia", agora Dax diz "Aperta o cinto".

Entra em vigor um alerta de tempestade de inverno. "Fique dentro de casa", é o que a estação de notícias local soa na sirene, enquanto a neve começa a cair. Jess acende velas e sacode um par de cobertores de lã.

— Recebi uma mensagem de texto da fornecedora de energia elétrica — explica ela —, dizendo que interrupções intermitentes devem ser esperadas.

Está claro lá fora; a lua está alta, está tudo branco. Quieto. O único barulho na rua é o rastro úmido dos pneus dos carros na neve. No apartamento, à luz de velas, os dois comem pizza direto da caixa.

Josh diz:

— Isso é legal.

— Então, o que vamos fazer agora? — Jess pergunta.

Ele ergue a sobrancelha, de maneira sugestiva. Jess dá risada.

Eles decidem jogar strip poker, mas não conseguem encontrar um baralho. Vasculham as gavetas de bugigangas até que Josh diz:

— Aha!

— Você achou?

— Melhor ainda — diz ele. — Strip Set?

Jess diz:

— Melhor então você tirar toda a sua roupa agora.

— Nem sempre você vence — diz Josh.

— Venço, sim.
— Não vence.
Ela vence.

E então Josh está sentado nu no chão de madeira, inclusive sem meias. Jess está totalmente vestida, ainda usando o suéter, inclusive.

— Você esquece que eu sou um crânio no Set — Jess provoca.

— Sabe — diz Josh, reorganizando as cartas em uma pilha —, há uma verdadeira elegância matemática neste jogo que é bastante atraente.

Jess concorda.

— Gosto da simplicidade. Apenas formas, cores e preenchimento. — Ele bate as cartas na palma da mão. — Fácil.

Jess concorda.

— E eu gosto que, embora haja umas setecentas mil combinações nas quais nenhum conjunto pode ser obtido, em um espaço quadridimensional finito, todos se reduzem a essencialmente um conjunto.

Jess concorda, *Eu também*.

Ele embaralha e embaralha o que embaralhou, de modo que as cartas fazem *vupt vupt vupt*.

— E há certa harmonia no jogo, tudo diferente ou tudo igual. Gosto da ideia de que há mais combinações vencedoras quando todas as cartas são diferentes do que quando são iguais. — Ele ergue o olhar. — Entende o que quero dizer?

— Sim — diz Jess. — Eu entendo.

Ela entende, entende, entende. Ele está nu, eles estão apaixonados, e é simples. Beleza, harmonia. Eles se sentam juntos aproveitando o momento, e tudo parece simples.

De repente, Josh sorri.

— Se lembra do Blaine? Ainda me lembro da cara dele quando você o derrotou. Achei que ele ia despejar a ira de Hades sobre você.

A memória é distante o bastante para que Jess também consiga sorrir.

— Todos eles morriam de medo de você — diz Josh.

— O quê? Isso não é verdade.

— É, sim — diz ele. — Sua tolerância a idiotices naquela época era exatamente zero.

— E agora não é?

— Não — ele balança a cabeça. — Bem, você ainda tem opinião própria, obviamente. Alguns podem até dizer que é estridente — ele a olha de soslaio, avaliando sua reação —, mas você está mais de boa.

— Hum. Tá.

— É uma coisa boa.

— Que tolero mais idiotices?

— Mais *diferenças*.

Jess faz uma cara feia. Vindo dele, ela sabe que é um elogio, mas parece errado. Como se houvesse um limite de idiotices, e o dela estivesse ficando maior. Como se ela tivesse menos princípios, menos interesse ou fosse menos convincente.

Ela diz:

— Hum. Tá.

— É uma coisa boa — ele insiste. — Você está evoluindo.

Um dia, Jess encontra um belo ramo de flores na mesa, com zínias, rosas e lírios Stargazer. Tem um bilhete preso ao vaso, e Jess o lê e sorri. Diz: *Eu te amo, bastante*.

Jess encontra Josh no quarto.

Ela segura o bilhete, sorrindo loucamente.

— Está me traindo ou algo assim? — ela brinca.

Josh olha Jess bem nos olhos e diz solenemente:

— Meu bem, eu sou todo seu.

As Garotas do Vinho dão uma festa para celebrar a volta de Jess à cidade. Um jantar com bebidas no apartamento delas. À mesa, os convidados passam tigelas de salada e garrafas de vinho da Califórnia, que as Garotas do Vinho encomendaram de Napa Valley em caixas e empilharam na despensa como se estivessem se preparando para o fim dos tempos. Eles falam sobre o trânsito, o clima e sobre uma marca de água com sabor que está bem popular. Mas a conversa muda. Alguém pergunta se já leram o artigo, aquele que saiu recentemente; o prefeito está concorrendo à reeleição, e um repórter sarcástico do *Post* catalogou as parcas conquistas de Blasio. No topo da lista: a revogação da proibição de longa data de furões na cidade. De alguma forma, isso inicia uma discussão.

As Garotas do Vinho acham que é de fato um bom legado, enquanto Josh acha que é uma besteira. Elas se perguntam o que exatamente ele tem contra furões. E Josh responde que não tem nada contra furões em particular, ele só não acha que eles precisam de um lobby inteiro. E Noree retruca que, bem, desculpa informar, o prefeito discorda e é, de fato, um defensor público dos direitos dos furões. Isso faz Josh achar graça e dizer que isso não o surpreende — apenas mais um esquerdista irresponsável desperdiçando o dinheiro dos contribuintes, sabe? E ele diz isso tão animado, espetando as verduras no prato de maneira tão amigável, que é óbvio que não está tentando botar fogo nas coisas. Mas ele botou fogo nas coisas.

As Garotas do Vinho fazem *peraí peraí peraí*. E, mesmo que Miky interrompa com uma piada — um furão entra em um bar — engraçada e todos riam, as Garotas do Vinho ainda não querem deixar para lá. Querem exatamente o oposto. Amarram os cabelos que chegam à cintura em um nó, como se estivessem se preparando para a batalha, e repetem:

— Esquerdista irresponsável?

Josh diz a elas que não quis dizer nada com isso — foi mal, desculpa, é só, ha ha, você sabe, se o prefeito fizer só o que quer, ele transformará a cidade em algum tipo de utopia socialista onde todo aluguel será controlado por ajustes e a alíquota do imposto será de setenta por cento, ha ha, sabe? — e mesmo que ele esteja se desculpando do jeito dele, Jess pensa: *Nãããããão*.

Mas, de alguma forma, as Garotas do Vinho ainda estão sorrindo, ou talvez estejam exibindo os dentes de maneira hostil. Elas perguntam educadamente a Josh quais objeções poderiam existir ao controle do aluguel. Você está dizendo que os pobres, os enfermos e os idosos não têm direito a uma vida acessível?

E Josh diz a elas que não exatamente, e ele está comentando principalmente sobre o fato de que os subsídios são notoriamente ineficientes. É literalmente uma questão de oferta e demanda.

As Garotas do Vinho dizem "Ah, não é oferta e demanda", e elas pararam de falar com delicadeza. Oferta e procura? É isso? Porque também fizemos aula de economia na faculdade. E não é tão simples assim.

Lydia pede, então, se todos poderiam, por favor, não brigar — o frango não está lindo? — e Miky pergunta:

— Vamos brigar? Não é melhor pegar a piscina inflável e o sabonete para a lutinha?

E as Garotas do Vinho insistem que ninguém está brigando, todo mundo está bem, mas depois se inclinam para a frente.

Elas querem saber o que Jess pensa. Mas Jess não quer se meter. "Jess", elas dizem, "logo você!". E Jess detesta ser arrastada para isso, detesta a suposição de que, por razões não ditas, ela pode fornecer alguma clareza moral.

"Não vai dizer que você concorda com ele", elas dizem, e parece um desafio. Então Jess diz que, na verdade, a opinião dela fica no meio. Ela diz que o controle de aluguel é uma boa ideia, mas não se a baixa renda não for comprovada. Diz que, caso contrário, no fim das contas, temos um bando de velhos escultores aleatórios pagando duzentos dólares por mês para morar em apartamentos de novecentos metros quadrados. Quer saber, na verdade, é uma sacanagem.

Não é uma sacanagem, elas respondem. Os artistas são a força vital da cidade de Nova York!

Elas explicam que a cidade está deslizando para um declínio inexorável, evoluindo para uma hegemonia do capitalismo tardio dirigida por barões ladrões russos e bilionários chineses, com suas empresas de fachada, bolsas Gucci e crianças mimadas, comprando todos os imóveis. Eles compram prédios inteiros de uma vez só para lavar seu dinheiro sujo, e esses prédios, eles nunca são ocupados. Isso está matando a cultura da cidade. Está acabando com a vida dela.

Jess pensa: *Barões ladrões russos e bilionários chineses, elas se esqueceram de mencionar os herdeiros de fundo fiduciário da Califórnia?*

Josh diz: "Nova York está longe de ser uma cidade-fantasma".

Elas dizem que Nova York não deveria estar à venda para quem der o lance mais alto.

E Josh diz: "Então, deveria estar à venda para quem?".

Mais tarde, na cozinha, raspando os pratos, Jess e as Garotas do Vinho falam sobre a discussão. O problema é que Josh acha que as Garotas do Vinho são idiotas, e elas pensam que Josh é um idiota e Jess pensa que talvez todo mundo que ela conhece seja um idiota.

Noree diz:

— Ele é tóxico.

Jess diz:

— Ele não é.

Callie diz:

— Ele passou totalmente dos limites.

Jess diz:

— Está tudo bem.

No meio de tudo isso, Josh entra, parecendo perdido. A essa altura, mais pessoas chegaram e a festa se transformou em um pequeno caos. Na sala, alguém colocou a música no máximo, e os vizinhos estão batendo no teto. Uma das colegas de ioga das Garotas do Vinho está literalmente de cabeça para baixo. Um cara que Jess nunca conheceu está fumando maconha em uma maçã.

Noree diz a Josh:

— Podemos ajudá-lo?

— Você tem leite?

Ela revira os olhos, mas aponta para a geladeira.

— Tem leite vegano aí dentro, provavelmente.

— Mas tem leite de vaca?

— O quê?

— Ou uma lata de atum?

— Desculpa?

Jess quer dizer a Josh que ele está sendo esquisito, mas, quando se vira para dizer algo, ele desapareceu.

As Garotas do Vinho continuam de onde pararam. Elas dizem:

— Falando sério, Jess? Achamos que você não está pensando com clareza.

Jess pergunta:

— Não estou pensando com clareza?

Elas explicam:

— É o amor de pica.

* * *

Jess vai procurar Josh. Ele está no pátio, agachado no canto mais distante, e Jess se pergunta se está enjoado, se talvez tenha vomitado em um dos canteiros, o que seria nojento, mas também seria bem feito para as Garotas do Vinho.

Jess abre a porta de vidro e, quando Josh se vira, não parece nem um pouco enjoado, na verdade está sorrindo, um sorriso bobo e torto. Ele se levanta, e, no escuro, Jess pode ver que está segurando algo nos braços.

Ele diz:

— Ei, Jess, olha o que eu encontrei.

Ela sai para o pátio e, ao luar, consegue distinguir: uma bola de pelos com listras cinzas e um rabo enrolado em um pequeno círculo.

É um gato.

— Um gatinho bebê? — Jess pergunta.

— É filhote.

— De rua?

Josh assente, segura o gato mais perto do peito. Ele murmura com doçura no ouvido do gato: — Eu encontrei você vagando sozinho por aqui, não foi?

— Você deveria tocá-lo assim? — Jess pergunta. — Você não está, tipo, preocupado em pegar hepatite ou algo assim?

— Existem apenas evidências de infecções por protozoários passando de felinos para humanos — diz ele, sem erguer os olhos. — E mesmo até isso é bastante improvável. — Ele está balançando o gato nos braços como um bebê, acariciando atrás das orelhas.

— Bem, o gato é bem pequenininho e provavelmente precisa ser vacinado — diz Jess. — Talvez você devesse se preocupar com a possibilidade de *ele* pegar hepatite.

Josh ri.

— Qual de nós dois tem hepatite neste contexto? — Ele inclina a cabeça, apontando para ela. — Vem aqui, vem dizer oi.

Ele gesticula para Jess se juntar a ele, e ela se agacha ao seu lado. O gato está entre os dois, enfiando e tirando a língua de um pequeno pires. Ronronando baixinho enquanto Josh faz carinho em sua barriga. O animal estica o torso para a frente e esfrega o focinho nas costas da mão de Josh. É um gemido, um som como um sino de jantar em miniatura ou uma pequena trombeta de brinquedo, e de repente Jess se sente emocionada.

É um sentimento que não reconhece completamente, talvez seja o nirvana ou um poder superior respirando através dela ou talvez seja só o molho da salada.

Josh percebe como ela está.

— O que foi?

— Eu simplesmente não entendo... — Jess estica o braço para apontar para o gato. — *Isso*. Você.

— Do que você está falando?

— Por que você diria que a cidade de Nova York deveria despejar os pobres? — Jess pergunta, soluçando.

— Quando eu disse isso?

— No jantar! Lá dentro. Quando estávamos falando sobre controle de aluguel e...

— Meu argumento é que o controle de aluguéis leva ao desequilíbrio do mercado e cria um peso morto na economia.

— Tudo bem, mas não estávamos falando sobre curvas de oferta e demanda e, tipo, teoria econômica.

— Jess, era exatamente disso que estávamos falando!

— Não, nós estávamos... — Jess se interrompe. — Ei, ei, ei — ela protesta.

— O que foi? — Josh se inclina para ela — O que aconteceu?

— O gato — diz Jess. — Está me arranhando. Ai. — O gato está apoiado nas patas traseiras, com duas patas dianteiras agarradas ao joelho de Jess.

— Ele não está te arranhando. Isso é amassar. Significa que gosta de você.

Josh sorri e diz ao gato:

— Nós gostamos da Jess, não é? Gostamos, sim. O coração mais puro. Eu sei, e você também. — Ele se volta para Jess. — Olha. Ele está completamente apaixonado. Um gatinho gamadinho.

Jess observa e o que ele está dizendo parece verdade. Porque, apesar de terem acabado de se conhecer, o gato está olhando para Jess com grandes olhos de calêndula, piscando lentamente, seu rostinho completamente aberto, seu pequeno coração batendo completamente exposto. Jess olha para Josh, e ele está fazendo a mesma cara, olhando para ela da mesma maneira. Jess não aguenta.

Ela perde um pouco o equilíbrio, estendendo a mão para ele. Ela puxa o rosto dele para o dela e o beija. Ele imediatamente a beija de volta, ambos cruzam as palmas das mãos no rosto um do outro, pulso sobre pulso. Lá dentro, alguém grita, um vidro quebra, mas eles continuam se beijando. Outro estrondo de dentro, e Miky grita:

— Quebrou, pagou! — Então tudo fica quieto. Como se houvesse um selo hermético ao redor deles. Sempre surpreende Jess, essa suavidade nele. Ela poderia ficar ali para sempre, até...

— Eles estão aqui atrás! Dando uns amassos de novo.

Eles param de se beijar.

Eles se levantam, e Jess protege os olhos com a mão como se estivesse olhando para uma luz forte.

O gato está na palma da mão de Josh, encostado no peito dele, que esfrega o polegar no pescoço dele. Ele emite um guincho baixinho.

Uma das silhuetas na porta diz:

— O que está... acontecendo? O que é isso?

— É um gatinho bebê — explica Jess.

— É um gato filhote — esclarece Josh.

Os olhos de Jess se ajustam à luz, e ela vê as amigas na porta. Para os rostos confusos, Jess proclama:

— Josh o salvou de um prédio em chamas!

Miky dá um passo à frente.

— Ah meu Deus, Jo-*osh* — ela murmura.

As Garotas do Vinho reviram os olhos. Lydia faz um porta-retrato com as mãos.

— Eu amo esse enquadramento. Fica aí, vou tirar uma foto!

Jess sorri. Ela sentia falta disso. Tudo parece exatamente o mesmo. Exceto por uma coisa: ela. Ela se sente diferente — mais inteligente, mais triste, mais segura —, e é por isso que está tudo bem.

Jess avisa aos amigos que vai ficar, é oficial.
Paul diz:
— Você voltou!
— Voltei.
— Bem — ele diz, envolvendo-a em um abraço. — Você está me devendo aproximadamente mil espressos. Mas eu pago o próximo.

Miky e Lydia a levam para comemorar comendo dim sum.
Miky faz um brinde a Jess, aos melhores amigos e aos dumplings cozidos no vapor, e elas batem as Tsingtaos umas nas outras.

E as Garotas do Vinho, que enviaram uma dúzia de mensagens a Jess enquanto ela estava fora, dizendo *estamos com você* e *mandando energia positiva* e *esperamos que você esteja bem*, dizem sombriamente:
— Na hora certa.
A posse é na sexta-feira. No sábado, elas irão à Trump Tower para protestar. Elas usam chapéus cor-de-rosa e seguram pôsteres com slogans: O FUTURO É FEMININO, MORTE À ESCÓRIA NAZISTA e MAR-A-LAGO VAI SE FODER. Elas levam Jess à Duane Reade, onde compram cartolina e marcadores de texto de ponta grossa.
Josh ergue uma sobrancelha.
Jess diz:
— Nossa democracia está sob ataque.
— E é assim que você luta?
Jess o ama, ela o ama, ela o ama tanto, tanto.
Ela pensa: *Não há julgamento no amor*.
Ela diz:
— Não vamos falar sobre isso.
Outras coisas sobre as quais eles não falam: Tenley, o artigo mais recente de Jess (*Visualizando mentiras: Análise de 1000 discursos políticos mostra que conservadores estão 10 vezes mais propensos a distorcer a verdade*), dinheiro, aquele boné.

Jess está indo para o trabalho, quase saindo, quando Josh a impede. Ele está com as mãos atrás das costas; sorrindo como um maníaco.

— Foi ao mercado? Tão cedo? — Jess pergunta. — O que está escondendo?

— Isto — ele responde, e revela um buquê de flores.

Jess as pressiona contra o nariz.

— São lindas.

Ele sorri.

— Assim como você.

Ela sorri também.

— O que tem na sua outra mão?

Ele ri.

— Nada passa despercebido por você. — Ele entrega a ela uma pequena sacola plástica de presente e diz: — Aqui.

Jess a pega e lê as letras impressas na lateral.

— Você foi ao Intrepid Museum? Quando?

— Só à loja de presentes — diz ele. — Abre.

É um chaveiro com uma única chave anexada.

— A chave do seu coração? — Jess pergunta.

— Do apartamento. Já que você não consegue achar a sua... eu queria te dar algo para dizer bem-vinda de volta. Você sabe o que é isso?

Parece um modelo antigo de avião com cockpit aberto e asas empilhadas. Tem cerca de dez centímetros de comprimento. É vermelho vibrante com uma pequena hélice azul.

Jess diz:

— Um avião?

— Um avião de combate da Segunda Guerra Mundial.

— Tá...

— Você já ouviu falar de Abraham Wald?

— Como uma estatística de Wald?

— Exatamente! O mesmo cara. Um estatístico brilhante. Então, durante a Segunda Guerra Mundial, ele fez parte de um programa secreto de matemáticos de elite. O Grupo de Pesquisa Estatística. Você já ouviu falar?

Jess balança a cabeça.

— Eles trabalharam em várias coisas diferentes, mas uma das principais foi descobrir como blindar aviões de combate. Não dá para blindar o avião inteiro porque fica muito pesado. Precisa ser estratégico. Então a marinha pediu a Wald para analisar todos os aviões que voltaram do combate para descobrir onde a maioria das balas os atingiu. E, quando ele olhou para os dados, o padrão era claro. Havia muito mais buracos de bala na fuselagem do que no motor. Em praticamente todos os casos, o corpo do avião estava tipo um queijo suíço, mas o motor estava impecável. Então, onde Wald recomendou que eles instalassem a armadura?

— Esta é uma pergunta capciosa?

Josh faz que sim.

— Sim. É um paradoxo.

Jess reflete.

— No motor.

— Exatamente! Por quê?

— Porque você disse que isso era um paradoxo, e isso é o oposto da minha intuição.

— Rá, tudo bem. Mas é isso mesmo. Parece óbvio instalar a blindagem sobre a fuselagem porque é onde os aviões são atingidos, certo? Mas é exatamente o oposto. A *razão* pela qual a fuselagem está tão danificada é porque ela pode suportar o dano. Os aviões que levaram um tiro no motor nem conseguiam voltar. Então... o que eu estou dizendo é que eu acho que as pessoas tendem a confundir a fuselagem com o motor, digamos assim, confundir a parte fraca com a forte. E acho que esperava que isso — ele aponta para o pequeno avião — lembrasse a você de que há... essa coisa entre nós que é sempre testada, mas não é a parte frágil. Sabe? Tenho certeza de que há uma maneira melhor de dizer isso, mas não dá pra se expressar tanto assim com um chaveiro. — Ele faz uma pausa, espera pela reação dela. — Então, o que você acha?

— Então isso é... uma metáfora?

— Correto.

— Para o nosso relacionamento?

— Isso mesmo.

— O paradoxo... de Wald.

— Faz sentido?

Jess assente.

— Eu acho que é... muito romântico.

Ele sorri.

— Achei que você fosse gostar.

Jess desliza o chaveiro sobre o dedo médio, e a barriga do avião fica encostada na palma da mão. Ela fecha o punho sobre ele.

— Obrigada — diz ela. — Eu adorei.

Ele a beija, e ela o beija de volta.

Ele diz:

— Eu te amo.

E ela diz também.

Ela cruza os braços em volta dos ombros dele, e ele cruza os braços em volta da cintura dela. Eles estão se beijando e dizendo *eu te amo, eu te amo, eu te amo* um para o outro, até que Josh chuta alguma coisa, e eles param.

Olham para baixo.

É um dos pôsteres de Jess, que ela deixou perto da porta.

Um está virado para baixo, e o outro ainda encostado na parede. Diz FORA TRUMP.

Josh olha para o pôster, depois para Jess, depois para o teto e depois para o chão.

Ele não diz nada.

Nem ela.

Eles apenas ficam piscando um para o outro, até que o silêncio se torna insuportável.

Josh toca no colarinho.

Com a unha, Jess move o fio de uma hélice — tem a textura de papelão fino — girando e girando em círculos tortos e contemplando a metáfora da guerra.

Por fim, depois de cerca de mil anos, Josh diz, com muito cuidado:

— A posse é hoje.

— Estou ciente.

— Onde você vai assistir?

Jess balança a cabeça.

— Não vou. Não consigo.

Josh parece confuso. Ele inclina a cabeça na direção dos pôsteres.

— Pensei que você fosse ao protesto amanhã.

— Eu vou.

— Então você vai protestar contra um líder eleito democraticamente e... você nem sabe contra o que vai protestar?

— Eu sei contra o que estou protestando. Racismo, xenofobia, misoginia e...

— Não vai ser tão ruim. Retórica de campanha não é o mesmo que política administrativa.

— Sei.

— Assiste comigo — diz ele. Jess olha para ele como se ele tivesse dez cabeças. — Eu só quero que você veja. Não vai ser tão ruim.

— Eu tenho que trabalhar. — Jess aponta para a bolsa, para o casaco.

— Trabalha de casa.

— *Você* não tem que trabalhar?

— É sexta-feira. — Josh dá de ombros. — Não tenho reuniões. — E então: — Sério. Eu sei que você está preocupada, mas não precisa estar. — Ele sorri para ela com sinceridade. — Você vai ver.

Jess hesita.

Então ela pendura a bolsa.

— Tá, tudo bem.

Eles trabalham em lados opostos do apartamento. Josh está no quarto, digitando no laptop — só um apocalipse nuclear prejudicaria sua produtividade —, enquanto, na cozinha, distraída e enjoada, Jess só consegue olhar para o celular.

Às onze e meia, Josh chama:

— Está na hora.

Jess responde:

— Mudei de ideia.

Mas ele já saiu do quarto e está caminhando em direção à TV.

— Você não pode simplesmente enterrar a cabeça na areia pelos próximos quatro ou oito anos.

— *Oito* anos? — Jess estremece.

— Vem — Josh diz, pegando o controle remoto. — É seu dever cívico. O que quer que você esteja imaginando é muito pior do que de fato vai acontecer. Eu prometo. — Ele faz um gesto para ela se aproximar. — Vem aqui. Vem.

Jess não se mexe.

— Vem cá. — Ele acena com a mão.

Jess se junta a ele no sofá.

Ele segura o controle remoto com uma mão e oferece a outra a Jess. Ele entrelaça seus dedos nos dela e aperta.

Ele encontra a transmissão ao vivo no serviço de streaming e aperta REPRODUZIR.

Na tela, chega a carreata, uma longa fila de limusines com janelas de vidro fumê cravejadas de bandeiras norte-americanas.

O dia: completamente nublado.

O rosto do presidente eleito: de alguma forma, vil e ao mesmo tempo sem expressão, com uma gravata vermelha e vibrante, o paletó aberto.

Mike Pence atrás dele: cretino do caralho.

A multidão reunida no National Mall: pessoas brancas enroladas em cobertores, torcendo com seus bonés vermelhos.

Barack Obama: vestido para um funeral, absolutamente inescrutável, enquanto Michelle está ao lado dele, olhando — e talvez Jess esteja projetando — absolutamente apavorada.

E Anderson Cooper: no estúdio da CNN, inteligente e sombrio.

Tudo isso parece acontecer em questão de segundos, e o coração de Jess bate descompassado com algo primitivo. Pavor e ressentimento misturados com ansiedade.

Finalmente, Donald Trump toma posse sobre uma Bíblia e, quando ele está no púlpito, Josh olha para Jess e pergunta:

— Pronta?

O novo presidente começa a falar e, sim, Jess tem que admitir, ele está sendo atipicamente coerente. Seus sujeitos e verbos estão de acordo, e as palavras que está dizendo estão todas no dicionário. Ele está lendo, literalmente, do teleprompter.

Mas.

Mas mas mas. Com certeza, isso não pode ser suficiente.

Jess envia mensagens para o grupo de conversa com Miky, Lydia e as Garotas do Vinho.

Estão acompanhando a posse?

mds sim

No feed ao vivo da CNN, um comentarista escreve: *Até agora, este deve ser o melhor discurso dele.*

No celular de Jess, a conversa no grupo diz,

esse cara é completamente louco.

os imigrantes estão devastando o país??

sem extremos... o discurso parece absolutamente presidencial

Ao lado dela, Josh diz:

— Viu?

parar a carnificina??

... sóbrio e unificador...

este país está perdido

Nossos cidadãos, em todo o país, estarão se perguntando o que vem a seguir...

vou embora para o Canadá

... e a mensagem aqui hoje de ambas as administrações que entram e saem...

— Ei — Josh a cutuca. — Você não está prestando atenção.

... é que o tempo da desunião acabou...

o Cheetos do estado pensa que é o novo führer

Estados Unidos em primeiro lugar?

qual é o problema dele?

o sangue dos patriotas??

E então o discurso acaba, e os âncoras parecem aliviados. Eles admitem que talvez a gravidade do cargo tenha atenuado a retórica do presidente. Admitem que todos exageraram.

É animador ver que a transição será conduzida de forma pacífica...

Miky entra na conversa depois. Ela manda um emoji de cocô e escreve Triste!

... e que o país vai ficar bem.

A cobertura corta para um comercial, um casal de meia-idade andando de bicicleta, anunciando um medicamento que reduz o colesterol.

Josh aponta o controle remoto para a televisão e a desliga.

— Então? — ele pergunta. — Como foi?

Jess não consegue se mexer.

— Não é exatamente Hitler no Sportpalast, não é?

Jess balança a cabeça lentamente, não consegue responder.

— Viu? — Ele a puxa para mais perto, aperta seu ombro. — Está tudo bem.

Agradecimentos

Se não fosse por estas duas pessoas, este livro não estaria em suas mãos hoje: Hilary D. Jay e Andrea Blatt. Hiljay, toda pessoa criativa merece uma fã tão feroz e fervorosa quanto você e toda pessoa merece uma amiga como você. Andrea, obrigada por sempre ver o que esta história era, é e poderia ser, e por sempre ser capaz de articulá-la de maneira tão linda. E por, simplesmente, ser a melhor agente de todos os tempos.

A minhas editoras inteligentes, maravilhosas e perspicazes: Carina Guiterman e Lashanda Anakwah, da s&s, e Sophie Jonathan, Roshani Moorjani e Anne Meadows, da Picador. Obrigada pelo cuidado, pelo entusiasmo e pela paciência. Eu costumava me perguntar sobre as pessoas que davam muito crédito a seus editores — tipo, quem foi que escreveu o livro? —, mas agora entendo. Obrigada. E obrigada a todos da s&s e da Picador pelo total suporte. Sou infinitamente grata.

A todos da WME: Andrea Blatt (mais uma vez), Caitlin Mahony, Fiona Baird, Olivia Burgher e Flora Hackett, obrigada por verem e acreditarem. Não consigo agradecer o suficiente.

E a todos os escritores e pessoas criativas que conheci ao longo do caminho que ajudaram a moldar este livro de alguma forma: Laura Bridgeman, Michelle Brower, Vanessa Chan, Jennifer Close, Anna Furman, Meng Jin, Olga Jobe, Rachel Khong, Lydia Kiesling, Danya Kukafka, Heather Lazare, Mitzi Miller, Rina Mimoun, Sarah Schechter, Emily Storms — obrigada por se envolverem com seriedade e generosidade com meu trabalho, mesmo quando (principalmente quando) ainda não era um livro. E agradeço especialmente a Madeline Stevens, cuja brilhante percepção me ajudou a dar uma reviravolta no manuscrito justamente quando ele mais precisava de uma reviravolta.

Aos meus amigos e familiares: Julie Bramowitz, Katy Dybwad, Rose-Marie Maliekel, obrigada por sua amizade, e Jasmine Kingsley, obrigada por me convidar para ir a Lincoln! Nico Fritsch, obrigada por me apoiar tanto no meu trabalho formal quanto na labuta de escrever. Às famílias Marrs, Sullivan e Dybwad, obrigada por me levarem a sério quando eu disse que estava "trabalhando em um romance"... por três anos. E à minha família, obrigada por me amar e me apoiar desde o começo. A Michael Rabess, que, depois de muita insistência, me encorajou a "simplesmente enviar", e a Margaret Rabess, que sempre amou um bom (ou um mau) romance.

E à minha mãe, que me ensinou a ler, a escrever e a amar os livros. Obrigada por tudo.

E a Alex, obrigada por sempre ver a verdadeira natureza das coisas e por me tirar do chão quando e como necessário. E obrigada por nossos filhos lindos e perfeitos, sem os quais eu ainda teria a capacidade de gerenciamento de tempo de um amendoim.

E, finalmente, obrigada a você por ler este livro.

TIPOGRAFIA Adriane por Marconi Lima
DIAGRAMAÇÃO Vanessa Lima
PAPEL Pólen Natural, Suzano S.A.
IMPRESSÃO Gráfica Bartira, fevereiro de 2024

A marca FSC® é a garantia de que a madeira utilizada na fabricação do papel deste livro provém de florestas que foram gerenciadas de maneira ambientalmente correta, socialmente justa e economicamente viável, além de outras fontes de origem controlada.